DSP PUBLICATIONS

Veröffentlicht von

DSP Publications

5032 Capital Circle SW, Suite 2, PMB# 279, Tallahassee, FL 32305-7886 USA
www.dsppublications.com

Gnomon
Urheberrecht der deutschen Ausgabe © 2017 DSP Publications.
Originaltitel: Gnomon
Urheberrecht © 2015 Luchia Dertien.
Original Erstausgabe. September 2015
Übersetzt von Melina Wilke.

Umschlagillustration
© 2015 Olivia Coy.
Die Illustrationen auf dem Einband bzw. Titelseite werden nur für darstellerische Zwecke genutzt. Jede abgebildete Person ist ein Model.

Deutsche ISBN. 978-1-63533-787-7
Deutsche eBook Ausgabe. 978-1-63533-788-4
Deutsche Erstausgabe. April 2017
v 1.0

Gedruckt in den Vereinigten Staaten von Amerika.

GNOMON

LUCHIA DERTIEN

Jeder einzelnen Person gewidmet, die an diese beiden Terrorjungs geglaubt hat.

Anmerkung der Autorin

GNOMON: NO-MON, aus dem Griechischen, wörtlich „jemand, der weiß oder prüft". Bei einer Sonnenuhr ist der Gnomon der aus der Uhr herausragende, messerartige Zeiger, der je nach Sonnenstand einen Schatten wirft und damit die Zeit anzeigt.

1

DELAURIERS WIKIPEDIA-EINTRAG wird ihm nicht gerecht. Andererseits ist das bei vielen Dingen so und Renaire ist sich ziemlich sicher, dass das der Grund ist, weshalb er Menschen umbringt.

Gerechtigkeit und Freiheit und Gleichheit und all diese idealistischen Träume sind Emile Delaurier nie abhandengekommen, so wie es den meisten Menschen geht, wenn ihnen niemand zuhört oder an sie glaubt. Seine Träume hingegen haben sich verwandelt. Bitterkeit hat aus dem brennend heißen Stahl seiner Ideale eine kalte, scharfe Schneide geformt.

Die Gesellschaft sieht in ihm einen Terroristen – einen modernen Extremisten, der keine Regierung anerkennt, die nicht seinen esoterischen Kriterien entspricht –, doch Renaire sieht ihn als das, was er ist. Er ist ein Mann mit Idealen, die ihm mehr bedeuten als sein eigenes Leben, und mit einer Waffensammlung, die er auch einzusetzen weiß.

Gott segne die treue Seele, die die erste Waffe in Delauriers Hände gelegt hat.

Es ist drei Uhr nachts in einer mittelgroßen, russischen Stadt, an deren Namen sich Renaire nicht erinnern kann. Das liegt zum Teil daran, dass er irgendwo zwischen betrunken und verkatert schwebt – einem Zustand, der für ihn wohl als nüchtern gilt. Er weiß, dass Russland Delaurier kürzlich die Laune verdorben hat, darum kam es für ihn kaum überraschend, als sie in einen Zug einstiegen, der sie mitten in dieses riesige Land brachte, nur damit sie dann in einem Leihwagen noch weiter fuhren. Russland allerdings ist eine siebenköpfige Krake, darum ist Irgendeine Russische Stadt alles, womit Renaire dienen kann.

Renaire nimmt einen tiefen Zug von seiner halb aufgerauchten Zigarette und beobachtet den anderen Mann. Weil der ungewöhnlich frühe russische Frühling kalt ist, atmet Delaurier eine ähnliche Wolke aus wie Renaire mit seiner Zigarette. Delaurier packt. Er verstaut Messer und Knarren und Drähte und Zangen in den geheimen Taschen seines roten Mantels. Er sieht noch fanatischer aus als gewöhnlich und hält sich nicht einmal mit Handschuhen auf. Scheint so, als würden sie heute für Die Sache töten.

„Wir töten sie nur?", fragt Renaire und gibt seiner Zigarette schließlich einen kleinen Stoß, sodass Asche durch die kalte Luft fliegt. „Oder ist das einer deiner Pläne, bei dem wir ‚eine Nachricht überbringen'?" Die machen Spaß. Manchmal zumindest. Hängt von der Nachricht ab.

1

„Diesmal ist das meine Show", sagt Delaurier. *Verdammt noch mal*, was für ein unsinniger Satz, aber Renaire hat keine Einwände. „Bleib einfach hinter mir."

Renaire kann sich ein Grinsen nicht verkneifen. Delauriers Wangen röten sich leicht – wie niedlich – und dann legt er die Stirn in Falten. Er ist der wohl gewalttätigste und hinreißendste Mensch der Welt und wenn er Renaire so eine Steilvorlage liefert, muss er wohl mindestens so übermüdet sein wie Renaire selbst.

„Du weißt schon, was ich meine", sagt Delaurier und schließt den Waffenkoffer (auch bekannt als „der Aktenkoffer mit den Knarren", doch Delaurier mag es dramatisch) mit einem lauten Knall. Er legt den Koffer zurück in den Leihwagen, also müssen sie wohl nicht überraschend untertauchen. Wenn sie mit dem Mord eine Nachricht überbringen wollen, dann offensichtlich unter dem Radar, bis die offiziellen Stellen davon erfahren. Vermutlich wird Delaurier sie in ein paar Stunden anrufen und eine seiner Ansprachen voller rechtschaffener Wut zum Besten geben. Er schraubt den Schalldämpfer mit einer Leichtigkeit auf seine Lieblingspistole, die man nur durch jahrelange Übung erreicht. „Wahrscheinlich gibt es keine Sicherheitsleute."

„Wahrscheinlich?", wiederholt Renaire, zu überrascht, als dass er Einwände erheben könnte. Normalerweise hat Delaurier alles vom Bauplan des Gebäudes bis zum zweiten Vornamen des Wachmanns im Kopf. Renaire nimmt noch einen Zug von seiner Zigarette, während er versucht zu verstehen, was zum Teufel hier vor sich geht. „Bringst du jetzt Leute um, weil du einen kleinen Wutausbruch hast?"

Ganz offensichtlich möchte Delaurier etwas Schneidendes erwidern, doch er hält sich im letzten Moment zurück und steckt sich die Pistole in die Tasche seines Mantels, die er am einfachsten erreichen kann. „Sie müssen vor Sonnenaufgang tot sein", sagt er nur.

Also ein Job mit einem Verfallsdatum. Wenn Delaurier nicht telefonisch bei Glasson um Infos gebeten hat, muss es wohl was Persönliches sein. Wenn Delaurier will, dass Renaire sich raushält, muss es *noch* persönlicher sein. Renaire ist zwar nicht gerade Delauriers Busenfreund, doch er weiß zumindest, dass er nie etwas ausplaudern würde.

Renaire nimmt einen letzten Zug von seiner Zigarette, bläst den Rauch in die Nachtluft hinaus und lässt die Kippe in den Schnee fallen. „Ich gebe dir Rückendeckung", sagt er und zieht sich seine schwarzen Lederhandschuhe über.

Das Gebäude sieht genauso aus, wie man sich einen Betonwohnsilo aus den letzten Jahren der Sowjetära gemeinhin vorstellt. Niemand hält sie auf, als sie eintreten. Delaurier hält leichten Schrittes auf den Fahrstuhl zu, der sich mit einem leisen *Pling* sofort für sie öffnet, als sie auf den Knopf drücken. Der fünfte Stock sieht viel ansehnlicher aus als die Eingangshalle und Renaire bemerkt die makellose Auslegeware, die vermutlich noch viel besser aussieht, wenn sie erst einmal blutbespritzt ist. Es ist ohnehin besser, auf Teppich zu töten – auf Parkett rutscht man viel zu leicht aus.

Delaurier muss sich tatsächlich an der Tafel orientieren, die die Wohnungsnummern und Mieter auflistet – das ist bisher noch nie vorgekommen. Die kyrillischen Buchstaben sind kein Problem für ihn, darum braucht er nicht lange, um sich zu orientieren. Und dann gehen sie einen Flur entlang und dann noch einen anderen Flur und schließlich stehen sie vor einer Tür, die genauso aussieht wie alle anderen Türen in diesem Haus. Er zögert, doch dann sieht er Renaire an und formt mit den Lippen die lautlose Aufforderung: *Knack das Schloss.*

Renaire zuckt mit den Schultern und beschließt, erst mal die einfachste Variante zu versuchen. Also drückt er die Klinke nach unten. Manche Leute sind ja tatsächlich blöd genug, ihre Wohnungstür unverschlossen zu lassen. Diesmal hat er jedoch kein Glück. Er kramt einen Schlagschlüssel und eines seiner langen Messer hervor, rammt den Schlüssel ins Schloss, dreht ihn herum und gibt dem Schlüssel einen finalen Hammerschlag mit dem Messergriff. Das geht zwar schnell, ist aber lauter, als ihm lieb ist – ein dumpfes *Klonk*, das die mitternächtliche Stille und das Brummen des Heizungssystems durchbricht. Delaurier schiebt ihn vorsichtig beiseite, sodass er als erster die Wohnung betreten kann. Renaire hat schon vor langer Zeit aufgegeben, zu versuchen, als erster durch eine Tür zu gehen, darum macht er einfach Platz und sieht zu, dass er eine ausreichend gute Sicht auf das Innere der Wohnung hat.

Die Tür schwingt lautlos auf und in dem dahinter liegenden Zimmer befindet sich nichts, was man nicht erwarten würde – Couch, Fernseher, Küche, gerahmte Artikel und verblichene Landschaftsaufnahmen an den Wänden. Ungehindert betreten sie die Wohnung und Renaire fragt sich, hinter was für einer Person sie eigentlich her sind, die keinerlei Security beschäftigt. Während Delaurier die gegenüberliegenden Türen untersucht, um herauszufinden, hinter welcher sich sein Ziel verbirgt, lehnt Renaire die Wohnungstür an, sodass sie eine schnelle Fluchtroute haben, ohne dass es von außen so aussieht, als wäre eingebrochen worden.

Delaurier öffnet schließlich eine Tür, die sich als Schrank entpuppt. Renaire versucht nicht einmal, sich das Lachen zu verkneifen. Delaurier zeigt ihm den Mittelfinger und widmet sich dann einer anderen Tür, die zum Schlafzimmer führt. Er betritt den Raum gewohnt selbstsicher.

Und dann schließt er die Tür hinter sich.

Renaire rollt die Augen und will die Tür öffnen, um Delaurier ins Zimmer zu folgen – doch sie ist verschlossen. Also wirklich, er hatte gedacht, dass sie das nach den ersten Monaten ihrer Zusammenarbeit hinter sich gelassen hätten. Renaire knirscht mit den Zähnen und wirft der Tür einen genervten Blick zu. Natürlich weiß Delaurier, dass er nur den einen Schlagschlüssel dabei hat. Also gut, *bitte schön*, wenn Delaurier das hier auf seine Weise erledigen will, dann wird das eben so gemacht. Renaire lässt sich in einen der Küchenstühle fallen und wünscht sich, dass er seinen Flachmann dabei hätte.

Als Delaurier endlich aus dem Schlafzimmer kommt, hat er einen Laptop und einen Aktenordner dabei. Er trägt einen Blick zur Schau, als würde er gleich in ein brennendes Gebäude laufen. Er sieht Renaire mit fiebrigem Blick und weit aufgerissenen Augen an, als könnte selbst der Tod ihn nicht davon abhalten, seine Pflicht zu tun. Das ist wirklich kein gutes Zeichen.

„Wir sind hier fertig", sagt er nur und hält auf die Wohnungstür zu. Renaire folgt ihm, ohne auch nur einen Blick ins Schlafzimmer zu werfen. Das Gebäude zu verlassen, ist genauso einfach, wie es zu betreten, und es dauert keine Minute, bis sie wieder in ihrem Leihwagen sitzen.

Delaurier drückt eine zitternde Hand gegen das kühle Metall auf der Fahrerseite und Renaire legt ihm vorsichtig eine Hand auf die Schulter. Dass Delaurier die Hand weder abschüttelt noch einen bissigen Kommentar abgibt, ist ein weiteres schlechtes Zeichen.

Delaurier bringt nicht gern Menschen um. Er ist zwar gut darin und mag die Tatsache, dass er damit Dinge bewirken kann. Aber den Tod an sich mag er nicht. Er zögert nie und schreckt auch nie vor der Aufgabe zurück. Er stürzt sich sehenden Auges und mit stahlharter Überzeugung in seine Aktionen. Er glaubt daran. Glaubt, dass es getan werden muss. Deshalb muss es ihm noch lange nicht gefallen. Er bereut es nicht, aber nie würde er Gefallen daran finden.

Das ist einer der Gründe, warum Renaire ihm ständig wie ein Schatten folgt, denn Renaire ist es tatsächlich scheißegal. Manchmal versucht er, etwas zu empfinden, doch das hält nie wirklich an.

„Ich fahre", sagt Renaire. Es macht keinen Sinn, Delaurier jetzt irgendeine Reaktion entlocken zu wollen. Manchmal kann er regelrecht explodieren und das können sie jetzt wirklich nicht gebrauchen.

„Bist du nüchtern?", fragt Delaurier, ohne einen Ansatz von Ärger oder Ekel in der Stimme. Ein *wirklich* schlechtes, schlechtes Zeichen.

„Größtenteils", antwortet Renaire. Er hält sich nicht damit auf, weiter zu diskutieren, sondern fischt einfach mit der freien Hand die Autoschlüssel aus Delauriers Manteltasche. „Los, auf den Beifahrersitz."

In einem überraschenden Rollentausch gehorcht Delaurier ganz einfach. Renaire steigt ein, lässt den Motor an und erkennt dann, dass Delaurier anfängt, wieder normal auszusehen. Er klammert sich an den Laptop und den Aktenordner, als wolle er sie mit bloßen Händen zu Staub zermalmen. „Ich sag dir, wo wir hinmüssen", sagt er, ohne Renaire anzusehen. Für Renaire geht das in Ordnung. Das tut es immer.

WAS RUSSLAND angeht, so wurde die Sache kurz vor sechs Uhr morgens publik: Eine Journalistin, ermordet in ihrem eigenen Bett. Aufgrund von Videoüberwachung und DNA-Spuren ist sofort klar, dass es Delaurier war, und die Unterstützer der STB diskutieren bereits nervös darüber, warum ihr furchtloser Anführer eine so neutrale Person ausschaltet.

4

Die Presse spielt völlig verrückt, weil es jemanden aus den eigenen Reihen erwischt hat. Währenddessen hofft Renaire einfach nur darauf, dass Delaurier endlich mit ihm spricht. Sie *streiten* sich noch nicht einmal. Was zum Henker soll er in diesem verdammten Zug mit sich anfangen, wenn Delaurier nicht einmal bereit ist, mit ihm zu streiten? Schlafen kann er nicht, denn Delaurier schläft gerade. Bewusstlos wäre wohl eine treffendere Bezeichnung für die Art, wie er in seinem Sitz zusammengesunken ist, doch Renaire nimmt einfach mal, was er kriegen kann.

Er telefoniert mit Glasson, der voll im Bilde ist. Er ist die Nachrichtenzentrale der STB – ihrer geheimen Organisation, die es auf Gerechtigkeit abgesehen hat. Renaire hat keine Ahnung, wofür die Abkürzung eigentlich steht, darum bildet er sich ein, dass T das Kürzel für Terrorist ist. Das Triumvirat bestehend aus Delaurier, Glasson und Carope hat die Gruppe ursprünglich als etwas Positives und Optimistisches gegründet, doch im Laufe der Zeit hat sie die Ineffektivität ihrer Aktionen immer mehr frustriert und so wurde die STB langsam aber sicher zu der Gruppe engagierter Idealisten, die sie heute ist.

Einerseits sind sie wie eine Familie. Sie akzeptieren und unterstützen einander – und das gilt sogar für Renaire. Andererseits sind sie Furcht einflößend, denn die STB gewinnt langsam aber sicher an Einfluss, und zwar auf die schlimmstmögliche Art und Weise.

Bei Glasson laufen die Fäden aller STB-Aktionen zusammen. Er ist die freundliche, fette Spinne, die in der Mitte ihres Netzes aus Verbrechen sitzt. Er ist der eigentliche Nährboden für Delauriers verrückte Zukunftsvision. Wann immer Delaurier nach vorn stürmt, hat Glasson vorher das Terrain sondiert, um sichergehen zu können, dass Delaurier nicht auf die Nase fällt und sich das Genick bricht.

„Selbst ich kann ihn nicht ertragen, wenn er in dieser Stimmung ist", sagt Renaire. Das ist zwar eine Lüge, aber es fühlt sich zumindest gut an, diesen Satz zu sagen.

„Dein Opfer wird nicht vergessen sein", sagt Glasson und im Hintergrund ist ein Rascheln zu hören. „Hast du eine Ahnung, warum er es getan hat?"

Renaire seufzt und lässt sich tiefer in seinen Sitz sinken. „Ich kann nur spekulieren. Das war eine schnelle und unorganisierte Aktion. Er kannte nicht einmal den Grundriss. Er hat sich im Schlafzimmer eingeschlossen und ist dann mit einem Aktenordner und einem Laptop wieder aufgetaucht."

Mittlerweile fällt es ihm leicht, Gespräche zu führen und dabei so vage wie möglich zu bleiben. Anfangs fand er das problematisch, doch jetzt kommt er nur noch in Schwierigkeiten, wenn er mit Menschen außerhalb seines Jobs sprechen muss. Dieser Anruf allerdings ist wichtig, denn normalerweise macht er sich kaum Sorgen. Ihm ist schlicht kaum etwas wichtig genug, um sich Sorgen zu machen.

„Konntest du einen Blick drauf erhaschen?"

„Im Moment sitzt er drauf. Scheinbar gibt beides ein bequemes Ruhekissen ab", sagt Renaire und wirft dabei dem schlafenden Mann gegenüber einen Blick zu. Er sieht aus wie ein Engel. Allerdings einer, der schlank und ernst und ziemlich böse darüber geworden ist, dass er ein gefallener Engel ist. Delaurier möchte den Himmel zurückhaben und zwar für die ganze verdammte Welt. Und er ist bereit, mit Mistgabeln und Fackeln das Himmelstor zu stürmen.

Glasson scheint weder amüsiert noch frustriert, dass Renaire mit so wenigen Informationen dienen kann. Er schweigt eine Weile, bevor er das Wort ergreift. „Das gefällt mir nicht."

Renaire zögert und spricht dann doch aus, was ihm auf der Zunge liegt. „Was auch immer vor sich geht, es ist was Persönliches. Es ging ihm nicht besonders gut, als wir los sind." Er wirft einen Blick auf Delauriers blasses Gesicht. „Es geht ihm immer noch nicht gut."

„Sorg dafür, dass er am Leben bleibt und bring ihn nach Hause. Wir bleiben in Kontakt." Mit diesen Worten beendet Glasson das Gespräch.

Das war ohnehin der Plan, doch es beruhigt ihn zu wissen, dass in Paris kein Erschießungskommando auf sie wartet. Journalisten dagegen vielleicht schon. Er weiß, warum Delaurier nie eine Maske trägt und nichts unternimmt, um seine Identität zu verschleiern, wenn er für Die Sache unterwegs ist. Trotzdem treibt es Renaire in den Wahnsinn, sich mit denen herumschlagen zu müssen, die das Pech haben, die STB ausfindig zu machen. Der Rest der Truppe kann sich ohne Probleme frei bewegen, aber Delaurier muss ja unbedingt ein *Symbol* sein.

Das ist eines dieser Dinge, für die Renaire Delaurier am liebsten eine reinhauen würde. Dieses Bedürfnis verspürt er im übrigen in letzter Zeit ziemlich häufig. Wenigstens besitzt Renaire genug gesunden Menschenverstand, den Kopf einzuziehen. Zumindest in der Regel – so ziemlich jeder weiß, dass Delaurier einen Sidekick hat. Wer dieser Sidekick ist und warum er in Delauriers Schatten Morde begeht, ist hingegen kaum bekannt.

Vier Stunden später wacht Delaurier auf. Als er aus dem Schlaf hochschreckt, umklammert er die Armlehnen so fest, dass das Plastik quietscht und seine Fingerknöchel weiß werden. Er atmet hörbar ein, blinzelt ein paar Mal und sieht dann Renaire an. Er sieht so verwirrt aus, dass es Renaire fast peinlich ist.

„Du solltest etwas schlafen", sagt Delaurier.

Renaire lässt sich davon nicht beeindrucken. „Das ist alles?"

Delaurier runzelt die Stirn. „Was meinst du?"

„Kein Dankeschön? Keine Frage danach, wohin wir eigentlich fahren? Keine Erklärung?", fragt Renaire. „Es wäre wirklich Zeit für eine Erklärung. Wenn ich mir etwas aussuchen dürfte, dann wäre es das."

„Du bekommst keine Erklärung, weil du keine brauchst", behauptet Delaurier.

Renaire lässt sich nicht so leicht abspeisen. „Du behauptest doch immer, ich hätte das logische Verständnis eines Einzellers. Da ist es umso unerlässlicher, dass du mir ein paar Dinge erklärst."

„Nur hast du gerade bewiesen, dass du durchaus logisches Verständnis hast", erwidert Delaurier entnervt. „Du hast gerade dein eigenes Argument dargelegt und damit widerlegt."

„Was nur ein Dummkopf tun würde, und das beweist ganz nebenbei, dass ich einfältiger Mensch von einer Erklärung profitieren würde", sagt Renaire. „Also hör endlich auf, mich hinzuhalten und erkläre mir endlich, *was zum Teufel hier vor sich geht.*"

„Es gab eine Bedrohung. Ich habe diese Bedrohung ausgeschaltet."

Beim Anblick von Delauriers starrköpfigem Gesichtsausdruck möchte sich Renaire am liebsten die Haare raufen. Nachdem er die Journalistin getötet hatte, hat er wie Espenlaub gezittert, doch in seinem Gesicht findet sich keine Spur von Bedauern. Sie haben lauthals schreiende Politiker und bettelnde Geschäftsführer getötet. Dazu kommen noch die unzähligen Kollateralschäden und die Aktionen vom Rest der Organisation. Renaire hat Albträume davon, eines Tages Bedauern auf Delauriers Gesicht entdecken zu müssen. Diese Sache hier hat ihn zwar mitgenommen, doch von Renaires Albtraum ist das meilenweit entfernt.

„Mehr wirst du mir nicht erzählen?", fragt Renaire, denn wenn es um Delaurier geht, ist seine Geduld endlos. Ziemlich erbärmlich.

„Schlaf ein bisschen", sagt Delaurier. „Wenn wir in Moskau ankommen, musst du auf dem Posten sein."

Renaire fragt nicht nach, was in Moskau auf sie wartet. Die Art ihrer Zusammenarbeit ist dergestalt, dass Delaurier die Entscheidungen trifft und Renaire auswählen kann, ob er mitmacht oder eben nicht. Soweit Renaire sich erinnern kann, hat er zwei Mal *nein* gesagt. Vielleicht auch drei Mal. Es ist schließlich nicht so, als hätte Renaire irgendetwas anderes vor. Er lehnt sich zurück, schließt die Augen und schläft sofort ein.

MOSKAU IST grau und eisig und hat nichts für die beiden jungen Männer übrig, die aus dem Zug aussteigen und den Bahnhof über eine dieser vergessenen Treppen verlassen, an die sich nur der Hausmeister erinnert. Es ist fast schon erschreckend, wie frei sie sich bewegen können. Obwohl er seit zwei Jahren auf jeder erdenklichen Fahndungsliste steht, ist Delaurier bisher genau einmal verhaftet worden.

Renaire hat keine Ahnung, was die sogenannten Entscheidungsträger vermuten, das passieren wird, wenn sie ihren wütenden, unterbezahlten Angestellten auftragen, den Mann zu fangen, der die Welt bereist, um schlechte Chefs zu erschießen. Tatsächlich passiert es ihnen ziemlich häufig, dass sie Sicherheitsschleusen passieren, und dabei vom Personal einen Zettel zugeschoben bekommen, auf dem Name und Adresse des Chefs stehen. Probleme entstehen nur, wenn aus irgendeinem Grund das Management vor Ort ist.

Delaurier führt sie an den Stadtrand, bis sie einmal mehr vor einem unansehnlichen Betonklotz stehen. Vielleicht ist Renaire ja von Paris verwöhnt, doch der Künstler in ihm erschauert, wenn er sich die starren Linien und kalten Formen anschaut, die die sowjetische Architektur hinterlassen hat. Andere Teile von Moskau sind wunderschön. Diese Straße jedoch gehört nicht dazu.

Um sein Russisch ist es nicht besonders gut bestellt, doch er erkennt das Wort für Hotel über dem Hauseingang. Es gibt keinen Türsteher, nur ein Schild und einen Pfeil. Renaire trägt Delauriers Tasche (*ihre* Tasche – sie teilen sich eine unauffällige Reisetasche und haben ansonsten nur noch den Aktenkoffer mit den Knarren), während er mit dem Mann an der Rezeption spricht und sich fragt, wie sehr er eigentlich auf der Hut sein muss. In Russland gibt es richtig guten Schnaps, das ist eins der Dinge, die er wirklich an dem Land mag. Guter Alkohol, beeindruckende Kunst und ein absolut schräger Humor. Russland wäre nicht seine erste Wahl bei Ländern, in denen er sich rettungslos besaufen will, aber es wäre immerhin in den Top Ten. Sollte Delaurier hier sterben, hätte Russland Renaire einiges zu bieten.

Sie nehmen sich ein Zimmer – ein Zimmer, wobei das nichts zu bedeuten hat – und Renaire hat kaum die Taschen auf den Boden fallen lassen, da hat Delaurier das Zimmer schon wieder verlassen und geht den Flur entlang in Richtung Badezimmer. Als er wieder auftaucht, ist er frisch geduscht und trägt eines seiner diplomatischeren Outfits – ein Hemd mit lose geknotetem Schlips und dazu seinen roten Mantel. Renaire folgt seinem Beispiel, allerdings kann er bei seiner Garderobe nicht mehr besonders wählerisch sein. Er hat schon seit einer halben Ewigkeit nicht mehr gewaschen.

Wenn er sich recht entsinnt, war das wohl irgendwo in Finnland. Selbst wenn er nüchtern ist, ist die Welt ein verschwommener Schemen.

„Wir müssen los", sagt Delaurier und geht.

Renaire folgt ihm, weil er ihm immer folgt.

DIE SONNE geht gerade unter, als ihr Zug in den Bahnhof einfährt und es ist bereits dunkel, als Delaurier vor einer Tür hält, die verdächtig an einen Nachtclub erinnert. Weil es erst neun Uhr abends ist, sind nicht viele Leute da. Trotzdem amüsiert es Renaire, Delaurier an so einem Ort zu sehen. Der Türsteher hat nur einen kurzen Blick auf Delaurier geworfen und sie dann durchgewinkt. Delaurier könnte zu jeder Tages- und Nachtzeit in einen Club kommen, selbst wenn er in einem abgeranzten Schlafanzug auftauchen würde.

„Ich weiß, du bist kein großer Fan vom Nachtleben, aber um neun in einem Club aufzutauchen, ist ziemlich überpünktlich", meint Renaire. Normalerweise wäre er um diese Zeit schon reichlich betrunken, doch er hat beschlossen, diesen Abend als pädagogisch wertvoll für ihren furchtlosen Anführer einzuschätzen. Dafür nimmt er jedes Stirnrunzeln in Kauf. „Sie haben noch nicht einmal die guten Platten aufgelegt. Du solltest dich nicht so billig verkaufen. Wenn du schon deinen Horizont erweitern willst, dann mach es richtig."

Während sie vom ersten zum zweiten Floor vordringen, zündet sich Renaire eine weitere Zigarette an. Es gibt im Club drei Bars, doch Renaire macht an keiner davon Halt, weil Delaurier sich mit einer Zielstrebigkeit bewegt, die deutlich sagt, dass er es auf Ärger abgesehen hat.

„Wenn du deine Zeit hier vergeuden willst, bitte schön", sagt Delaurier. „Ich habe etwas Wichtigeres zu tun."

„Das hast du doch immer", sagt Renaire. „Nur ein Grund mehr, innezuhalten und ein paar Schnäpse zu trinken. Schließlich haben dich diese wichtigen Dinge hierher geführt." Mit der Kippe im Mundwinkel grinst er Delaurier an. „Was meinst du? Vielleicht will das Schicksal selbst, dass du es mal richtig krachen lässt?"

„Ich hasse dich so sehr", murmelt Delaurier mit einem märtyrerhaften Seufzen.

„Es muss heißen, du hasst mich *so oft* anstatt *so sehr*", entgegnet Renaire, weil ihm dieser Unterschied wichtig ist. „Zumindest die Hälfte der Zeit kannst du mich ganz gut ertragen."

„Und während der anderen Hälfte stelle ich mir vor, wie ich dich mit einer Weinflasche erschlage", sagt Delaurier.

Renaire lächelt ihn an. „Stöhne ich, wenn du mir eine überziehst?"

Delaurier lässt sich nicht einmal zu einer Antwort herab.

Sie quetschen sich durch die wartenden Menschenansammlungen hindurch, die versuchen, für später Tische zu reservieren, und stehen schließlich vor einer Tür, die sich zwischen zwei beleuchteten Vorhängen befindet. Die farbigen Lichter wechseln gerade von grün zu blau und werden wahrscheinlich in naher Zukunft lila blinken. Ein weiterer Türsteher bewacht den Eingang. Und auch hier wirft der Türsteher Delaurier nur einen Blick zu und lässt ihn dann durch. Allerdings macht er Anstalten, Renaire aufzuhalten, und baut sich mit verschränkten Armen und einem einschüchterndem Blick vor ihm auf. Das ist zwar dumm, aber irgendwie auch niedlich.

Ehe Renaire irgendetwas unternehmen kann, greift Delaurier nach ihm, bekommt ihn am Hemd zu packen und zieht ihn mit sich ins Zimmer. Bei dieser Aktion verliert Renaire seine Zigarette, was eine echte Tragödie ist. Kein Alkohol, keine Zigarette, kein *irgendwas* in diesem halb leeren Club.

Von dem Zimmer aus, in dem sie sich jetzt befinden, kann man auf die darunter liegende Tanzfläche schauen. Die Wände sind wieder mit Lichtern bedeckt, die die Farbe wechseln, so als befänden sie sich in einer verzauberten Schneehöhle. Im Großen und Ganzen ist das alles ziemlich lächerlich. Genau wie der Typ, der hinter einem Schreibtisch sitzt und von zwei Bodyguards flankiert wird. Er trägt ein metallisch schimmerndes Hemd und eine knallige, blau-grüne Hose. Sein gelfrisiertes Haar steht ihm in alle Richtungen vom Kopf ab.

„Das Jahr 2002 hat angerufen. Es hätte gern seine Mode wieder", sagt Renaire und lässt sich in einen Stuhl fallen, der nah am Ausgang steht. In Delauriers Gesicht zuckt es und Renaire kennt ihn gut genug, um zu wissen, dass er jetzt eigentlich gelacht und über den schlechten Witz gestöhnt hätte. *Mission ausgeführt*, denkt er sich, denn der Idiot hinter dem Schreibtisch starrt jetzt ihn an anstatt Delaurier. Renaire wirft dem Typen ein hochnäsiges Grinsen zu für den Fall, dass die Beleidigung (nicht gerade eine seiner besten) nicht ausreicht, um ihn zu beschäftigen. Dann zündet er sich eine neue Zigarette an.

„Wer zum Teufel hat dieses Arschloch reingelassen?", beschwert sich der Mann, während er mit dem Finger auf Renaire zeigt. Also scheint die Beleidigung doch mehr als ausreichend gewesen zu sein.

„Das wäre dann wohl ich gewesen", sagt Delaurier ohne jedes schlechte Gewissen, aber mit gerade genug Verachtung in der Stimme, um den anderen Mann wissen zu lassen, dass er etwas mehr Professionalität erwartet. Es ist gefährlich, wenn Delaurier einem mit Verachtung begegnet. Das führt nur dazu, dass man ihn beeindrucken will. „Sie erweckten den Eindruck, als wollten Sie mich unbedingt treffen. Hier bin ich."

„Stimmt, stimmt", wendet der Mann ein, wobei sein Blick immer noch zwischen Delaurier und Renaire hin und her geht. „Ich möchte nicht, dass jemand unser Gespräch belauscht. Ich schicke meine Männer weg und Sie den Ihren. Dann können wir reden."

„Er ist nicht mein Mann", sagt Delaurier. „Allerdings gehört er zu mir. Und er kann Geheimnisse bewahren, selbst wenn er die Klappe nicht halten kann. Sie können ihm genauso vertrauen, wie Sie mir vertrauen."

„Na gut", lenkt der Mann ein und beugt sich nach vorn, Delaurier entgegen. Immerhin ist er klug genug einzusehen, dass es keinen Sinn macht, Delaurier unter Druck setzen zu wollen. Er bekommt also einen Gummipunkt, weil er bewiesen hat, dass er kein totaler Volltrottel ist. „Diese Journalistin zu töten, war eine ziemlich schmutzige Sache." Er wedelt mit einer Hand vor seinem Gesicht herum. „Doch deshalb wollte ich nicht mit Ihnen sprechen. Ich habe gehört, dass Interpol eine Spezialeinheit nur für Sie und Ihre STB zusammenstellt. Ich könnte Ihnen weitere Informationen zukommen lassen, wenn Sie mir einen Gefallen erweisen."

„Oder ich könnte Sie hier und jetzt erschießen und mir die Informationen einfach selbst beschaffen", argumentiert Delaurier. Dem Mann entgleiten die Gesichtszüge. Umso mehr, als Delaurier hinzufügt: „Im übrigen wusste ich das bereits."

Renaire allerdings wusste das nicht.

Delaurier nimmt einen tiefen Atemzug und sagt dann: „Wenn Sie meine Dienstleistung in Anspruch nehmen wollen, gibt es immer noch die Möglichkeit, mich einfach zu bezahlen."

Der Mann macht ein überraschtes Gesicht.

„Das passiert, wenn man das internationale Symbol rechtschaffener Wut und des Wunsches nach Gerechtigkeit ist", grinst Renaire. „Alle vergessen, dass man für Geld Leute tötet."

„Ein Mitbewerber dringt in einen Geschäftsbereich ein, den ich schon seit langem dominiere", erklärt der Mann. Er ist viel jünger, als man das von einem Boss bei der russischen Mafia erwarten würde. Andererseits ist auch Delaurier erst siebenundzwanzig. Das Alter hat recht wenig damit zu tun, wie man seinen Lebensunterhalt verdient. „Ich würde mich viel lieber mit seinem Nachfolger beschäftigen."

„Sie möchten also einen Konkurrenten ausschalten?", fragt Delaurier.

Der Mann antwortet mit einem vorsichtigen Kopfnicken, woraufhin Delaurier einen Preis nennt. Es folgt ein kurzes Wortgefecht, bis sie sich auf eine Summe einigen können. Diesen Teil – nämlich die praktische Seite des Terrorismus – mag Delaurier am wenigsten. Das hält ihn jedoch nicht davon ab, auch hierin gut zu sein. Schlussendlich läuft es darauf hinaus, dass sie ziemlich viele Leute für ziemlich viel Geld umbringen.

„Sollte das Geld sich nicht auf unserem Konto befinden, wenn wir den Auftrag ausgeführt haben, stehen Sie als nächstes auf unserer Liste", stellt Delaurier klar.

Niemand würde von einem Auftragskiller etwas anderes erwarten.

„Meinetwegen. Und jetzt sammeln sie Ihren Schatten ein und verschwinden Sie aus meiner Lounge", sagt der Mann, als er ihnen einen Namen, eine Adresse und ein unterschriebenes, wenn auch vage formuliertes Dokument ausgehändigt hat.

„Liebend gern", sagt Delaurier und packt Renaire ein weiteres Mal an seiner Lieblingsjacke, um ihn aus dem Zimmer zu zerren.

Mittlerweile ist der Club ziemlich gut gefüllt. Delaurier blickt mit solch tief empfundener Resignation auf die pulsierende Menschenansammlung hinunter, dass Renaire sich fragt, wie er eigentlich die Welt wahrnimmt und was er für wichtig hält. Was er wohl tatsächlich von der Menschheit hält, wenn sie ihrer Träume und Ideale beraubt ist und nichts mehr bleibt als trunkene und verschwitzte Körper, die sich aneinander reiben.

Manchmal (*genau jetzt*) macht Delauriers Verachtung für echte Menschlichkeit – also für Instinkte und Begierden, die den Durchschnitt viel mehr antreiben als Ideale und Prinzipien – Renaire so wütend, dass er nicht mehr klar denken kann. Dann erscheint Delaurier wie ein Gott, der von seinen Geschöpfen enttäuscht ist. Aber wenn er die wahre Natur der Menschen nicht akzeptieren kann, worum kämpft er dann eigentlich? Er kämpft für ihre Freiheit und verurteilt dann, was sie mit dieser Freiheit anstellen.

Ist ja nicht so, als würde er mich gerade brauchen, denkt Renaire und schlüpft an Delaurier vorbei, um ohne ein weiteres Wort auf die Bar zuzuhalten. Es ist ziemlich überfüllt, aber er hat jahrelange Übung darin, sich seinen Weg durch Menschenmassen zu bahnen. Der Mob in Frankreich, der Mob in El Salvador, der Mob in Russland – letztendlich sind sie alle gleich. Der einzige Unterschied sind die Laute, aus denen sich das endlose Stimmengewirr zusammensetzt.

11

Er kommt neben einer attraktiven Brünetten zum Stehen, neben ihr ihre dunkelhaarigere Freundin. Sie haben es geschafft, ihr Stückchen der Theke erfolgreich zu verteidigen und die Brünette lehnt sich an die bunt-glitzernde Bar. Klasse ist hier nicht gefragt, dieser Club setzt auf bunte Lichter und viel Glitzer. Für Renaire ist das mehr als in Ordnung.

„Schau dir den Typen neben mir an", sagt die Brünette auf Portugiesisch zu ihrer Freundin. „Denkst du mein Russisch reicht aus, um ihn davon zu überzeugen, mit uns zurück zum Hotel zu kommen?"

„Gib mir einen Drink aus und du wirst es herausfinden", mischt sich Renaire – ebenfalls auf Portugiesisch – ein.

Das ist ein ziemlich vielversprechender Anfang.

Er ist beim zweiten Schnaps (Schnäpse sind prima, um das Eis zu brechen – alles, was in einem Wettbewerb endet, wer schneller betrunken ist, bekommt von ihm einen Daumen nach oben), als Delaurier neben ihm auftaucht. Zwischen den wabernden Menschenmassen steht er wie ein Fels in der Brandung und sieht noch genervter aus, als es normal für ihn ist. „Du warst zwei Tage in Folge nüchtern", stellt Delaurier fest.

„Warum wohl trinke ich so schnell?", sagt Renaire in einem Tonfall, den nur eine erhobene Augenbraue von offenem Spott trennt.

„Können wir ihn vielleicht auch überreden?", fragt eine der Frauen lachend und mit der Selbstverständlichkeit von Touristen, die nur ihre eigene Sprache beherrschen.

„Er ist verheiratet", erwidert Renaire.

„Ich sehe aber keinen Ring", meint die andere.

„Das liegt daran, dass er mit der *Freiheit* verheiratet ist", erklärt Renaire auf Portugiesisch.

Delaurier schaut zwischen Renaire und den portugiesischen Frauen hin und her. „Was sagen sie?"

Renaire rollt mit den Augen. „Willst du das wirklich wissen?"

Er sieht die Frauen an, deren Körpersprache ziemlich eindeutig ist, und seufzt dann. Schließlich weiß Delaurier selbst, wie er aussieht. „Wir gehen."

„*Du* vielleicht", sagt Renaire. „Ich habe zwei nette, neue Freundinnen gefunden und wir haben vor, uns besser kennenzulernen."

„Wärst du nüchtern in der Lage, den Weg zurückzufinden?", fragt Delaurier.

Er hebt eine Augenbraue. „Ich hatte nicht geplant, zurückzugehen", meint Renaire trocken.

Delaurier ist nicht dumm. Tatsächlich ist er einer der intelligentesten Menschen, die Renaire je kennengelernt hat. Doch irgendwie hat Delauriers wunderbares Gehirn ein Problem mit der Vorstellung von Sex. Oder einer Beziehung, die nicht auf jahrelanger Bekanntschaft und dem gemeinsamen Ziel der Weltverbesserung fußt. Oder mit Renaire, denn die meiste Zeit scheint er nicht zu wissen, was er mit ihm anfangen soll. Dieser Mann kann ein voll besetztes Theater inspirieren, kann einen ganzen Park voller Menschen anstiften, sich zu erheben und zu kämpfen, kann sich in jedes Herz argumentieren, kennt messerscharfe Argumente und kristallklare Logik. Kann wie ein altgedienter General Befehle erteilen. Und trotzdem … Flirten überfordert ihn einfach.

Es wäre unglaublich komisch, wenn es Renaire nicht regelmäßig Tränen in die Augen treiben würde. Immerhin versteht er mittlerweile Renaires Anspielungen. Es hat zwei Jahre gedauert, bis er an dem Punkt war, aber immerhin. Das nennt man Fortschritt. Renaire nimmt, was er kriegen kann.

„Du wirst Zeit verschwenden mit …", sagt Delaurier und macht dabei eine Handbewegung, die offensichtlich alles meint von Frauen über Sex bis Alkohol und überhaupt alles, das nicht Die Sache ist. „Wir haben zu tun. Wir müssen planen …"

„Wie funktioniert unsere Beziehung, Emile?", fragt Renaire. Er lehnt sich gegen die Bar, damit er Delaurier in die Augen sehen kann. „Mache ich den *Plan*? Mache ich irgendetwas, außer dir ins Getümmel zu folgen?"

Delaurier antwortet nichts darauf und der Bass der Musik ist durchdringend genug, dass es sich anfühlt, als würde der Boden unter ihnen vibrieren. Renaire seufzt, schüttelt den Kopf und dreht sich um, um sich seinem nächsten Schnaps zu widmen.

„Komm einfach mit", sagt Delaurier.

„Nein." Renaire hält sich nicht damit auf, Delaurier ins Gesicht zu sehen.

Aus Delauriers Kehle dringt ein Geräusch, das seine Frustration verrät. „Wir wissen überhaupt nichts über sie, sie könnten …"

Renaire dreht sich um und lacht Delaurier ins Gesicht. „Genau, weil portugiesische Touristinnen so gefährlich sind", sagt er. „Und von welchem ‚wir' sprichst du überhaupt? Es ist ja nicht so, als würdest du mit ihnen ins Bett steigen."

Ganz offensichtlich versteht Delaurier das nicht. Die meisten seiner Freunde befinden sich in langjährigen Zweierbeziehungen und soweit Renaire das überblicken kann, ist er der einzige, der sich von Zeit zu Zeit einen One-Night-Stand gönnt. Delaurier weiß, dass Carope es manchmal tut. Doch das tangiert ihn längst nicht so sehr wie die Tatsache, dass Renaire manchmal nachts nicht nach Hause kommt. Plötzlich fällt Renaire auf, dass das – nach zwei Jahren Zusammenarbeit – das erste Mal ist, dass Delaurier sich im selben Gebäude befindet und tatsächlich *Zeuge* wird.

Er seufzt und wendet sich an die Frauen. „Entschuldigt mich für einen Moment, ich muss meinem Freund etwas erklären." Sie nicken ihm überaus freundlich zu und Renaire packt Delaurier am Mantelkragen. (Er berührt ihn nie, außer, es ist absolut notwendig.) Er zieht ihn in die nächste halbwegs ruhige Ecke. Delaurier ist unglaublich gut darin, zu ignorieren, wozu andere Pärchen diese Ecke missbrauchen. „Lass es mich ganz deutlich sagen: Ich will flachgelegt werden. Lass mich in Ruhe."

„Ich bin nicht blöd", sagt Delaurier und starrt ihn geradezu trotzig an. „Du hast *keine Ahnung*, wie gefährlich es im Moment ist, sich in der Öffentlichkeit aufzuhalten. Ganz davon abgesehen, allein zu sein. Oder allein mit *Fremden*."

„Ich hasse dich so sehr", fährt Renaire ihn an. „Hast du eigentlich eine Ahnung, wie oft am Tag ich dir in dein gut aussehendes Gesicht schlagen will? Natürlich weiß ich nicht, wie *gefährlich* das ist, denn *du erzählst mir ja nie etwas!* Und zu allem Überfluss erwartest du dann von mir, dass ich trotzdem Bescheid weiß. Du willst, dass ich dir einfach folge – dass ich einfach deinen *Befehlen* folge – ohne sie zu hinterfragen."

„Du machst doch nie etwas anderes, als mir zu folgen!", schreit Delaurier ihn an. Verdammt, das ist wirklich nicht der richtige Zeitpunkt für diese Diskussion. Immerhin befindet sich ein Stockwerk über ihnen die russische Mafia. Renaire ist zu wütend, um darüber nachzudenken. Er ist kaum in der Lage, die Gefahr überhaupt wahrzunehmen, denn Delaurier steht unglaublich dicht vor ihm, die Musik dröhnt in seinen Ohren, die Welt wird blutrot und schrumpft auf Delaurier zusammen, der so wütend und nah vor ihm steht. „Du wirfst mir vor, dass ich deine Anwesenheit einfach als gegeben hinnehme, doch das tue ich nicht. Ich weiß einfach, was du tust. Nämlich das, was ich dir befehle. Doch aus irgendeinem Grund tust du das im Moment *eben nicht* und der einzige Unterschied ist die Anwesenheit dieser *Frauen* und …"

„*Tu* nicht mal so, als wärst du überrascht, dass ich so bin", sagt Renaire mit einem scharfen Unterton.

„Ich versuche nur, dich zu beschützen, aber du legst es immer nur darauf an, dich wie der Idiot reinzureiten, der du eben bist. Du hast noch nicht mal den Verstand eines Lemmings und dann lehnst du dich für die aus dem Fenster, während ich genau daneben stehe und dich nur darum bitte, wenigstens einmal eine kluge Wahl treffen!"

„Und diese kluge Wahl wärst *du*?", fragt Renaire höhnisch.

Delaurier macht ein Gesicht, als hätte Renaire ihn gerade ins Gesicht geschlagen. Überrascht sieht er Renaire mit großen Augen an. Das Seltsamste aber ist, dass er nicht verletzt aussieht. Delaurier kann eiskalt sein, doch seine Reaktion und sein Blick passen nicht zusammen. Vielleicht ist dies nur ein weiteres Beispiel für das Missverständnis zwischen Delauriers Hirn und seinem Körper. Er wartet darauf, dass Delaurier seine Gedanken sortiert, denn er möchte hören, was er als nächstes zu sagen hat. Er möchte ihm noch einen Dämpfer verpassen, sollte er es wagen, ein falsches Wort zu sagen.

„Das ist, worum ich dich bitte", sagt Delaurier steif. Sein Tonfall wäre passend, würde er gerade in den Lauf einer Pistole schauen. Aber so …

Renaire kann sich jetzt nicht damit befassen; er kann immer noch nicht klar denken. Er ist immer noch wütend und am liebsten würde er Delaurier weiter anschreien, seine Schultern packen und ihn ordentlich durchschütteln, obwohl das nichts bringen würde. Und außerdem ist er immer noch *viel* zu nüchtern. „Wenn ich jetzt mit dir mitkomme, schuldest du mir eine Erklärung", sagt Renaire. „Du wirst zusehen, wie ich mich betrinke und zwar ohne erhobene Augenbraue und ohne deinen *du könntest so viel mehr aus dir machen* Gesichtsausdruck. Und du wirst deine verdammte Sache für den Rest des Abends für dich behalten, denn ich bin es schon jetzt leid, mit dir zu diskutieren."

Delaurier sieht immer noch erschüttert aus. Er scheint auch wirklich außergewöhnlich erschüttert zu sein, da er quasi sofort zustimmt. Er geht sogar zurück zur Bar, um für Renaire eine Flasche Alkohol zu besorgen, die sie mit ins Hotel nehmen können. Wenn das eine Entschuldigung wäre, wäre es die beste, die Renaire je bekommen hat. Die Sache ist nur, dass sich Delaurier nie entschuldigt. Er wird Fehler eingestehen und für den Schaden aufkommen, aber er wird sich niemals entschuldigen. Er wird so von seinen Überzeugungen getragen, dass es für so etwas wie Bedauern in seinem Leben keinen Platz gibt.

Für die Fahrt zurück ins Hotel nehmen sie sich ein Taxi. Während der Fahrt herrscht Totenstille.

Das Hotelzimmer hat zwei Betten. Renaire sitzt auf der beigen Überdecke seines Betts und sieht sich im Fernsehen Dauerwerbesendungen an, während er schluckweise seine Flasche leert. Auf dem anderen Bett sitzt Delaurier. Er sieht immer noch mitgenommen aus, konzentriert sich aber auf den Laptop der Reporterin, den er auf dem Schoß hat. Sie sind geteilter Meinung über die Werbung, über das Wetter und über alles andere, denn sie sind nie zu alt, um sich auf diesem kindischen Niveau zu streiten. Delaurier ist zu stolz, um einfach mal über etwas hinwegzugehen, und Renaire ist zu betrunken, um schlicht aufzuhören, zu widersprechen. Das tut er ja noch nicht mal, wenn er nüchtern ist.

Das ist alles Gewohnheit. So gehen sie eben miteinander um. Delaurier wirft ihm heimliche Blicke zu und Renaire würde ihm das am liebsten unter die Nase reiben, doch sie haben für eine Nacht genug gestritten. Sich auf leise, halbherzige Weise zu streiten, kann ziemlich anstrengend sein.

Renaire schläft ein, als noch ungefähr ein Fünftel der Flasche für den nächsten Morgen übrig ist. Oder ist es der Flachmann? Vermutlich beide.

Delaurier beobachtet ihn die ganze Zeit.

ER TRÄUMT von dem Tag, als sie sich das erste Mal trafen. Nicht, als sie sich das erste Mal gesehen haben (zumindest nicht, als Renaire ihn das erste Mal sah), sondern ihr erstes Treffen. Als sie zum ersten Mal miteinander sprachen.

Träume sind zusammengewürfelte Lichtblitze und Erinnerungen eines Gehirns, das versucht, sich vom vergangenen Tag zu erholen. Manchmal sind seine Träume für Renaire ein Grund, zur Flasche zu greifen. Er träumt nicht gern, aber er hasst es noch mehr, sich zu erinnern. Er kann nicht verhindern, dass er sich erinnert – außer, er ist betrunken oder high oder mit irgendetwas anderem beschäftigt, das nach seiner ganzen Aufmerksamkeit verlangt. Das sind so Sachen wie Malen oder Ficken oder Töten. Wenn er schläft, hat er diese Optionen allerdings nicht.

Darum erinnert er sich.

Damals war er noch schlechter dran – was selbst Renaire verwundert. Er war noch nicht am Bodengrund der Abhängigkeit angelangt – da, wo man für den nächsten Schuss oder die nächste Flasche oder die nächste Pille absolut alles tun würde –, aber er war auf dem besten Wege dahin. Es fehlte nur noch das letzte Stück des Wegs.

Renaire kann sich nicht einmal an den Namen des Typen erinnern, mit dem er schlief. Er war immerhin ganz nett und ein passabler Zeitvertreib. Der Typ war völlig besessen von ihm und seiner Kunst gewesen. Oft setzte er sich vor ein Fenster, bedachte Renaire mit einem aufreizenden Blick, den dieser überhaupt nicht sexy fand, und sagte *Zeichne mich, R, male mich.* Er bettelte regelrecht darum, dass Renaires Kunst ihn unsterblich machte.

Er war durchaus nett gewesen. Allerdings ging er zu den ungewöhnlichsten Zeiten zur Arbeit und Renaire war dafür sehr dankbar, denn so konnte er zu jeder Tages- und Nachtzeit volltrunken Spaziergänge unternehmen. Vor zwei Tagen war er in den Park gegangen und hatte dort Delaurier gesehen. Das war jedoch nicht einmal das gewesen, worauf sich sein Gehirn konzentriert hatte. Ein Teil seines Bewusstseins war auf ihn aufmerksam geworden und hatte ihn nicht mehr losgelassen. Damals jedoch hatte Delaurier nicht diese Macht über ihn gehabt. Noch nicht.

Das hatte ihn jedoch nicht davon abgehalten, ihn zu malen.

Daran kann sich Renaire erinnern. Er kann sich erinnern, dass die Staffelei in der Ecke des muffigen Schlafzimmers schon eine erste Skizze zierte, die Delaurier darstellen sollte. Nur einen Moment später hatte er Gelegenheit, die Genauigkeit seiner Zeichnung zu bewundern, da seine Muse von einem dieser einschüchternden Gesellen, die wie ein Schrank gebaut waren und dem Typen manchmal folgten, durch die Tür gestoßen wurde. Überall klebte Blut: Seine Nase blutete, zwischen seinen Zähnen schimmerte rotes Blut, auch in seinem blonden Haar war Blut.

Dem Schranktypen war offenbar nicht aufgefallen, dass Renaire sich im Zimmer befand oder es war ihm egal. Es war kurz vor Mittag und somit fiel noch genügend goldenes Sonnenlicht ins Zimmer, um Delaurier praktisch strahlen zu lassen.

Vielleicht waren das aber auch die Drogen.

Ziemlich sicher waren das die Drogen.

Wie auch immer, Delaurier sah den Schranktypen an wie ein Löwe eine Gazelle ansieht, die er jeden Moment verspeisen möchte.

„Was denkst du eigentlich, wer du bist?", hatte der Schranktyp Delaurier zugerufen und ein Messer gezogen. Renaires Anwesenheit war ihm immer noch nicht aufgefallen. Das Messer blitzte im Sonnenlicht auf. Renaire hatte derweil nach ein paar Pinseln und Messern gegriffen, die ihm hilfreich erschienen. Er hatte sogar eine Tube Farbe hervorgeholt (Kadmiumgelb, weil es ihm passend erschien) und wartete. Er schwankte zwar ein wenig hin und her, aber er wartete. „Du denkst wohl, so ein kleiner Scheißer wie du –"

Renaire begann zu lachen. Dass jemand *ihn* einen kleinen Scheißer nannte, erschien ihm unglaublich amüsant, doch der Schranktyp hatte das nicht so witzig gefunden. Er hatte ihn angestarrt, eine Augenbraue gehoben und sich vor ihm aufgebaut.

„Wenn das nicht Malschlampe ist."

„Die malende Schlampe", verbesserte Renaire.

„Er hat nichts damit zu tun", mischte sich Delaurier ein.

Renaire hatte mit den Augen gerollt, weil er den Eindruck hatte, Delaurier wäre ein idealistischer Blödmann. Mittlerweile weiß er, dass Delaurier zwar kein Blödmann, aber mindestens zwanzig Mal so idealistisch ist, wie man sich nur vorstellen kann. Auch der Schranktyp schien nur bedingt beeindruckt, als Delaurier versuchte, sich von den Handschellen zu befreien, was dazu führte, dass er auf dem Bett herumrobbte wie ein Fisch auf dem Trockenen.

Renaire seufzte. „Hör zu." Er schwankte und zeigte mit einem Finger auf Delaurier, während er wankend auf ihn zukam. „Ich will ihn nur malen. Warum schubst du ihn so herum?"

„Er hat versucht, unseren Auftraggeber umzubringen", sagte der Schranktyp. Offensichtlich legte er es darauf an, dass Renaire sich schlecht oder angewidert fühlte, weil er weiterhin darauf anspielte, dass Renaire sich für Geld prostituierte. Das funktionierte nur nicht, weil Renaire sich damals um so etwas noch weniger scherte als heute. „Der Idiot ist ein Terrorist."

Er blinzelte überrascht und sah Delaurier an.

„Ernsthaft?"

Delauriers Antwort war ein nonchalantes Schulterzucken, ein reueloses, wortloses *Ja, und?*

Es hat einen gewissen Reiz, den genauen Moment zu kennen, in dem man seine Seele verkauft hat.

Die meisten Leute können nicht glauben, wie einfach es ist, jemanden zu töten. Renaire hat diese Lektion nie vergessen und wird sie vermutlich auch nie vergessen. Er *würde* gern, doch gleichzeitig ist ihm bewusst, dass er ziemlich gut darin ist. Kunst und Mord sind die beiden Dinge, für die er eine gewisse Begabung mitbringt. Der Schranktyp hatte nicht einmal mitbekommen, wie Renaire das Messer in seine entspannt herunterhängende Hand gleiten ließ. Und er keuchte nur kurz auf, als ihm Renaire damit die Kehle durchschnitt. Das war viel einfacher als das, was er mit den Pinseln vorgehabt hatte.

Renaire war betrunken genug gewesen, um dem Schranktyp über den Kopf zu streicheln, bevor er die Leiche zu Boden gleiten ließ. „Nichts persönliches."

Die Leiche war auf dem Boden aufgeschlagen, woraufhin Stille einkehrte. Das Zimmer drehte sich um Renaire, nur ein ganz kleines bisschen.

„Wen wolltest du umbringen, wenn ich fragen darf?", fragte Renaire und wischte das Messer an seinem Hemd ab.

Delaurier hatte sich in eine weniger verletzliche Position auf dem Bett gebracht und wenn er nur ordentlich hin und her schaukelte, wäre er vermutlich sogar in der Lage, aufzustehen. „Das hättest du nicht tun müssen", sagte er und sah Renaire tief in die Augen.

„Doch, musste ich", sagte Renaire. „Noch mal – wen bringst du um?"

„Jean-Auguste Loudin", erwiderte Delaurier vorsichtig, denn Renaire machte mit ziemlicher Sicherheit den Eindruck, als wäre er betrunken *und* verrückt. Was natürlich letztendlich der Wahrheit entsprach.

„Wen?", fragte Renaire mit einem Stirnrunzeln. „Das ist Wie-war-noch-mal-sein-Name?"

Wenn man vom Teufel tratscht … Just in diesem Moment stürmte Wie-war-noch-mal-sein-Name durch die Tür. Er machte einen panischen und gestressten Eindruck und hielt einen Revolver in der Hand. Er sah nacheinander die frische Leiche, Renaire und Delaurier an und rannte dann mit einem besorgten Gesichtsausdruck zu Renaire hinüber. „Geht es dir gut? Haben sie dir wehgetan?"

„Alles in Ordnung", versicherte Renaire und irgendwie hatte das Wie-war-noch-mal-sein-Name (offensichtlich Jean-Auguste) tatsächlich beruhigt. „Hast du den Schlüssel für die Handschellen?"

Wie-war-noch-mal-sein-Name erstarrte mitten in der Bewegung, als würde Renaire eine Waffe auf ihn richten. „Was?"

„Weißt du, das war alles nur ein Missverständnis", sagte Renaire und ließ sich in den *zeichne mich, male mich, liebe mich* Sessel fallen. Er ließ alles außer dem Messer los, um sich eine Zigarette anzuzünden. „Wir werden das wie zivilisierte Menschen ausdiskutieren. Niemand bringt hier irgendjemanden um."

Er konnte sehen, dass Delaurier drauf und dran war zu widersprechen, doch er warf ihm einen strengen Blick zu, woraufhin dieser den Mund hielt. Renaire war sich ziemlich sicher, dass er unter Schock stand.

Offensichtlich vertraute Wie-war-noch-mal-sein-Name Renaire blind, denn er half Delaurier in eine aufrechte Position und befreite ihn von den Handschellen. Und dann folgte eine lange Unterhaltung.

Jean-Auguste Loudin war ein schonungslos ausbeuterischer Geschäftsmann und blabla Gerechtigkeit und blabla Kriminalität und Gleichheit. Renaire hatte schon ziemlich bald nicht mehr zugehört. Er hatte es viel interessanter gefunden, wie sich das Gesicht von Wie-war-noch-mal-sein-Name in die Fratze des erbarmungslosen Mannes verwandelte, als den Delaurier ihn beschrieben hatte.

Scheinbar war Delaurier nicht nur ein fehlgeleiteter Verrückter, der es darauf abgesehen hatte, Leute umzubringen. Er war ein *Idealist*, der es darauf abgesehen hatte, Leute umzubringen. Renaire war sich nur nicht sicher, ob das besser oder schlechter war.

Ihnen dabei zuzusehen, wie sie sich anschrien und bedrohten, hatte Renaire ziemlich schnell gelangweilt. Zu diesem Zeitpunkt kannte er immer noch nicht Delauriers Namen, also begnügte er sich damit, sein sonnenbeschienenes Haar und den rechtschaffenen Stolz in seinen Augen zu betrachten. Er fand die Vorstellung, dass es sich bei Delaurier um einen Halbgott handelte, nicht unbedingt abwegig. Er drückte seine Zigarette auf dem Fensterbrett aus. „Komm schon, Apollo. Bring es hinter dich und lass uns verschwinden."

Das schockierte Jean-Auguste so sehr, dass er Renaire statt Delaurier ansah, und er verbrachte seine letzten Sekunden damit, überrascht und verraten auszusehen, während Delaurier ihm den Revolver entriss (Mit *Silberbeschlag!* Wie-war-noch-mal-sein-Name konnte so ein Idiot sein) und ihm zweimal in die Brust schoss. Es war alles sehr schnell gegangen und Jean-Auguste war mit weit aufgerissenen Augen zu Boden gefallen und starrte Renaire an.

Delaurier tat es ihm gleich. Er beobachtete Renaire wie ein Falke, der eine Schlange beobachtet. Er versuchte herauszufinden, ob er plante, ihn anzugreifen und wenn ja, wer von ihnen beiden siegreich sein würde. „Wie betrunken bist du?", fragte Delaurier, als könne das erklären, was hier gerade vorgefallen war.

„Betrunken genug, um zu töten, high genug, um gut darin zu sein, aber nüchtern genug, um es nie zu bereuen", antwortete Renaire und zeigte auf Delaurier. „Ich werde dich malen."

Und wieder hatte Delaurier ihn angesehen, wie man einen Verrückten ansieht. Doch er hatte auch gezögert. Er hatte sich in dem hellen Schlafzimmer umgesehen und die beiden Leichen sowie Renaires kleine Kunstecke betrachtet. Delaurier hatte eine Frage stellen wollen, doch stattdessen nickte er. „Du hast mir das Leben gerettet. Da ist das wohl das Mindeste, was ich tun kann. Aber nicht hier und nicht jetzt."

„Ich komme mit dir", sagte Renaire.

Wieder hatte Delaurier genickt und sich im Zimmer umgesehen. Diesmal achtete er auf die Details – darauf, wie seine Klamotten achtlos auf dem Boden verteilt waren und leere Flaschen und Beutel ordentlich auf dem Nachttisch standen. „Musst du irgendwas einpacken? Wir müssen schnell verschwinden."

„Nur eine Sache", sagte Renaire und Delaurier sah erleichtert aus. Als Renaire aus dem anderen Zimmer zurückkam, erwartete er halb, das Schlafzimmer leer vorzufinden. Er hatte *definitiv* Delauriers Stirnrunzeln erwartet, als er mit einer Weinflasche wiederkam. Er warf Delaurier ein feuchtes Handtuch zu, damit er sich das Blut abwischen konnte. „Dieses Schätzchen kommt mit. Für erwiesene Dienstleistungen."

Delaurier hatte zwar gezögert, doch schließlich hatte er doch gefragt. Irgendwie jedenfalls. „Bist du wirklich eine …" Er hielt inne, als könne er das Wort nicht aussprechen. Es schien eher, dass er nach einer höflicheren Formulierung suchte, als dass es ihm tatsächlich peinlich war.

Renaire hatte schließlich Mitleid mit ihm. „Nein, ich bin keine Hure. Ich lasse mich nur für kreative Übergriffe und emotionalen Schaden bezahlen."

Und dann hatte Delaurier ihn lange, lange angestarrt und ihm schließlich die Hand hingehalten. Renaire schüttelte sie wie ein ganz normaler, psychisch stabiler Mensch, der nicht völlig außer sich war, weil er ihn endlich berühren durfte. „Ich bin Emile", sagte er und die Worte waren ein langer Atemhauch.

„Emile", hatte Renaire wiederholt und die beiden Silben auf der Zunge probiert wie einen Leckerbissen. Sie schmeckten zuckersüß.

Das tun sie noch.

„Ich meine, Delaurier", sagte Delaurier mit weit aufgerissenen Augen. Er starrte Renaire immer noch an.

„Ist das so, Emile", sagte Renaire und konnte nicht aufhören, zu lächeln.

„Emile *Delaurier*", wiederholte Delaurier. „Man nennt mich Delaurier."

„Dann wäre ich wohl Renaire", hatte er gesagt und war nicht mal ein kleines bisschen versucht gewesen, seinen Vornamen zu nennen. Er fragte sich, ob ein Händeschütteln, bei dem das Schütteln fehlte, als Händchenhalten durchgehen konnte, denn es hielt schon viel zu lange an.

An Renaires Hand klebte eingetrocknete Farbe und sie fühlte sich an, als würde sie in Delauriers warmer, leicht verschwitzter Handfläche vibrieren. Er konnte fühlen, wie sich Delauriers Finger bewegten, wie Delauriers Zeigefinger über Renaires Handfläche strich, sodass es sich wie eine Liebkosung anfühlte.

Doch schließlich wandte Delaurier den Blick von Renaires Gesicht ab und starrte stattdessen ihre verschränkten Hände an. Er entzog ihm seine Hand so abrupt, als hätte Renaire ihn verbrannt oder litte an einer ansteckenden Krankheit. Das hatte ihn verletzt. Schon damals hatte ihn das verletzt.

Danach, nach diesem einen Moment, hieß es immer *berühre ihn nicht*. Immer zwei Schritte von ihm weg und Meilen zwischen ihnen. Renaire bildet sich ein, dass er ihn manchmal beobachtet, doch er ist sich ziemlich sicher, dass er nach zwei Jahren mit *fass mich nicht an, sieh mich nicht an, atme nicht mal* ein ganz neues Ausmaß von Verrücktheit erreicht hat. Nicht mal, wenn er wollte, könnte er entkommen.

Dieser eine Moment verfolgt ihn. Dieser eine, singuläre Moment. Als sie sich ansahen, die Hände verschränkt, und die Welt nur eine Nebensächlichkeit war.

In der Nacht wacht er schließlich auf. Er fühlt sich allein und ihm ist kalt. Delaurier ist kaum einen Meter von ihm entfernt.

Das nächste Mal wacht er auf, weil ihm Sonnenlicht ins Gesicht scheint. Bevor er sich die Decke über das Gesicht ziehen kann, hat die Helligkeit schon seine Augen attackiert. *Warum zum Teufel muss es heute in Moskau unbedingt sonnig sein?*

„Auf dem Nachttisch steht ein Glas Wasser für dich", kommt Delauriers Stimme vom anderen Ende des Zimmers.

„Du hast das Fenster geöffnet, stimmt's?", wirft ihm Renaire vor.

„Ja, habe ich", sagt Delaurier ohne jede Reue in der Stimme. Renaire wünscht sich, dass er irgendetwas anderes als ein Kissen parat hätte, um es nach Delaurier zu werfen. Niemals würde er klein beigeben, noch nicht einmal, wenn es um kindische Rache geht. „Willst du nun deine Erklärung oder nicht?"

Normalerweise würde Renaire sich einfach aus Prinzip ein wenig bitten lassen, doch *dieses* Angebot sorgt dafür, dass er neugierig unter seiner Decke hervorlugt. Delaurier sitzt auf seinem eigenen Bett und es sieht so aus, als würde der Laptop neben ihm eine PowerPoint Präsentation wiedergeben. Jedes Mal, wenn sie einen Auftrag zu erledigen haben, der nicht nur aus Einbrechen und Töten besteht, muss Renaire diese PowerPoint Präsentationen über sich ergehen lassen; darum überrascht ihn der Anblick nicht wirklich.

Außerdem versucht Delaurier sehr angestrengt, nicht loszulachen, weil Renaire, der aus seinem Deckenberg hervorschaut, so ein erheiterndes Bild abgibt. Und auf dem Nachttisch steht ein Glas Wasser für Renaire bereit.

Da warten offensichtlich sehr, sehr schlechte Nachrichten auf ihn.

Er befreit sich aus den Decken und kommt vollkommen bekleidet zum Vorschein. Er trägt noch dieselben Klamotten wie am Tag davor (und vermutlich auch am Tag davor), von Socken und Schuhen mal abgesehen (zum Glück). Mit durstigen Schlucken stürzt er das Wasser hinunter. Schließlich krabbelt er aus dem Bett, streckt sich kurz und setzt sich dann auf den einzigen Stuhl im Zimmer. Dabei trinkt er noch etwas von dem Wasser. „Okay, schieß los."

Und schon startet die PowerPoint Präsentation. Als erstes erscheint das Bild einer lächelnden, professionell aussehenden Frau. Es ist in schwarz-weiß und ein wenig unscharf, so als wäre es aus einer Zeitung herausgerissen worden. Vermutlich war dem tatsächlich so. „Irena Ivanova, siebenunddreißig Jahre alt, eine der bekanntesten investigativen Journalisten Russlands. Eigentlich der ganzen Welt."

Als nächstes erscheinen verschiedene Artikelüberschriften. Es sind zu viele, als dass Renaire sie tatsächlich lesen könnte, vor allem, da Delaurier in schneller Folge von einer zur nächsten springt. „Sie hat Kriminalität und Korruption in der russischen Regierung bloßgestellt und die Welt darauf aufmerksam gemacht, wie viel Menschenhandel vor allem in Osteuropa vor sich geht."

In Delauriers Stimme schwingt eine ganze Menge Bewunderung mit. Was immer diese Dame angestellt hat, um Delaurier dazu zu bringen, kopflos nach Russland zu reisen und sie zu töten, muss schrecklich gewesen sein.

Als nächstes ist Ivanova in irgendeinem Restaurant zu sehen, während sie mit jemandem spricht. Was Renaire vor allem aus diesem Bild lernen kann, ist die Tatsache, dass Ivanova offensichtlich beschattet wurde. „Sie ist – war – leider Pazifistin und glaubte daran, dass Gewalt nie eine Lösung ist. Und bis zu einem gewissen Punkt hat das auch funktioniert. Manchmal wurden die offiziellen Stellen tätig, nachdem sie einen Missstand aufgedeckt hatte. Letztendlich machte sie das zu einer Gefahr für die etablierten Parteien, aber sie war nicht gefährlich genug, um sich ihrer zu entledigen."

Delaurier zögert einen Moment, bis er das nächste Bild aufruft. Das ist insofern seltsam, als der Bildschirm einfach nur leer ist. Es muss sich wohl um einen Platzhalter handeln, denn stattdessen reicht Delaurier ihm einen Ordner, der verdächtig nach dem aussieht, den er aus Ivanovas Wohnung mitgenommen hat.

Auf der ersten Seite sind Notizen auf Russisch. Da Renaire kein Kyrillisch lesen kann, blättert er um. Ein Bild von Delaurier wurde an die nächsten sechs Seiten angeheftet. Es handelt sich um eines ihrer Pseudopropagandafotos. Zwar wurde es zufällig geschossen, doch da Delaurier so unwahrscheinlich fotogen ist, kann man es problemlos auf Flyer drucken. Die ersten paar Seiten unter dem Foto sind auf Russisch, doch die letzten beiden sind auch für Renaire lesbar.

Und erschreckend.

Von dem, was er hier über Delaurier liest, wusste er selbst nicht einmal die Hälfte.

„Sie war sehr gut in ihrem Beruf", sagt Delaurier mit ruhiger Stimme, in der so etwas wie Bedauern mitschwingt.

„Ich verstehe das nicht", sagt Renaire. Das zu sagen, ist immer besser, als zu versuchen, das Rätsel selbst zu entschlüsseln. „Du hast nie ein Geheimnis daraus –"

Delaurier blättert für ihn um, sodass der nächste Packen Papier zum Vorschein kommt, der mit einer Büroklammer zusammengeheftet ist. Glassons ruhiges, schmales Gesicht blickt ihm entgegen. Ein weiteres Zufallsbild. Entweder jemand hat sie ausspioniert oder eine ihrer Kameras wurde gestohlen oder etwas anderes ist schiefgegangen. Über Glasson gibt es vier Seiten und Renaire ist höflich genug, sie nicht zu lesen. Dann geht es mit Carope weiter, ebenfalls vier Seiten.

Und dann ist Renaire selbst dran.

Über ihn gibt es sogar noch mehr Seiten als über Delaurier, weil es sich nicht – wie bei den anderen – nur um eine Zusammenfassung handelt. Alle möglichen Details sind aufgeführt. Geburtsurkunde (er ist überrascht, dass sein Vorname und Geburtsdatum Ivanova keinen Kommentar wert war), Gefangennahmen (hauptsächlich Trunkenheit und sittenwidriges Verhalten), Krankenakten (die möchte er nicht einmal anschauen), sein Studienbuch (inklusive seines Versuchs, Jura zu studieren – mit einem Semester Einser-Noten und dem nächsten, in dem er überall durchgefallen war). Sogar seine Militärakte mit Stationierung und unehrenhafter Entlassung. Es gibt Kopien von alten Zeichnungen und von seiner allerersten Zeichnung von Delaurier (die aufgrund der Blutspritzer und der interessanten Entstehungsgeschichte einen Haufen Geld wert sein müsste). Er erfährt auch, was so in seiner Familie los war, seit er verschwunden ist. Seine Eltern sind vor vier Jahren bei einem Autounfall gestorben. Seine Schwester hat reich geheiratet – genau, wie sie es sich immer gewünscht hat – und heißt nun Michelle Mannon.

Ivanova wusste mehr über Renaires Leben als er selbst.

Der Aktenordner hat Informationen über alle STB-Mitglieder, bis hin zum dreizehnjährigen Chason.

„Ich habe sie gebeten, es nicht zu veröffentlichen", sagte Delaurier. „Ich habe versucht, sie zu überreden. Ich habe ihr größere Storys versprochen. Ich habe wirklich versucht, eine andere Lösung zu finden, aber sie wollte nicht darauf eingehen. Sie meinte, dass sie es an Interpol schicken würde, selbst wenn sie es nicht veröffentlicht. Sie war –"

„Danke", sagt Renaire. Das Wort kommt ihm leise über die Lippen, aber er meint es ernst.

Delaurier hat etwas getan, wozu Renaire ihn niemals für fähig gehalten hätte. Er hat seine Moralvorstellungen über Bord geworfen. Er hat etwas über Die Sache gestellt. Renaire zweifelt nicht für einen Moment daran, dass sich Delaurier deswegen schrecklich fühlt. Er ist sich aber auch sicher, dass Delaurier wieder genauso handeln würde, wenn er ein zweites Mal vor diese Wahl gestellt würde.

„Ich konnte nicht zulassen, dass sie euch in Gefahr bringt", sagt Delaurier. Nicht *STB*, nicht *Die Sache*. Euch. Für seine Freunde hat er seinen Ehrenkodex hintenangestellt. Delaurier sitzt nach vorn gebeugt da, so als müsse er um Renaires Verständnis werben, dabei ist mehr als klar, dass er versucht, seine Tat vor sich selbst zu rechtfertigen. „Ich bin für euch verantwortlich. Ich habe so lange wie möglich gewartet, habe versucht, mit ihr zu verhandeln. Aber ich würde *nie* riskieren, dass euch etwas passiert. Nicht, wenn es in meiner Macht steht, das zu verhindern."

„Danke, Emile", wiederholt Renaire. Er ergreift Delauriers Hände, denn Delaurier braucht jetzt *irgendeine* Geste. Seine Hände zittern leicht und Renaire tut so, als würde er es nicht bemerken. „Du hast uns gerettet. Wegen dir sind wir in Sicherheit."

Wenn Interpol in den Besitz dieser Informationen käme, würde man sie festnehmen und ins Gefängnis stecken. Und es würde ein französisches Gefängnis sein. Das musste mit allen Mitteln verhindert werden. Die Vereinten Nationen hatten in den 2000er Jahren eine Kommission nach Frankreich geschickt, um die Zustände in den staatlichen Gefängnissen zu untersuchen. Die Kommission kam zu dem Schluss, dass es sich bei den französischen Gefängnissen um die schlimmsten Menschenrechtsverletzungen handelte, die sie je gesehen hatte. Frankreich hatte weltweit die höchste Selbstmordrate bei Gefangenen.

Noch so eine Sache, gegen die Delaurier ankämpft.

Er verspürt für einen Moment den Impuls, Delaurier zu umarmen, beherrscht sich dann aber doch.

„Hast du Glasson davon erzählt?", fragt Renaire. Er hält immer noch Delauriers Hände und wird sie nicht loslassen, bis Delaurier Notiz davon nimmt. Delaurier schüttelt den Kopf und beobachtet Renaire, als warte er auf etwas. Renaire hat keine Ahnung, was das sein könnte. Er lässt eine von Delauriers Händen los, um nach dessen Telefon zu greifen. Weil das zur Folge hat, dass Delaurier den Blick senkt und feststellt, dass Renaire seine Hand hält, lässt Renaire auch die zweite Hand los und hält ihm das Telefon vor das Gesicht. „Ruf Glasson an. Wenn ich weg bin, erzählst du ihm alles, was er wissen muss."

Delaurier runzelt die Stirn. „Wo gehst du denn hin?"

„Ich brauche eine Dusche", meint Renaire entschieden. Er durchwühlt ihre Tasche nach ein paar möglichst sauberen Klamotten und sieht dann wieder Delaurier an. „Und es wird eine sehr, sehr lange Dusche sein."

Das quittiert Delaurier tatsächlich mit einem Lächeln. Es ist nur ein winzig kleines Lächeln, aber es ist ehrlich und an Renaire gerichtet. Dann widmet sich Delaurier seinem Handy. „Viel Spaß."

„Oh, den werde ich haben", sagt Renaire und dreht sich um, um das Zimmer zu verlassen.

„Warte", sagt Delaurier, als Renaire die Türklinke schon in der Hand hat. Renaire dreht sich noch einmal zu ihm um und Delaurier sieht tatsächlich *nervös* aus. Renaire wirft einen kurzen Blick aus dem Fenster, um festzustellen, ob dieses Ereignis vielleicht den Weltuntergang nach sich zieht. „Ich habe deine Akte gelesen. Ich wollte, dass du das weißt."

Remaine bewegt keinen Muskel und versucht, gleichmäßig zu atmen. „Und?"

Und er weiß in dem Moment, was kommt, als in Delauriers Gesicht dieses idealistische Strahlen erscheint. Renaire kann die Worte mitsprechen und er rollt die Augen, als Delaurier sagt: „Du könntest so viel mehr aus dir machen." Natürlich ärgert das Renaire und er lässt ein frustriertes Schnaufen hören. „Ich meine es ernst, Renaire. Das *könntest* du! Deine Testergebnisse sind herausragend und deine Noten waren so gut wie meine, wenn du dir mal Mühe gegeben hast. Wenn du nur –"

„Ich bin dann mal unter der Dusche", sagt Renaire. Er ist stolz auf sich, weil er als Antwort nur ein bisschen mit der Tür geknallt hat.

RENAIRE GEHT nicht zurück ins Zimmer. Er kauft sich einen Skizzenblock, klaut die Zeichenkohle und setzt sich damit in irgendeinen Park. Es ist durchaus nett dort und er verbringt den Tag damit, die kampferprobten Moskauer Tauben zu zeichnen. Nur wenige Tauben in der Stadt sind ohne Narben, haben noch alle Krallen oder sind überhaupt gesund. Es herrschen fast Minusgrade, aber die Einheimischen scheint das nicht zu stören. Es ist kalt draußen und das macht seine Finger steif. Doch letztendlich führt das nur dazu, dass sich seine Geschicklichkeit dem Normalmaß annähert.

Seine Hände sind das einzige, was er an seinem eigenen Körper mag. Im Moment sind sie kohlschwarz und das macht seine Zigarette grau und führt vermutlich zu Streifen in seinem Gesicht. Eine letzte Taube wirft ihm aus seinem Skizzenbuch einen bösen Blick zu, als Delaurier ihn schließlich findet. Renaire ist sich ziemlich sicher, dass Delaurier ein Ortungsgerät installiert hat, während Renaire sich ein ums andere Mal in den Vollrausch gesoffen hat.

„Du hättest einfach anrufen können", murmelt Renaire mit der Zigarette im Mundwinkel. Er macht sich nicht einmal die Mühe, von seinem sturen Taubenvogel aufzublicken. Ihm fehlt ein Auge, trotzdem gelingt es ihm, Renaires Blick mit der fünffachen Strenge einer durchschnittlichen Großmutter zurückzuwerfen.

„Ich musste mir sagen lassen, dass das keine angemessene Reaktion ist, nachdem ich so ziemlich alles über dein Leben herausgefunden habe", sagt Delaurier trocken und auch ein kleines bisschen bescheiden.

„Ich hatte auch nicht erwartet, dass du eine angemessene Reaktion haben würdest", sagt Renaire schlicht und klopft die Asche von seiner Zigarette. Er hat es wohl gehofft, aber nie ernsthaft erwartet. „Ich habe mich vor langer Zeit damit abgefunden, dass du ein besitzergreifendes, selbstgefälliges Arschloch mit einem Überlegenheitskomplex bist."

„Irgendwie ist das beruhigend", sagt Delaurier.

„Trotzdem kannst du dich natürlich entschuldigen, wenn du magst", schlägt Renaire vor und wischt mit dem Finger ein letztes Mal über die unordentlichen Schwanzfedern. „Du wirst es nicht ernst meinen, aber ich höre es mir trotzdem gern an."

Delaurier entschuldigt sich nicht. Er lässt eine Hand in Renaires Jackentasche gleiten und fischt eine Zigarette heraus. Renaire legt die Zeichenkohle beiseite, um das Feuerzeug hervorzuholen. Eine fremde Hand in seiner Jacke ist ja noch in Ordnung, aber in seiner Hose – das ginge nun wirklich zu weit.

„Selbst, wenn ich im wahrsten Sinne des Wortes alles über dich weiß, werde ich immer noch nicht schlau aus dir", sagt Delaurier. Renaire wagt nicht, Delaurier beim Rauchen zu beobachten, also sucht er sich eine Touristin – eine gequält dreinschauende Brünette, der die Mütze fast vom Kopf fällt – und blättert sein Skizzenbuch um. „Ich kann zwar vorhersagen, was du tun wirst, aber du bist trotzdem … verwirrend. Und das macht dich nur noch frustrierender."

„Schmeichler", sagt Renaire und lächelt dabei fast. „Ich wette, das sagst du zu allen Typen."

„Wohl kaum", sagt Delaurier viel ernster, als Renaire im Moment lieb ist. Das hält jedoch nicht lange an. Er streckt sich und sein Arm stößt ganz leicht gegen Renaires Schulter. Nein, er wird nicht in diese Falle tappen und Delaurier ansehen, während der sich streckt. Bisher hat sich Delaurier drei Mal entschuldigt, indem er für Renaire posiert hat und nein, *das werden sie jetzt nicht tun*. „Genug geschmollt?"

„Genug geschmollt, ja. Genug gemalt, nein", sagt Renaire.

Delaurier schnalzt interessiert mit der Zunge und hebt dann die fertige Zeichnung auf, die Renaire mit einem Stein beschwert hat; nur für den Fall, dass der Wind auffrischt. „Ich mag sie."

25

„Natürlich tust du das. Das sind die armen, geschundenen Opfer der Gesellschaft", sagt Renaire. „Sieh nur, wie die Bourgeoisie sie unterjocht hat, wie sie sich in der Nähe von Abluftschächten herumdrücken müssen, um in dieser Eiseskälte etwas Wärme zu erhaschen. Diese verlorenen Seelen brauchen deine Hilfe, Emile. Sieh dir ihre Not an, ihre Verzweiflung. Rette die Tauben."

„Warum tust du das?", fragt Delaurier irritiert.

„Warum nicht?" Renaire schenkt Delaurier ein kurzes Lachen, bevor er sich wieder daran macht, die Touristin zu zeichnen. „Ein wenig Selbstkritik würde dir nicht schaden. Taube Nummer vier ist im übrigen für dich. Du wirst Taube Nummer vier mögen."

Taube Nummer vier ist die beleidigste Taube, die Renaire je gesehen hat. Er wusste nicht mal, dass Tauben beleidigt aussehen können, bis Nummer vier auftauchte. Das bringt Delaurier zum Lachen.

„Na gut, ich bin fertig", sagt Renaire schließlich. Er vollendet ihr Federkleid mit ein paar letzten Strichen und sieht dann Delaurier an. Dass er mit Glasson gesprochen hat, hat ihm offensichtlich gutgetan. Das ist meistens so. „Ziehen wir die Sache heute durch?"

„Heute Nacht", sagt Delaurier. Er nimmt Renaire den Skizzenblock ab, damit der beide Hände frei hat, um sich die Zeichenkohle mit einem Taschentuch abzuwischen, das Delaurier ihm reicht. „Lass uns was essen und dann zeige ich dir den Plan."

„Ich muss den Plan nicht sehen", sagt Renaire, weil er das immer sagt.

Ebenso vorhersagbar antwortet Delaurier: „Man kann nie zu gut vorbereitet sein."

Delaurier steht auf und geht voran. Den traurigen Rest seiner Zigarette schnippt er in einen Mülleimer.

Renaire folgt ihm.

2

DIE BÜROS der russischen Mafia schließen nie. Grundsätzlich finden illegale Transaktionen meist nach den gängigen Geschäftszeiten statt, darum erledigen auch Delaurier und Renaire ihre Aufträge zu diesen Zeiten.

Es stellt sich heraus, dass es darauf ankommt, einen bleibenden Eindruck zu hinterlassen. Delaurier besitzt reichlich Schicht- und Zeitpläne und holt eine Zeichnung des Grundrisses vom Gebäude hervor. Renaire tut nicht einmal so, als würde er dem Plan große Aufmerksamkeit schenken. Delaurier ist kein ausgemachter Optimist, trotzdem scheint er die Hoffnung zu hegen, dass der Tag kommen wird, an dem Renaire sich für diese ganzen Sachen interessiert. Heute jedoch ist nicht dieser Tag.

„Ich habe nie verstanden, warum man von der russischen Mafia spricht", bemerkt Renaire, als Delaurier irgendetwas von der Stromversorgung erzählt. Bisher hat er es ihm nicht sonderlich schwergemacht, denn Delaurier hat ihm auch ein Eis mitgebracht. Das ist zwar nicht so gut wie Alkohol, aber jeder Bestechungsversuch wird dankend zur Kenntnis genommen. „Ich meine, es heißt ja auch nicht japanische Mafia, sondern *yakuza*. Drogenkartelle sind nicht ganz dasselbe, aber sie kommen nah ran. Und auch die nennt kein Mensch die kolumbianische Mafia. Oder–"

„*Bratva*", sagt Delaurier. „Das bezieht sich aber in der Regel auf eine einzelne Gruppe. *Vorovskoy mir* geht auch. ‚Bratva' wäre identisch mit der ‚Familie' in der traditionellen Mafia. Für das große Ganze gibt es nicht wirklich ein Wort, daher müssen wir wohl bei russische Mafia bleiben. Also, könntest du jetzt bitte wenigstens so tun, als würdest du zuhören?"

„Du hast mir Eis mitgebracht, also kann ich das wohl tun", sagt Renaire hoheitsvoll. „Oh, Wikipedia meint übrigens, wir wären ein Verbrechersyndikat."

„Wir sind *kein* Verbrechersyndikat", sagt Delaurier und starrt dabei auf die Papiere auf dem Tisch. „Wir sind höchstens Extremisten."

„Das auch", sagt Renaire. „Verbrechersyndikat wurde neu hinzugefügt."

„Bei dem, was wir tun, spielt ein Syndikat überhaupt keine Rolle", sagt Delaurier. „Eigentlich ist es ja nicht einmal ein Verbrechen –"

Renaire lacht.

„Also abgesehen *davon*", sagt Delaurier mit Blick auf die Pläne. Renaire beobachtet, wie es hinter Delauriers Stirn arbeitet, selbst wenn er das Thema im Moment nicht diskutieren will. „Na gut, es gibt ein bisschen virtuelle Kriegsführung und wir schummeln bei der Steuer, und manchmal erpressen oder berauben wir jemanden, und es gibt eine Organisation und angeschlossene Gruppen auf der ganzen Welt. Aber das ist auch schon alles. Wir sind *Revolutionäre*, keine Kriminellen. Wir sind die Speerspitze –"

„Du wirst die Wikipedia-Seite ändern, oder?", sagt Renaire. Sein Eis hat er fast aufgegessen.

„Natürlich. Sie ist schließlich falsch. Und hör auf, ständig unseren Wikipedia-Eintrag zu verfolgen", sagt Delaurier. „Das bringt dich nur auf *Ideen*."

„Gott behüte", meint Renaire trocken. „Haben wir nicht gerade so getan, als würde ich deinem Plan lauschen?"

Delaurier seufzt und sieht Renaire stirnrunzelnd an. „Wenn du *Ideen* hast, endet das immer in einem Desaster. Die letzten drei Male, als einer von uns beiden fast draufgegangen wäre, war das immer wegen einer deiner *Ideen*."

Renaire rollt mit den Augen. „Du findest nicht, dass dieser Zusammenhang ein bisschen verdächtig ist? Ich habe *Ideen* geäußert, gerade weil wir dabei waren, ins Gras zu beißen!"

„Du verlangst wirklich von mir zu glauben, dass Tripolis –"

„Tripolis zählt nicht", sagt Renaire.

„Dass ich dich finde, während du tatsächlich versuchst, dich ins Grab zu trinken, zählt nicht?", fährt in Delaurier an. „Du hattest 4,7 Promille im Blut –"

„Du weißt genau, warum Tripolis nicht zählt und wir wechseln jetzt das Thema", sagt Renaire.

„Ist es so schwer, mir einfach nur zuzuhören? Einfach meinen Befehlen zu folgen? Es gelingt dir gerade so, wenn wir nicht in einer lebensbedrohlichen Situation sind", sagt Delaurier. Er hat die Hände zu Fäusten geballt und lehnt sich auf die Tischplatte.

„Du hast kein Recht, mich zu kontrollieren, Emile", stellt Renaire fest.

„Doch, das habe ich", sagt Delaurier. Er steht auf und geht zur Tür. „Ich versuche nur, nicht darauf zu bestehen. Ich mache mich um elf Uhr nachts auf den Weg. Du kannst dir aussuchen, ob du mitkommen willst." Er macht eine kurze Pause, bevor er hinzufügt. „Wir wissen beide, wofür du dich entscheiden wirst."

„Und bis zu diesem Moment hatten wir so einen netten Tag", sagt Renaire, als sich die Tür hinter Delaurier schließt. Er ist wirklich versucht, irgendetwas gegen die Tür zu werfen.

Doch als es elf wird, steht Renaire in ihrem Hotelzimmer und ist bereit zum Aufbruch.

Delaurier besitzt nicht einmal die Höflichkeit, ihm einen selbstgefälligen Blick zuzuwerfen.

DAS BÜROGEBÄUDE an der Peripherie von Moskau ist nichts besonderes (interessanterweise ist es genau die entgegengesetzte Peripherie von ihrem Hotel). Es überrascht Renaire nicht, zu sehen, dass im Gebäude noch Licht brennt. Das

Verbrechen schläft nie – und das gilt für beide Seiten dieser Begegnung. Diesmal trägt Delaurier seinen unauffälligen braunen Mantel. Keine Frage, um welche Art von Auftrag es sich hierbei handelt.

„Es sollten sich neun Personen im Gebäude befinden. Drei Wachen, mindestens die Hälfte dürfte bewaffnet sein", referiert Delaurier, ohne Renaire anzusehen.

Die Stimmung zwischen ihnen ist immer noch angespannt, doch Renaire ist sich ziemlich sicher, dass sie das hier trotzdem elegant hinter sich bringen können. Das ist ihnen auch schon früher gelungen. Allerdings war damals kein Gefühlsausbruch von Delauriers Seite aus im Spiel, der aussah, als würde er gleich explodieren. Renaire redet sich ein, dass Delauriers Professionalität über den Drang siegen wird, ihn anzuschreien. Wäre dem nicht so, wäre er versucht, einen Aufschub vorzuschlagen.

„Hast du alles?", fragt Renaire.

„Natürlich", braust Delaurier auf. *Verdammt noch mal*, Renaire muss sich diesen Mist wirklich nicht antun. Er kann gehen, wann immer ihm danach ist. Doch dann steckt sich Delaurier die Hände tief in die Manteltaschen und geht zielstrebig auf die Hintertür zu. Wie immer folgt Renaire. „Du bist nur die Verstärkung, verstanden? Du gibst mir Rückendeckung und mehr nicht."

Renaire erträgt das nicht, jedenfalls nicht nüchtern. Aber da er nie Alkohol mitbringt, wenn sie zu einem Auftrag unterwegs sind, muss er sich mit einer Zigarette begnügen. Seine Hände zucken, als er sich vorstellt, wie es wäre, Delaurier zu erwürgen. Nur ein ganz kleines bisschen.

„Mach keine Dummheiten", sagt Delaurier. „Oder besser noch: Mach einfach gar nichts."

„Was denkst du, was für Waffen sie haben?", fragt Renaire, denn das *kleine bisschen* Erwürgen wird immer mehr zu einem Würgen, bis er blau anläuft. Selbst wenn sie vorhätten, ein Militärlager zu stürmen und ein Panzerbataillon auszuschalten, wäre dieses Verhalten für Delauriers Verhältnisse lächerlich.

„Vielleicht solltest du lieber hier draußen warten", sagt Delaurier, als sie die Tür erreichen. Ihre Bewegungen sind durch stete Wiederholung so automatisiert, dass Delaurier vermutlich nicht einmal bemerkt, wie er einen Schritt zur Seite macht, damit Renaire die Tür öffnen kann. „Oder du gehst zurück zum Hotel."

„Oder nach Paris", schlägt Renaire vor und rollt dabei die Augen. „Wobei, du könntest mich auch gleich in die Antarktis schicken."

Als er den Türknauf dreht, stellt sich heraus, dass die Tür unverschlossen ist. Entweder sind diese Leute sich ihrer Sache sehr, sehr sicher oder sie sind einfach unglaublich dumm. Er kann sehen, dass Delaurier genau das Gleiche denkt. Er presst die Lippen fest aufeinander und sie gehen zu ihrer gewohnten Taktik über. Delaurier schiebt ihn zur Seite und Renaire lässt das geschehen. Delaurier hat schon seine Waffe gezogen und das Gebäude betreten, als Renaire noch im Türrahmen steht.

Als sie drinnen sind, herrscht kein Chaos, denn dafür ist Delaurier einfach zu gut. Aber es *ist* bereits laut und blutig. Sie sehen zwei Leichen, bei denen es sich offensichtlich um die Wachen handelt, die in ihrem kleinen Sicherheitsraum erschossen wurden, der vom Flur abgeht. Renaire versteht durchaus, dass Delauriers Manie, sich Grundrisse und Schichtpläne einzuprägen, Sinn macht. Er nimmt sich die AK-47, die neben einer der Leichen liegt. Die ist zwar lauter, als ihm lieb ist, aber bei der Geräuschkulisse – überall wird geschrien und gerufen – kommt es darauf wohl auch nicht mehr an.

Wenn es darum geht, Unbeteiligte zu töten, versucht Delaurier immer, möglichst höflich zu sein. Deshalb hat er nie etwas Größeres als eine Pistole bei sich und das ist noch so eine Sache, wegen der Renaire ihn an den Schultern packen und schütteln möchte, bis er Sterne und Sonnenblumen und verdammte *Einhörner* sieht. Niemand zielt wirklich auf etwas, denn hauptsächlich schießen die Mafiatypen auf alles, was sich bewegt – also hauptsächlich auf ihre eigenen Leute – und nur von Zeit zu Zeit verirrt sich ein Schuss in die Nähe der Bürokabine, in der Delaurier sich versteckt hat.

Renaire hält den Schulterriemen der AK-47 locker in der einen und eine Zigarette in der anderen Hand, als er sich zu Delaurier hockt. „Wenn sie in die Nähe eines Telefons kommen, werden sie die Polizei rufen."

„Dieses Büro gehört der russischen Mafia. Niemand hier wird die Polizei rufen."

„Wir sind hier in *Russland*", meint Renaire. Doch da Delaurier sich plötzlich bewegt, hat er keine Möglichkeit, seinen Gedankengang weiter auszuführen. Er bewegt sich auf die Leute zu, die offensichtlich keine Ahnung haben, wie sie mit den Waffen umgehen sollen (was überraschend ist, da Renaire weiß, dass in sowjetischen Schulen durchaus unterrichtet wurde, wie man eine AK auseinander- und wieder zusammenbaut). Er hängt sich die AK-47 über die Schulter und zieht seine Messer. Zivilisten reagieren zuverlässig unvorhersehbar, wenn sie mit der Naturgewalt konfrontiert werden, die Delaurier darstellt. Das heißt, Renaire muss sich auf ihr unberechenbares Verhalten einstellen. Das wiederum heißt, er muss sich auf zweierlei unvorhersehbares Verhalten einstellen und das ist einfach nur ein einziges Durcheinander. Darum die Messer.

Seine Sorge ist unbegründet, denn Delaurier entledigt sich der anderen drei auf gewohnt gewissenhaft brutale Weise.

„Fünf ausgeschaltet", sagt Renaire hilfsbereit um seine Zigarettenkippe herum und irgendwas ist mit Delaurier wirklich nicht in Ordnung, denn er wirft ihm einen *Blick* zu. Als er an ihm vorbeiläuft, gibt er ihm einen Stoß. Einen ziemlich unsanften.

„Warte hier", befiehlt Delaurier mit strenger Stimme.

Renaire stolpert und fällt in einen Bürostuhl, auf dem er sich eine Weile dreht, bis er sich fangen kann. Doch da ist Delaurier längst weg und noch mehr Waffenlärm ist zu hören.

So sollte das nicht laufen. So gehen sie nicht miteinander um, jedenfalls nicht, wenn sie gerade einen Auftrag ausführen. Das ist die eine Gelegenheit, bei der sie sich verstehen. Die eine Gelegenheit, bei der Renaire *weiß*, dass Delaurier ihm vertraut.

Das Licht beginnt zu flackern und Renaire weiß nicht, ob das daran liegt, dass eine Kugel irgendetwas getroffen oder jemand absichtlich am Licht gedreht hat. In jedem Fall ist es frustrierend.

Die Büros sind in Form eines *U* um das Büro des Chefs angeordnet und Renaire erinnert sich daran, dass dieses Büro entweder leer sein wird oder sie einen Bogen darum machen sollten oder etwas in der Art. Sie sind von der linken Seite hereingekommen und es klingt, als käme der Waffenlärm von der rechten Seite.

Als Renaire nachsieht, was der ganze Aufruhr soll, findet er zwei weitere Personen, die sich hinter einer Barrikade aus Büromöbeln und einem Wasserspender verschanzt haben. Sie rufen etwas auf Russisch und das klingt ziemlich Furcht einflößend, während sie Russlands verlässliche Gewehre auf alles und nichts abfeuern.

Delaurier, der schlaue Hund, ist nirgends zu sehen.

Renaire ist immer noch der Meinung, dass sie sich mal Gedanken darüber machen sollten, Granaten anzuschaffen.

Es gibt keine Möglichkeit, sie durch einen Schusswechsel aus ihrer Position zu drängen. Er kann sie also entweder überreden, hervorzukommen, sie überwältigen oder einfach abwarten. So wie sie völlig wahllos feuern, geht ihnen vermutlich ziemlich bald die Munition aus. Andererseits – sie sind hier in Russland.

Also zum Rauskommen überreden, denkt Renaire und geht zu dem Kaffeetisch hinüber, neben dem ein paar einfache Stühle stehen. Er ist schwer und Renaire nimmt sich einen Moment, um zu bewundern, wie hübsch das Möbelstück trotz seiner geringen Handwerkskunst aussieht. Dann löst er eines der Tischbeine. In dem Holz stecken immer noch Nägel. Außerdem greift er sich noch eine Zimmerpflanze, die auf dem Tisch steht.

Renaire wird klar, dass das hier eine dieser *Ideen* ist, über die sich Delaurier beschwert hat. Doch soweit es ihn betrifft, kann sich Delaurier ins Knie ficken.

Er hebt die Zimmerpflanze an – nur eine kleine, vermutlich ein Geldbaum – und schätzt die Distanz zwischen sich und den restlichen Bürokräften (eine davon ist vermutlich der dritte Sicherheitsmann). Dann schaut er hinauf zu der ziemlich hohen Decke. Dann wirft er die Pflanze zu ihnen hinüber.

Der Blumentopf schlägt auf der Kante eines umgedrehten Tisches auf und Dreck und Erde spritzen überall hin. Die Männer schreien und aus irgendeinem Grund steht einer von ihnen auf. Delaurier macht dem Mann den Garaus, auch wenn Renaire keine Ahnung hat, wo Delaurier gerade ist.

Der andere Mann, der verstanden hat, dass sein Versteck eher eine Falle ist, ergreift, was er für seine Chance hält. Er steht auf und schießt in unregelmäßigen Abständen in Delauriers Richtung, während er auf Renaire zurennt. Als er am

Flur vorbeikommt, lässt er die Waffe fallen und nimmt stattdessen die seines toten Freundes.

Er schießt ein- oder zweimal, als er Renaire entdeckt, aber keine der Kugeln kommt auch nur in Renaires Nähe. Renaire hält das Tischbein wie einen Baseballschläger und schwingt es. Und wieder. Und noch einmal. Dann muss er eigentlich nichts weiter tun, als zuzusehen, wie der Mann zu Boden geht.

Er lässt das blutverschmierte Tischbein auf den beigen Teppich gleich neben den Mann fallen und geht dann auf die flackernden Lichter des Haupteingangs zu. Er fragt sich, ob die Tatsache, dass Delaurier ihn anschreit, letztendlich dazu führen wird, dass die Polizei sie festnimmt.

Als Delaurier mit langen Schritten und strengem Blick um die Ecke kommt, entschließt sich Renaire, einfach die Stellung zu halten. Delaurier versucht nicht einmal, dem Blut auf dem Teppich auszuweichen. Er läuft mitten durch die Lache hindurch und seine Schuhe hinterlassen eine rote Spur auf dem Teppich bis er vor Renaire steht.

Renaire versteift sich für einen Moment, doch es sind nur Delauriers Füße auf dem Teppich, und die Welt beginnt, sich wieder ganz normal zu drehen.

„Ich hab dir doch gesagt, du sollst warten", sagt Delaurier mit tiefer Stimme und sein Körper zittert förmlich vor Adrenalin. Er kommt näher, so nah, dass Renaire Delauriers Atem auf seiner Haut spüren kann. Delauriers Finger krallen sich in Renaires Mantel. „Ich habe gesagt, *du sollst warten*. Das war waghalsig und sinnlos und *dumm*. Das hätte dich den Kopf kosten können."

„Ich habe getan, was nötig war", wehrt sich Renaire, weil er sich keiner Schuld bewusst ist. Delauriers Augen strahlen hell in dem flackernden Bürolicht. „Und es hat *funktioniert*. Was willst du denn noch?"

„Ich will, dass du mir *gehorchst*", sagt Delaurier. Sein Griff ist so fest, dass seine Fingerknöchel weiß werden. Er stößt Renaire von sich, sodass dieser mit solcher Wut gegen eine Wand geschleudert wird, dass ein Bilderrahmen neben seinem Kopf gefährlich zu wackeln beginnt. „Du weißt doch: Du bist nicht derjenige, der die Pläne macht." In seiner Stimme schwingt Bitterkeit mit. Geht es hier etwa *immer noch* um seine Kontrollsucht?

Renaire starrt Delaurier an und hat die Hände mit solcher Kraft zu Fäusten geballt, dass ihm die Fingernägel in die Handflächen schneiden. Der Schmerz hält ihn im Hier und Jetzt fest. Wenn er in Rage gerät, hat die Welt immer die Tendenz, um ihn herum zu verschwimmen. Er kann sich dann nur noch auf einen Punkt konzentrieren und in diesem Fall ist das Delauriers goldschimmernde Wut.

„Ich entscheide selbst, ob ich gehorche", sagt er, obwohl er die Worte kaum über die Lippen bekommt. Sein Mund ist trocken und das lässt seine Worte rau erscheinen. „Du triffst keine Entscheidungen für mich."

Delaurier lacht kurz und humorlos auf. „Oh, natürlich. Weil deine Entscheidungen immer so *gesund* und *vernünftig* sind."

Renaire tut nicht einmal mehr so, als würde er kluge Entscheidungen treffen, darum packt er Delaurier an den Handgelenken, damit dieser Hurensohn ihn endlich in Ruhe lässt. „Ich treffe gerade die Entscheidung, dir nicht die Nase zu brechen."

„Das ist keine Entscheidung", sagt Delaurier. Er lässt Renaires Mantel los und verdreht den Arm, um stattdessen Renaires Hand zu packen und über dessen Kopf gegen die Wand zu drücken. Wieder wackelt der Bilderrahmen. Sein Griff ist immer noch fest. „Das ist keine Entscheidung, Renaire. Nicht für dich. Für dich ist das eine Manie."

Renaire versucht, sich zu beruhigen, doch stattdessen starrt er in Delauriers todernste Augen.

Darüber sprechen sie nicht, jedenfalls nicht wirklich. Seit zwei Jahren vermeiden sie dieses Thema. Sie sprechen nicht darüber, wenn einer von ihnen dem Tode nahe ist. Sie sprechen nicht darüber, wenn Renaire betrunken genug ist, um Delaurier zu zeichnen. Sie sprechen nicht darüber, wenn sie sich in sternenlosen Nächten wortlos ein Bett teilen. In solchen Nächten findet Renaire nie in den Schlaf, weil er sich zu einem Ball zusammenrollt, um zu verhindern, dass er etwas tut oder sagt oder *ist*, was mehr ist als halb Partner, halb Freund, aber gänzlich Reizmittel für den verrückt-furchtlosen Anführer der STB zu sein.

Er würde sich gern einreden, dass Delaurier nicht grausam genug ist, um das gegen ihn zu verwenden. Doch das wäre eine Lüge. Renaire atmet tief ein, senkt den Kopf und schließt die Augen.

„Sieh mich an", befiehlt Delaurier streng. Als Renaire nicht gehorcht, schnellt Delauriers andere Hand vor, um Renaire zu zwingen, ihn wieder anzusehen. Als er Delauriers warme, raue Finger an seinem Kinn spürt, reißt er überrascht die Augen auf. „Tu einfach, was ich dir sage."

Ein leichter Schweißfilm sorgt dafür, dass Delauriers Haare an seinem Kopf kleben. In dem flackernden Licht sehen sie aus wie flüssig gewordene Seide. Seine Lippen sind nur Zentimeter entfernt, sie sind *genau vor ihm*, aber das hier ist Delaurier. Was Renaire sich so verzweifelt wünscht, ist unmöglich. Es ist nur Delaurier, der auf eine neue Art die Fassung verliert. Er schließt zwar nicht wieder die Augen, doch er versucht, etwas anzusehen, dessen Anblick ihn nicht so schmerzt. Er kann Delauriers unregelmäßigen, heißen Atem auf seiner Haut spüren.

Er möchte schlucken, um die Trockenheit in seiner Kehle loszuwerden, möchte in der Lage sein, *klar zu denken*, doch stattdessen starrt er nur Delauriers Mund an. Er schmiegt sich nicht an Delauriers Hand, die sein Kinn festhält. Er beugt sich auch nicht vor, um ihm näher zu sein. Er steht still und verharrt völlig bewegungslos.

Delauriers Daumen zeichnet sein Kinn nach, wandert mit federleichter Berührung seine Wange hinauf, und das ist beides gleichzeitig – Albtraum und Wunschtraum.

Als er endlich in der Lage ist, einen tiefen Atemzug zu nehmen und sich soweit zu beruhigen, dass er sich zutraut, sinnhafte Worte aneinanderzureihen, sieht er Delaurier an. „Ich bin nicht dein Besitz", sagt Renaire. Er möchte die Worte herausschreien, stattdessen klingen sie eher wie eine Bitte.

„Doch, das bist du", sagt Delaurier, kaum dass Renaire ausgeredet hat. Er klingt leidenschaftlich und voller Überzeugung, so als würde er das genauso glauben wie all seine Appelle über Frieden und Gleichheit. „Du bist mein Besitz, seit du mich das erste Mal gesehen hast, und du *liebst es*. Du wüsstest doch gar nicht, was du mit dir anfangen solltest, wenn dem nicht so wäre."

„Emile, *bitte*", sagt Renaire. Er bettelt, denn er weiß nicht, wie er das hier überleben kann. Er wird sterben. Delaurier ist grausam und wunderschön und er rammt ihm das Messer mit jedem Wort, jedem Blick, jeder Berührung seines Fingers tiefer ins Herz. „Tu das nicht, bitte."

„Ich habe eine Entscheidung getroffen", sagt Delaurier, als würde das die vergangenen Tage erklären. Renaire bekommt plötzlich keine Luft mehr. Er kann nicht mehr klar denken, denn Delauriers Daumen streicht ihm nun über die Lippen. „Jetzt ist es an dir, eine Entscheidung zu treffen."

Die Berührung ist federleicht und trotzdem keucht Renaire auf.

Er hat keine Wahl, nicht wirklich. Er kann in Delauriers Augen sehen, dass das nur das letzte rostige Schloss an einer Tür ist, die kurz davor ist, aufzuspringen. Er braucht keine Entscheidung zu treffen, denn Delaurier hatte recht. Es ist eine Manie, eine Besessenheit, die ihn an jenem schicksalhaften Nachmittag in Paris befallen hat. Die Sonne war genau im richtigen Winkel durch das Blätterdach der Bäume gefallen. Delaurier hatte beim Lächeln in genau die richtige Richtung geschaut. Ein Windstoß hatte Renaires Blätter in genau dem richtigen Moment durcheinandergebracht und Delauriers goldschimmerndes Haar verwirbelt. Ein Blickkontakt, der kaum eine Sekunde währte.

Verdammt, er hasst sich selbst so sehr.

Delauriers Daumen bewegt sich nicht mehr, sondern verweilt in der Mitte von Renaires Unterlippe, als wären ihm Zweifel gekommen. Renaire gerät in *Panik*. Bevor er darüber nachdenken kann, fasst er Delaurier mit seiner freien Hand an der Schulter. Er weiß, dass er vermutlich genauso verzweifelt aussieht, wie er sich fühlt. Wie könnte es auch anders sein? Er krallt seine Finger in den braunen Stoff von Delauriers Mantel und sagt: „Küss mich."

Delaurier zögert nicht. Seine Hand, die eben noch auf Renaires Lippen lag, kämmt nun durch die Haare an seinem Hinterkopf und zieht ihn dann näher zu sich. Delaurier lässt Renaires Hand los, die er über dessen Kopf festgehalten hatte, und legt ihm einen Arm um die Taille, bis ihre Körper sich berühren. Schon da entfährt Renaire ein Stöhnen.

Delaurier grinst. Renaire nutzt diese Chance, um seine Zähne gegen die Unterlippe zu pressen. Ein Schauer durchläuft Delaurier. Renaire beißt zu, so sehr, dass er wehtut. Delaurier kann ein *Wimmern* nicht unterdrücken und seine Finger verkrallen sich mit solcher Macht in Renaires Haaren, dass er ihm wieder den Kopf zurückzieht. Ihre Lippen treffen nun in einem neuen Winkel aufeinander. Himmel, lange wird er sich nicht beherrschen können.

Delaurier zieht sich zurück, nur um sich gleich darauf auf Renaires Ohrläppchen zu stürzen, als hätte dies ihn jahrelang gefoltert. „Zieh dein Hemd aus", sagt Delaurier mit rauer Stimme. Renaire kann ihn an seinem Oberschenkel fühlen, kann fühlen, wie seine Wange im Rhythmus von Delauriers Atem heiß wird und wieder abkühlt. So etwas Intimes hat er noch nie erlebt. Er lässt Worte auf Renaires Haut fallen, als wolle er erfahren, wie sich Renaires Geschmack dabei ändert. „Ich möchte, dass du das Hemd ausziehst, und die Hose. Ich will dich nackt und zwar *sofort*."

„Ein guter Plan", sagt Renaire. Die Worte fallen unordentlich durcheinander, fast so wie Renaire selbst, als er versucht, sich auszuziehen und gleichzeitig so viel Körperkontakt mit Delaurier zu bewahren wie möglich. „Aber – Bett. Bitte. *Bitte* lass hier irgendwo ein Bett sein." Das ist natürlich lächerlich, denn sie sind in einem verdammten Bürogebäude. Aber er kann trotzdem betteln.

„Es gibt eine Couch", sagt Delaurier, denn er ist derjenige, der sich Grundrisse einprägt. Er plant. Er macht einen Schritt rückwärts, um Renaire eigenhändig aus dem Hemd zu helfen. Ganz absichtlich lässt er seine Daumen über Renaires Haut wandern und Renaire starrt ihn ungläubig an, denn Delaurier sieht aus, als wäre es körperlich schmerzhaft, ihn nicht zu küssen. Er wirft das Hemd beiseite, ohne einmal den Blick von Renaire abzuwenden, und schlägt dann den Weg den Büroflur hinunter ein.

Den Flur hinunterzugehen funktioniert nicht so gut, da Renaire nicht aufhören kann, Delaurier zu berühren. Er ist jedoch nicht in der Lage, Delaurier von seiner Kleidung zu befreien, denn die vielen Jahre der Selbstbeherrschung sorgen dafür, dass er nicht einmal wagt, seine Finger unter die Lagen von Stoff wandern zu lassen. *Nicht anfassen, nicht ansehen, nicht sprechen*, echot es in seinem Kopf und darum verfangen sich seine Finger in Delauriers Haar und er versucht, jeden Atemzug und jeden Seufzer herunterzuschlucken. Völlig selbstvergessen versucht er, Delaurier zu küssen.

Delaurier hört nicht auf. Er läuft rückwärts und Renaire folgt ihm so lange, bis eine Wand sie stoppt. Delaurier *lacht* und es ist einfach wunderbar. Renaire befreit seinen Mund, um etwas zu sagen, aber er ist immer noch nah genug, dass seine Nase Delauriers berührt. „Sag mir, was du willst."

„Das habe ich", sagt Delaurier und beginnt wieder, den Flur zu durchqueren. Er spricht, wenn es ihm möglich ist, ohne von Renaires Mund abzulassen. Das gelingt ihm nicht oft, jetzt da Renaire versucht, das Wunder von Delauriers Mund mit der Zunge zu schmecken und dann jedes Stöhnen einzuatmen. „Himmel, du bist so –" Er hält inne und entblößt Renaires Kehle, an der er sofort knabbert. „Du bist nur noch nicht nackt, weil es so schwierig ist, gleichzeitig zu laufen und sich auszuziehen."

35

Renaire kneift die Augen zusammen. Sein Atem geht hörbar und er schwankt zwischen Schmerz und Genuss, als Delauriers Zähne scharf über seine Haut kratzen. Er will mehr. Er folgt Delaurier den Flur entlang. Immer folgt er Delaurier. Mit dem Rücken landet er wieder an einer Wand, dabei stöhnt er vor Schmerz auf, denn irgendetwas ist ihm in den Rücken gekracht.

Delaurier reißt sich gerade so lange von Renaire los, dass er schauen kann, wo sie gelandet sind. Dem Himmel sei Dank, sie sind gegen die Tür gelaufen. Dahinter befindet sich mit Sicherheit eine Couch. Im Moment würde er so ziemlich alles für eine Couch geben. Irgendetwas mit einer waagerechten Oberfläche. Renaire ergreift die Chance und saugt an Delauriers Kehle, als dieser abgelenkt ist, weil er sich am Türknauf zu schaffen macht.

„So ein Mist", flucht Delaurier und schlägt mit der Hand gegen die Tür. Renaire erstarrt, lässt von Delauriers Kehle ab und sucht sofort Blickkontakt. Delaurier wirft der Tür vernichtende Blicke zu, doch während er das tut, liegt seine Hand besitzergreifend auf Renaires Schulter. „Sie geht nicht auf."

Renaire ist nicht das Problem. Die Tür ist das Problem.

„Keine Couch?", fragt Renaire etwas panisch. Er will diese Couch. *Er braucht diese Couch!* Warum zum Henker hasst ihn die Welt so? Im Moment würde er sich sogar mit einem extrabreiten Sessel zufriedengeben.

Delaurier stöhnt und schlägt mit der Stirn wiederholt gegen die Metalltür, so als könne er sie durch pure Willensanstrengung öffnen. „Ich bin so froh, dass wir diese Leute umgebracht haben", murmelt er.

„Ich hasse Türen", sagt Renaire.

„Lass mich –", sagt er und lässt Renaire los. Er rammt seine Schulter gegen die Tür, um sie endlich zu öffnen. „Diese verdammte Tür. *Nur wegen dieser Tür* werde ich das ganze Gebäude niederbrennen."

Renaire hat das Gefühl, gleich zu hyperventilieren, doch er kann sich diese Chance nicht entgehen lassen. Und wenn Delaurier nein sagt, wird er sich dem fügen, weil er das immer tut. Aber verdammt, er will das so sehr. Er hält sich nicht mit einer Vorwarnung auf: Er fasst Delaurier bei den Schultern und dreht sie so, dass sie sich wieder ansehen. Dann drückt er ihn mit einer Hand gegen die Tür. Er atmet einmal tief ein, um die fiebernde Panik niederzukämpfen, und fällt dann praktisch über seine eigenen Füße, bis er vor Delaurier kniet. Da hat er die Hände längst an Delauriers Hosenbund. „Bitte", fleht er. „Bitte, lass mich –"

Die Flüche, die Delaurier ausstößt, lassen sogar Renaire innehalten. Und das ist auch gut so, denn so kann er Delaurier dabei beobachten, wie er mit unsicheren Fingern seine Hose öffnet. Er ist steif und mehr sieht Renaire gar nicht, denn er fasst Delaurier sofort bei den Hüften und schließt seine Lippen um Delauriers Schwanz. Er ist fast vorsichtig und seine Zunge umspielt die Spitze, während Delaurier so laut stöhnt, als würde Renaire ihn entzweireißen.

„Wie hart willst du es?", fragt Delaurier heiser. Eine Hand liegt weiterhin auf dem Türknauf, die andere hat er immer noch besitzergreifend in Renaires

Haar vergraben. „Ich weiß, was ich will, und ich weiß, dass du mir alles geben wirst, worum ich dich bitte." Renaire stöhnt erneut und das entlockt Delaurier ein Keuchen. Die Hand in Renaires Haar greift so fest zu, dass Delaurier ihm wohl bald ein paar Haare ausreißen wird. „Aber was willst *du*?"

Renaire möchte nicht von Delaurier ablassen, um zu antworten, denn das ist alles noch viel zu neu und unglaublich. Anstatt zu antworten, sieht er Delaurier also an. Er entspannt seinen Mund und wartet.

„Himmel", haucht Delaurier und wartet nicht länger. Er atmet ein, stößt dann seine Hüften nach vorn und Renaire stöhnt auf.

Er erwartet zu spüren, wie sich Delauriers Fingernägel in seiner Kopfhaut vergraben, erwartet, dass Delaurier seinen Mund mit solcher Macht in Besitz nimmt, dass er es noch in einem Monat spüren wird. Doch Delaurier tut nichts dergleichen. Er sieht Renaire in die Augen. Manchmal fällt sein Blick auf Renaires Mund, um zu beobachten, wie er ihn mit jedem schmerzhaft langsamen Stoß in sich aufnimmt. Doch dann kehrt sein Blick immer wieder zu Renaires Augen zurück, so als wären sie Magnete. „Dein *Mund*."

Er kann ein Kompliment wie dieses nicht einfach so stehen lassen. Schon gar nicht, wenn Renaire weder Schwierigkeiten hat zu atmen noch mitzuhalten. Nicht, wenn es so wie das hier ist. Delaurier macht ein Geräusch, das halb Stöhnen und halb Summen ist, und das ist alles zu einfach, um so eine Reaktion zu rechtfertigen. Renaire presst eine Hand gegen seinen eigenen Schwanz, der immer noch unter zu vielen Schichten Kleidung versteckt ist, doch sobald Delaurier ihn dabei erwischt, *zieht* er ihn an den Haaren und *knurrt*: „Wage es nicht."

Entschlossenheit ergreift von ihm Besitz und er wendet seinen Blick von Delaurier ab und konzentriert sich darauf, seine schmalen Hüften festzuhalten und ihn beim nächsten langsamen Stoß so weit wie möglich in den Mund zu nehmen. Er ist nicht einmal ansatzweise in der Lage, ihn ganz zu schlucken – darin war er nie besonders gut –, aber Delaurier stöhnt wie von einer Kugel getroffen, als Renaire mit seiner Zunge spielt. Es dauert nicht lang – zwei Atemzüge hat er genommen und sein Herz hat zwanzigmal laut in seiner Brust gehämmert – bis Delauriers Hände sich wieder in seinen Haaren verfangen und er Renaires Kopf von sich wegschiebt. Er atmet stockend und hält sich nur mit Hilfe der Tür aufrecht, doch trotzdem sieht er aus wie eine Götterstatue. „Wenn ich wollte, dass du würgen musst, dann würdest du würgen", sagt er scharf.

Renaire muss sich räuspern, bevor er sprechen kann. „So zerbrechlich bin ich nicht."

„Das hoffe ich", sagt Delaurier und Renaire begreift, dass sie über zwei verschiedene Dinge reden. Aber ihm fehlt im Moment die Konzentration, um sich näher damit zu beschäftigen.

Delaurier lässt ihm dazu auch gar keine Zeit. Er legt ihm eine Hand um die Kehle und hilft ihm auf die Beine. Sobald sie beide stehen, beugt sich Delaurier zu ihm und presst seinen Mund und dann seine Zunge auf Renaires. Renaire wimmert leise, als Delaurier von ihm ablässt. Zunächst, um zu Atem zu kommen, doch dann wandert eine seiner Hände unter Renaires Hosenbund und zieht ihm die Hose ohne jegliche Finesse und schon gar ohne Geduld aus. Renaire legt seinen Kopf auf Delauriers Schulter.

„Oh Gott, ich will mit dir schlafen", murmelt Delaurier in Renaires Haare und seine Hand gräbt sich schmerzhaft in Renaires Hüfte. Renaire will Delaurier eigentlich gar nicht in den Nacken beißen, aber er hat seinen Mund nicht unter Kontrolle. Wie auch, wenn sich unter seinen Lippen verschwitzte Haut befindet und Delaurier ihn fest in der Hand hält. Renaire hält sich an Delauriers Hüfte fest und versucht, klar genug zu denken, um sich daran zu erinnern, was erlaubt ist und was nicht, und vor allem, was hier eigentlich gerade passiert. „Schon seit Jahren will ich mit dir schlafen."

Renaire weiß gar nicht, was er darauf erwidert. Nur, dass er sich fühlt, als wäre sein Körper plötzlich schwerelos. Er sagt irgendwelche zusammenhanglosen Worte, fühlt nichts anderes als *Delauriers Hand*. „Oh, Herr im Himmel, bitte berühr' mich, Emile. Ich werde *alles* tun –"

„Was willst du, Renaire?", fragt Delaurier und beißt ihm ins Ohrläppchen. Seine Hände tun schier unmögliche Dinge, indem sie federleicht über Renaires Haut wandern. Er foltert ihn mit den leichten Berührungen seiner Fingerspitzen und fasst dann fester zu. Renaire stöhnt, als stünde er am Abgrund des Todes, als Delaurier ihm an den Hintern fasst. „Ich werde nichts weiter tun, solange du mir nicht sagst, *was du willst*."

„Ich weiß nicht", sagt Renaire mit Panik in der Stimme. Er hat keine Ahnung, was er tun soll. Er kann sich gerade so beherrschen, dass er nicht mit den Hüften gegen Delauriers Bein stößt oder sich seinen Händen entgegenlehnt. Er kann nichts tun, außer sich an Delaurier zu klammern. „Verdammt, ich weiß es nicht. Ich kann nicht klar denken. Ich weiß nur, dass ich dich will." Es ist, als würde man einen Verhungernden in einem Fünf-Sterne-Restaurant fragen, was er gern essen würde. Zwei Jahre voller Fantasien liegen hinter ihm und keine davon will ihm jetzt einfallen. Und verdammt, er hasst sich selbst so sehr dafür.

Delaurier macht ein zufriedenes, summendes Geräusch, also muss es wohl doch genug gewesen sein. Seine Hände wandern von Renaires Hintern zu seinen Hüften – nur einen Fingerbreit von seinen Oberschenkeln entfernt – und er stößt Renaire gegen die Wand. „Nächstes Mal wirst du eine Antwort für mich haben", verspricht Delaurier. Renaire spürt jede Silbe dieses Satzes, als sich ihre Lippen treffen, während Delaurier seinen Schwanz an Renaires reibt.

Renaire wird sterben. Das Geräusch, das er macht, als er Delauriers Schwanz an seinem fühlt, ist nicht mehr menschlich, nur noch ein raues Winseln, das Delaurier mit seinem nächsten Stoß entzweireißt. Seine Hose hängt ihm immer noch auf den Hüften und mit jedem Stoß schneidet ihm der Stoff in die Haut. Renaire wird sterben und es ist ihm egal, denn er wird mit Delaurier sterben.

Nächstes Mal, hat Delaurier gesagt, und bei dem Gedanken durchläuft Renaire ein Schauer. Sie beschleunigen das Tempo und Renaire legt einen Arm um Delauriers Taille, damit sie sich noch näher sein können. Er will Delauriers Haut spüren, mindestens für die ganze nächste Woche. *Nächstes Mal*, denkt Renaire noch einmal und das Atmen fällt ihm schwer, als ihm das alles plötzlich bewusst wird. *Nächstes Mal.*

„Sag's mir", sagt Delaurier und es klingt fast wie eine Frage.

Renaire grinst breit und schließt die Augen, als er beschließt, das hier nicht zu hinterfragen, sondern stattdessen einfach zu genießen. „Du hast gesagt, *nächstes Mal*", schnurrt Renaire. Ihm ist völlig egal, wie er klingt. Delaurier scheint das jedoch nicht egal zu sein, denn das Geräusch, das er macht, klingt, als hätte ihn gerade jemand erstochen. Und zwar nicht auf die gute Weise.

„Es wird so viele Male geben", stöhnt Delaurier und – verflucht noch mal – mit der Hand hat er Renaires Schwanz umfasst. *Und seinen eigenen.* Unglaublich, was dieser Mann mit seinen Fingern anstellen kann. In Zukunft wird Renaire nicht einmal mehr in der Lage sein, Delaurier beim Tippen zuzusehen. Delauriers heißer Atem fließt über Renaires Haut und er kann nicht mehr denken. „Renaire, sag mir: Was willst du?"

Renaire kann nicht denken. Er kann *wirklich nicht denken*, aber weil Delaurier es so will, zwingt er seinen Mund, so etwas wie Worte zu formen. Es funktioniert und er flüstert: „Ich will in deinem Mund kommen."

Delaurier lässt sich auf die Knie fallen.

Delaurier sieht ihn mit einem ergebenen Blick an, den er sonst nur für Die Sache aufsetzt. Delaurier hat kaum seine Lippen um Renaires Schwanz geschlossen, da kommt er auch schon mit einem schmerzerfüllten Stöhnen. Er kommt *in Delauriers Mund*, und Delaurier *schluckt*. Er schluckt, als wäre er am Verdursten und Renaire würde am liebsten gleich noch mal kommen, wenn er nur könnte. Er versucht, auf den Beinen zu bleiben, doch das gelingt ihm nicht lange. Er sinkt zu Boden und küsst Delaurier, als müsse er gleich sterben. Und so fühlt er sich auch. Er schmeckt sich selbst auf Delauriers Zunge. Die Welt ist wunderschön und nichts kann jemals so wunderschön sein wie Delaurier.

Blowjobs sind nicht gerade Renaires Spezialität. Er kann leidenschaftlich sein und er kann *extrem* enthusiastisch sein, doch am besten ist er immer mit seinen Händen. Renaire legt seine Hand um Delauriers Schwanz und holt ihm einen runter. Delaurier *wimmert* in seinem Mund, als Renaire seine Hand dreht und schneller und gnadenloser wird. Seine andere Hand hat er in Delauriers Haar vergraben.

Delaurier hat die Augen geschlossen, doch er öffnet sie überrascht, als Renaire seinen Namen flüstert. Er sieht Renaire direkt in die Augen, als er kommt. Offensichtlich versucht er, leise zu sein, doch ein unterdrückter Schrei findet doch den Weg über seine Lippen.

Delaurier nimmt drei verzweifelte Atemzüge und greift nach Renaires Handgelenk. Seine eigene Hand zittert noch, aber sein Griff ist trotzdem fest und stark, als er Renaire nach oben und weg von seinem eigenen Körper zieht.

Renaire wünscht sich, dass er überrascht sein könnte. Er wünscht sich, dass ihm nicht klar wäre, dass Delaurier das gleich als einen schrecklichen Fehler bezeichnen wird. Als eine Verwirrung des Geistes, die nur an Russland liegen kann. Es war schön, so lange es anhielt. Es war *sehr* schön. Und wenn es sogar noch schlechter läuft, als er erwartet – nun ja, auch dann wird Russland sich ihrer annehmen.

Renaire schaut zu, wie sich seine Hand langsam auf Delauriers Gesicht zubewegt. Er versucht, ein möglichst teilnahmsloses Gesicht zu machen, als er Delauriers Blick sieht, aber verdammt noch mal. *Bei allen Heiligen!* Delaurier leckt ihm das Sperma von den Fingern. Renaire hyperventiliert vermutlich und Delaurier macht so ein selbstzufriedenes Gesicht, dass er ihn *prompt* küssen muss.

Delaurier lässt das geschehen. Er macht ein zufriedenes, brummendes Geräusch, das Renaire nur von ihm kennt, wenn er irgendeinen schwierigen Schritt für Die Sache gemacht hat. Es ist ein seltsamer, gemächlicher Kuss, so als wäre Delaurier einfach nur froh, dass Renaire da ist. Er lächelt nicht, als sie den Kuss beenden, jedenfalls nicht so richtig. Er sieht … verdammt, Renaire kann es nicht einmal beschreiben. Er sieht zufrieden und selbstbewusst und selbstzufrieden aus.

„Zieh dich an", sagt Delaurier schlicht. Er steht auf und klaubt ein paar Kleidungsstücke zusammen, die sie unterwegs verloren haben. Renaires Hosen landen direkt in seinem Gesicht. „Wir müssen noch ein Gebäude niederbrennen."

Okay.

Dann also zurück an die Arbeit.

Delaurier sagt nichts darüber, dass sie gerade Sex hatten und was sie zueinander gesagt haben, und Renaire hat nicht die Nerven, es anzusprechen.

Als sie im Morgengrauen ihren Zug nach Westen besteigen, setzt sich Delaurier genau neben ihn. Und nach einigem uncharakterischen Herumzappeln hat er seine Finger um Renaires Hand gelegt. Sie sitzen beide schweigend da, während Delaurier vorsichtig seine Hand hält.

ALS SIE in Warschau ankommen, steigen sie in einen Zug nach Budapest um, einfach nur, um nicht auf direktem Wege von Moskau nach Paris zu fahren.

Es ist alles sehr, sehr seltsam. Sie haben das schon hundertmal gemacht, doch Renaire hat keinen Schimmer, was er jetzt tun soll. Und wenn Delauriers unsicherer Blick ein Indiz ist, geht es ihm genauso.

Immerhin scheint Delaurier mittlerweile den Dreh rauszuhaben, wenn es ums Händchenhalten geht. Seit Russland ist das der einzige körperliche Kontakt zwischen ihnen, und selbst der sorgt bei Renaire dafür, dass er am Rande der Panik ist, denn *er weiß einfach nicht, was hier vor sich geht.* Sogar im Schlaf ist Delauriers

Händedruck warm und fest, darum ist es für Renaire gar nicht so einfach, seine Hand zurückzuerobern. Wobei das zum Teil daran liegt, dass er Delaurier wirklich, wirklich nicht loslassen will.

Es gibt keine Diskussionen oder Sticheleien. Es ist ruhig und schrecklich und irgendwie unbehaglich.

Er geht auf den Gang hinaus und ruft Glasson an, während Delaurier ihre Fahrt durch den Osten Polens verschläft.

„Ist er todkrank?", fragt Renaire leise, aber mit Nachdruck. „Hat er eine tödliche Krankheit? Sterbe *ich*? Oh Gott, *ich bin bereits tot*, oder?"

„Du bist viel zu aufgelöst, um tot zu sein", sagt Glasson und im Hintergrund ist ein seltsamer, dumpfer Schlag zu hören. „Warte: Willst du mir etwa sagen, was ich denke, dass du mir sagen willst?"

„Ich bin kein verdammter Hellseher, woher soll ich das wissen?", entfährt es Renaire, während er nervös auf und ab läuft. Das hat Glasson nicht verdient, doch immerhin ist er quasi die Einsatzleitung der STB. Wenn jemand angeschrien wird, ist das für gewöhnlich er. „Verflucht, ich habe keine Ahnung, was hier gerade passiert. Er hat mit dir gesprochen. Ich *weiß*, dass er mit dir gesprochen hat –"

„Hat er dich tatsächlich geküsst?", fragt Glasson ungläubig. Noch ein dumpfes Geräusch im Hintergrund, so als hätte jemand einen Schrei unterdrückt. Renaire vermutet, Glasson hat lieber den Telefonhörer zugehalten anstatt den Mund von jemandem. „Ich frage dich in aller Ernsthaftigkeit: Hat er dich geküsst?"

Er lässt den Kopf gegen die Scheibe des Zugfensters sinken. Trotz seines Spiegelbilds kann er nicht so recht sagen, ob er lächelt oder das Gesicht verzieht. „Könnte man so sagen."

Noch mehr unterdrückte Geräusche und dann ein Klappern. Endlich begreift Renaire. „Oh, *verdammt*, du hast den Lautsprecher eingeschaltet?"

„Wir warten seit zwei Jahren darauf, bitte entschuldige, wenn wir –", kann er Carope hören, bevor die Worte verstummen. Vermutlich unfreiwillig.

Glasson ist wieder am Apparat, nachdem noch für eine Weile klappernde Geräusche zu hören sind. Mittlerweile hat sich Renaire auf den Boden gesetzt. Mit dem Rücken lehnt er an der Außenwand und versucht verzweifelt, sich von der Bewegung des Zugs beruhigen zu lassen. „Tut mir leid", sagt Glasson und es klingt ehrlich. „Wir dachten –"

„Sag mir nur, ob es ihm gut geht", sagt Renaire, denn das hier ist nicht hilfreich. Überhaupt nicht hilfreich. Er möchte dieses Telefonat so schnell wie möglich beenden, damit er ein Loch finden und darin sterben kann. „Hat er eine Gehirnwäsche hinter sich? Wurde er vergiftet? Bewusstseinsverändernde Drogen? Irgendetwas in der Art?"

Es entsteht eine lange Pause und dann ist der dumpfe Hall des Lautsprechers weg. Jetzt spricht er nur mit Glasson. „Ich werde sicherlich nicht behaupten, dass er bei klarem Verstand ist, aber er ist er selbst, und auch du weißt, dass er nichts tut, was er nicht auch wirklich so meint", sagt Glasson schlicht. „Ist ein Kuss nach zwei Jahren wirklich so überraschend?"

Renaire berichtigt ihn nicht. Er denkt nicht einmal daran, genauer ins Detail zu gehen. Er würde gern nach dem Warum fragen, aber das ist offensichtlich – seit sie nach Russland geeilt sind, um diese Ivanova zu töten, benimmt sich Delaurier sehr, sehr seltsam. Er möchte fragen *Warum ich?*, doch er hat zu viel Angst vor der Antwort. Stattdessen sagt Renaire: „Oh doch, nach *zwei Jahren* ist das eine ziemliche Überraschung."

„Hast du daran gedacht, darüber mit *ihm* statt mit mir zu sprechen?", fragt Glasson. „Ich weiß auch nicht alles. Ich weiß nicht einmal, wo ihr seid."

„Ich sitze auf dem Boden", sagt Renaire, weil er das Bedürfnis hat, hilfsbereit zu sein. Er macht ein Gesicht. „Ich bin *nüchtern* und ich sitze auf dem Boden."

Glasson ist größtenteils ein guter Mensch, also macht er ein zustimmendes Geräusch. Aber er ist nur *größtenteils* ein guter Mensch, deshalb klingt das Geräusch eher nach „in deiner Haut möchte ich nicht stecken" als nach irgendetwas anderem. „Du bist die einzige Person, die ich kenne, die in der Lage ist, seine Meinung zu ändern", sagt er.

Renaire lässt den Kopf wieder gegen die Wand sinken. „Du denkst also, er liebt mich, weil ich gute Argumente habe?" Seine Worte sind scharf und verächtlich.

„Im Grunde ja", sagt Glasson. „Du solltest wissen, dass ich ein paar Informationen darüber habe, was in deiner Ivanova-Akte steht. Ich habe mit niemandem darüber gesprochen, aber –"

Renaire legt auf, damit er sich den Rest nicht auch noch anhören muss. Es dauert eine Weile, bis er sich auf der Suche nach seinem manchmal hilfreichen Masochismus durch seinen Selbsthass gegraben hat. Erst dann kann er aufstehen und in das Abteil zurückgehen, das Delaurier für sie organisiert hat.

Er wünscht sich, er könnte überrascht sein, dass Delaurier in der offenen Abteiltür auf ihn wartet. Er sieht ein bisschen zerknittert und blass aus, doch selbst mit den dunklen Ringen unter den Augen, die er jetzt auf Renaire richtet, ist er absolut wach und aufmerksam. Sie starren sich für eine Weile an und der Zug unter ihnen rumpelt über die Gleise.

„Ich habe das nicht richtig angepackt", sagt Delaurier schließlich mit leiser Stimme.

Renaire seufzt, lässt die Schultern sinken und wendet den Blick ab. Er würde dieses Gespräch lieber nicht führen. „Ich bin zu müde dafür", sagt er und es ist so ziemlich die Wahrheit.

„Zu blöd", sagt Delaurier. Er packt ihn beim Hemd und zieht ihn durch die geöffnete Tür. Viel schneller als gewöhnlich lässt er Renaire los. Renaire redet sich ein, dass das daran liegt, dass Delaurier zum Schließen der Abteiltür zwei Hände braucht. Er hat die Betten aufgeklappt. Das heißt nichts weiter, als dass es nach Mitternacht in einem Schlafwagenabteil ist. Renaire bleibt in dem kleinen Raum zwischen Bett, Wand und Tischchen stehen. Als sich die Tür des Abteils schließt, sieht Delaurier erst Renaire und dann die Betten an. Schließlich klappt er das obere Bett mit einer Effizienz wieder an die Wand, die von langjähriger Übung kommt.

„Und was passiert jetzt?", fragt Renaire, denn er weiß es wirklich nicht. Er ist ja auch nicht derjenige, der die Pläne macht. Er ist derjenige, der folgt und auch das gelingt ihm nur gerade so. Er kennt diesen Gesichtsausdruck bei Delaurier. Er hat ihn über die Jahre oft an Straßenecken gesehen, bei Veranstaltungen, die über Monate geplant wurden und bei wütenden Telefonanrufen.

„Jetzt versuche ich, vernünftig mit dir zu sein", sagt Delaurier.

Renaires Reaktion scheint eindeutig zu sein, denn Delaurier springt auf die Füße und sagt: „Nicht so. Ich meinte, das – verdammt – ich kann in deiner Gegenwart nicht mehr klar denken. Ich weiß nicht mal, was ich hier erklären will. Es ist ja nicht so, als hätte ich mich jemals mit so etwas herumschlagen müssen."

Renaire bedeckt seine Augen mit den Händen und reibt sie so fest, dass er Punkte sieht. Er fragt sich, ob die Räder des Zugs wohl einen schnellen Tod bedeuten würden. „Ist schon in Ordnung. Du bist im Moment nicht du selbst. Wir können so tun, als wäre das nie passiert."

„Wo kommt das denn her?" Delaurier schreit ihn praktisch an, so verletzt und wütend ist er. „Was denkst du denn, was hier vor sich geht? Wenn du mich nicht willst, sag es einfach!"

Für einen Moment denkt er daran, sich einfach zurückzulehnen und zuzusehen, wie Delaurier ihn anschreit, doch das liegt nicht in seiner Natur. Also starrt er ihn dickköpfig an. „Nach *zwei Jahren* entscheidest du, dass es das ist, was du willst, und dann gehst du davon aus, dass ich nicht mal ein bisschen skeptisch bin?" Er macht eine Handbewegung, die ihre Ausrüstung, die Welt da draußen und alles mit einschließt, was nicht dieses abwegige Gespräch ist. „Du denkst also, dass ich einfach so akzeptiere, dass du dich in letzter Zeit seltsam verhalten hast und dann plötzlich beschließt, dass du mit mir schlafen willst, ohne auf den Gedanken zu kommen, dass beides irgendwie *zusammenhängen könnte*?"

„Natürlich hängt beides zusammen", meint Delaurier in gereiztem Tonfall. Ein Teil der Wut ist allerdings verflogen, genauso wie sein gerader Rücken, als hätte er sich in seiner Defensive besonders groß machen wollen. „Ich habe doch gesagt, dass ich eine Entscheidung getroffen habe."

Renaires Lachen ist voll Bitterkeit und er lehnt sich mit verschränkten Armen an die Wand. „Und diese Entscheidung war, schlaf jetzt mit mir oder warte auf jemand anderen, wenn wir –"

Delaurier hat ihm mit so einer schnellen Bewegung eine Hand auf den Mund gelegt, dass er die letzten Worte in seine Handfläche spricht. Er sieht überrascht aus. „Oh Gott, du glaubst das tatsächlich, oder?"

Da er nichts sagen kann, starrt er Delaurier mit dem überzeugendsten Wage-es-nicht-mich-zu-bevormunden-Blick an, den er mit einer Hand über dem Mund und gegen eine Wand gedrückt zustande bringen kann.

Delaurier atmet tief ein. „Na gut. Ich kann verstehen, dass du nicht alles glauben willst, was in der Hitze des Moments gesagt wurde." Renaire kann sich ein bitteres Lachen nicht verkneifen, doch das wird von Delauriers Hand geschluckt. „Also werde ich versuchen, es noch einmal für dich zu erklären. Hörst du mir zu?"

Renaire würde ihm am liebsten in die Hand beißen. Stattdessen nickt er.

„Ich habe –", beginnt er seinen Satz. Er denkt nach, als würde er eine seiner politischen Ansprachen vorbereiten, doch dann wandelt sich sein Gesichtsausdruck und er sieht Renaire frustriert und mit einem intensiven Blick an. „Ich habe mich von dir angezogen gefühlt, seit wir uns zum ersten Mal getroffen haben. Es hat nie eine Zeit gegeben, in der ich nicht mit dir schlafen wollte, und vermutlich wird es die auch in Zukunft nie geben. Ich mag dich sehr, selbst wenn es Momente gibt, in denen ich dein Gesicht gegen eine Wand schmettern möchte. Aber ich dachte immer, diese Gefühle würden mich verändern und dann würde ich mich weniger darauf konzentrieren, die Veränderungen in die Welt zu bringen, die sie so dringend braucht." Er hält kurz inne. „Du machst mir Angst. Aber ich habe eine gute Frau getötet, um dich zu beschützen, und das bereue ich nicht. Ich will dich und mir ist klar geworden, dass mir Die Sache darum nicht weniger wichtig ist. Nicke, wenn du verstehst, was ich dir sagen will."

Renaire starrt ihn an und ist sich ziemlich sicher, dass er seine Arme nicht mehr spürt, aber er nickt.

„Ich bilde mir ein, dass ich ein guter Mensch bin, aber ich weiß, dass ich nicht perfekt bin, und das liegt hauptsächlich daran, weil du mir das ständig unter die Nase reibst", sagt Delaurier. „Ich weiß, dass ich dich manchmal wie den letzten Dreck behandle, und ich bin ein besitzergreifendes Arschloch, das dich mehr kontrolliert als gesund ist. Außerdem streiten wir uns ständig. Aber ich –" Er atmet aus und es klingt wie ein Seufzen. „Ich *sorge* mich nicht nur um dich, ich *mag* dich. Sehr gern sogar. Und es würde mir gefallen, wenn wir versuchen würden, zusammen zu sein."

Renaire starrt immer noch.

„Nur, um sicherzustellen, dass wir auf demselben Stand sind, schnippe bitte einmal mit den Fingern, wenn du mir folgen kannst", sagt Delaurier. Er klingt doch tatsächlich, als wäre er nervös.

Er versucht zu antworten, aber weil eine Hand im Weg ist, bekommt er nur ein unverständliches Gemurmel zustande.

Delaurier nimmt die Hand von Renaires Mund und runzelt die Stirn. „Was hast du gesagt?"

„Ich kann meine Finger nicht bewegen", sagt Renaire.

„Das ist bedauerlich", sagt Delaurier mit großen Augen. Der Anblick erinnert Renaire an Pferde, die durch brennende Ringe springen. „Ich mag deine Finger." Er atmet tief durch. „Würdest du vielleicht versuchen wollen, mit mir in dem sehr schmalen Zugbett zu schlafen? Ich bin erschöpft, aber ich würde dich gern berühren, also würde mir das sehr gefallen."

„Da passen wir nicht beide rein", sagt Renaire. „Niemals passen wir da beide rein."

„Ich möchte es trotzdem probieren", sagt Delaurier. „Wenn du einverstanden bist. Es ist vielleicht nicht so einfach, aber wir können es doch zumindest versuchen, oder?"

Renaire ist kurz davor, die Fassung zu verlieren. Er möchte wirklich nicht nüchtern werden. „Ich bekomme einen Krampf oder ich falle raus oder wir –"

Delaurier unterbricht ihn, indem er ihm eine Hand an die Wange legt. „Renaire. Ja oder nein. Möchtest du es probieren?"

„Ich mag keine mehrdeutigen Gespräche", sagt Renaire etwas panisch.

„Gewöhn dich dran, du hast ohnehin ein Talent dafür. Wir sind müde und wir multitasken", sagt Delaurier. „Ja oder nein."

„Na gut, ja. Ich möchte es probieren", sagt Renaire. Verflucht, er kann sich nicht erinnern, wo er seinen Flachmann gelassen hat.

Er bekommt keine Gelegenheit, danach zu suchen oder auch nur einen Blick zu ihrem Gepäck hinüberzuwerfen, denn Delaurier beugt sich über ihn, um ihn sanft und vorsichtig zu küssen. Der Kuss dauert nur einen Moment – einen Herzschlag oder auch vier – und dann zieht er sich wieder zurück. Delaurier lächelt und damit geht die Sonne auf.

„Trotzdem glaube ich nicht, dass wir da beide reinpassen", sagt Renaire.

Delaurier wirft ihm einen strengen Blick zu und beginnt, ihm in liebenswerter und doch irgendwie geschäftsmäßiger Art das Hemd auszuziehen. Renaire lässt das über sich ergehen und kickt sich die Schuhe von den Füßen.

„Nicht in der mehrdeutigen Art und Weise", sagt Renaire, obwohl er selbst in diese Richtung denkt. „In der Zugbett-Art."

„Tu mir den Gefallen", sagt Delaurier und zieht ihn bis auf die Boxershorts aus.

Es ist Renaire völlig schleierhaft, wie das hier so unerotisch sein kann. Vielleicht liegt es daran, dass er seit über vierundzwanzig Stunden nicht geschlafen hat. Vermutlich liegt es auch daran, dass sich das hier wie eine dieser unzähligen Nächte anfühlt, in denen sie völlig übermüdet waren und Delaurier ihn ausgezogen, aufs Bett gesetzt und dann das Licht gelöscht hat.

Es ist sehr, sehr seltsam, zu versuchen, sich in dasselbe Bett zu quetschen. Zuerst versucht Renaire, sich auf die Seite und ganz nah an die Wand zu legen, doch das scheint nicht zu Delauriers Plänen zu passen. Dann liegt er praktisch auf Delaurier, der zwar versucht zu verstecken, wie Renaires Gewicht ihm die Luft aus den Lungen presst, doch kläglich scheitert. Allerdings ist er zu stur, zuzugeben, dass Renaire als menschliche Decke ungefähr so bequem ist wie eine Decke aus Stahl. Renaire seufzt und sagt: „Es ist ja nicht so, als könnten wir das nicht auch probieren, wenn wir uns nicht gerade in einem Zug befinden."

„Das wird funktionieren", behauptet Delaurier.

Renaire rollt mit den Augen. „Diese Betten sind schon für *eine* Person ziemlich klein."

„Ich sagte, es wird funktionieren, also wird es funktionieren", sagt Delaurier und ruckelt noch ein wenig herum, bis sie beide auf der Seite liegen und sich dabei ansehen. Delaurier ist nun an der Wand eingeklemmt und Renaire liegt so nah an der Bettkante, dass er bei der nächsten Bodenwelle vermutlich rausfällt, aber Delaurier ist offensichtlich der Meinung, dass er recht hatte, denn er macht ein unglaublich selbstzufriedenes Gesicht. Er drückt sich Renaire gegen die Brust und hat die Arme um ihn gelegt, sodass Renaires Gesicht in seiner Halsbeuge zu liegen kommt. „Ich habe doch gesagt, dass wir das hinbekommen."

„Ja, ich bin sehr stolz auf dich", sagt Renaire und die Position, in der er sich befindet, macht ihm so überhaupt gar nichts aus. Seine Nase ist in Delauriers Haaren vergraben, seine Wange liegt an Delauriers Hals und er kann seinen langsamen und gleichmäßigen Puls fühlen und das ist einfach unglaublich.

Delauriers Finger spielen mit Renaires Haaren. Auch das ist richtig nett. „Wir sind in Sicherheit. Schlaf", sagt er. Er klingt zufrieden und nach etwas anderem, das Renaire nicht zu analysieren wagt.

Renaire gehorcht.

3

ER ERINNERT sich an Tripolis.

Tripolis oder das, woran er sich erinnern kann, hat er im Hinterkopf, doch eigentlich ist es Leptis Magna. Die Ruinen dieser sehr gut erhaltenen Stadt hatten sie vor irgendeinem Auftrag besucht. Was das genau war, weiß Renaire nicht mehr und es ist ihm auch egal. Aber sie hatten Zeit gehabt und Delaurier (damals noch in jeder Hinsicht Emile für ihn – der unbeirrbare Idiot innerhalb des stahlharten Ideals) war gern bereit gewesen, mit ihm zwei Stunden in einem Auto über Land zu fahren, das Renaire vielleicht oder vielleicht auch nicht zu diesem Zweck gestohlen hatte.

Das Wetter an diesem Tag war schrecklich gewesen. Ein starker Wind hatte die Wolken in dem dunkelgrauen Himmel in abstrakte Formen zerrissen und ihnen von Zeit zu Zeit einen Regenguss geschickt. Für den Fall, dass sich das Wetter besserte, hatte Renaire seine Zeichenutensilien eingepackt. Und wenn das nicht ging, konnte er immer noch den Himmel und die Ruinen zeichnen. Emile hatte eine Thermoskanne mit Kaffee beigesteuert und sich vom Wetter nicht beirren lassen. Er hatte sich umgesehen, zufrieden angemerkt, dass niemand sonst dort war, und war dann fast so gespannt gewesen wie Renaire, die Sehenswürdigkeit zu erkunden.

Renaire setzte sich auf schmale, glitschige Mauervorsprünge, ohne auf seine Kleidung zu achten, und zeichnete, während Emile jede Ecke der Ruinen erforschte und historische Fakten wiedergab, die mal mehr und mal weniger relevant waren. Sie stritten sich nicht, sie diskutierten und die einzigen Beleidigungen waren solche, die den längst Verstorbenen entgegengeschleudert wurden. Das ging stundenlang so, denn Zeit spielte keine Rolle. Es ging vielmehr darum, neue Dinge mit neuen Freunden zu entdecken.

Damals kannten sie sich seit ungefähr fünf Monaten und Renaire harrte immer noch mit der Erklärung aus, dass er *nicht gehen könne, bevor er Emile gezeichnet hatte*. Er weiß, dass Delaurier diesen Selbstbetrug längst durchschaut hatte, denn man kann ihm zwar viele Dinge vorwerfen, aber sicher nicht, dass er ein Dummkopf ist. Doch immerhin war es ein Vorwand, wenn auch sein einziger.

Er kann sich nicht erinnern, wo genau in Leptis Magna sie sich aufhielten, kann sich nicht mehr an einzelne Gebäude oder wenigstens an die Himmelsrichtung erinnern. Nur an Emile kann er sich erinnern, der sich zu ihm umdreht und ihm vor dem Hintergrund einst heiliger Mauern und wilder Wolken zulächelt. Und plötzlich bricht die Sonne durch die Wolken und überall ist Licht und Emile sieht aus, als würde er strahlen. Das Licht höchstselbst war in diesem Moment in Emile verliebt und Renaire konnte nichts anderes tun, als seinem Beispiel zu folgen.

Renaires plötzlich gefühllose Finger hatten das Skizzenbuch fallenlassen. Er hatte Emile angestarrt, der – offensichtlich besorgt – die Stirn runzelte. Als er begann, auf Renaire zuzugehen, schrie dieser ihm zu: „Halt!"

Sofort erstarrte Emile.

„Ich muss dich malen", hatte Renaire gesagt und die Worte waren ihm so durcheinandergeraten wie seine Finger, die versuchten, das Skizzenbuch wieder aufzuheben. „Ich muss nur – bleib da. Verflucht, ich habe keine Farben. Schätze, ich kann dich auch jetzt zeichnen und später malen. *Bleib einfach genau da stehen.*"

Emiles lebensfrohes Lächeln war wie weggeblasen, doch Renaire konnte sich mit Leichtigkeit daran erinnern. Er zeichnete wie ein Besessener und fühlte, wie ihm Tränen in den Augen brannten, obwohl er nicht hätte erklären können, warum. Das Profil, der Hintergrund und das Licht waren schnell aufs Papier gebracht, so sehr hatten sie sich auf seiner Netzhaut eingebrannt. Und danach war Emiles Gesicht dran. Zuerst das *Lächeln*, und dann Schock und Sorge, als Renaire geschrien hatte. Und dann ein Moment unbeschreiblichen Horrors, und dann Resignation. Erschöpfung. Die Art, wie er Renaire beim Zeichnen zusah – unbeteiligt, als würde er einem völlig Fremden einen Gefallen tun.

Oftmals ist die Liebe ein unterschwelliger Schmerz, wie ein Splitter, der einem ins Herz gefahren ist. In diesem Moment hatte Renaire verstanden, dass es kein Splitter war, sondern die Spitze einer riesigen, schweren Eisenstange. An diesem Tag, mit diesem einen Bild war sie in sein Herz gefahren und hatte ihn unrettbar aufgespießt.

Davor hätte er noch entkommen können, vielleicht. Doch nach Leptis Magna war er für immer festgenagelt und sollte er jemals versuchen, die Eisenstange aus seinem Herzen zu entfernen, würde es ihn entzweireißen.

Renaire war dankbar, als es zu regnen anfing.

Die Fahrt zurück nach Tripolis verging schweigend und Emile sah Renaire nicht einmal an, während dieser immer weiter zeichnete. Er zeichnete, bis seine Hand schmerzte, und er kehrte völlig benommen in ihr Hotelzimmer zurück. Mittlerweile weiß er, dass Delaurier ihn in das Gebäude und bis durch ihre Tür führte, aber damals hatte diese profane Realität für ihn in diesem Moment nicht existiert.

Daran, was danach geschah, erinnert er sich nur verschwommen. Er weiß, dass er über einen Markt lief. Auf der Suche nach der perfekten Farbe, den perfekten Pinseln. Der perfekten Leinwand und der perfekten Staffelei. Er suchte nach allem, was er vielleicht benötigen könnte und kaufte immer etwas extra, falls etwas schief ging. Emile war verschwunden, war in den Straßen von Tripolis verloren gegangen, um *irgendetwas* zu machen, aber in Renaires Kopf gab es nur dieses Bild.

Er weiß nicht mehr, wie lange er gemalt hat. Nur an das Malen selbst kann er sich erinnern und dass es lange dauerte – nicht, dass es darauf ankäme. Renaire schlief nicht. Er aß nicht. Er malte genau fünf Porträts von Emile; drei basierend auf der Szene in Leptis Magna und die anderen beiden waren eher das Resultat eines Fiebertraums als eines tatsächlichen Vorbilds.

Als er schließlich innehielt, stand eine Flasche lauwarmen Wassers auf einem Tisch neben ihm. Er hatte es heruntergestürzt, war dann in das am nächsten stehende Bett gefallen und hatte geschlafen wie ein Toter.

Als er aufwachte, waren Emiles Sachen verschwunden. Im Raum befanden sich nur noch die Bilder, der Künstlerbedarf und eine kleine Tasche mit Renaires wenigen Besitztümern.

In seiner Panik hatte er sich ein oder zwei Minuten auf der Suche nach *irgendeinem* Zeichen von Delaurier umgesehen, ohne jedoch etwas zu finden. Im Badezimmer hatte er sich übergeben und hatte dann mit einem Messer in der Hand vor den Bildern gesessen und versucht zu entscheiden, ob er sie zerschneiden sollte. Letztendlich hatte er das Messer in die Wand gerammt, tief und mit voller Wucht.

Und dann hatte er eine Dusche genommen. Er sah zu, wie die Farbe in einem Sturzbach an ihm hinablief und sich um seine Zehen sammelte, und sagte: *„Verdammt."*

Tripolis war nicht gerade der beste Ort dafür, war auch nicht der Ort, den er sich ausgesucht hätte, aber Renaire würde das auch so hinbekommen. Es würde ein bisschen Planung brauchen und vor allem ganz viel Hingabe, aber schlussendlich würde das Ergebnis stimmen.

Alkohol ist in Libyen verboten, doch Renaire war ein Getriebener. Er fand einen Markt und von diesem Markt aus noch einen anderen Markt und schließlich das, wonach er gesucht hatte. Der Mann, der es ihm verkaufte, hatte ihn angegrinst und gefragt: „Was wollen Sie kaufen?" Renaire hatte sich das Bücherregal voll mit Alkohol angeschaut, seine Brieftasche mit elegantem Schwung auf den Tresen geworfen und geantwortet: *„Alles."*

Er war zum Hotelzimmer zurückgegangen, weil ihm das höflich erschien. Renaire hatte alle fünf Bilder nebeneinander an die Wand gestellt, hatte sich gegenüber gesetzt und dann angefangen zu trinken, bis er nur noch verschwommen sah. Und dann hatte er weitergetrunken. Er trank, bis der Kopfkissenbezug voller leerer Flaschen Schnaps war und er seine Hände und dann seine Arme und dann seinen ganzen Körper nicht mehr fühlen konnte, nichts mehr tun konnte, außer inmitten von Glassplittern auf dem Boden zu liegen und die Bilder anzustarren, diese verdammten, wertlosen Meisterwerke, für die Renaire alles Gute in seinem Leben zerstört hatte, nur, um sie malen zu können, die er verbrennen wollte, zusammen mit der ganzen verfluchten Welt, bevor er sich eine letzte Flasche vornahm (so lief das immer, *noch eine, noch eine und dann ist es vorbei*) und niemand im Besonderen darum bat, nie wieder aufzuwachen.

Doch er wachte wieder auf. Er wachte in einem Krankenhausbett auf, neben dem ein wutentbrannter Emile stand, den die Schwestern mit Gewalt aus dem Zimmer werfen mussten, als er Renaire am Kragen packte, ihn wild schüttelte und ihn anschrie: „*Tu das nie wieder, du Hurensohn. Wenn ich je wieder nach Hause komme, und dich so vorfinde ...*", warnte er.

Tripolis ist keine schöne Erinnerung, abgesehen von den Teilen, die eben schön waren. Renaire denkt nicht gern an Tripolis, denkt nicht gern über das Warum und das Wie nach. Seit Tripolis versucht er sogar, sich mit dem Trinken ein wenig zurückzuhalten. Nicht wirklich viel, aber zumindest genug, dass Delaurier weniger nervös ist und Renaires Hände weniger zittern, wenn er bei Aufträgen nüchtern sein muss. Was ja durchaus gut ist, wenn er den Abzug einer Pistole betätigen muss.

Emile (jetzt Delaurier, da alle Träume, sich näherzukommen, geplatzt waren) blieb, bis Renaire entlassen wurde. Er hatte ihre Tasche getragen. *Ihre* Tasche; damals hatte er sich zum ersten Mal eingestanden, dass ihre Besitztümer so eng miteinander verwoben waren, dass nichts wirklich privat war. Sie tauschten Hemden und teilten sich falsch verpaarte Socken. Sie wuschen ihre Wäsche in einer großen Ladung und Delaurier sagte: „Wir fahren nach Kopenhagen, sobald du bereit bist."

Tripolis steht für viele Dinge und alle sind Renaire ein Rätsel.

RENAIRE WIRD von seinem Handy aus dem Schlaf gerissen, das den Titelsong „Happy Together" des Turtles-Films von 1967 spielt, und fällt praktisch aus dem Bett.

„Mnarmfrr", sagt Delaurier, dessen Gesicht tief im Kissen vergraben ist. Vielleicht ist das Renaires Name. Oder ein Fluch. Aus Delauriers Mund klingt beides ohnehin meistens gleich.

„Entschuldige", flüstert Renaire und greift nach seinem Handy. Sein verschlafenes Hirn wundert sich darüber, dass sein Telefon Delauriers halbironischen Klingelton abspielt, während dessen Telefon neben Renaires an der Ladestation hängt. Vermutlich klingt er wie ein Zombie, als er sich schließlich meldet. „Was zum Henker, *hallo*?"

„Es ist schön, Sie kennenzulernen, Renaire", sagt eine Frauenstimme – jung, aber erwachsen, freundlich und nett. Sie klingt amüsiert. „Können Sie frei sprechen?"

Er fährt sich mit einer Hand durch seine ungekämmten, dunklen Haare und versucht, wach zu werden. „Ich kaufe nichts", sagt er. „Ich bin Künstler. Ich habe kein Geld, um irgendwas zu kaufen."

„Eigentlich geht es mehr darum, was wir für Sie tun können", sagt die Frau mit einem Lachen in der Stimme. Es ist ein angenehmes Lachen, bei dem sich automatisch auch seine Mundwinkel heben. Als Lady bei einem Telefonsexanbieter könnte sie ein Vermögen machen. „Hören Sie, ich bin mir zu neunzig Prozent sicher, dass Sie bei oder zumindest in der Nähe von Delaurier sind. Gibt es eine Möglichkeit, sich für einen Moment zu entfernen?"

Jetzt ist er wirklich wach und beugt sich zum Bett hinüber, um Delaurier eine Hand über den Mund zu legen und ihm einen ernsten Blick zuzuwerfen, der (hoffentlich) aussagekräftig genug ist, um Delaurier zu überzeugen, dass irgendetwas vor sich geht. Es funktioniert und Delauriers verschlafenes Gesicht erfährt eine spontane Transformation. Sofort sieht er alarmiert aus. „Wie kommen Sie darauf?"

„Aufgrund der Tatsache, dass Sie Renaire sind und er Emile Delaurier", erwidert die Frau trocken und ein bisschen liebevoll. „Können Sie sich loseisen?"

„Er schläft, reicht Ihnen das?", fragt Renaire.

„Für den Anfang unseres Gesprächs durchaus", sagt sie. „Aber Sie sollten sich vermutlich ein anderes Plätzchen suchen, wenn Sie in ein paar Minuten auch etwas sagen wollen."

„Das werden wir sehen. Was wollen Sie also?", fragt Renaire und greift nach einem seiner Skizzenbücher. *Frau will privates Gespräch*, schreibt er und malt dann noch eine Note mit einem Pfeil, um den Klingelton zu symbolisieren. Delaurier nickt.

„Ich bin Teil einer Sondereinheit, die aufgestellt wurde, um der Gefahr der STB zu begegnen", sagt die Frau. *Verdammt.* Renaire erstarrt und als er seine Reaktion sieht, hält auch Delaurier inne. Renaire versteht jetzt auch, warum sie dachte, sie sollten besser ohne Delaurier sprechen. Denn sie hat recht, das würde er jetzt durchaus gern.

Er räuspert sich. „Ich habe im Moment keine Hosen an. Könnten Sie wohl dranbleiben, während ich mich anziehe? Dann können wir weiterreden, wenn ich irgendwo anders bin."

Und jetzt ist Delaurier wirklich alarmiert.

„Natürlich. Ich rufe in fünf Minuten zurück", sagt die Frau gut gelaunt und beendet das Gespräch.

Renaire legt das Handy weg und fängt sofort an auszurasten und zu entscheiden, was zum Teufel er tun soll. Einerseits sollte Delaurier Bescheid wissen. Andererseits sollte er vielleicht *nicht* Bescheid wissen. Renaire hat schon in der Vergangenheit Geheimnisse vor Delaurier gehabt – zu dessen Besten – und vielleicht ist das so eine Gelegenheit. Nur *weiß* er das eben noch nicht.

Renaire wird klar, dass Delaurier nicht wach wäre, um ihm diesen aufmerksamen Blick zuzuwerfen, wenn sie nicht zusammen in einem Bett geschlafen hätten. Dieser Blick sorgt dafür, dass Renaire sich sofort ein paar Sachen überwirft, um irgendwo anders auf den Rückruf zu warten. Wenn diese … *Sache* zwischen ihnen nicht passiert wäre, würde Renaire jetzt nicht den Eindruck haben, überhaupt eine Entscheidung treffen zu müssen.

„Was ist los?", fragt Delaurier mit einem Gesichtsausdruck, als würde er jeden Moment in eine Schlacht ziehen.

Renaire wirft ihm einen Blick zu, greift nach ein paar Klamotten und zieht sich an. „Das weiß ich selbst noch nicht, aber ich werde es dir sagen, sobald ich schlauer bin", sagt Renaire und sieht auf die Zeitanzeige des Handys. Es ist kurz nach sechs; diese Leute haben ihre Hausaufgaben eindeutig gemacht. Renaire kann zu jeder Tages- und Nachtzeit wach sein oder schlafen, gerade so, wie es gerade gebraucht wird, doch Delaurier ist vor acht Uhr morgens höchstens fähig zu funktionieren, wenn es sich um einen Notfall handelt.

„Warum gehst du dann?", fragt Delaurier.

Renaire schlüpft in seine Schuhe, ohne sich mit Socken aufzuhalten. „Das ist privat. Ich verspreche, dass ich es dir erzählen werde, wenn ich finde, dass du Bescheid wissen solltest", sagt er.

Es ist offensichtlich, dass Delaurier am liebsten Antworten von ihm verlangen und ihm befehlen würde, zu bleiben. Und Renaire würde tatsächlich bleiben, wenn Delaurier es als Befehl formulieren würde, doch das tut er nicht. Er seufzt und nickt dann. „Ich warte hier", sagt er. Und Herr im Himmel, der Blick, den er Renaire zuwirft, ist voller *Vertrauen*.

Delaurier vertraut ihm. Delaurier vertraut ihm und Renaire hat keine Ahnung, was er mit dieser neu gewonnenen Erkenntnis anfangen soll.

Renaire schluckt hart um den Kloß in seinem Hals herum und hebt eine Hand, nur um gleich wieder innezuhalten, während seine Hand unentschlossen zwischen ihnen schwebt. Er zögert und Delaurier wirf ihm einen Was-zum-Teufel-tust-du-da-Blick zu. Renaire hat den Eindruck, dass sein Zittern ihn noch umbringen wird. „Wenn das nicht in Ordnung ist, sag es. Ich höre sofort auf, ich schwöre es. Also –" Er lässt seinen Satz unbeendet und atmet stattdessen tief ein. Er hat das Gefühl, gleich einen Herzinfarkt zu bekommen, als er langsam und vorsichtig seine Hand auf Delauriers Wange legt.

Delaurier lächelt ihn an. Es ist eines dieser fast unsichtbaren Lächeln, die sich bei den kleinen Freuden des Lebens aufs Gesicht stehlen. Delaurier zuckt nicht zusammen, schaut ihn nicht abschätzig an und wirft auch seiner Hand keinen verwirrten Blick zu. Stattdessen schenkt er Renaire ein Lächeln.

„Darf ich dich küssen?", fragt Renaire und bereitet sich darauf vor, auf das leiseste Signal hin den Rückzug anzutreten.

„Unbedingt", erwidert Delaurier sofort und auch er steht da, als hätte er alle Muskeln angespannt. Er beobachtet Renaires Mund aufmerksam.

Renaire würde gern die Augen schließen, doch er hat Angst, dann aus Versehen Delauriers Nase zu küssen. Jetzt oder nie. Er hat die Erlaubnis und Delaurier *wartet* neugierig auf ihn. Jetzt oder nie, und es muss jetzt sein, denn nie ist keine Option mehr, mit der Renaire leben könnte.

Er lehnt sich vor und sieht zu, wie Delaurier die Augen schließt, als er ihm den Mund auf die Lippen drückt. Es ist nur ein kleiner Kuss, keusch und kurz und sanft, doch Renaires Herz fühlt sich an, als drohe es, jeden Moment zu explodieren. Es dauert nur ein paar Sekunden und dann sieht er in Delauriers zufriedenes Gesicht. Von Abscheu keine Spur.

„War das in Ordnung?", fragt Renaire.

„Das war in Ordnung", bestätigt Delaurier und legt Renaire eine Hand in den Nacken. Er zieht ihn für einen zweiten, atemlosen Kuss zu sich, bei dem er Renaires Mund mit der Zunge öffnet und Einlass begehrt.

Es ist leicht, sich darin zu verlieren, wie ihre Lippen immer wagemutiger und verzweifelter werden. Renaire vergräbt seine Hand in Delauriers sonnenblonden Haaren, genießt den Kuss mit geschlossenen Augen und hat den Eindruck, zu ertrinken.

Und dann plärrt wieder „Happy Together" aus dem Telefon und er lässt sofort von Delaurier ab, der ziemlich selbstzufrieden aussieht. Renaire greift nach seinem Skizzenbuch und einem Bleistift und stolpert in den Korridor hinaus und geht mit einem „Ja, hallo. Ich bin immer noch auf der Suche nach einem Ort, wo ich frei sprechen kann. Konnte meine Schuhe nicht finden", ans Telefon.

„Ist schon in Ordnung", sagt die Frau gelassen. „Solche Tage kennt doch jeder. Wie haben Sie geschlafen?"

Renaire kann ein kurzes, hysterisches Lachen nicht unterdrücken. „Ich habe wirklich keine Ahnung, was hier vor sich geht", sagt er und das ist zu einhundert Prozent die Wahrheit. Er geht in den nächsten Waggon, wo es in einem engen und größtenteils leeren Café überteuertes Frühstück zu kaufen gibt. Renaire setzt sich an einen der kleinen Tische.

„Tut mir leid, ich kann mir vorstellen, dass das verwirrend ist. Für uns ist das auch eine außergewöhnliche Situation", stimmt ihm die Frau zu. „Bei unseren Recherchen sind wir allerdings auf viele interessante Fakten gestoßen und einer davon ist, dass Sie nicht an die Sache glauben. Das stimmt doch, oder?"

„Das ist wahr", gibt Renaire unumwunden zu. „Aber das heißt nicht, dass ich nicht trotzdem loyal bin."

„Oh, Sie sind sehr loyal", sagt die Frau und er hört ein Lächeln in ihrer Stimme. „Doch das meine ich nicht. Sie fühlen sich der Gruppe nicht wegen ihrer Ziele verbunden, sondern wegen der Gruppe selbst. Wegen ihrer Mitglieder –"

„Sie können ruhig *seinen* Namen sagen", unterbricht Renaire sie trocken.

In der Stimme der Frau schwingt jetzt Vorsicht mit. „Ich wollte nicht gleich mit der Tür ins Haus fallen. Manche Leute sind nicht erpicht darauf, über solche Sachen zu sprechen."

„Von was für Sachen sprechen wir denn hier?", fragt Renaire und skizziert nebenbei die Landschaft, die vor dem Fenster an ihm vorbeizieht. „Sprechen wir von der schwulen Sache oder der terroristischen Auftragskillersache oder der er-wird-meine-Liebe-nie-erwidern Sache?" Als die Frau schweigt, seufzt er. „Ich weiß ganz genau, welche dummen, sinnlosen Entscheidungen ich treffe."

Es fällt ihm leicht, sich in den Status quo zu flüchten, so wie er zwei Jahre gegolten hat. Hauptsächlich liegt das daran, dass er selbst noch nicht glauben kann, dass die Dinge sich verändert haben. Wenn er gleich in einem Zug in Richtung Russland aufwacht, oder in einem Leihwagen vor einem hässlichen Bürogebäude, oder auf dem Fußboden seines winzigen Apartments, wäre er keineswegs überrascht.

„Einige von uns denken, dass Sie am Stockholm Syndrom leiden", sagt die Frau, woraufhin Renaire so sehr lachen muss, dass er Seitenstechen bekommt. „Ich weiß, ich glaube auch nicht daran. Manche Menschen verstehen einfach nicht, was die Liebe mit uns anstellen kann. Was mich genau zum Thema bringt. Die Zukunft der STB sieht ziemlich schwarz aus und Sie haben die Möglichkeit, es für Ihre Freunde etwas ungefährlicher zu machen."

Renaire schließt die Augen und atmet gleichmäßig aus und ein. „Wenn Sie Emile festnehmen", sagt er sehr deutlich und muss dann innehalten, um sich zu räuspern. „Wenn Sie Emile festnehmen und verurteilen und für eine sehr lange Zeit wegsperren, wird er sich zum Märtyrer machen."

Am anderen Ende der Leitung ist es sehr, sehr still.

„Darum: Nein, ich glaube nicht, dass ich auch nur einen Finger rühren werde, um Ihnen zu helfen", sagt er und es überrascht ihn selbst, wie freundlich sein Ton ist.

„Sie können dafür sorgen, dass er nicht ins Gefängnis muss", sagt die Frau leise. „Genau jetzt haben Sie die Möglichkeit, dieses ganze Durcheinander zu beenden."

Renaire runzelt die Stirn, während draußen die Landschaft vorbeizieht. „Sind Sie sicher, dass Sie die richtige Nummer angerufen haben?"

„Wir würden uns gern persönlich mit Ihnen treffen. Wir haben Informationen, die wir gern mit Ihnen teilen würden", sagt die Frau.

„Ich bin dumm, aber so dumm nun auch wieder nicht", sagt Renaire.

„Tatsächlich sind Sie sogar außergewöhnlich klug. Und deshalb werden Sie sich mit mir treffen", sagt die Frau. „Können Sie in zwei Tagen in Paris sein?"

„In zwei Tagen kann ich in Bhutan sein", sagt Renaire und wünscht sich, dass er seinen Flachmann mitgebracht hätte. Warum macht er überhaupt einen Schritt ohne seine Pulle? Delaurier muss unbedingt aufhören, ihn so abzulenken. „Wo?"

„Die Arena von Lutetia, bei Sonnenaufgang. Ich werde mir einen komischen Hut aufsetzen", sagt die Frau.

Er seufzt. „Sie wollen wirklich, dass ich für dieses Treffen nüchtern bin, oder?", sagt er. Sogar Renaire hat eine Grenze, vor der er nicht trinkt. Nun ja, zumindest im Moment. Selbst, wenn es Mittag ist. Die Frau lacht und klingt dabei freundlich und herzlich. „Gut, ich werde da sein. Aber sagen Sie mir wenigstens Ihren Namen."

„Das ist nur fair, schließlich verlange ich ziemlich viel von Ihnen", sagt die Frau. „Mein Namen ist Celine Normandeau. Sie können Celine zu mir sagen."

„Schön, Sie kennenzulernen, Celine." Renaire meint es ehrlich. „Sie scheinen wirklich nett zu sein. Ich hoffe, ich muss Sie nicht am Ende umbringen."

„Ebenso", sagt Celine. „Ich freue mich darauf, Sie in zwei Tagen persönlich zu treffen."

Sie legt auf und Renaire reibt sich stöhnend mit einer Hand über das Gesicht. Er schreibt ein paar grundlegende Informationen auf – Name: Celine, Sondereinheit, viele Informationen zur STB, denkt, Renaire wird sie aus *Liebe* verraten, weil er ohnehin ein unzuverlässiger Säufer ist –, aber er schreibt weder den Treffpunkt noch die Zeit auf noch die Sache mit dem komischen Hut.

Als er in ihr Abteil zurückkehrt, hat Delaurier die Betten wieder in eine Sitzreihe verwandelt. Er ist zwar angezogen, aber er ist noch im Halbschlaf. Nachdem er einen Blick auf Renaire geworfen hat, hält er ihm seinen Flachmann hin.

Gerade, als ich dachte, dass ich dich nicht noch mehr lieben kann, denkt Renaire. Er nimmt die Flasche entgegen und lässt sich auf den Sitz fallen. Er gibt Delaurier den Notizblock und nimmt einen Schluck von was auch immer sich heute in seinem Flachmann befindet. Es brennt angenehm in seiner Kehle. „Ich muss zurück nach Paris", sagt er. Irgendwie fühlt er sich ziemlich benommen.

Er hatte gehofft, dass sie in Budapest ein wenig Zeit haben würden. Eine Gelegenheit durchzuatmen und vielleicht herauszufinden, was das da zwischen ihnen war. Und vielleicht gäbe es da auch ein Bett. Er weiß immer noch nicht, ob er das überhaupt denken darf, aber verdammt: Er denkt so sehr daran!

„Das gefällt mir nicht", sagt Delaurier.

„Du magst nie etwas, das du nicht selbst geplant hast", sagt Renaire. Er nimmt sich einen Pullover, der neben ihm liegt, legt ihn sich über das Gesicht und lehnt sich gegen die sanft schaukelnde Zugwand.

Delaurier hält wieder seine Hand. „Wir können fliegen, wenn das nötig ist."

Es gibt genau eine Sache, vor der sich Delaurier fürchtet, und das ist das Fliegen. Für Reisen auf andere Kontinente steigt er in ein Flugzeug. Dafür muss er sich mit Pillen beruhigen, was dazu führt, dass Renaire die ganze verdammte Zeit wach bleibt, um sicherzugehen, dass Delaurier die Pillen nicht überdosiert oder ausrastet oder – Gott bewahre – aufwacht. Aber das ist auch schon alles. Sie fahren mit dem Zug (fast immer) oder dem Boot oder dem Auto. Einmal waren sie sogar auf dem Pferderücken unterwegs und Renaire hat sich geschworen, das nie wieder zu tun. Aber Delaurier fliegt nicht. Außer die Alternative ist eine zweiwöchige Schiffsreise.

„Wir müssen nicht fliegen", sagt Renaire. Er möchte das nicht sagen, wirklich nicht, doch schließlich tut er es trotzdem. „Wir stehen unter Beobachtung."

„Das ist nichts Neues", sagt Delaurier. Sein Daumen malt kleine Kreise auf Renaires Hand, so als könne er sich nicht beherrschen. Das hier wird so schmerzhaft werden.

Renaire zieht vorsichtig seine Hand zurück, nimmt den Pullover vom Gesicht und wirft ihn zurück auf ihre Tasche. Er nimmt einen Schluck aus seinem Flachmann. Er will wirklich nicht nüchtern sein. Eigentlich will er sich auf Delaurier werfen, ihn zu Boden küssen und ihm dann einen runterholen, als gäbe es kein Morgen. Stattdessen trinkt er. Schon wieder.

„Aber diese *Sache* zwischen uns ist neu. Sie haben mich angerufen, weil –"

„Ich weiß", sagt Delaurier schlicht und ergreift wieder Renaires Hand, als hätte dieser nur wegen des Pullovers losgelassen. Wenn er Delaurier *wirklich* ansieht, muss er feststellen, dass ihm völlig egal ist, ob es einen anderen Grund gab. Er will Renaires Hand halten und alles zerstören, was diesem Ziel im Wege steht. Er macht ein genervtes Geräusch. „Ich weiß nicht, wie Menschen das normalerweise machen. Wir können das jedenfalls nicht auf die normale Art. Ich habe das falsch angepackt, aber ich verspreche dir, ich kriege das noch hin."

Renaire sieht ihn stirnrunzelnd an. „Was?"

„Du hast keine Ahnung, was ich gern mit dir anstellen würde", sagt Delaurier und drückt Renaires Hand fest genug, dass es wehtut. „Aber für den Moment werde ich mich hiermit begnügen. Das ist genug." Er atmet tief ein. „Ich möchte nicht, dass du mir das wegnimmst."

„Das will ich nicht", sagt Renaire. Er spielt mit dem Gedanken, noch einen Schluck zu nehmen. „Ich will das wirklich nicht, aber was ist, wenn die Leute anfangen - oh."

Renaire wird durch Delaurier unterbrochen, der sich rittlings auf ihn setzt. Er sieht ihm tief in die Augen, wie nur Delaurier es kann. Er hält immer noch Renaires Hand, doch mit der anderen Hand stützt er sich an der Wand ab.

„Ich glaube, wir haben ein Problem in unserer Kommunikation", sagt Delaurier, während Renaire ihn schweigend anstarrt. „Magst du es, wie wir Händchen halten?"

„Ja, das mag ich", sagt Renaire. Er versucht, Delaurier nicht auf den Mund zu starren, aber das gelingt ihm nicht wirklich. Es hilft auch nicht, dass jedes Mal, wenn er es schafft, Delaurier in die Augen zu sehen, dieser genau das gleiche Problem zu haben scheint. „Aber sie wären misstrauisch." Er muss einen Moment innehalten, um zu atmen und zu schlucken, denn Delaurier ist ihm so, so nah, dass er die Wärme seines Körpers durch den Stoff fühlen kann. Und er ist zwischen Delauriers Oberschenkeln eingeklemmt. Das entlockt ihm ein leicht hysterisches Lachen. „Ist das wirklich die richtige Zeit, um dieses Gespräch zu führen?"

„Wenn du das findest", sagt Delaurier. Er beugt sich näher zu ihm. Renaire hätte nicht gedacht, dass das überhaupt möglich ist. Aber es ist möglich und Delauriers Brustkorb ist einen tiefen Atemzug von seinem entfernt, ihre Münder nur ein Flüstern voneinander entfernt. „Was möchtest du?"

Nächstes Mal, hatte Delaurier in Russland gesagt.

„Was möchtest *du*? Ich –", beginnt Renaire, doch Delaurier unterbricht ihn, indem er noch einmal fest seine Hand drückt.

Delaurier neigt den Kopf, bis sie sich an der Stirn berühren, und vergräbt dann die Hand, mit der er sich an der Wand abgestützt hat, in Renaires Haaren. Seine Finger streicheln ihn mal, dann scheinen sie an den Haarsträhnen zu ziehen. „Hör auf, das so kompliziert zu machen", sagt er leise und trotzdem klingt es wie ein Befehl. „Es ist dir offiziell erlaubt, mich zu wollen. Wir sind mittlerweile bei dem ‚wie' angelangt."

Er würde gern etwas Geistreiches erwidern. Stattdessen hebt er ihre verschränkten Hände, damit es sich weniger anfühlt, als würden sie sich aneinanderklammern und mehr, als würden sie sich bei den Händen halten, einfach, weil sie es können. Ihre Handflächen berühren sich, als wollten sie jeden Moment Walzer tanzen, ihre Finger sind ineinander verschränkt, als wollten sie nie wieder voneinander lassen.

Renaire ist sich nicht sicher, wie Delaurier die Geste versteht oder ob er vielleicht rät oder Renaire so gut einschätzen kann, dass das gar nicht nötig ist. Er überwindet die verbleibenden Zentimeter zwischen ihnen und presst ihre Lippen aufeinander. Ihre Lippen tanzen miteinander, als hätten sie alle Zeit der Welt. Renaire genießt den Moment, prägt ihn sich ein und hat den Eindruck, dass er Farben in diesem Kuss schmecken kann.

Es dauert gleichzeitig ewig und nur einen Moment, bevor Delaurier den Kuss beendet und stattdessen Renaires Mundwinkel küsst, dann seine Wangenknochen, sein Kinn. Schließlich fühlt Renaire, wie Delaurier an seinem Ohrläppchen knabbert.

„Ich habe den Eindruck, dass du meine Ohren magst", sagt Renaire mit hoher und atemloser Stimme. Es fühlt sich seltsam an, diese Stille zu durchbrechen, die zwischen ihren Küssen und Zungen und Berührungen und den Zuggeräuschen herrscht. Seine freie Hand drückt er gegen den Sitz, weil er nicht weiß, was er mit ihr anfangen soll. Er würde gern so viel tun, fürchtet jedoch, irgendetwas zu tun.

Delaurier macht ein Geräusch, das halb Lachen und halb Summen ist. „Deine Hände mag ich am liebsten", flüstert er ihm direkt ins Ohr. Zwischen den einzelnen Worten knabbert er an seinem Ohrläppchen. Delauriers Finger kämmen weiterhin durch Renaires Haare. „Ich habe so oft von deinen Händen geträumt."

Renaire hat den Eindruck, dass er langsam anfängt, das zu verstehen. Es ist zwar schwer, einen klaren Gedanken zu fassen, während Delaurier auf seinem Schoß sitzt und sein Ohrläppchen malträtiert, doch er glaubt, ein Muster erkennen zu können. Außerdem hatte er genug zu trinken, dass er nicht mehr nur ein zitternder Haufen Angst ist. Er hebt seine Hand und legt sie an Delauriers Gesicht.

Delaurier ist ihm immer und in jedem Fall zwei Schritte voraus, darum reicht Renaires Geste aus, dass Delaurier von Renaires Ohrläppchen ablässt und sich auf seine Hand *stürzt*. Er nimmt seine Hand aus Renaires Haaren und packt ihn stattdessen am Handgelenk, um ihn genau da festzuhalten, wo er ihn haben will. Zuerst ist es nur ein scheues Knabbern an seiner Handfläche, doch dabei bleibt es nicht. Sein Mund attackiert Renaires Daumen und Himmel, die Dinge, die er mit seiner Zunge machen kann! Es ist ein Finger, nur ein einziger Finger, und trotzdem verwandelt sich Renaire in ein sprachloses Durcheinander.

„Das ist definitiv zweideutig", murmelt Renaire und Delaurier lacht. Er lässt von Renaires Daumen ab, um ihn wieder zu küssen. Jetzt ist der Kuss nicht mehr süß, aber immer noch voller Versprechen. Es ist ein anderes Versprechen, als Delauriers begabte Zunge ihn fast zu Tode foltert. Renaire kann Delauriers steifen

Schwanz an seinem Bauch spüren und er würde am liebsten – verdammt. Er löst sich von Delaurier und fragt: „Darf ich –"

„Ja", antwortet Delaurier sofort. Dann attackiert er wieder Renaires Mund mit einem sanften Biss in die Unterlippe. Renaire versucht, sich zu beruhigen, *scheitert aber auf ganzer Linie.*

Er stöhnt auf und der Laut, der gleichzeitig Begierde, Nervosität und Frustration ausdrückt, wird sofort von Delauriers Kuss verschluckt. Renaire hat immer noch Delauriers Stimme im Hinterkopf, wie sie *Nächstes Mal* sagt. Er wirft sich mit seiner ganzen Verzweiflung in den Kuss und erhält im Gegenzug ein befriedigtes Summen von Delaurier. Renaire führt ihre immer noch verschränkten Hände abwärts, bis sie gegen Delauriers harten Schwanz stoßen. Gleichzeitig denkt er *nächstes Mal, nächstes Mal.*

Die Berührung entlockt Delaurier ein Stöhnen und er lässt Renaires Handgelenk los, um seine Hose zu öffnen. Sobald er mit seiner Hose fertig ist, wendet er sich Renaires Jeans zu. Doch das ist nicht, was Renaire will, jedenfalls nicht jetzt, darum entwindet er sich dem Versuch. Delauriers Atemzug ist ein scharfes Zischen, als er in der Bewegung innehält. Renaire dreht ihre verschränkten Hände mit einer eleganten Bewegung – Beweglichkeit war schon immer sein einziges Talent gewesen – bis er seine Hand um Delauriers gelegt und dessen Hand wiederum seinen Schwanz ergriffen hat.

Delaurier hämmert mit der anderen Hand so laut gegen die Wand ihres Abteils, dass ihre Nachbarn jetzt mit Sicherheit wach sind. „Oh", seufzt er mit einem leichten Zittern. An Delauriers leicht benommenem Blick kann Renaire erkennen, dass dies hier endlich etwas ist, das er darf. Delaurier, der eben noch überrascht dreingeblickt hatte, trägt nun ein zufriedenes Grinsen zur Schau, und dann küsst er Renaire mit solcher Wucht, dass dieser mit dem Kopf gegen die Wand schlägt.

Verdammt, er hofft nur, dass niemand vorbeikommt, um diesem Lärm auf den Grund zu gehen.

Renaire führt ihrer beider Hände in einem vorsichtigen Rhythmus und spielt dadurch eher mit seinem Griff um Delauriers Hand als mit seiner eigenen Erektion. Er verschränkt ihre Finger und bewegt dann sanft Delauriers Hand, während er genau darauf achtet, was für Geräusche Delaurier macht, während er ihn küsst. Er dreht sein Handgelenk und verstärkt seinen Griff. Er spielt mit Delaurier, bis dieser ihren Kuss beenden muss, um zu Atem zu kommen. In seinen Augen flammt Begehren auf, als er versucht, die Kontrolle über seinen Körper zurückzuerlangen.

„Ich habe doch gewusst, dass das eine gute Idee ist", sagt Delaurier und der Satz klingt mehr nach aneinandergereihten Silben als nach Worten, die einen Sinn ergeben. Er lässt seinen Kopf auf Renaires Schulter sinken. Sein Rücken ist so angespannt, dass Renaire unbedingt die Augen schließen und an etwas Langweiliges denken muss, doch selbst das hilft nicht wirklich. Also beschleunigt er stattdessen seine Bewegungen, was dazu führt, dass Delaurier anfängt zu *reden*. Die Worte prasseln wie die Salve eines Maschinengewehrs auf ihn nieder. „Himmel, was ich alles mit dir anstellen werde, wenn ich dich erst mal in meinem Bett habe. Hinterher werden wir das Bettzeug verbrennen müssen."

Renaires Hüften heben sich praktisch ohne sein Zutun und Delaurier kommt ihm bereitwillig entgegen. Renaire beschleunigt die Bewegung ihrer Hände bis Delaurier Laute von sich gibt, als würde er gleich ersticken. Dazwischen murmelt er Flüche und Versprechen in Renaires Halsbeuge, die ihm den Atem rauben. „Ich werde dich entzweireißen und dafür sorgen, dass du den Orgasmus deines Lebens hast. Hinterher wirst du dich nicht mal mehr an deinen Namen erinnern, aber ich werde ihn kennen und für dich aufbewahren, während du dir die Seele aus dem Leib schreist", sagt er und beißt mit solcher Macht in Renaires Ohrläppchen, dass es wehtut. Delaurier reibt sich an ihm und klingt dabei, als ginge ihm die Luft aus. „Sag mir, dass du mir gehörst."

„Verdammt, Emile. Ich gehöre dir und das weißt du genau", sagt Renaire in einem Atemzug. „Ich bin dein, vollkommen dein."

„Du wirst für mich schnurren, Renaire", flüstert Delaurier in Renaires Halsbeuge. Das macht zwar überhaupt keinen Sinn, aber Renaire vermutet, dass er auch ziemlichen Unsinn von sich geben würde, wenn er mittlerweile nicht ohnehin nur noch auf Anweisungen reagieren würde. „Und du gehörst *mir*."

Er sagt das in dem Ton, in dem er auch Befehle erteilt und Vorträge hält. Verdammt, sie haben nichts weiter getan, als sich aneinander zu reiben, und er sollte *nicht* vor Delaurier kommen, aber er tut es trotzdem. Delaurier stürzt sich auf ihn, als wolle er Anspruch auf seinen Besitz erheben, und Renaire stöhnt laut, als er sich wie ein Teenager in seine Hose ergießt. Delaurier kommt keuchend einen Moment nach ihm und sein Sperma tränkt ihre Hände. Für ein paar Augenblicke atmen sie einfach zusammen, bevor Delaurier Renaire erneut küsst, zufrieden und ohne Finesse. Wieder scheint er zu summen. Renaire liebt es schon jetzt.

„Wir steigen in ungefähr zwanzig Minuten aus", sagt Delaurier. Er rutscht von Renaires Schoß und dieser hatte nicht einmal bemerkt, dass sie sich noch bei den Händen hielten, bis Delaurier ihn auf die Füße zieht und zu dem winzigen Waschbecken in ihrem Abteil hinüberzieht. Er säubert sie so gut wie möglich, doch Renaires Hosen brauchen definitiv mehr als den lauen Wasserstrahl aus dem kleinen Becken, also beschließt er, sich umzuziehen.

Bemerkenswerterweise fährt ihr Zug pünktlich im Bahnhof ein.

In Budapest reicht die Zeit nur dafür, sich einen Waschsalon und etwas zu essen zu suchen, das eine Mischung aus einem frühen Mittagessen und späten Frühstück ist (Delaurier behauptet, das sei Brunch, doch Renaire will das nicht Brunch nennen – er ist kein Brunch-Typ; dafür muss man eine bestimmte Sorte Mensch sein und die ist er definitiv nicht) und dabei zuzusehen, wie sich ihre Wäsche in der Maschine im Kreis dreht.

Jemand im Waschsalon erkennt Delaurier und anstatt die Polizei zu rufen, ruft er seine Freunde an (das passiert immer, wenn jemand Delaurier erkennt) und

Delaurier hält eine seiner spontanen Reden. Früher dachte Renaire, dass Delaurier diese Reden übt oder wenigstens aufschreibt oder zumindest Stichpunkte hat. Mittlerweile weiß er, dass Delaurier die Dinge ausspricht, die er wirklich denkt und an die er glaubt. Er spricht aus, was ihm gerade in den Sinn kommt, und damit verführt er arme, junge Ungarn, an Die Sache zu glauben und für sie zu kämpfen.

Renaire zeichnet ihre ehrfürchtig dreinblickenden Gesichter, im Hintergrund die alten Wäschetrockner, davor Delauriers Silhouette. Er lässt die Skizze für sie im Waschsalon liegen und sucht sich ein Spirituosengeschäft, um seinen Flachmann aufzufüllen. Delaurier ist so glücklich, ein paar Menschen bekehrt zu haben, dass er Renaire nicht einmal einen enttäuschten Blick zuwirft.

Delaurier sieht sehr, sehr zufrieden aus. Außer in Paris hat er ihn vermutlich noch nie so glücklich gesehen. Ein kleines Lächeln umspielt seine Lippen und er schaut sich auf eine Art in Budapest um, die Renaire an sich selbst erinnert, aber auch wieder nicht. Dort, wo Renaire die scharfen Kanten und tiefen Schatten der Architektur bewundert, sucht Delaurier nach alten, standfesten Mauern und Torbögen. In jedem Fall sehen sie sich aber beide die Stadt an.

Manchmal halten sie Händchen. Renaire ist sich ziemlich sicher, dass sie beide damit einverstanden sind.

Sie kommen im Dunkeln in München an und haben nur zehn Minuten, um ihren Zug nach Paris zu kriegen. Es ist ein heilloses Durcheinander, aber sie erwischen ihren Zug und haben wieder ein Schlafwagenabteil, weil Delaurier eben Delaurier ist.

Renaire hat nie verstanden, warum es so anstrengend ist, in einem Zug zu sitzen.

Sie machen sich nicht die Mühe, beide Betten herunterzuklappen. Delaurier macht ein Bett und Renaire verstaut ihr Gepäck so sicher, dass nur die beiden Idioten, die sich ein Bett teilen, auf dem Boden landen, sollte der Zug sie durchschütteln.

Es scheint, als würden sie diese Nacht in der Löffelchen-Stellung zubringen. Delaurier schmiegt sich an ihn und macht wieder ein charakteristisches Summgeräusch. Renaire muss sich eingestehen, dass er kein Problem damit hat, dass sie sich ein winziges Bett teilen.

Renaire schläft bis acht Uhr morgens durch und als er schließlich aufwacht, schreckt er aus dem Schlaf hoch, als hätte er nicht nur eine Nacht geschlafen. Emiles Arm liegt quer über seiner Brust. Dadurch kann er sich nicht bewegen, kann aber auch nicht in Panik geraten oder aus dem Bett rollen.

Er atmet ein und aus. Er bleibt mit Emile im Bett liegen, einfach weil er es kann.

4

Paris: Gare de l'Est – Chéron

SIE KOMMEN am späten Vormittag an. Delaurier sieht zwar verschlafen aus, doch er ist größtenteils wach. Mittlerweile sind sie Experten darin, sich im Gare de l'Est zu bewegen, ohne bemerkt oder aufgehalten zu werden. Das hält Renaire jedoch nicht davon ab, der einzigen funktionierenden Sicherheitskamera auf ihrem Weg freundlich zuzuwinken.

Paris begrüßt sie wie eine schlecht gelaunte, alte Tante, die nicht zugeben mag, dass sie sich freut, sie zu sehen. Es ist wolkig, doch von Zeit zu Zeit durchbricht ein Sonnenstrahl den Himmel und lässt Paris erstrahlen, selbst wenn die Ecken und Kanten etwas abgenutzt sind. Die Pariser Tauben sind genauso hart gesotten wie die in Moskau, doch weil sie gleichzeitig französischer sind, bildet sich Renaire ein, dass sie es mit mehr Fassung tragen.

Delaurier (und damit auch die STB und Renaire) hat in Paris nie irgendwelche Probleme gehabt. Niemals. Einige Leute haben ihn verfolgt und einmal war jemand dumm genug, ihn tatsächlich zu verhaften, doch es ist ein offenes Geheimnis, dass Paris Delaurier liebt. Vermutlich könnte er öffentliche Hinrichtungen durchführen lassen und trotzdem würden die Leute kommen, und ihm zujubeln. Vielleicht aber auch nicht, denn einer der Gründe, warum Paris Delaurier liebt, ist der, dass er zwar Skandale und Aufregung im Schlepptau hat, aber damit nie für Missstimmung sorgt. Nicht wirklich.

Renaire findet es ironisch, dass die Welt erst angefangen hat, Delaurier zuzuhören, nachdem er aufgegeben hatte, sie zum Zuhören zu zwingen. Manchmal fragt er sich, ob sie Delaurier auch so lieben würden, wenn er nicht ein wunderschöner, weißer Jüngling wäre, der gerade noch so adelig daherkommt, dass man nicht an Guillotinen denken muss.

Und weil auch Delaurier Paris liebt und Liebhaber (angeblich) nie Geheimnisse voreinander haben, hält er den ganzen Weg vom Bahnhof bis zum Chéron Renaires Hand. Die Erneuerung von Paris im Jahre 1860 (oder zumindest um den Dreh) hat das Antlitz der Stadt für immer verändert, doch seit Renaire Delaurier kennt, hat dieser das Chéron geliebt. Also lebt und arbeitet und schläft er dort. Und er plant und isst und spricht in dem Café, das sich im Erdgeschoss des gleichnamigen Gebäudes befindet.

Sogar Renaires emotionaler Masochismus hat seine Grenzen, darum besitzt er vier Querstraßen vom Chéron entfernt eine winzige Wohnung. Sie ist wirklich sehr, sehr klein, und scheinbar hat er noch nicht die Erlaubnis, dorthin zu gehen, denn Delaurier führt ihn ins Café und hinauf in das Zimmer im Obergeschoss, das als Kaffee-und-Alkohol-Hauptquartier der STB fungiert. Oder auch nur als das Hauptquartier. Jedenfalls ist das der Ort, wo sie Pläne ausarbeiten. Sie hätten noch die super-sichere Option, in Delauriers Wohnung auszuweichen, wenn etwas wirklich besonders geheim sein soll. Doch wie gesagt: Paris liebt Delaurier und die STB und das Café Chéron liebt sie sogar noch mehr.

Es gibt keinen Ort, der ihnen treuer ergeben ist als das Café Chéron und die STB erwidert diese Liebe. Garrant hat einmal jemanden einen Kinnhaken verpasst, weil dieser vorschlug, das Café in ein Starbucks zu verwandeln. Seitdem ist er die zweitbeliebteste Person und hat seit einem Jahr für kein Getränk mehr bezahlt. Renaire ist der Lieblingsgast des Bartenders, und das ist ihm viel wert.

Im Moment besteht das Problem darin, dass das Café Chéron der STB loyal verpflichtet ist. Das heißt auch, dass die Stammgäste (zugegeben, alle sind Stammgäste) sie lieben und alles, was die STB betrifft als ihre persönliche, tägliche Seifenoper betrachten.

Jeder von ihnen wird Bescheid wissen.

In dem Moment, in dem sie in Sichtweite sind, kann Renaire Geflüster von den Tischen draußen hören. Als sie schließlich durch die große Tür das Innere des Cafés betreten, wird geklatscht. Der Applaus wird lauter, als sie über das Schachbrettmuster des Fußbodens gehen und als sie an den Tischen vorbei und an der Treppe angelangt sind, kann er Pfeifen hören. Er weiß nicht so recht, ob er Delaurier zehn Stunden lang küssen oder ein Loch finden soll, in dem er sich vergraben und sterben kann.

Der Teil, der sich gern ein Loch suchen würde, scheint zu gewinnen.

Jedenfalls ist Renaire ziemlich dankbar, als Delaurier seine Hand loslässt, weil er sich mit der einen Hand am Geländer festhält, während er mit der anderen den Hartschalentrolly mit den Waffen hinter sich her zieht. Alles andere haben sie in einer großen Reisetasche und die hat sich Renaire bereits über die Schulter geschlungen. Er zündet sich mit zitternden Fingern eine Zigarette an (er braucht unbedingt was zu trinken) und versucht, nicht in Panik zu geraten, wenn er daran denkt, was ihre Freunde wohl für Gesichter machen werden. Er hofft, dass nicht alle da sind. Statistisch gesehen ist es unwahrscheinlich, dass alle Mitglieder der STB anwesend sein werden. Er hofft wirklich sehr, dass nicht alle da sind.

Jeder einzelne ist da.

Wie stets befindet sich Glasson im Zentrum. Er lächelt auf die Mitglieder der STB herab, während diese herumsitzen und absolut nichts Sinnvolles tun. Lile, ihr Arzt (nicht im strengen Sinne, denn er hat das Studium abgebrochen, weil er so angewidert von der Politik im Hintergrund war, die man in der Medizin nicht zwingend erwarten würde – er interessiert sich wirklich *sehr* für das Gesundheitssystem) sitzt neben ihm und lacht über etwas zusammen mit seinem Partner Bossard, der von der *tatsächlichen* Politik angewidert ist, weil sein Vater

Mitglied der Nationalversammlung ist und er mit der Art Hinterzimmerpolitik aufgewachsen ist, die Delaurier so gern zerstören würde.

Jules, Garrant und Sarazin sind näher bei der Treppe und machen schon jetzt ein begeistertes Gesicht beim Anblick von Renaire und Delaurier. In ihnen sind wohl die seltsamsten Talente und Persönlichkeiten vereint. Zusammen können sie so gut wie alles erreichen.

Jules ist Dichter und Propagandagenie, ein Wesen ohne Geschlecht, jedoch mit solcher Vorstellungskraft, Mut und Launenhaftigkeit, dass Sarazins Anwesenheit zum Vorteil aller ist. Sarazin ist die Stimme der Vernunft, eine Waise, die ziemlich viel durchgemacht hat, und das macht Sarazin wohl zu der einzigen Person hier, die tatsächlich wusste, auf was sie sich einlässt, wenn sie der STB beitritt. Und dann ist da noch Garrant, der das Trio vervollständigt. Mit seiner wilden und unberechenbaren Tatkraft und Initiative treibt er Jules und Sarazin an, die ansonsten vermutlich den lieben langen Tag herumsitzen und die Definition von Wirklichkeit ausdiskutieren würden. Oder so.

Und schließlich ist da noch Carope, die neben Glasson kniet, und ein so verzücktes Gesicht macht, dass Renaire angst und bange wird. Sie ist gleichermaßen ein Fluch und ein Segen, denn sie ist zielsicher in der Lage herauszufinden, ob einem etwas auf dem Herzen liegt, was heißt, dass sie immer herausfindet, ob einem etwas auf dem Herzen liegt. Schlimmer noch, meistens versucht sie dann, zu helfen.

Es ist noch nicht einmal Mittag und Renaire findet es absolut unfair, dass er das allen zur gleichen Zeit erklären soll.

Wenigstens pfeift ihnen niemand hinterher, obwohl der Tumult vom Erdgeschoss auch hier oben noch gut zu hören ist. Und wenn Renaire niemanden direkt ansieht, kann er auch gut das Grinsen und die erhobenen Augenbrauen ignorieren. Renaire betritt den Raum, schleudert die Tasche in eine Ecke und setzt sich an seinen angestammten, etwas abseits gelegenen Platz in der Ecke.

So wirklich abseits gelegen ist der Tisch nicht, denn seine Freunde sorgen dafür, dass er nicht abseits liegt.

Renaire fühlt sich hier einerseits, als wäre er endlich zu Hause inmitten von Freunden, und andererseits wie ein Arschloch, mit dem sie sich nur abgeben, weil Delaurier es tut und alle seinen Anweisungen folgen. Sie haben ihn zwar akzeptiert, aber er hat keine Ahnung, warum. Eigentlich ist er ein ziemlich beschissener Freund.

Zum Beispiel: Renaire findet heraus, dass (fast) alle mit ihrem Nachnamen gerufen werden und fühlt sich wohl dabei, seinen eigenen Nachnamen zu benutzen. Gleichzeitig spricht er Delaurier weiterhin als *Emile* an, einfach weil Delauriers Reaktion anfangs soweit ging, dass es in seinem Gesicht genervt zuckte. Dann findet er heraus, dass alle ihren Nachnamen benutzen, weil Glasson transgender ist. Als er und Delaurier Kinder waren, weigerten sich die Lehrer, Glasson nicht länger beim Vornamen zu nennen. Stattdessen den Nachnamen zu benutzen, war eine einfache Lösung. Als sie Carope trafen, schloss sie sich sofort an und benutzte fortan ihren Nachnamen. Daraufhin wurde der Nachname die Standardanrede bei der STB.

Und jetzt fühlt sich Renaire wie ein Idiot, weil er sich bereits angewöhnt hatte, Delaurier Emile zu nennen, als er feststellte, dass die Namenswahl tatsächlich ein Zeichen brüderlicher Liebe und Solidarität mit seinem Freund aus Kindertagen darstellte.

Doch selbst mit dieser Information kann Renaire nicht aufhören, Delaurier beim Vornamen zu nennen. Nur, um dieses Zucken in seinem Gesicht zu sehen. Und als das Zucken ausblieb und Delaurier offensichtlich schlicht *akzeptiert hatte*, dass Renaire ein Idiot ist, war ihm der Vorname schon so in Fleisch und Blut übergegangen, dass er ihn gar nicht anders hätte nennen können, selbst, wenn er gewollt hätte.

Renaire ist zwar ein Teil der Gruppe, aber alle wissen, dass er der *totale Idiot* der Gruppe ist. Trotzdem liebt er jeden einzelnen von ihnen. Selbst jetzt, wo er am äußeren Rand ihrer Konstellation aus fünf Cafétischen sitzt und darauf wartet, über seine Beziehung zu Delaurier ausgefragt zu werden. Es entlockt Renaire ein Lächeln. Nur ein ganz kleines.

Natürlich fängt Carope an. Sie zieht ihren Stuhl zu seinem Tisch herüber und grinst ihn an. „Also", sagt sie. „Lass uns reden."

„Worüber?", fragt Renaire.

Carope beugt sich mit neugierigem Gesicht zu ihm herüber. „Darüber, was du und –"

Delaurier kommt zu seiner Rettung. Er steht auf und setzt zum Reden an. Der Projektor ist schon eingeschaltet. Er zeigt auf eine weiße Wand, auf der jegliche Dekoration fehlt, weil alle wissen, wie gern Delaurier sein PowerPoint hat. Renaire vermutet, dass die Ivanova-Präsentation dieselbe ist, die er schon gesehen hat, darum hört er nicht wirklich zu. Stattdessen beobachtet er die Körpersprache seiner Freunde, als sie langsam begreifen, was Delaurier aufgegeben hat, um sie zu schützen. Sie sehen Delaurier in ganz neuem Licht, entdecken aufs Neue, warum sie von ihm fasziniert sind.

Aber vor allem wird Delaurier bis in alle Ewigkeit Die Sache und seine Ideale von Gleichheit und Freiheit und Gerechtigkeit mehr lieben als alles andere auf der Welt. Wenigstens kommen seine Freunde gleich danach.

Allerdings lässt Delaurier Ivanovas Aktenordner nicht herumgehen. Zumindest nicht diesmal. Stattdessen informiert sie die PowerPoint Präsentation darüber, wie viele Seiten Informationen zu jedem von ihnen existieren und wo es eventuell undichte Stellen gibt. Als ersichtlich wird, wie umfangreich Renaires Akte ist, entsteht Unruhe im Raum.

Chason ist nicht da, was nicht ungewöhnlich ist, da er erst dreizehn ist und man ihn vermutlich nicht mal hier festnageln könnte, wenn man ihn am Stuhl festbindet. Mathieu allerdings ist anwesend und das allein ist ungewöhnlich. Er muss sich während der Präsentation reingeschlichen haben und jetzt sitzt er neben Carope und sieht beunruhigt und nervös aus.

Mathieu ist der einzige, über den es keine Akte gibt, denn er ist kein offizielles Mitglied. Er ist ein harmloser Schatz, der nie im Namen Der Sache getötet hat (wobei man durchaus argumentieren könnte, dass auch Renaire das nie getan hat). Außerdem ist er ein lieber Freund, der vorsorglich das Zimmer verlässt, wenn sich das Gespräch dunkleren Themen zuwendet. Laut Interpol ist er nur Caropes Mitbewohner. Laut Mathieu ist das alles, was Mathieu ist.

Carope wünscht sich jedenfalls, dass Mathieu mehr als das wäre. Seit sie den armen Mathieu auf einer Bank vor einer Metrostation aufgelesen hat, ist sie eine Konkurrenz für Renaire bei dem Preis für den Am-erbärmlichsten-unglücklich-Verliebten. Renaire gewinnt trotzdem um Längen, selbst wenn man nicht den Zeitfaktor des unglücklich Verliebtseins mit einrechnet. Carope hat sich arrangiert. Sie schafft es, Mathieu eine treue und ehrliche Freundin zu sein, anstatt wie Renaire dem Objekt ihrer Begierde wie eine Wahnsinnige durch Europa zu folgen und Menschen umzubringen.

Renaire bemerkt, dass Mathieu etwas pikiert aussieht, als er feststellen muss, dass es über ihn keine Akte gibt.

„Ich war nicht schnell genug, deswegen war es ihr möglich, einige der Informationen an Interpol weiterzugeben", sagt Delaurier und das ist auch Renaire neu, zumindest teilweise. „Wie viel davon, bleibt abzuwarten. Wir haben jedoch eine Spur und der werden wir nachgehen."

Er weiß, dass Delaurier ihn bei diesem Satz ansieht. Trotzdem schaut er weiterhin konzentriert das nicht gerade aussagekräftige Interpol-Logo an und zieht an seiner Zigarette. Er hat das Gefühl, dass ihm gleich schlecht wird. Eigentlich würde er sich jetzt einen Schluck aus seinem Flachmann genehmigen, aber er hat sich vorgenommen, bis zum Mittag durchzuhalten.

„Erfahren wir, um was für eine Spur es sich handelt?", fragt Lile.

„Abgesehen von der Tatsache, dass die Spur existiert und wir ihr nachgehen werden, habe ich nicht genügend Informationen", sagt Delaurier direkt, aber nicht unfreundlich. „Wenn sich daran etwas ändert, werde ich es euch wissen lassen. Weitere Fragen?"

„Ich möchte mehr über dich und Renaire hören", sagt Carope neugierig und laut und *direkt neben Renaires Ohr*. Gelächter und kleine Sticheleien folgen.

Renaire stöhnt und lässt seine Stirn auf die Tischplatte sinken.

„Gibt es nichts Wichtigeres, um das wir uns kümmern müssen?", fragt Delaurier und Herr im Himmel, das ist eine ernst gemeinte Frage. Er hat wirklich keine Ahnung, wie andere Leute ihre Prioritäten setzen.

„Doch, gibt es", ruft Renaire nur für den Fall, dass sonst niemand antwortet.

„Das ist aber trotzdem wichtig! Kommt schon, beantwortet wenigstens ein paar Fragen", sagt Carope, weil sie sich nicht so schnell geschlagen geben will. „Glasson hat einen sehr interessanten Telefonanruf –"

„Der privater Natur war", unterbricht sie Glasson und Renaire kann sich den ernsten Gesichtsausdruck gut vorstellen, mit dem dieser Satz untermalt ist. Glasson ist ein guter Mensch; darum seufzt er und wirft Renaire einen entschuldigenden Blick zu. „Als ich rangegangen bin, war mir das nicht aufgefallen. Es tut mir wirklich leid."

Renaire wedelt mit einer Hand durch die Luft und hofft, dass die Geste als *schon gut, ich verzeihe dir* verstanden wird.

„Ja, er hat recht, das ist blöd gelaufen und ich fühle mich schlecht deswegen", gibt Carope zu. „Aber ich würde immer noch gern wissen, was ‚kann man so sagen' nun bedeutet. Habt ihr euch geküsst oder nicht?"

„Haben wir", sagt Delaurier und Begeisterung bricht sich im ganzen Raum Bahn. Renaire würde am liebsten im Boden versinken. Carope klopft ihm mit solcher Wucht auf den Rücken, dass er für einen Moment keine Luft mehr bekommt. „Ich weiß nicht, wie viel ich erzählen soll."

„Dann solltest du gar nichts weiter sagen", sagt Glasson schnell. Aufgrund des allgemeinen Geschnatters ist seine Stimme kaum zu hören.

„Es geht hier nicht nur um mich. Renaire, du könntest wenigstens den Kopf vom Tisch nehmen", meint Delaurier gereizt.

Das fröhliche Geplauder erstirbt augenblicklich.

„Oh, nein", sagt Carope leise.

Renaire fällt das kaum auf. Er seufzt, hebt aber nicht den Kopf. Er dreht sich ein bisschen, sodass er Delaurier ansehen und feststellen kann, dass er sich auf einer Explosions-Skala von eins bis zehn auf einer glatten sieben befindet. „Könnte ich", stimmt er zu und Delaurier schaukelt sich zu einer neun hoch.

„Ihr habt die letzten drei Tage fast nur in Zügen verbracht. Ihr seid dementsprechend reizbar und das wisst ihr auch. Atmet einmal tief durch und konzentriert euch auf die neuen Informationen", sagt Glasson in seiner netten, logischen und beruhigenden Art.

Normalerweise würde das funktionieren. Tausendmal hat Renaire gesehen, dass es funktioniert, denn Delaurier ist eher eine lang anhaltende Explosion, die sich selbst in Schach hält als etwas Ruhiges, das von Zeit zu Zeit in die Luft geht. Doch Delaurier war zufrieden gewesen und Renaire kennt sich selbst. Er weiß, dass er sich nur querstellt, weil er ein egoistisches, wertloses Arschloch ist, und das bedeutet, dass Glasson das hier nicht schlichten kann.

„Nein, wir werden das *genau jetzt* klären", sagt Delaurier. Er stützt sich auf der Tischplatte ab und wirft Renaire einen finsteren Blick zu. „Wolltest du nicht, dass unsere Freunde Bescheid wissen?"

„Ist schon in Ordnung, das ist mir egal", sagt Renaire und Carope tritt ihm unter dem Tisch gegen das Schienbein. Er hebt endlich den Kopf und sieht dabei nichts und niemanden an, als er seinen Flachmann hervorzieht. Er kann nicht verhindern, dass er seine Uhr sieht, deshalb trägt er sie ja schließlich. Es ist kaum elf Uhr, aber hey, das scheint ohnehin die Woche der schlechten Entscheidungen zu sein.

Er erwartet, Delaurier schreien zu hören, sein traditionelles *Stell das weg, Renaire* zu hören. Das ist er gewöhnt, ist auch gewöhnt, es zu ignorieren oder Delaurier geradewegs in die Augen zu blicken, während er ihm nicht gehorcht.

Es folgt jedoch kein Schrei. Es folgen vorsichtige Hände, die sich auf seine legen, und Delaurier steht vor ihm. Er sieht besorgt aus. „Was habe ich getan?", fragt er mit einer Ehrlichkeit, die schmerzt.

Oh nein, das ist so unfair, denkt Renaire, ohne dass er erklären könnte, warum. Er kann nichts weiter tun, als Delauriers Blick zu erwidern und zu schweigen.

Delaurier seufzt und Renaire erwartet, dass er ihn loslässt und sich wieder dem Treffen widmet. Er lässt ihn tatsächlich los, aber nur, um ihn dann am Kragen auf die Füße zu ziehen. Diese Bewegung ist ihm so in Fleisch und Blut übergegangen, dass er nicht zögert, sich auf die Beine ziehen zu lassen. Es ist eine automatische Reaktion, Pawlows Mantelkragen oder so. Als er steht, nimmt Delaurier seine Hand. Schon wieder.

„Wir sind oben", informiert Delaurier die Anwesenden und sein Tonfall lässt keinerlei Zweideutigkeit zu. Und weil es sich hier um Delaurier handelt, denkt vermutlich jeder, dort könnte auch keine Zweideutigkeit sein.

Renaire runzelt die Stirn. „Aber –"

„Wir müssen sowieso das Gepäck nach oben bringen", sagt Delaurier. Er lässt Renaires Hand los und hält ihm stattdessen die Reisetasche hin. Er selbst nimmt den Trolley. Ihr inoffizielles Privatzimmer ist mit einem der Treppenaufgänge des Gebäudes verbunden, und zwar durch zwei schmale Flure, die früher vermutlich mal für die Bediensteten gedacht waren. Delaurier geht voran und macht sich auf den Weg in den vierten Stock. Er sagt keinen Ton. Nicht mal sein Atmen ist zu hören, bis er die Tür hinter ihnen geschlossen und ihre Taschen links von der Tür abgestellt hat.

Delauriers Wohnung ist unnatürlich sauber. Es ist außerdem unnatürlich *sicher*, wenn er auf die richtigen Knöpfe drückt. Die hohen Fenster sind typisch für einen Pariser Altbau und überall gibt es Akzente in Rot. Es ist immer noch ein Akzent, aber das Rot ist überall und verschluckt die Einrichtung. Es gibt jedoch auch andere Farben und andere Texturen. Die Möbel sind hell und modern.

Sie setzen sich auf die braunrote Couch und halten sich wieder bei den Händen. „Ich habe wirklich keine Ahnung, was ich hier tue", sagt Delaurier. „Du musst mir sagen, wenn ich etwas falsch mache."

Renaire stöhnt und lässt sich in die Kissen sinken. Ihm fällt auf, dass er das Händchenhalten irgendwie vermisst hat, was schon komisch ist. „Und du denkst, dass ich das weiß?"

„Du weißt, wenn ich Mist baue", sagt Delaurier. „Ich dachte, ich hätte das erklärt, aber scheinbar doch nicht. Also. Ich hoffe, dass das eine dauerhafte Beziehung wird."

Renaire sieht ihn stirnrunzelnd an. „Wirklich?"

Delaurier sieht aus, als wäre er kurz davor, ihn zu erwürgen. „*Ja.* Was dachtest du denn, was ich hier tue?"

„Ich weiß nicht!", sagt Renaire und klingt dabei fast weinerlich. „Verdammt, ich weiß immer noch nicht, was zum Teufel du plötzlich mit einem Typen wie mir willst."

Delaurier lässt Renaires Hand los. Mit einem grimmigen Blick legt er ihm eine Hand auf den Mund. „Wir müssen unsere Kommunikation verbessern, oder?"

Renaire fängt an, sich zu fragen, von welcher Art von Kommunikation Delaurier eigentlich spricht, da er im Moment eine Hand auf Renaires einziger Möglichkeit zu tatsächlicher Kommunikation hat.

„Ich wusste, dass du mir manche Sachen nicht glauben würdest, aber das ist einfach nur lächerlich", sagt Delaurier. „Wir werden ganz, ganz klein anfangen. Verstehst du wenigstens, dass ich mich von dir angezogen fühle?"

Renaire rollt mit den Augen und beißt Delaurier in die Handfläche.

„Oh", sagt Delaurier und nimmt seine Hand weg. Er sieht Renaire weiterhin erwartungsvoll an. „Also?"

„Ich kann das als eine Tatsache akzeptieren, die ich nicht verstehe", bietet Renaire an. Ungefähr so, wie bei der Tiefe des Ozeans – sie ist schwer vorstellbar, aber er kann sie akzeptieren.

„Das soll für den Anfang genügen", sagt Delaurier. Für einen Moment sieht er völlig erschöpft aus, doch dann setzt er wieder seinen entschlossenen Gesichtsausdruck auf. „Glaubst du wenigstens, dass du mir wichtig bist? Dass ich dich mag, also als Mensch? Dass du mein Freund bist?"

Renaire muss lächeln, denn er kann nicht nicht lächeln, wenn Delaurier ihn als seinen Freund bezeichnet. „Ich hatte da so meine Zweifel", gibt er zu.

Die Antwort scheint Delaurier nicht zufriedenzustellen, doch er sieht zumindest nicht mehr so angespannt aus, als er nickt. „Also, wenn wir diese beiden Tatsachen voraussetzen, macht es dann nicht Sinn, dass ich gern in einer Beziehung mit dir wäre?"

„Aber so einfach ist das nicht!", sagt Renaire.

Delaurier stöhnt und lässt sich gegen die Armlehne fallen. Er nimmt für einen Augenblick die Hände vors Gesicht. „Es *ist* so einfach, das schwöre ich", sagt Delaurier.

„Nein, ist es nicht", sagt Renaire und schüttelt dabei so heftig den Kopf, dass die Welt anfängt, sich um ihn zu drehen. „Du bist Emile Delaurier, der König der Gerechtigkeits-besessenen Extremisten und ich bin ich, der wertlose –"

„Hör auf, Renaire. Bitte, hör auf", sagt Delaurier. Mit zusammengebissenen Zähnen steht er auf. „Na gut. Wir werden folgendes tun. Du nimmst dir den Waffenkoffer und wir gehen nach oben."

Renaire runzelt die Stirn, doch er gehorcht und greift nach dem Koffer mit den Waffen. „Zur Waffenkammer?"

„Es ist keine Waffenkammer", sagt Delaurier. „Es ist nur ein Zimmer, in dem ich unter anderem Waffen aufbewahre."

Es gibt so vieles, was Renaire dazu sagen könnte.

Stattdessen folgt er Delaurier dessen eigene, lächerliche Treppe hinauf in den zweiten Stock seiner Wohnung. Renaires eigene Wohnung ist kleiner als manche Autos, mit denen er gefahren ist. Es gibt schließlich einen Grund, warum es ihm nichts ausmacht, so oft von zu Hause weg zu sein. Andererseits endet er ohnehin meistens auf Delauriers Couch, darum ist sein Verständnis von *Zuhause* ein bisschen untraditionell.

Das *Zimmer mit den Waffen* ist genau das. Sie sind alle ordentlich in Schubfächern und Schränken zusammen mit ein paar anderen Wertsachen verstaut, daher muss Renaire zugeben, dass Waffenkammer wohl kein passender Begriff ist. Wie gewohnt stellt er den Koffer mit den Waffen auf den Tisch in der Mitte, doch Delaurier stellt ihn stattdessen in eine Ecke des Zimmers. „Wir werden das hier brauchen", sagt er.

Renaire hat in der Waffenkammer normalerweise nichts verloren. Er wählt keine Waffen aus, sondern benutzt sie nur, sollte es nötig werden. Darüber hinaus besitzt er eine eigene kleine Sammlung Messer. Ihre Beziehung fußt – und so wird das vermutlich auch in der Zukunft sein – immer darauf, dass Delaurier führt und Renaire folgt.

Delaurier weiß natürlich, wo alles ist, und er öffnet eines der großen Schubfächer. Renaire kann nicht sehen, was sich darin befindet, aber er kann ein Klackern und Klopfen hören, so als würde Delaurier etwas zwischen Holzschachteln suchen.

Er knurrt gereizt und zieht dann Henri Matisses *Spanische Frau mit einem Tamburin* hervor.

Während Renaire das Gemälde anstarrt, *wirft* Delaurier es auf den Tisch, wirft es, als hätte es die fünfjährige Tochter von irgendjemandem gemalt. Renaire stockt der Atem, er kann nichts tun außer erschrocken aufzuschreien, als es mit einem leisen *thok* auf dem Tisch aufschlägt. Renaire geht zum Tisch hinüber, nimmt das Bild in die Arme und bringt es vor Delaurier in Sicherheit. Dabei schreit er förmlich: „Was zum Henker denkst du, dass du da tust?"

Delaurier sieht auf, und macht dabei ein sehr verwirrtes Gesicht. Dann entdeckt er das Gemälde, das Renaire sehr, sehr vorsichtig in den Händen hält. Für einen Moment sieht er *erleichtert* aus. Und dann räuspert er sich und verlagert sein Gewicht auf das andere Bein. „Ach so, das. Das ist für dich. Es sollte ein Geschenk sein", sagt er und klingt dabei recht unbeholfen, als wäre das alles, was er zu dieser Sache zu sagen hätte. „Herzlichen Glückwunsch zum Geburtstag?"

„Verdammt noch mal, du hast das in der *Waffenkammer* aufbewahrt? Bist du *wahnsinnig*? Oh Gott, muss ich noch mehr Meisterwerke retten?", fragt Renaire. Er ist durchaus bereit die Tatsache, dass er sich normalerweise nicht einmischt, in diesem Fall zu vergessen und alle Schränke aufzureißen. „Himmel, Emile. Du magst Kunst nicht mal!"

„Es ist nicht so, dass ich Kunst *nicht* mag. Ich habe nur nicht die Zeit, Kunst um der Kunst willen zu schützen", sagt Delaurier, während Renaire einen Schrank nach dem anderen öffnet – Knarren, Knarren, Messer, ein Schrank nach dem anderen voller Munition.

„Auf dieser Seite des Zimmers ist nichts, Renaire!"

„Ich werde noch *jahrelang* Albträume von diesem Tag haben", sagt Renaire und dann wird ihm schlagartig klar, dass er den Matisse wird loslassen müssen, um einige der Schränke zu öffnen. Es gibt hier keinen sicheren Ort, wo er den Matisse ablegen könnte. Er *möchte* den Matisse nicht mal ablegen; er möchte ihn für alle Ewigkeit festhalten. Doch er hat bloße Hände und die zittern zu allem Überfluss von den acht Stunden Nüchternheit, die er sich auferlegt hat. Das ist eine Katastrophe, eine einzige Katastrophe.

„Renaire!", ruft ihm Delaurier zu. „Ich werde nicht mit noch einem Gemälde werfen, das verspreche ich. Mir war nicht klar –"

„Oh Gott, wie konnte dir das nicht klar sein", sagt Renaire.

Er kann hören, wie Delaurier versucht, sich davon abzuhalten, ihn zu erwürgen. „Du machst das doch auch ständig!"

„Ja, weil es *meine* sind, nicht –"

„Hast du irgendeine Ahnung, für wie viel deine Bilder verkauft werden?", will Delaurier von ihm wissen.

Das ist eine sehr seltsame Frage, da Renaire seine Bilder nicht verkauft, jedenfalls nicht wirklich. Er lässt Bilder zurück, wenn sie eine Stadt verlassen. Er verkauft Bilder an Touristen, wenn er in seiner Wohnung keinen Platz mehr hat, und könnte an einem guten Tag vielleicht fünfzig Dollar rausschlagen, aber das ist auch schon alles. Die vielen Nullen auf dem blutverschmierten Delaurier-Bild verwundern ihn noch immer, aber die Menschen zahlen halt für die Gruselgeschichte, die zu dem blonden Jüngling gehört.

Er legt den Matisse sehr vorsichtig auf den Tisch und als er sich umdreht, hat Delaurier eines dieser verfluchten Tripolis-Bilder in der Hand. Es ist eines der Bilder, bei denen Renaire schon so benommen war, dass er sich nicht einmal erinnert, es gemalt zu haben. Es ist ein impressionistischer Delaurier-Farbklecks, der nur aus rot und schwarz und gold, gold, gold besteht. In der anderen Hand hält Delaurier etwas, das verdächtig nach einer Tabellenkalkulation aussieht. Als Renaire ihn weiterhin nur anstarrt, legt Delaurier das Bild vorsichtig auf den Tisch.

Verdammt, er wirft mit dem Matisse um sich, aber behandelt Renaires Bild wie ein Fabergé-Ei. *Was* ist nur *los mit diesem Mann*?

„Ich lasse meine Kunst zurück, wenn wir unsere Zelte abbrechen", sagt Renaire, als er endlich seine Sprache wiederfindet.

Delaurier zieht *noch* ein Bild hervor. Zum Glück ist es nicht noch eins aus Tripolis. Dieses hier hat er in Bukarest gemalt und es ist einer dieser witzigen Versuche, die als eine Sache beginnen, aber völlig anders enden. Anfangs war es eine Studie der einerseits traditionellen und andererseits ultramodernen Architektur, doch dann hatte er einen Fünfjährigen gesehen, der einen Schreikrampf bekam, weil er seine Milch verschüttet hatte. Kurzerhand hatte er das Kind im Vordergrund des Bilds platziert. Manchmal nimmt Renaire Kunst sehr ernst, aber normalerweise eher nicht. Überhaupt nicht.

„Das habe ich selbst behalten. Ich finde es lustig", sagt Delaurier und stellt sich vor Renaire, um ihm den Ausdruck mit den Tabellen zu reichen. „Mir ist in unserem ersten Monat aufgefallen, dass du Bilder zurücklässt, auch wenn du das gar nicht willst. Ich habe das Hotel gebeten, sie uns nachzusenden, aber du hast nie danach gefragt. Und da ich wusste, dass dir für alle der Platz fehlt, habe ich sie hier aufbewahrt. Und irgendwie hat der Freund eines Freundes mal eins gesehen und wollte es kaufen. Und von da an hat sich das halt weiterentwickelt."

Als ihm endlich auffällt, dass Renaire ihn immer noch anstarrt, legt er das blöde Bild weg (wieder sehr vorsichtig) und fängt an, ihm Sachen auf dem Ausdruck zu zeigen.

Die Titel beginnen immer mit dem Ort, wo er das Bild gemalt hat. Renaire lässt seinen Blick sofort über das Blatt schweifen, aber zum Glück kann er kein Tripolis erkennen. Das Format ist *Ort–Nummer–Kurzbeschreibung*, und der dichterisch-begabte Jules musste eingeweiht sein, denn Delaurier hätte sich niemals diese Titel ausdenken können. Jules war eingeweiht und vermutlich betrunken. Renaire kann sich nicht einmal ansatzweise vorstellen, was ein *Amatorculist* sein soll. Es gibt ein paar davon auf der Liste, wobei Renaire keine Ahnung hat, wie man einen Amatorculist malen soll – und schon gar nicht gewinnend. Wenn man davon ausgeht, dass der ganze Titel *Thessaloniki–1–Gewinnender Amatorculist* ist, und man dann auch noch weiß, dass er in Thessaloniki ganze zwei Bilder gemalt hat, von denen eines eine Ansicht des Meeres ist, muss es sich wohl um ein Bild seines One-Night-Stands handeln. Es wurde für 10.000 Dollar verkauft.

„Du verarschst mich doch", sagt Renaire. Er reißt den Ausdruck an sich und schaut sich die Spalte mit den Zahlen an. Unten auf der Seite stehen die niedrigsten Summen (die frühesten Verkäufe) und neben denen gibt es noch eine *zweite* Spalte für Folgeverkäufe. Bei ein paar anderen Bildern ist das auch so und er … Renaire atmet einmal tief durch und schüttelt den Kopf. Er *wagt* nicht einmal, auf die Gesamtsumme zu schauen. „Das ist ein Witz, ganz bestimmt."

„Du bist über zwei Millionen Dollar wert", sagt Delaurier, nimmt Renaire vorsichtig den Ausdruck ab und legt ihn auf den Tisch. „Ich habe versucht, das allererste zu kaufen, aber das ist in einem Museum und – wie auch immer. Die Zahlen für deine Zeichnungen kann ich dir später zeigen."

Renaire setzt sich vorsichtig auf den Boden, weil er sonst umfallen würde.

„Das gibt's doch nicht", sagt er und fängt an zu lachen. Das ist kein schönes Geräusch. Es klingt wie ein hartes, atemloses Keuchen. Er war gerade dabei, glauben zu können, dass ihm eine gute Sache widerfährt und diese eine gute Sache ist Emile. Aber *zwei*? So etwas passiert nicht, jedenfalls nicht in der realen Welt. Und nicht ihm.

Delaurier ignoriert Renaires Einwand und setzt sich mit überraschendem Gleichmut zu ihm auf den Boden. Als er einsieht, dass Renaire nichts weiter sagen wird, legt er ihm die Hände an die Wangen und schaut ihm so tief in die Augen, dass Renaire keine andere Möglichkeit hat, als sich auf Delaurier zu konzentrieren und ihm zuzuhören.

„Ich bin im Besitz des finanziellen und kulturellen Beweises, dass du nicht wertlos bist", sagt er.

Und *verdammt noch mal*, Renaire hasst sich selbst dafür, aber als Delaurier ihn in den Arm nimmt, machen sein Herz und seine Lungen einen Sprung und er beginnt zu weinen. Es ist ein hässliches Weinen, hässlich und laut, selbst als er versucht, sein Schluchzen zu dämpfen, indem er in Delauriers Schulter weint. Es ist laut genug, dass er nicht verstehen kann, was Emile zu ihm sagt, nicht wirklich jedenfalls, und auch wenn er kulturell wertvoll ist und zwei Millionen Dollar eingebracht hat, verdient er niemals diese Worte.

Es dauert lange, bis er sich wieder unter Kontrolle hat, hauptsächlich weil Emile jedes Mal *irgendetwas* tut, wenn er gerade denkt, er hat sich beruhigt, und Himmel, manchmal tut es so weh, ihn nur anzusehen. Doch irgendwann hört er auf, wie ein Kleinkind zu flennen. Es ist dumm; es ist einfach so dumm wegen Menschen zu weinen, die seine Bilder mögen.

Als Renaire endlich wieder atmen, geschweige denn *denken* kann, liegt er praktisch in Emiles Schoß auf dem Fußboden.

„Der Matisse liegt in direktem Sonnenlicht", sagt Renaire mit kratziger Stimme, als er versucht, sich wieder unter Kontrolle zu bekommen. Er weigert sich einfach, so bemitleidenswert zu sein.

Delaurier seufzt. „Na gut, ich tue ihn zurück. Du gehst duschen."

Seine Verwirrung über diesen Befehl schwindet, als er sich daran erinnert, dass er seit drei Tagen nicht geduscht hat. Wenn er plötzlich von einem heulenden Typen attackiert würde, wäre das auch sein Ausweg. Delaurier ist weder sanft noch seicht, doch er ist gütig und wird sich *immer* kümmern, oft mit gefährlicher Leidenschaft, also macht das Sinn.

Er steht allein auf, obwohl Delaurier über ihm steht, bereit, jeden Moment helfend einzugreifen, so als wäre Renaire angeschossen worden anstatt unter einem seltsamen künstlerischen Zusammenbruch zu leiden. Es fällt ihm leicht genug, ins untere Stockwerk und schließlich ins Badezimmer zu gehen, schließlich verbringt er hier mehr Zeit als in seiner eigenen Wohnung. Er macht einen Zwischenstopp bei der Reisetasche, da sie noch Klamotten enthält, die er in Budapest gewaschen hat. Er will sich wieder ein bisschen mehr wie ein Mensch fühlen.

Er steht seit fünf Minuten unter der Dusche, steht nur da und fühlt sich überhaupt nicht schuldig, weil er Delauriers fantastischen Wasserdruck genießt, als er feststellt, dass der Mann auf dem Badewannenrand sitzt. Es überrascht Renaire, dass er *nicht* überrascht ist. Delaurier beobachtet ihn, eher auf eine Art, die sicherstellt, dass es ihm gut geht, als dass er ihm tatsächlich beim Duschen zuschauen würde. Immerhin befindet sich die Duschkabine in einem ziemlich kleinen Raum, er kann Renaire also nicht *nicht* sehen.

Renaire konzentriert sich darauf, sich die Haare zu waschen, denn er hat keine Ahnung, was tatsächlich hier vor sich geht. So geht ihm das ja immer. „Wartest du darauf, dass du dran bist?", fragt er.

„Ich habe dir ein paar Klamotten mitgebracht, aber du hast schon welche", sagt Delaurier und betrachtet seine nackten Zehen anstatt Renaire. „Deshalb warte ich jetzt einfach auf dich."

Renaire hat den Eindruck, dass er die Sache so langsam durchschaut. Zumindest lässt sich ein Trend ausmachen. Delaurier wird ihn nicht direkt auf irgendetwas Sexuelles ansprechen, aber er hat kein Problem damit, sich sehr sichtbar zu präsentieren (sich auf ihn zu knien oder ihn gegen eine Wand zu drücken – Delaurier ist *nicht* besonders subtil) und auf eine Einladung zu warten. Renaire kann sich nicht so recht entscheiden, ob er das komisch oder niedlich oder so nervtötend finden soll, dass er sich am liebsten die Haare ausreißen würde.

Mit einem Seufzen öffnet er die Tür der Duschkabine und wirft Delaurier einen erwartungsvollen Blick zu.

Delaurier erwidert diesen Blick einfach.

Nachdem beide einen Moment darauf warten, dass der andere den ersten Schritt macht, sagt Renaire schließlich: „Kommst du oder nicht?"

„Möchtest du das?`", fragt Delaurier und Renaire wird ihn nicht erwürgen. Nein, wird er nicht. Renaire rollt die Augen und sagt: „Emile Delaurier, Ihre Anwesenheit wird in der Dusche verlangt. Sie sind eingeladen, unter der Dusche Sex mit mir zu haben. Von Anzug und Krawatte wird strengstens abgeraten –"

Delauriers Mund auf seinem beendet den Satz und Renaire ist damit mehr als glücklich. Begierig erwidert er den Kuss, während Delaurier ihn zurück unter den Duschstrahl drückt. Er selbst ist noch komplett angezogen, was ihn aber nicht zu stören scheint. Renaire versucht mitzuhalten, kann aber nur aufkeuchen, als Delaurier ihm seine Finger mit solcher Macht in den Rücken stößt, dass er wohl eine Furche in Renaires Muskeln hinterlässt. Renaire stößt mit den Schultern gegen die Wand der Duschkabine und Delauriers Kleidung ist klitschnass und klebt ihm am Körper und ja, das war eine *hervorragende* Idee.

Er fährt mit den Fingern unter den Saum von Delauriers nassem Hemd und zögert nicht eine Sekunde in seinem Ansinnen, es auszuziehen. Delaurier hilft ihm nicht, überhaupt nicht, denn Delaurier scheint sich vorgenommen zu haben, ihn mit seinem Mund in den Wahnsinn zu treiben, der an den Wassertropfen leckt, die Renaires Hals hinablaufen. Renaire hat das nasse Hemd gepackt und kann Delauriers Körper darunter erahnen, doch er kann ihn wegen dieses blöden Stoffs nicht erreichen.

„Das muss weg, *sofort*", sagt Renaire und zieht an dem Hemd, was schließlich Delauriers Aufmerksamkeit erregt. Er lässt genau für die zwei Sekunden von Renaire ab, die er braucht, um sich das Hemd auszuziehen. Es klebt ihm an den Armen und an der Brust, denn es gibt absolut nichts auf der Welt, das nicht Delauriers Haut berühren möchte. Das schließt Renaires Mund ein, der sich Delauriers Schlüsselbein widmet, während seine Hände sich dem Hosenbund des anderen Mannes nähern.

Delaurier macht ein Geräusch irgendwo zwischen Lachen und Stöhnen, und seine Hände unterstützen Renaire in dem Versuch, ihn so schnell wie möglich auszuziehen. Auch die Hosen lassen sich nicht so schnell loswerden, weshalb Delaurier atemlose Flüche hervorpresst. Das kann sich Renaire hervorragend zunutze machen.

Er drückt Delaurier gegen die Scheibe der Duschkabine, so weit vom Wasserstrahl entfernt, dass ihm nur noch Wasser aus dem nassen Haar tropft. Renaires Küsse wandern Delauriers Brust hinab und er hält einen Moment inne, um eine Brustwarze zu necken (und Delauriers Finger sind blass, als sie sich gegen das Glas drücken). Dann hinab zu seinem herrlich muskulösen Bauch. Dann die Hüftknochen, die Knie und dann befreit er Delaurier von den durchnässten Hosen.

Renaire kann sich nicht damit aufhalten, um Erlaubnis zu bitten, denn wenn er nicht hier und jetzt wenigstens einmal über Delauriers Schwanz leckt, wird er einen Herzinfarkt bekommen. Es ist eine leichte und einfache und ein bisschen neckende Berührung, als er seine Zunge gegen die Spitze von Delauriers Schwanz presst, und er beobachtet Delaurier genau und hofft, dass das in Ordnung geht. Delauriers Kopf schlägt gegen das Glas der Duschkabine und ihm entfährt ein Wimmern, bevor er sich beherrschen kann. Delaurier ist *definitiv* damit einverstanden, also leckt er ihm mit festem Druck über den Schwanz.

Delaurier vergräbt eine Hand in Renaires Haaren, doch nicht auf schmerzhafte Weise. Die Geste erinnert ein wenig an einen Seemann, der sich in einem Sturm an der Reling festklammert. „Ich werde in dein Gesicht kommen", sagt Delaurier mit zitternder Stimme und als Antwort stöhnt Renaire um Delauriers Schwanz herum. Lippen und Zunge geben alles, um Delaurier in den Wahnsinn zu treiben. Er sagt nichts weiter, hält sich nur an Renaires Haaren fest und versucht, die Hüften stillzuhalten, abgesehen von den kleinen Stößen, die er nicht unterdrücken kann.

Es dauert nicht lange genug, einfach nicht lange genug, als dass Renaire sich den Geschmack und das Gefühl von Delauriers Schwanz in seinem Mund, auf seiner Zunge, einprägen könnte. Delaurier löst sich mit einem tiefen, ursprünglichen

Stöhnen von ihm und sieht Renaire direkt in die Augen, als ihm Wasser über den Rücken, in sein Haar, über seine Haut läuft.

„Du bist so wunderschön", flüstert Delaurier und, verdammt, Renaire kann sehen, dass seine Beine zittern. Renaire erwidert einfach nur seinen Blick, sieht zu, wie Delaurier sich selbst in die Hand nimmt, um sich einen runterzuholen. Der Wasserstrahl prasselt auf Renaires Körper ein und die Hitze lässt Delauriers Haut durchsichtig erscheinen. „Himmel, *Renaire*", presst er hervor und kommt mit einem Stöhnen auf Renaires Kinn, seine Lippen, seine Wange. Im Gegensatz zu dem immer gleichen Wasserstrahl fühlt sich das schwer an und Renaire wünscht sich, dass er nicht die Augen geschlossen hätte, wünscht es sich von ganzem Herzen.

Delaurier lässt sich neben Renaire auf den Boden der Dusche sinken und legt ihm eine Hand aufs Gesicht. Er starrt Renaire an, sein Gesichtsausdruck irgendwo zwischen Schock und Hunger. Er legt einen Arm um Renaires Schultern und zieht ihn an sich, sodass Renaires harter Schwanz gegen Delauriers Oberschenkel drückt. Bei dem Gefühl muss Renaire einmal tief durchatmen – er weiß nicht, was Delaurier jetzt will, weiß nicht, ob er sich an ihm reiben darf wie ein Tier, ob er sich selbst berühren darf oder *was*.

Wie Delaurier ihn dann küsst ist langsam. Langsam, mit ganz viel Zunge, die Renaires Lippen foltert. Es dauert einen Moment bis er begreift, dass Delaurier den letzten kleinen Beweis seines Orgasmus von Renaires Gesicht ableckt. Ein Schauer durchläuft ihn und er stößt einmal gegen Delaurier, ob er nun darf oder nicht.

„Wenn wir das das nächste Mal machen, werden wir nicht in der Dusche sein", verspricht Delaurier. Verdammt, er lächelt. Lächelt in seinen Kuss hinein, eine Hand immer noch in Renaires nassen Haaren, während die andere Renaires Haut erkundet. Renaire kann nichts weiter tun als keuchen und küssen und sich fragen, was wohl als nächstes passieren wird. Delaurier kann seine Gedanken lesen und ist ihm immer zwei Schritte voraus, wenn nicht noch mehr. Renaire sollte wirklich überraschter sein, als er dieses herrliche Summgeräusch macht und in Renaires Ohr flüstert. „Möchtest du mich ficken?"

„Oh, Herr im Himmel", entfährt es Renaire und er hält sich an Delauriers Schultern fest, als würde er ansonsten wegfliegen. Er schüttelt den Kopf und Wassertropfen fliegen umher. Aber es ist ihm egal, denn sie sind unter der Dusche und er muss verneinen, er *muss verneinen*. „Nein, nein, nein, ich möchte das so sehr, aber nicht hier. Nicht so, ich will –"

„Schsch", sagt Delaurier beruhigend und *zärtlich*, während er ihn schier umbringt mit seinem Atem auf Renaires Wange, als er ihn erneut küsst. „Also ein anderes Mal. Was möchtest du dann?"

„Hör auf, mich das zu fragen. Ich weiß nie, was ich möchte", sagt Renaire und es ist die Wahrheit, so sehr die Wahrheit. Delaurier nimmt ihm jeden klaren Gedanken, sobald ihre Haut sich berührt. „Ich möchte einfach *nur dich*."

„Du hast mich", sagt Delaurier und macht sich daran, den Gefallen zu erwidern. Er fängt das Wasser an Renaires Hals auf und für Renaire ist das die reinste Folter. Mit einer Hand greift er nach unten und umfasst locker Renaires Schwanz und dieser gibt einen Fliegenschiss darauf, vorsichtig zu sein, nicht jetzt. Er stößt hart in Delauriers Hand und stöhnt dabei so laut, dass es vermutlich das ganze Gebäude hören kann. „Du hast mich, das schwöre ich. Ich möchte nur wissen, wie –"

„Bedecke mich", seufzt Renaire und er weiß nicht mal, wie er das eigentlich meint, weiß nicht, *wie* er es sagen soll, nur, dass er will, dass Delaurier ihn bedeckt, umhüllt, umfasst.

Aber Delaurier versteht ihn auch so, weil er ihn immer versteht. Er ist so ein kluger Bursche, zögert nicht einmal, sondern steht sofort auf, zieht Renaire mit sich und drückt ihn mit dem Rücken gegen die Duschwand, härter als beim letzten Mal. Er stöhnt, und Delaurier presst sich an ihn, sodass ihre Haut aneinanderreibt, während Emile ihn vorsichtig in die Hand nimmt und Renaire wie besinnungslos zustößt.

„Schau in das Glas, Renaire", sagt Emile, seine Hand so fest um Renaires Schwanz, dass es fast wehtut, und Renaire keucht gegen Delauriers Schulter. Fast zufällige Küsse fallen auf Delauriers Schlüsselbein. „Schau in das Glas, Renaire, schau dir das Spiegelbild an."

Renaire schüttelt den Kopf, denn er kann nicht mal die Augen offen halten, und ein Wimmern bricht sich Bahn. Das ist jedoch keine Antwort, die Emile zufriedenstellt, deshalb zieht er mit der Hand, die er in Renaires Haaren vergraben hatte, seinen Kopf zurück, sodass Renaire gehorchen muss.

Das Glas ist beschlagen, und ihr Spiegelbild sieht verschwommen und fremd aus, doch es raubt ihm trotzdem den Atem. Emiles Beine, Emiles Rücken, Emiles *Alles* bedeckt Renaire, er kann nur sein eigenes Gesicht sehen, so angespannt und hilflos, während Emile sich an ihn drückt und seinen Schwanz in der Hand hält. Emiles Hand verschwindet in seinem Haar.

Renaire wusste nicht einmal, dass sein Gesicht so aussehen kann. Oder dass er zu diesem atemlosen Klagelaut in der Lage wäre, der ihm auf der Zunge liegt.

„Ich habe dich", sagt Emile. „Und du hast mich, und ich habe dich. Und ich werde dich festhalten, das schwöre ich."

„Du willst mich", stellt Renaire fest, und verdammt, er ist so kurz davor. Emile presst seinen Mund gegen Renaires Wange, als er bejaht, und dann küsst er ihn, und Renaire beobachtet das Geschehen in ihrem Spiegelbild. Schließlich schließt er die Augen und badet in dem Gefühl von Emiles gnadenloser Zuneigung, in der Tatsache, dass Emile ihn hat und *es mag*. Er schnurrt: „Du *willst mich*."

Er weiß nicht, was als nächstes passiert, nur, dass die Hand an seinem Schwanz ihn plötzlich auf eine Weise berührt, die so gut ist, dass es *wehtut*, und Emile flüstert ihm mit leiser, dunkler, weicher Stimme ins Ohr. „Oh ja, genau *so*", und Renaires Finger versuchen, sich irgendwo an der Glaswand festzuhalten, als er kommt, und er könnte schwören, dass die Welt für einen Moment Kopf steht.

Die Welt hat sich irgendwie verändert. Sie hat sich verändert, dabei haben sie die Seife nicht mal angefasst.

Sie finden sich auf dem Boden der Dusche wieder. Emile hält ihn fest, sein Gesicht in Renaires nassen Haaren vergraben. Er sagt etwas, doch so leise, dass Renaire keine Chance hat, die Worte zu verstehen, nicht, während die Dusche noch läuft und Renaires Lungen verzweifelt versuchen, die Welt wieder geradezurücken.

„Das Wasser wird kalt", sagt Renaire schließlich. Emiles Antwort ist ein amüsiertes Seufzen, doch dann duscht er tatsächlich, und es macht ihm nichts aus, dass Renaire immer noch auf dem Boden sitzt und ihm zusieht. Emile zieht keine Show ab, er ist einfach nur effizient, so wie immer, wenn sie auf engem Raum zusammen sind.

Als er fertig ist, stellt er das Wasser ab und runzelt dann bei Renaires Anblick die Stirn. „Geht es dir gut?", fragt er eher verwirrt als besorgt.

Renaire bemerkt, dass er die ganze Zeit reglos auf demselben Fleck gesessen und zugesehen hat. „Ich bin immer noch dabei, meine Zweifel zu überwinden", gibt er zu. Er möchte es gern glauben, doch wenn es eine Lüge ist, wenn er falsch liegt, dann würde er den Schmerz nicht überleben.

Delaurier sieht zwar nicht glücklich aus, aber er akzeptiert die Antwort mit einem Nicken, öffnet die Duschtür und nimmt sich ein Handtuch. „Steh auf, Renaire", sagt er und Renaire gehorcht, dankbar, dass seine Beine ihn tragen. Delaurier wickelt ihn in das Handtuch ein und es ist warm und weich, als Delaurier ihn auf fürsorgliche, aber völlig unerotische Weise abtrocknet.

Ihm kommt der Gedanke, dass es bei Delaurier nur einen An- oder Ausknopf gibt, wenn es ums Sexuelle geht. Entweder er ist eine Art alles verschlingender Liebhaber oder er ist der altbekannte, unnahbare Kamerad, den Renaire seit zwei Jahren kennt.

Als Delaurier mit seinem Werk zufrieden ist, trocknet er sich selbst mit viel weniger Liebe zum Detail ab, und zieht Renaire dann an der Hand aus der Dusche. Renaire lässt sich ohne Widerspruch mitziehen, doch als Delaurier sich auf den Klamottenberg zubewegt, als wolle er ihn *anziehen*, schüttelt er den Kopf. „Du *brauchst* mich nicht anzuziehen."

„Es spricht", sagt Delaurier lächelnd und gibt Renaire ein bisschen Raum. Es dauert einen Moment, bis ihm klar wird, dass Delaurier ihn nicht verlässt, sondern nur seine durchweichten Sachen aus der Dusche nimmt und in das Waschbecken legt, vermutlich, damit sie nicht überall hintropfen. Er wickelt sich dann in eines der Handtücher ein, während Renaire sich wie ein erwachsener Mann selbst anzieht. „Ich ziehe mir nur schnell was über, dann komme ich wieder."

Diese sehr detaillierte Erklärung findet Renaire zwar seltsam, aber er fragt nicht nach. Als Delaurier keine Anstalten macht, das Badezimmer zu verlassen, runzelt Renaire die Stirn und sagt: „Okay …?"

Delaurier rührt immer noch keinen Muskel. Er sieht Renaire nur sehr lange an. Renaire ist komplett angezogen und Delaurier trägt nichts außer einem Handtuch, und trotzdem fühlt sich Renaire, als wäre er derjenige, der nackt ist.

„Ich mache immer noch etwas falsch, oder?", sagt Delaurier.

„Nein, machst du nicht", sagt Renaire. Wenn es ein Problem gibt, dann ist Renaire dieses Problem. „Ich gehe nach unten, um was zu essen."

Delaurier sieht ihn streng an. „Und du *wirst* mir sagen, wenn ich Mist baue."

„Ich werde mein Bestes tun", sagt Renaire, denn mehr als dieses Versprechen kann er nicht anbieten. Delaurier scheint das zufriedenzustellen, denn er nickt, doch trotzdem zögert er.

Renaire ist kurz davor, die Augen zu rollen und Delaurier zu sagen, dass er *endlich gehen soll,* doch dann dreht sich Delaurier zu ihm um, um ihn zu küssen. Es ist ein keuscher, sanfter Kuss und er dauert eine kleine Ewigkeit. Schließlich beendet Delaurier den Kuss mit einem vorsichtigen Lächeln und verlässt das Zimmer.

Das war ein sehr aufregender Morgen, denkt Renaire dumpf.

Er atmet einmal tief durch, versucht, sich wie ein erwachsener Mann zu fühlen und als er die Treppe erreicht, geht er aus irgendeinem Grund hinunter bis ins Erdgeschoss. Seine Füße schlagen den Weg zu seiner eigenen Wohnung ein, und auch wenn er nicht weiß, *warum* sie das tun, ist er nicht abgeneigt. Weil Renaire sich aber nicht wie ein kompletter Idiot benehmen will, schickt er eine kurze SMS, in der er mitteilt, dass er nach der Wohnung sehen will.

Seine Wohnung hat ungefähr die Größe eines Kleintransporters. Es gibt ein Badezimmer und eine Küche und einen Zwischenboden, den jemand anderes eingebaut und auf dem Renaire seine Matratze ausgebreitet hat. Das einzige, was er an diesem Apartment mag, ist das Licht. Alles, was nicht unter Flaschen und dreckigen Klamotten begraben ist, ist mit Farbspritzern, Pastellen und Kreideflecken beschmiert, weil sich das auf so engem Raum einfach nicht vermeiden lässt.

Wenn ihm der Platz ausgeht, geht Renaire normalerweise runter auf die Straße und verkauft ein paar seiner Bilder an Touristen. Er hat keine Ahnung, was er jetzt stattdessen machen soll, da er nun weiß, dass er offensichtlich ein berühmter Künstler ist.

Mit dieser Frage kann er sich im Moment nicht auseinandersetzen. Er ist einfach hundemüde, daher sieht er sich nicht einmal in der Wohnung um. Die Fenster (wunderbare, helle Fenster, die gen Süden zeigen, die man öffnen oder schließen oder komplett oder auch nur teilweise verdunkeln kann) sind gänzlich geöffnet und lassen das frische Mittagslicht des Frühlings herein, doch das hält Renaire nicht davon ab, die paar Stufen zu seiner Matratze hinaufzusteigen. Er ist eingeschlafen, kaum dass sein Kopf das Kissen berührt hat.

RENAIRE HAT oft diese Träume – diesen hier sogar noch öfter als die anderen. Es ist kein Albtraum, aber es ist auch kein glücklicher Traum. Unglücklich ist er allerdings auch nicht.

Es gibt keine Worte, keine Stimmen, obwohl er irgendwie *weiß*, was gesagt wird. Er kann nicht sehen, wo sie sind oder wer sie sind. Er kann nur fühlen und wissen.

Alles, was er liebt, wird sterben. Vor seinem inneren Auge erscheint Delaurier, so wie er das immer tut, seit Renaire ihn kennengelernt hat. Davor war es nur eine sonnenbeschienene Figur gewesen. Doch nun steht Renaire da und schreit wortlos: *Ich komme mit, ich folge dir, verlass mich nicht, lass mich mit dir sterben*, während er an der körperlosen Gefahr für Emile vorbeiläuft.

Da ist Wärme, eine Verbindung und ein Gefühl von Akzeptanz und tiefer Zufriedenheit. Und dann ein stechender Schmerz, der Renaire überhaupt nichts ausmacht. Der Traum endet plötzlich und friedlich, und danach wacht er immer zufriedener auf, als er eingeschlafen ist.

Manchmal denkt Renaire, dass er sich wohl Sorgen darüber machen sollte, dass sein friedlichster und beruhigendster wiederkehrender Traum der ist, in dem er getötet wird.

Die schlimmsten Träume sind die, in denen er überlebt. Es sind die Träume von Feuer und brennenden Feldern, von der Art, wie Blut im Sandboden versickert und zu einem lehmigen Fleck eintrocknet, während Stiefel und Reifenspuren die herumliegenden Leichen über unasphaltierte Sandwege durch das Grün und Gold einer tropischen Hitze verfolgen. So viel Leid. Er ist gelaufen, bis er keine Menschen mehr hören, kein Feuer mehr riechen und den Weg zurück nicht mehr finden konnte, doch in seinen Träumen kann er nie entkommen.

Wirklich mit dem Trinken angefangen hat er wegen der Erinnerungen, damit sie ihn nicht ständig verfolgen, sobald er die Augen schließt. Er trinkt und spricht nie über seine Vergangenheit. Aber er weigert sich, auch nur einen Fuß in die Nähe der Côte d'Ivoire zu setzen, egal, was Delaurier möchte. Er hat nur zwei oder drei Mal nein zu Delaurier gesagt, und das war eine dieser Gelegenheiten.

Sein Traum vom Sterben ist beruhigend. Er ist verzweifelt und süß und etwas vage, voller Akzeptanz und Frieden. Seine Träume vom Leben sind scharfkantig und plastisch und schmerzhaft und so, so real.

Er würde sich jederzeit für den Tod entscheiden.

5

Paris: Chéron – Galerie – {Wien} – Arènes de Lutèce

IM MORGENGRAUEN soll sich Renaire mit Celine, der beängstigend gut informierten Interpol-Agentin, treffen.

Als er sich aus seinen uralten, mintgrünen Bettbezügen quält, um nach seinem Telefon zu greifen, das wieder diesen wundervollen Turtles-Song in die Welt hinausspielt, ist weder Celine dran noch Interpol noch Delaurier, der irgendwo in einer Lache aus seinem eigenen Blut stirbt, noch irgendein anderer seiner Albträume. Es ist Delaurier, der nicht stirbt, sondern sagt: „Ich lade dich zum Abendessen ein."

Die Sonne geht bereits unter, nicht dass er etwas anderes erwartet hätte. In seiner Wohnung ist es kalt und sie ist in ein schwaches, goldenes Licht getaucht. Renaire braucht wirklich eine Wohnung, bei der nicht so viel Koordination nötig ist, um aus dem Bett zu kommen. Das war immer eine gute Ausrede, um auf irgendeiner Couch zu nächtigen. In jedem Fall ist es mühselig, die paar Stufen hinunterzusteigen. Oder hinauf. Es gibt schließlich einen Grund, warum er nur eine Matratze hier hoch geschleppt hat.

„Ich werde da sein", sagt Renaire, der auf der untersten Stufe sitzt und sich mit einer Hand über die Augen reibt. „Ich brauchte nur etwas Schlaf."

„Das ist verständlich", sagt Delaurier steif und unbeholfen. Renaire ist hin- und hergerissen zwischen Zuneigung und Verzweiflung. „Wirst du bald zurück sein?"

„Ich werde da sein", wiederholt er.

„Gut", sagt Delaurier, immer noch unbeholfen, aber zum Glück nicht mehr *ganz* so unbeholfen. Er legt auf und Renaire hat in weniger als zwölf Stunden ein Treffen mit einer Interpol-Agentin.

Er ist nicht dumm. Sie klang zwar freundlich und ehrlich, aber das muss nicht heißen, dass sie das auch tatsächlich ist. Menschen sind selten so, wie sie sich geben. Er würde gern jemanden zur Unterstützung mitnehmen, aber sie haben über jedes Mitglied der STB Informationen. Viele Informationen. Ziemlich viele gute – und deshalb *schlechte* – Informationen.

Aber nicht über Mathieu, wie Renaire siedendheiß einfällt.

Er ist nicht wirklich mit Mathieu befreundet. Sie sind gute Bekannte, sind schon miteinander einen Trinken gegangen, und hassen einander nicht. Mathieu ist eine seltsame Mischung aus Naivität und Ernst. Dazu kommt noch die Tatsache, dass er unglaublich stur und rebellisch ist, einfach nur, um an etwas teilzuhaben, das größer ist als eine einzelne Person.

Als Carope ihn im Chéron angeschleppt hat, dachte Renaire zunächst, dass Mathieu nur einer dieser Ausreißer ist, die sie aufpäppelt und dann ihrer Wege schickt. Doch Mathieu ließ sich vom Fieber, von der *Aufregung*, von dem Ideal der STB anstecken, das heute immer noch existiert wie damals, als die Gruppe vom Triumvirat gegründet wurde. Er identifizierte sich mit der Sache und blieb, und Carope verliebte sich Hals über Kopf in ihn.

Mathieu ist eine reine Seele. Carope ist es gewöhnt, die armen, verlorenen Seelen der STB wieder aufzurichten. Renaire kann verstehen, dass sie sich von so etwas – so jemandem – angezogen fühlt.

Also, Renaire mag Mathieu auf eine oberflächliche Weise. Es wird ein heikles Gespräch werden und Renaire ist nicht mal sicher, ob Mathieu für zwölf Stunden den Mund halten kann. Wenn er aufgeregt ist, fängt er an zu reden. Viel zu reden. Aber entweder Mathieu oder gar niemand, also wird er sich damit zufriedengeben müssen.

Mathieu geht sofort ans Telefon und bei der herzlichen Begrüßung fragt sich Renaire, ob er Mathieu wohl ganz offiziell als Freund bezeichnen sollte. „Renaire! Was gibt's?"

„Ich treffe mich morgen mit jemandem. Kannst du mitkommen und sicherstellen, dass ich nicht entführt werde oder so?", fragt Renaire. „Ich brauche dich nur, um sicherzugehen, dass ich lebend rein- und rauskomme. Mehr nicht."

Mathieu denkt mit dem Herzen, also muss Renaire – ein Freund in Not – gar nicht mehr sagen. „Klar, aber warum ich?"

„Warum nicht?" Renaire steht auf, dehnt sich und klopft dann seinen Mantel nach Zigaretten ab. Ihm ist nicht danach, die Sache mit Interpol zu erklären, hauptsächlich weil er selbst keine Ahnung hat, was da eigentlich vor sich geht. „Und ich wäre dir dankbar, wenn du Emile nichts davon erzählst."

„Was? Wirklich?" Er kann Mathieus verwirrtes Stirnrunzeln praktisch durch die Leitung hören.

„Wirklich", sagt Renaire. „Ich erzähle es ihm später selbst. Das Treffen ist in der Arènes de Lutèce, im Morgengrauen."

„Dann ist mir klar, warum Delaurier nicht geht", sagt Mathieu lachend. „Arènes de Lutèce im Morgengrauen, ich werde da sein. Kommst du zurück nach Hause?"

„Ich brauchte nur ein Nickerchen", sagt Renaire entnervt. Es braucht eine ziemlich gute Koordination, um mit einer Hand eine Zigarette aus einer zerknautschten Schachtel zu bekommen, deshalb klemmt er sich das Handy zwischen Schulter und Ohr. „Es war ein *Nickerchen*. Warum denkt jeder, ich hätte euch im Stich gelassen?"

„Niemand denkt das. Wir warten nur, aber du-weißt-wer läuft ständig die Treppen rauf und runter. Es ist irgendwie lustig", sagt Mathieu und das ist der

Grund, warum sie gut miteinander auskommen. Sie mögen es beide, wenn Delaurier kratzbürstig wird, allerdings aus verschiedenen Gründen.

Und Renaire bekommt kein Schmetterlings-Flatter-Gefühl in der Magengegend, als er das hört. Überhaupt nicht.

„Ich bin bald da", sagt Renaire und legt auf.

Er *ist* bald da, innerhalb der nächstens zwanzig Minuten. Die Sonne geht unter, und das goldene Licht wechselt zu orange vor den eintönig grauen Pariser Fassaden. Die Außenbeleuchtung des Chéron erwacht mit einem Flackern zum Leben. Der Barmann ist nicht da, aber Renaire hält sich nicht damit auf, mit dem neuen Mädchen hinterm Tresen zu schwatzen. Das kann er immer noch machen, nachdem er festgestellt hat, ob oder ob nicht Delaurier die Treppe auf und ab tigert.

Er tigert nicht. Er steht oben an der Treppe und sieht zu, wie Renaire zu ihm hinaufkommt. Es fühlt sich ein bisschen so an wie in einem Horrorfilm. „Brauche ich jetzt eine Erlaubnis, wenn ich Schläfchen mache?", fragt Renaire gut gelaunt.

„Nein, weil ich nicht dein Leben kontrolliere", sagt Delaurier in einem Ton, in dem er auch Traktate herunterbetet. Renaire musste das auf langen Zugfahrten oft genug über sich ergehen lassen. „Aber ich wusste nicht, wo du bist. Und ich wollte dich fragen, ob du mit mir essen gehen willst."

Renaire runzelt die Stirn, als ihm auffällt, dass sich alle ihre Freunde im Zimmer befinden. Keiner von ihnen spricht. Sie *beobachten*, in völliger Stille. „Was zum Teufel geht hier …?"

„Zu einer Verabredung", sagt Delaurier.

Jemand macht ein Geräusch, als hätte er sich verschluckt und sofort ertönt von überall her ein „psst". Delaurier und Renaire starren sich jedoch nur an. Ziemlich ausführlich.

„Oh", sagt Renaire schließlich.

Delaurier atmet tief ein und sagt: „Ich weiß, wir halten nicht wirklich die eigentliche Reihenfolge ein, das ist vielleicht etwas seltsam. Aber eine sich entwickelnde Beziehung –"

„Oh mein Gott, du bist im An-Modus, oder?", bemerkt Renaire, der so überrascht ist, dass er seinen Gedanken laut ausspricht. Der Gedanke an eine ganze Nacht mit Delaurier im Sex-Modus ist gleichzeitig beängstigend und erhebend. Er weiß nicht, ob die Welt das überleben kann, von ihm einmal ganz abgesehen.

Delaurier runzelt die Stirn. „Was?"

„Es ist ein bisschen spät, um essen zu gehen", sagt Renaire und er bemerkt, wie ein Lächeln seine Lippen umspielt. Er sieht vermutlich wie ein hirnloser Vollidiot aus, aber das ist ihm egal, denn *Delaurier hat ihn um ein Rendezvous gebeten*. „Aber das wäre nett."

„Gut", sagt Delaurier. Das Wort klingt wie ein Seufzen, als er erleichtert die Schultern sinken lässt – Renaire war nicht einmal aufgefallen, wie angespannt er war, und das ist einfach … Hatte er wirklich gedacht, dass Renaire nein sagen könnte?

Renaire wird das vermutlich bereuen, aber Delaurier sieht wegen *ihm* so verdammt glücklich aus, dass er einfach zu ihm hinübergehen und ihn küssen muss. Unter ihren Freunden kommt ziemliches Gemurmel auf, aber Renaire interessiert sich viel mehr für das überraschte, zufriedene Summen, mit dem Delaurier ihn belohnt. Er erwidert den Kuss nur kurz, dafür aber mit Hingabe, und als sie sich trennen, lächelt er und hält wieder Renaires Hand.

„Wir können auch an einem anderen Abend gehen", sagt Delaurier und das ist vermutlich das erste Mal, dass er in seinem Leben eine sexuelle Anspielung gemacht hat.

„Unbedingt", stimmt Renaire zu. „Ich muss morgen früh raus, daher ist es wohl besser, wenn ich zeitig ins Bett komme."

Delaurier runzelt die Stirn. „Wirklich?"

„Himmel, du bist wirklich schlecht in diesem Spiel", sagt Renaire und küsst ihn noch mal.

DER ABEND verläuft wie die meisten Abende zu Hause in Paris. Delaurier predigt und plant, Renaire trinkt und ruft von Zeit zu Zeit von seinem Ecktisch aus etwas dazwischen, und ihre Freunde bewegen sich zwischen den zwei Extremen. Doch Renaire kann sein Lächeln nicht unterdrücken, und auch Delaurier lächelt ununterbrochen. Ständig sieht er zu ihm hinüber, selbst wenn er in eine Diskussion oder ein ernstes Gespräch vertieft ist. Es treibt ihn auf die bestmögliche Art in den Wahnsinn und Garrant erweist sich als liebenswertes Arschloch mit einem Grinsen und so übertriebenem Augenbrauengewackel, dass es wehtun muss. Carope fragt ihn nach Details, die Renaire nie im Leben teilen würde. Er versucht zu entscheiden, ob er Carope eine formelle Entschuldigung schreiben sollte, weil er aus ihrem unglücklich-verliebt Club ausgetreten ist.

Mathieu kann immer noch kein Geheimnis für sich behalten, denn er taucht auf und stellt alle möglichen Fragen über das morgendliche Treffen. Natürlich können alle ihn hören, doch niemand sagt etwas dazu. Das ist zwar verdächtig, aber Renaire ist so unglaublich glücklich, dass es ihn überhaupt nicht kümmert. Die Zombie-Apokalypse könnte über sie hereinbrechen und er würde trotzdem glücklich grinsen.

Als sich Jules neben ihn setzt, beugt sich Renaire vor und fragt: „Was zum Teufel ist ein Amatorculist?"

Jules sieht für einen Moment verwirrt aus, doch dann erntet Renaire ein begeistertes Lachen. „Er hat es dir gesagt! Du weißt Bescheid! Oh Gott, du hast keine Ahnung, wie gern wir es dir erzählt hätten", sagt Jules und nimmt Renaires Hand. „Du musst mich mitnehmen, wenn du in die Galerie gehst."

Renaire hofft, dass er nicht zu verwirrt aussieht. „Ich habe was von einem Museum gehört."

„Oh, das auch", sagt Jules. „Aber du hast im Moment eine Ausstellung in einer Galerie hier in Paris. Sehr geschmackvoll zusammengestellt. Und eine in Kopenhagen, die ist *meiner Meinung nach* nicht halb so gut."

„Er weiß über die Bilder Bescheid?", fragt Carope und sieht dabei fast so begeistert aus wie Jules. „Zum Glück. Jetzt kannst du Delaurier überreden, endlich diese Tripolis-Bilder –"

„*Nein*", sagt Renaire sofort. „Die sind nur dafür da, in irgendeiner finstren Ecke verstaut zu werden."

„Aber sie sind fantastisch", protestiert Jules, erstaunt.

„Nun ja, er ist der Künstler", sagt Carope schulterzuckend. Offensichtlich macht es ihr nichts aus, dass Renaire ihren Vorschlag in der Luft zerrissen hat. Immer noch grinsend, klopft sie Renaire auf die Schulter. „Weißt du, wir sollten sie uns ansehen! Du hast deine *Verabredung* verschoben, also hast du Zeit, oder?"

„Renaire weiß über die Bilder Bescheid!", ruft Bossard, damit auch alle anderen im Zimmer informiert sind. Er hat sich auf seine etwas linkische Art am Rande des Gesprächs herumgedrückt, bis er der Meinung ist, dass er teilnehmen kann. Wenn er dann seinen Teil beiträgt, ist es enthusiastisch und aufgeregt und irgendwie immer ein bisschen zu laut. Im Raum brandet Applaus auf und Renaire wird von Bossard und Jules aus seinem Stuhl gezogen. Renaire rudert mit den Armen, doch als sie ihn loslassen, dann nur, damit Carope ihn von hinten an den Schultern packen und weiter in das Zimmer hineinstoßen kann.

„Wir gehen und zeigen dem Künstler seine Galerie!", beschließt Carope.

Renaire möchte nicht mitkommen, denn er hat Pläne, in denen *Delaurier und ein Bett* eine Rolle spielen, doch das kann er natürlich nicht seinen Freunden sagen. Sie sind der Meinung, dass ihr Kuss auf der Treppe gewagt war, und diesen Glauben möchte er ihnen nicht nehmen. Als er zu Delaurier hinüberschaut, kann er in dessen Gesicht genau dieselben Gedankengänge lesen.

„Ich konnte mich noch nicht geistig-moralisch darauf vorbereiten, meine eigene Kunst in einer Galerie zu sehen", behauptet er. Er kann nicht ausmachen, welcher seiner Freunde bei diesen Worten loskichert, doch er wird es herausfinden und dann wird diese Person bezahlen müssen. „Kommt schon, warum könnt ihr mir nicht wenigstens eine Nacht geben, um mich an diese Vorstellung zu gewöhnen? Ich musste mich schon für ein paar Stunden in meiner Wohnung verschanzen, um damit klarzukommen. Ich bin in einem verletzlichen Zustand. Ihr könntet ruhig ein bisschen Mitleid haben!"

Das Gemurmel wird etwas leiser, doch ihm wird klar, dass sie diese Ausrede nicht akzeptieren werden. *Keine* Ausrede wird ihm etwas nützen, wenn Garrants spitzbübisches Lächeln auf ihn niedergeht. Jetzt kann ihn nur noch Hilfe von außen retten. Er wirft Delaurier einen Blick zu und dieser lächelt ihn an.

„Du bist gerade überhaupt *nicht hilfreich*", fährt Renaire ihn an und Himmel, Garrant trägt ihn praktisch die Treppe hinunter. Renaire versucht, das Geländer zu ergreifen, doch seine Finger streifen kaum das Holz. „Ich hasse dich so sehr."

„Du hasst mich so *oft*", sagt Delaurier, während er und Glasson amüsiert beobachten, wie man Renaire seine eigene Jacke anzieht. Er hasst es so sehr, wenn Delaurier in solchen Diskussionen *spitzfindig* wird. Man hat ihn betrogen. In diesem Raum befinden sich keine Verbündeten.

„Alles wird gut", versucht Lile Renaires Zweifel zu vertreiben, während er Garrant vorwärtstreibt. „Die Besitzerin der Galerie hat seit mindestens eineinhalb Jahren eines deiner Bilder ausgestellt, sie ist ein großer Fan. Du solltest die Vorträge hören, die sie Kunstkritikern gibt, die vorbeikommen. Sie will dich schon seit langem unbedingt kennenlernen."

Aus irgendeinem Grund hat er da die Erleuchtung, dass jemand ihn treffen und über sein illustres Künstlerleben sprechen will, über seine eingebildete Karriere, über seine wertlosen Strichzeichnungen und die Farbflecke auf billigen Leinwänden, über die immer gleichen Farben, die er in einer beigefarbenen Reisetasche durch die halbe Welt geschleppt hat. Keinesfalls kann er gut genug lügen, dass er sich als das ausgeben könnte, was diese arme Galeriebesitzerin (ganz abgesehen vom *Kunstkritiker*) von ihm erwartet. Plötzlich schrumpft die Welt auf diesen kleinen Punkt zusammen, seine Freunde sind nicht wirklich seine Freunde, und er kann nicht denken, nicht sehen, nicht *atmen*.

Er kann Glasson etwas rufen hören und dann ist da Delauriers Stimme, als die Welt in Schieflage gerät. Sein Körper bewegt sich, doch Renaire ist zu sehr damit beschäftigt, überhaupt bei Bewusstsein zu bleiben, dass er sagen könnte, was vor sich geht. Als er sich endlich aus der sinnlosen, kopflosen Panik befreit hat, hat er Garrant auf die Knie gezwungen, eine Hand in dessen Haaren, sodass er seinen Kopf zurückbeugt, seine Kehle entblößt. Lile hält seinen anderen Arm und Delaurier umarmt ihn von hinten, um ihn von Garrant und seinen weit aufgerissenen (fassungslosen) Augen fernzuhalten.

„Schon okay, Renaire. Alles in Ordnung", wiederholt Delaurier immer wieder und *verdammt*, seit der Sache vor einem Jahr in Wien hat er das nicht mehr gemacht und er hatte gehofft, es würde auch nie wieder passieren. Delaurier bemerkt offensichtlich, dass er wieder einigermaßen zurechnungsfähig ist, denn sein Griff fühlt sich nicht mehr wie ein Schraubstock an, sondern eher wie eine Umarmung. „Renaire?"

„Verdammt, tut mir so leid", sagt Renaire zu Garrant. Er lässt Garrants Haar los und tritt so gut es eben geht, während ihn zwei Männer festhalten, zur Seite. Auch Garrant bewegt sich sofort. Er rollt sich aus der Gefahrenzone und seine Augen sind immer noch auf das Messer gerichtet, von dem Renaire nicht einmal wusste, dass er es in der Hand hält. Keine Ahnung, wo er das her hat, aus seiner Jackentasche vielleicht? Und in seinem Hirn gibt es den nächsten Kurzschluss, weil ihm klar wird, dass er drauf und dran war, Garrant die Kehle durchzuschneiden, nur weil er sich nicht mit jemandem treffen will, der seine Kunst mag.

Er lässt das Messer fallen, als wäre es glühend heiß, und versucht zu atmen. Lile lässt ihn los, um nach Garrant zu sehen, der nicht so aussieht, als wäre er verletzt.

„Nein, mir tut es leid", sagt Garrant ganz ernst. „Man kann leicht vergessen, was für eine große Sache das für dich ist. Wir hätten dich nicht drängen sollen."

Ungefähr die Hälfte ihrer Freunde waren schon Zeugen seiner Ausraster. Garrant gehört dazu. Auch Lile. Renaire wagt es nicht, sich umzudrehen und in die Gesichter der anderen zu schauen.

„Geht es dir gut?", fragt Renaire.

„Alles in Ordnung, von ein paar Prellungen mal abgesehen", versichert ihm Lile mit einem schmalen Lächeln. „Keine Verletzungen, die er sich heute Abend nicht ohnehin zugezogen hätte."

„Tatsächlich war es ziemlich beeindruckend", sagt Garrant mit einem breiten Grinsen und offensichtlich meint er seine Worte ernst. Eben sah er noch zu Tode erschrocken aus, doch jetzt lächelt er und macht Renaire Komplimente wegen seiner Panikattacken-Gewalt.

Delaurier lässt ihn los, um ihn nicht einzuengen, und Renaire kann endlich wieder frei atmen. Er hat niemanden verletzt, nur seinen eigenen Stolz. Er bedeckt sein Gesicht mit den Händen und stöhnt, weil das besser ist, als zu schreien. „Es tut mir so, so leid", sagt er wieder.

„Es gibt nichts, wofür du dich entschuldigen müsstest", sagt Delaurier und lässt nicht zu, dass er noch einmal um Verzeihung bittet. Er hebt Renaires Messer vom Boden auf, wo dieser es fallengelassen hat, steckt es ein und nimmt dann Renaires Hand, um mit ihm ohne einen weiteren Blick zurück zu ihrer halbprivaten Treppe zu gehen.

Delaurier führt ihn jedoch nicht in ihre Wohnung. Er setzt sich auf die Treppe und sieht Renaire erwartungsvoll an. „Ich muss wissen, was passiert ist."

Er klingt nicht freundlich, noch nicht einmal fürsorglich. Stattdessen sagt er die Worte mit der Stimme des furchtlosen Anführers. Es gibt keine Möglichkeit, sich um eine Antwort zu drücken, und Renaire muss zugeben, dass er wohl genauso handeln würde, wenn er an Delauriers Stelle wäre. Delaurier war in der Vergangenheit schon Zeuge von Renaires Ausrastern, doch das war immer in Situationen gewesen, die viel mehr Sinn ergeben haben, als spielerisch von seinen Freunden, denen er sein Leben anvertrauen würde, durch die Gegend gezogen zu werden. Jemanden wie Renaire um sich zu haben, ist in jedem Fall eine schlechte Idee, umso mehr, wenn die Gefahr für *so etwas* besteht.

Er würde gern hin- und herlaufen oder wegsehen oder nur vor sich hinstarren und schweigen, doch stattdessen setzt er sich neben Delaurier und holt eine Zigarette aus der Packung. „Ich bin mir nicht sicher", gibt er zu. „Aber irgendetwas an der ganzen Galeriegeschichte hat mir Angst gemacht."

86

Zu Tode erschrocken wäre wohl näher an der Wahrheit, aber das sagt er nicht. Er zündet sich seine Zigarette an und sieht Delaurier nicht an, während er aus- und einatmet und die Rauchwölkchen vor seinem Gesicht beobachtet.

„Die Besitzerin zu treffen, macht dir Angst", sagt Delaurier, weil Renaire das nicht laut zugeben kann. Er seufzt. „Ich schätze, das macht Sinn für dich. Also gehen wir inkognito. Man kennt uns in der Galerie, aber du brauchst dich nicht zu erkennen zu geben, wenn du nicht willst."

„Ich würde lieber gar nicht gehen", sagt Renaire.

„Zu schade", sagt Delaurier und es ist wieder diese Hand in seinem Mantelkragen, die ihn auf die Füße zieht. Er lässt ihn los, als sie wieder im inoffiziellen STB-Hauptquartier angekommen sind, wo sich ihre Freunde unsichere Blicke zuwerfen. „Wir gehen in die Galerie, aber niemand verrät, dass Renaire der Künstler ist."

„Klingt nach einem Plan", stimmt Carope zu. Scheinbar sieht die ganze Gruppe das so, denn sie steigen nacheinander plaudernd die Treppe hinab.

Es fällt nicht ein böses Wort darüber, dass Renaire kurz dem Wahnsinn anheimgefallen ist und Garrant ermorden wollte. Delaurier schafft es, immer in seiner Nähe zu bleiben, ohne sich aufzudrängen, während Renaire durch das nächtliche Paris läuft und sich langsam wieder wie er selbst fühlt. Carope (deren emotionale Intelligenz gar nicht mehr zu messen ist; Renaire ist sich sicher, dass sie und Glasson sogar einen Frieden zwischen Israel und Palästina aushandeln könnten) gibt sich besonders Mühe, Renaire aus der Peinlichkeit zu befreien, die wohl jeden befallen würde, der aus Versehen jemanden umbringen will.

Die Gruppe flirtet außerdem in der Metro mit ein paar Mädchen, die beschließen, sie in die Galerie zu begleiten. Und dann rufen Lile und Bossard ihre Freundin Dominique an, die wiederum ein paar Freunde mitbringt, und so entwickelt sich das Ganze zu einer bunten Mischung Leute. Das wiederum führt zu Anspannung bei Delaurier und Renaire lässt keine Möglichkeit aus, ihn damit aufzuziehen. Delaurier kann eine Menschengruppe innerhalb von zwanzig Minuten nur mithilfe seiner rhetorischen Fähigkeiten in einen wilden Mob verwandeln, aber wenn man ihn auf einer Party aussetzt, ist es, als würde man einen Dobermann beobachten, der von einer Horde aufgeregter Katzen attackiert wird.

In der Galerie ist ziemlich viel los, eine Beschreibung, die Renaire wohl nie für eine Galerie um acht Uhr abends gewählt hätte. Sie ist auch viel größer, als er angenommen hatte und es gibt ein Werbeplakat für ihn im Schaufenster, mit dem R seiner Signatur auf einem klaustrophobischen Bild von Rom und …

„Warum hast du ihnen die Reykjavík-Bilder gegeben?", stöhnt Renaire. Sie sind alt und schrecklich. Delaurier war viel unterwegs gewesen, um für ihren Auftrag zu recherchieren, doch Renaire war im Hotel geblieben. Er hatte so unter Drogen gestanden, dass die Bilder eher eine Studie dessen sind, was er wohl vollbringen kann, wenn er einen Pinsel gegen eine farbbeschmierte Leinwand drückt.

Aber sie lachen nur über ihn. Er hasst seine Freunde.

Als sie eintreten, kommt sofort eine Frau mit zwei Männern im Schlepptau aufgeregt auf sie zu. Sie hält direkt auf Carope zu, und Renaire wünscht sich, dass ihn das überraschen würde. „Oh, Ms Carope, es ist so schön, Sie wiederzusehen! Wie geht es unserem geheimnisvollen Künstler?"

„Viel beschäftigt, wie immer", sagt Carope leichthin und küsst die Frau, vermutlich die Besitzerin der Galerie, auf die Wange. „Wie läuft es damit, an die Touristenbilder heranzukommen?"

„Rs philanthropische Gesten sind nach wie vor frustrierend, ganz davon abgesehen, dass sie Fälschern Tür und Tor öffnen", sagt sie und wedelt mit einer Hand durch die Luft, als wäre das nicht wirklich wichtig. Sie lässt den Blick über die Gruppe schweifen und begrüßt die meisten STB-Mitglieder, bevor sie Delaurier entdeckt. Daraufhin beginnt ihr ganzes Gesicht zu strahlen. Nicht auf die freundliche Art, sondern eher so, wie Leute anfangen zu strahlen, wenn sie Geld finden, das zwischen die Sofakissen gerutscht ist. „Die Muse!"

„Oh Gott", sagt Renaire. Das ist der perfekte Augenblick, um nach seinem Flachmann zu greifen.

„Welcher Tatsache verdanken wir eure Anwesenheit?", fragt die Besitzerin enthusiastisch und sieht sich unter den Mitgliedern der Gruppe um. Die meisten haben sich schon zerstreut und wandern in den verschiedenen Räumen umher.

„Wir wollten nur schauen, wie die Ausstellung läuft", sagt Carope gut gelaunt und legt einen Arm um Delauriers Schultern. Renaire entgeht nicht, dass er nun hinter ihren Körpern versteckt ist. „Wir versuchen, ihn zu überzeugen, noch mehr von Rs Sachen herauszurücken, damit wir die Bilder ausstellen können."

Renaire braucht einen größeren Flachmann. Oder zwei davon.

„Wir würden uns freuen, sie zu haben", sagt sie. „Natürlich möchte ich euch nicht unter Druck setzen. Ich weiß, dass sie vermutlich sehr persönlich sind."

„Sehr", sagt Delaurier und wirft Carope einen Blick zu, von dem Renaire weiß, dass man so definitiv nicht angesehen werden möchte. Delaurier seufzt und befreit sich von Caropes Arm.

„Ehrlich, ich wäre begeistert, wenn ich sie nur sehen dürfte", sagt die Besitzerin. „Die London-Porträts –"

„Himmel, du hast ihnen auch die London-Bilder gegeben", sagt Renaire. London (das zweite Mal) war eine dieser sehr peinlichen Bilder-Entschuldigungen. Und es handelt sich streng genommen nicht um Porträts, da Delauriers Gesicht in keinem zur Gänze zu sehen ist, aber er ist zu genervt von seinen Freunden und der Galerie (und *sich selbst*, verdammt, warum hat er die überhaupt gemalt?), um das anzumerken.

Delaurier zuckt mit den Schultern, weil er ein Idiot ist.

„Entschuldigung, wer sind Sie?", fragt die Besitzerin und schaut Renaire neugierig an. Renaire kann Argwohn in ihrem Gesicht sehen.

„Steck die Flasche weg, Renaire", sagt Delaurier.

„Ich bin ihr betrunkener, zynischer Freund", sagt Renaire hoffentlich so unfreundlich, dass sie es dabei bewenden lässt.

Offensichtlich war er nicht unfreundlich genug, denn sie sieht ihn lange abwägend an und hält ihm dann ihre Hand hin. Nach einem Moment schüttelt Renaire sie. „Freut mich, Sie kennenzulernen, Renaire", sagt sie aufrichtig und lächelt, und verdammt, sie weiß definitiv Bescheid. „Ich würde Sie gern ein wenig herumführen und Ihnen etwas über die Galerie und die Ausstellung erzählen."

„Das wäre toll", sagt Carope und gibt Renaire einen freundlichen Klaps. „Mach die beste Führung deines Lebens daraus, Sirine."

„Ich würde nicht im Traum daran denken, weniger zu geben", sagt Sirine, die Besitzerin der Galerie. Mit einem weiteren Kuss auf die Wange verabschiedet sich Carope und stößt zu einem der einzelnen Grüppchen, um sich umzusehen. Wenigstens bleibt Delaurier bei ihm. Sirine zwinkert Renaire zu. „Ich vermute, Carope möchte, dass ich mich auf die R-Ausstellung konzentriere, aber ich erkenne einen Kunstliebhaber, wenn ich einen sehe. Am besten, wir fangen links an und arbeiten uns dann vor."

Und genau so machen sie es auch.

Sirine ist eine wunderbare Führerin und als Renaire begreift, dass sie wirklich gern über Kunst redet, kann er nicht *aufhören*, über Kunst zu reden. Ihre zwei Assistenten sind schon nach den ersten vier Bildern verschwunden, und als sie das zweite Zimmer verlassen, gibt auch Delaurier auf. Renaire würde ihm das nicht vorhalten, er hat immerhin Einsatz gezeigt. Er hat mit einem Matisse um sich geworfen. Kunst ist einfach nicht sein Ding.

Sie schafft es, dass er sich so wohlfühlt, als sie schließlich die ersten R-Bilder erreichen, eines mit Helsinki-Katzen, dass er tatsächlich antwortet, als sie sagt: „Ich hatte immer den Eindruck, dass das hier eines der friedlichsten und glücklichsten der ganzen Sammlung ist." Er erzählt ihr die ganze verdammte Geschichte.

„Wir saßen wegen des Wetters in Helsinki fest und mussten noch eine zweite Woche bleiben. Und da waren diese Streuner auf dem Weg nach … Gott, ich weiß nicht mal mehr, wohin. Aber ich habe sie mit ins Hotel genommen und sie wollten immer nur *kuscheln*", sagt Renaire liebevoll. „Vermutlich lag das nur an der Kälte, aber selbst Emile fand sie schließlich ganz süß. Natürlich habe ich versucht, Chair nach Hause zu schmuggeln."

Er erwartet wieder die Panik, dass er erstarrt oder flüchtet oder angreift, doch nichts dergleichen passiert. Stattdessen dreht er sich zu Sirine um und wartet.

Als sie ihn ansieht, umspielt ein triumphierendes, erfreutes Lächeln ihre Lippen. Doch das hält nicht lange an. Renaire kann nicht einmal ahnen, wie er gerade aussieht, doch ihr Gesichtsausdruck ist besorgt.

„Sie wissen, wer Delaurier ist", sagt er. Nach einem Augenblick nickt sie und Renaire holt seinen Flachmann hervor. „Was wissen Sie dann also über mich?"

Sirine denkt einen Moment nach, dann antwortet sie: „Es gibt ein paar Theorien, von denen die meisten offenbar komplett daneben liegen. Aber was wir mit Sicherheit wissen, ist, dass Sie ihn gemalt haben und dann sofort verschwunden sind. Und jetzt gibt es Bilder aus der ganzen Welt, die von einem Mitglied der STB vertrieben werden."

Renaire nickt und trinkt einen Schluck. „Und was sagt Ihnen die Kunst?"

„Was auch immer Sie tun, meistens gefällt es Ihnen", sagt Sirine und sie hat recht. „Ihre Gefühle sind sehr tief, aber nichts ist so tief wie die Liebe für Ihre Muse."

„Das ist Besessenheit, keine Liebe", sagt er, weil er sich wünscht, dass es wahr wäre. Er versucht, sie anzulächeln. „Ich wäre Ihnen sehr dankbar, wenn Sie nicht herumlaufen und meine Identität enthüllen."

„Sie können mir vertrauen", sagt Sirine und ihr Lächeln ist wieder da. „Wären Sie wohl bereit, mir ein paar Fragen zu beantworten?"

„Die Antworten werden Ihnen vermutlich nicht gefallen", warnt Renaire sie.

Sie ist offenbar anderer Meinung und Renaire ist bereit, ihren Wunsch zu erfüllen, nachdem er zum ersten Mal seit Jahren wieder über Kunst geredet hat – gänzlich ohne Blutspritzer oder Handfeuerwaffen. Sie geht mit ihm von Bild zu Bild und bietet ihm ihre eigene Interpretation an, immer dankbar für jede Anmerkung, die Renaire macht. Renaire ist nicht kaltblütig genug, ihr zu sagen, was die Bilder wirklich sind (in der Regel einfach nur *blödsinnig*).

Sirine führt sie in den offiziellen R-Ausstellungsraum und Renaire ist überrascht, alle seine Freunde hier vorzufinden, die auf ihn warten. Sie machen einen verdächtig begierigen Eindruck und Renaire sieht sich im Raum um, um herauszufinden, warum sie seine Reaktion abwarten. Es ist absolut absurd, die eigenen Bilder an perfekt ausgeleuchteten Wänden mit kleinen Metallschilden daneben hängen zu sehen, aber zu beobachten, wie er damit umgeht, erklärt nicht die gespannte Aufregung unter seinen Freunden.

Aber als er es sieht, stöhnt er auf und versteckt sein Gesicht hinter seinen Händen.

Es ist eines der vielen Bilder, die er gemalt hat, als er wütend auf Emile war. Über die Jahre hat er etliche gemalt, doch dieses hier ist wirklich grauenhaft: Delaurier tollt ausgelassen durch einen Regen bronzener Patronenhülsen, um ihn herum Funken und die Trikolore und Worte wie FREIHEIT! und GERECHTIGKEIT!, während er dem rosafarbenen Sonnenuntergang entgegenhüpft.

Seine Freunde können gar nicht mehr aufhören zu lachen. Sirine ist zwar eine nette Person, aber Renaire merkt, dass auch sie versucht, sich ein Lachen zu verkneifen, als sie ihm freundlich auf den Rücken klopft. „Ich kann Ihnen gar nicht sagen, wie viel Geld man mir dafür geboten hat", merkt sie an.

„Ich muss mich jetzt in der Seine ertränken", sagt Renaire.

Offensichtlich war das für seine Freunde der Höhepunkt des Abends, denn bald darauf beginnen sie, nacheinander die Galerie zu verlassen. Als Renaire aufbrechen will, hat die Galerie eigentlich längst geschlossen, trotzdem sieht Sirine so aus, als würde sie ihn gern noch länger dabehalten.

„Es ist einfach so selten, dass man Künstler hier hat, die mehr am Rest der Ausstellung interessiert sind, und Ihre Meinung ist so wunderbar und wertvoll", sagt Sirine entschuldigend. Sie ist offensichtlich fasziniert von ihm, was auf so viele Arten einfach falsch ist. Renaires Flachmann ist leer, was zwar tragisch, aber auch der einzige Grund ist, warum er nicht sturzbetrunken am Boden liegt, wie er es jetzt so gern tun würde.

Doch in dem Moment, als sie ihm eine Hand auf die Schulter legt und diese dort für ein paar Sekunden verweilt, taucht Delaurier wieder auf. Er nimmt Renaires Hand, verabschiedet sich von Sirine mit einem höflichen Lächeln und einem „Danke, dass Sie Renaire herumgeführt haben", und zieht ihn dann fast hinaus ins Freie.

„Was zum Teufel?", sagt Renaire. Das ist nicht wirklich ein Einwand, denn er ist glücklich, von Sirine wegzukommen, doch er ist trotzdem verwirrt, denn … was zum Teufel?

„Nicht alle hatten heute das Glück, einen fünfstündigen Mittagsschlaf zu halten", sagt Delaurier. „Du wolltest gehen, ich wollte gehen, also sind wir jetzt gegangen."

Renaire hat im Morgengrauen ein Treffen mit einer Interpol-Agentin.

Renaire nickt und nimmt das so hin, denn ja, das ist wohl fair. Während sie zurück zum Chéron laufen, wird immer deutlicher, wie erschöpft Delaurier ist. In der Metro schläft er fast mit dem Kopf auf Renaires Schulter ein und gähnt auffallend, als sie von der Metrostation nach Hause gehen. Allerdings ist er nicht müde genug, um den Aufzug zu benutzen oder Renaires Hand loszulassen. Oder vielleicht ist er auch zu müde, um sich daran zu erinnern, dass er Renaires Hand festhält und dass es den Fahrstuhl überhaupt gibt.

Als sie Delauriers Wohnung betreten, zieht er nur Mantel und Schuhe aus und fällt dann aufs Bett, immer noch Renaires Hand haltend. Renaire fühlt sich ein wenig, als würde er die Leine eines schlafenden Hundes festhalten.

„Zieh dich wenigstens aus", sagt Renaire.

Delaurier seufzt, aber er lässt Renaire lange genug los, dass er sich Hemd und Hose ausziehen kann. Dann schlüpft er unter die Bettdecke, anstatt oben drauf zu liegen. Und dann wirft er Renaire einen erwartungsvollen Blick zu, also rollt Renaire mit den Augen und tut es ihm gleich. Er löscht das Licht und stellt den Alarm, bevor er zu Delaurier ins Bett kriecht, denn morgen früh hat er ein Treffen mit einer Interpol-Agentin.

Sofort schmiegt sich Delaurier an ihn und Renaire fragt sich, ob er vielleicht vergessen hat, dass sie sich nicht in einem Zug befinden, denn sie liegen so nah beieinander, dass sie durchaus in eines dieser winzigen Betten passen könnten.

„Bist du glücklich?", fragt Emile plötzlich. Seine Lippen drücken einen federleichten Kuss auf Renaires Hals.

Renaire denkt darüber nach und ist überrascht festzustellen, dass die Antwort tatsächlich ja lautet. Selbst mit der Gefahr, die in Form von Interpol vielleicht am

Horizont lauert, fühlt er sich auf eine Weise zufrieden und glücklich, wie es ihm noch nie in seinem Leben widerfahren ist. Er hat gerade genug Alkohol intus, dass sich die Welt warm und weich anfühlt, er liegt mit Emile zusammen in einem gemütlichen Bett und zum ersten Mal hat er das Gefühl, dass sein Leben nicht völlig verschwendet ist.

Natürlich muss einfach alles schiefgehen.

Doch in diesem Moment seufzt er und lässt sich tiefer in das Kissen sinken, das er mit Emile teilt. „Bin ich.“

Er war glücklich in Wien.

Das hielt nicht an.

Schon bevor sich ihre Beziehung in Moskau so überraschend und drastisch änderte, gab es zärtliche Momente. Sie waren unglaublich selten. So selten, dass Renaire sie an einer Hand abzählen und dann noch Finger übrig haben konnte. Und doch gab es sie.

Es gab ein kurzes Lächeln, ein liebes Wort, den Anflug von Sorge bei einer Sache, die mal nichts mit Mord und Totschlag zu tun hatte.

In Wien fand ein unerwartetes Zusammentreffen der STB zu Silvester statt. Delaurier hatte ihnen in dem Moment Zugtickets besorgt, als die Einladung in seiner Inbox erschien. Renaire und Delaurier waren in Rom gewesen, Glasson und Carope in Paris, Sarazin, Garrant und Jules in Sarajevo, und Renaire hat keine Ahnung, wo Lile und Bossard gewesen waren. Ungeachtet ihrer verschiedenen Aufenthaltsorte hatte Carope beschlossen, dass sie den Neujahrsabend in Wien verbringen würden und deshalb verbrachten sie den Neujahrsabend in Wien.

Renaire war anfangs aufgeregt gewesen. Nicht so aufgeregt wie Delaurier, der praktisch in seinem Sitz vibrierte, weil er sich so sehr freute, alle seine Freunde an einem Ort zu sehen, aber trotzdem aufgeregt. Von all den Feiertagen war Silvester der eine, der tatsächlich *Sinn* machte. Keine Geschenke, keine Gottesdienste, keine tiefere Bedeutung außer dem Ende des alten und dem Beginn des neuen Jahres. Es war ein Abschied und ein Neubeginn, Erinnerungen und Hoffnung auf die Zukunft.

Doch das Beste ist, dass es einfach nur eine Party ist, ohne Traditionen, wenn man davon absieht, dass man ein paar Worte in die Nacht ruft. Man lacht, man trinkt, man erinnert sich und nimmt sich was fürs nächste Jahr vor und dann ist man fertig. Das ist auch schon alles.

Silvester kann eine ziemlich tolle Sache sein, wenn man es richtig anstellt.

Er hatte vollstes Vertrauen in Carope, dass sie es richtig anstellen würde.

Wien war ein einziger Eisschrank, Schnee und Eis waren so oft übergefroren, dass die Kristalle unter den Schuhen knirschten. Der Dezember war der tiefste Winter und die Kälte so unvermeidlich, dass die Leute sich kaum darüber beschwerten.

Nun ja, die meisten Leute.

Renaire und Delaurier waren selten einer Meinung, aber sie waren beide überzeugt, dass der Winter eine ziemlich schreckliche Angelegenheit ist. Seit in Paris die erste Schneeflocke gefallen war, hatte sich Delaurier auf Aufträge konzentriert, die sie eher in mediterranes Klima führten. Delaurier hatte sogar wie nebenbei erwähnt, dass er darüber nachdachte, nach Südamerika zu gehen, und Renaire hatte mit Sätzen wie „sich in der südlichen Hemisphäre aufzuhalten, wäre fantastisch, denn hier ist es tierisch kalt" reagiert.

Trotzdem waren sie Caropes Einladung in Wiens Winterwunderland nachgekommen, ohne dass Renaire sich großartig beschwert hätte. Auch Delaurier fand nichts daran auszusetzen, was seltsam ist, denn er hat wirklich zu jedem Thema, das man aufs Tapet bringt, etwas zu sagen.

Zum Beispiel Delauriers gut informierter Kommentar zur Tradition der Silvesterparty, der sich den ganzen Weg vom Bahnhof bis zu der Adresse hinzog, die Carope ihnen gegeben hatte.

„Die Wintersonnenwende ist eigentlich am einundzwanzigsten, doch der gregorianische Kalender beginnt und endet aus verschiedenen Gründen eben nicht zur Wintersonnenwende, hauptsächlich, weil der gregorianische Kalender dazu da ist, Ostern richtig zu datieren. Die Wintersonnenwende wurde als nicht so wichtig erachtet", hatte Delaurier gesagt.

Zu diesem Zeitpunkt hatte Delaurier schon zwanzig Minuten zum Thema Kalender referiert. Renaire hatte als Reaktion auf das schwere Schicksal der Wintersonnenwende den Kopf geschüttelt und gesagt: „Wenigstens bleibt uns noch die Party."

„Genau. Sie wurde nur um zehn Tage nach hinten verlegt", stimmte Delaurier zu und drehte sich zu ihm um, um ihm ein kleines Lächeln zu schenken, als sie sich Caropes Gebäude näherten. Es sah aus, als handele es sich um ein Hotel. Vermutlich. Er hoffte, dass es ein Hotel war. „Heidnische Feiertage wurden angepasst, um christliche Notwendigkeiten zu erfüllen, vor allem die Feiertage im Winter. Vor allem Weihnachten wurde christianisiert, später wurde es dann vom Kommerz noch weiter entstellt –"

Renaire blieb der Rest des Vortrags erspart, als Carope mit strahlendem Gesicht aus der Tür schlüpfte. „Frohes, neues Jahr!", rief sie so laut, dass man sie vermutlich noch fünf Querstraßen weiter hatte hören können. Viel beunruhigender war allerdings die Tatsache, dass sie ein lila Cocktailkleid trug, während Delaurier und Renaire seit Ewigkeiten in keinem Waschsalon mehr gewesen waren.

Sie stürzte sich sofort auf Delaurier, um ihn so enthusiastisch zu umarmen, dass er überrascht und glücklich auflachte. Die Umarmung dauerte allerdings nicht lange, da Delaurier sie losließ und sagte: „Lasst uns reingehen, bevor du erfrierst."

„Dir kann nicht kalt werden, wenn du so heiß aussiehst", sagte Renaire.

Carope lachte. „Delaurier sieht ziemlich kalt aus."

„Delaurier hat kein Cocktailkleid an", erwiderte Renaire, und konnte sich ein kleines Lächeln in Delauriers Richtung nicht verkneifen, als sie ihre Taschen ins Haus trugen.

Drinnen kamen sie an eine imposante Treppe. Dort führte Carope sie nach links, wo bereits eine Tür für sie geöffnet worden war.

Alle waren da. *Alle*. Damals war es recht selten, sie alle an einem Ort versammelt zu sehen, vor allem außerhalb von Paris. Renaire und Delaurier wurden begeistert willkommen geheißen und Carope konnte sie zumindest so lange von den anderen loseisen, um sie in ein Schlafzimmer zu führen. Dort gab es ein Bett. Renaire konnte mit großer Anstrengung verhindern, dass er aufstöhnte und mit dem Kopf gegen die Wand schlug.

„Bevor du dich beschwerst: Es gibt hier keine Einzelbetten und ich versuche, neun Leute unterzubringen, also musst du dich einfach damit abfinden", sagte Carope mit fester Stimme. „Ich musste schon drei Leute in ein Bett stecken, da hast du es doch gut getroffen."

„Diese drei Leute verstehen sich und es macht ihnen nichts aus, sich ein Bett zu teilen", sagte Renaire.

Carope runzelte die Stirn. „Wenn es dich wirklich stört –"

„Ist schon *in Ordnung*, wir werden es überleben. Vielen Dank, dass du für uns das bequemste Bett reserviert hast", sagte Delaurier, der versuchte, Renaire keinen genervten Blick zuzuwerfen.

Und bei diesem Kommentar verstand Renaire, dass Carope genau das getan hatte. Die Größe des Bettes hätte eher zu Sarazins Gruppe gepasst anstatt zu ihm und Delaurier. „Oh", sagte Renaire und lächelte Carope an. „Von den letzten fünf Nächten haben wir drei in Zügen und die anderen zwei in verdammt unbequemen Betten zugebracht. Vielen Dank, ich weiß das zu schätzen."

„Gern geschehen", sagte Carope, die Renaires plötzlicher Sinneswandel zu amüsieren schien. Als sie ging, sah sie Delaurier an. Dabei zuckte ihr Mundwinkel.

Als sie das Zimmer verlassen hatte, entfuhr Delaurier ein Seufzen, als er die Taschen am Fuß des Betts fallen ließ. „Carope ist die gutmeinendste Ränkeschmiedin der Welt, Renaire. Sie würde das hier nicht organisieren, ohne einen Hintergedanken zu haben", sagte Delaurier. „Wir sind die letzten, die angekommen sind, also hat sie das Bett für uns reserviert. Das heißt, es ginge auch anders. Sie meint es gut und weiß, dass wir in Zügen und billigen Absteigen unterwegs waren, also stellt sie sicher, dass wir das bequemste Bett bekommen."

Das war eine sehr lehrreiche Lektion.

„Also ist sie Glasson, nur für Freunde", fasste Renaire zusammen.

„Mehr oder weniger", hatte Delaurier amüsiert zugestimmt.

Den Rest ihrer Zeit in Wien verbrachten sie mit unklugen Trinkspielen, lauten und peinlichen Geschichten (offenbar hatte Delaurier in seiner Jugend eine Mohawk-Phase und Renaire wird nicht ruhen, bis er Bilder gesehen hat) und dem vermutlich schrecklichsten Wahrheit-oder-Pflicht-Spiel aller Zeiten, da es sich eben um einen Raum voller Krimineller handelte. Zuzusehen, wie Garrant an der Hauswand hochkletterte, um die Wohnung über ihnen auszurauben, war keine gute Idee.

Renaire entschied sich jedes Mal für Pflicht, bis auf das eine Mal gegen Ende, als Lile mit einem bösen Grinsen das Wort *Kuss* aussprach. Renaire war so schnell und laut zu Wahrheit gewechselt, dass die Hälfte der Anwesenden das Gesicht verzog, doch keiner wagte, seine Wahl anzuzweifeln.

Lile, immerhin Arzt, hatte sofort gefragt: „Leidest du an irgendwelchen Krankheiten?"

Die gute Laune schien aus dem Raum gesogen worden zu sein.

Renaire ignorierte die plötzlich angespannte Stimmung im Raum und schüttelte den Kopf. „Nein, diese Frage ist zu allgemein –"

„Darum habe ich sie so gestellt", sagte Lile, vergnügt und unerschütterlich, und Renaire wurde klar, dass er das genau so geplant hatte. Er wusste, dass Renaire Wahrheit wählen und nicht zurück zu Pflicht gehen würde. Er ist nett und freundlich und böse.

Renaire atmete langsam aus und versuchte, sich zurückzuerinnern. Das war nicht einfach, schließlich hatte er die letzten Jahre damit verbracht, seine Existenz zu ignorieren. „Ich bin mir ziemlich sicher, dass ich alle meine Impfungen habe, und ich kann mich erinnern, dass ich als Kind ein paar Mal ziemlich krank war. Aber nichts Besonderes, also gehe ich eigentlich davon aus, dass es gesundheitstechnisch nichts zu berichten gibt."

„Ziemlich viele Einschränkungen in deiner Antwort", sagte Lile. Renaire war sich sicher, dass Lile aufgefallen war, dass er auf seinen psychischen Zustand nicht eingegangen war, doch Lile schien sich mit seiner Antwort zufriedenzugeben.

Renaire zuckte mit den Schultern. „Das ist die genaueste Antwort, die ich dir geben kann."

„Bitte lasst die nächste Pflicht für mich eine Untersuchung sein", sagte Lile in den Raum hinein.

„Aber es ist fast vier Uhr morgens", sagte Renaire. „Sollten wir nicht langsam aufhören? Die meisten Leute sind bereits ins Bett gegangen und das sollten wir auch –"

„Ich bleibe bis zum Sonnenaufgang hier, sollte das nötig werden", sagte Delaurier, der drei Leute weiter saß und ihm einen ernsten Blick zuwarf. Das war … überraschend.

Das Problem war nicht, dass Renaire keine Ärzte oder Nadeln mochte (das war ein ganz anderes Problem), sondern das *Wissen*. Er bevorzugte es, mit so wenig Informationen wie möglich durchs Leben zu geben, wollte sich hindurchlavieren, ohne zu wissen, dass Körper *und* Geist ein Scherbenhaufen waren.

Doch zunächst war Renaire dran. Nicht, dass ihm das etwas half.

Er war sich nicht ganz sicher, ob er glücklich darüber war, bei Delaurier zu landen. Jedenfalls war er nicht *überrascht*, immerhin spielten sie nur noch zu viert.

„Wenn ich Pflicht sage, wirst du mir sagen, es sein zu lassen", sagte Delaurier.

„Wer weiß. Vielleicht fordere ich dich auch einfach nur auf, sechzig Sekunden lang einen Handstand zu machen", sagte Renaire, in dem ein kleines Fünkchen Hoffnung brannte. Vielleicht würde Delaurier das Risiko eingehen. Würde er *nicht*, aber Renaire hoffte es, so wie man hofft, dass das Erschießungskommando keine echten Kugeln geladen hat.

Delaurier zeigte sich unbeeindruckt. „Wahrheit", sagte er.

„Ich hasse dich", ließ Renaire ihn wissen.

„Nein, tust du nicht", erwiderte Delaurier.

„Warum tust du das?", fragte Renaire, bevor sein Gehirn sich von der Frustration und *Panik* befreien konnte, dass sich dies nicht vermeiden lassen würde. Er schüttelte den Kopf und atmete hörbar ein. „Warum bist du …?"

„Weil ich sichergehen will, dass du gesund bist und wir uns um nichts Sorgen machen müssen", sagte Delaurier.

Renaire fehlte sogar die Kraft, ihm einen genervten Blick zuzuwerfen. Er konnte nicht mehr atmen. Im ganzen Raum, im ganzen verdammten *Gebäude*, gab es keine mitfühlende Seele, niemanden, den es interessierte, was er wollte oder nicht wollte. „Ich möchte das nicht", brachte er hervor und schloss fest die Augen, versuchte, sich zu beruhigen und scheiterte auf ganzer Linie. „Ich möchte nichts wissen, zwinge mich nicht dazu."

„Das ist mir scheißegal, Renaire", fuhr Delaurier ihn an und Renaire zuckte zusammen, weil er so *wütend* klang, und Renaire saß dort auf dem Boden und sah in Augen, denen das *scheißegal war, Renaire*, und allen war das egal, niemand hörte zu, niemand würde ihm helfen und er konnte nicht *atmen*, er griff nach etwas, wusste nicht, was passierte, niemand würde ihm helfen und er war ganz allein und die Welt wurde zu einem Wirbelwind aus Druck und Angst und es wurde etwas gerufen, dass er nicht verstand, denn er konnte nicht atmen, konnte nicht *denken*, konnte seine Hand nicht bewegen, konnte sich überhaupt nicht bewegen.

Er warf sich auf die Seite, und jemand berührte ihn, Finger an seiner Schläfe, und jemand rief seinen Namen, und Renaire holte tief Luft, verschluckte sich daran, konnte das Blut in seinen Adern pochen hören und konnte hören *ist schon in Ordnung, hör auf, hör mir zu, ist schon in Ordnung* und es ist Delaurier, es ist *Emile*, es ist in Ordnung und Renaire schnappte nach Luft. Er wurde gegen die Wand gedrückt und konnte sich nicht einmal erinnern, aufgestanden zu sein. Er stand an der Wand und sowohl Garrant als auch Delaurier hielten ihn dort fest, während Delaurier ihm etwas ins Ohr schrie. Lile lag lang auf dem Boden ausgestreckt und keuchte angestrengt.

„Oh verdammt", stöhnte Renaire und pumpte verzweifelt Luft in seine Lungen, nachdem er seine Gegenwehr eingestellt hatte.

„Renaire?", fragte Delaurier.

„Tut mir leid", sagte Renaire und schlug immer wieder mit dem Hinterkopf gegen die Wand. „Tut mir leid, ich wollte nicht –"

„Wir wissen, dass du das nicht wolltest. Ist schon okay", sagte Delaurier sanft. Er ließ einen von Renaires Armen los, hielt aber weiterhin sein anderes Handgelenk fest, wohl um seinen immer noch rasenden Puls zu kontrollieren. „Geht es dir gut?"

„Mit ihm alles in Ordnung?", fragte Garrant von Renaires anderer Seite.

„Ist *Lile* in Ordnung?", hatte Renaire gefragt und versucht, einen Blick auf Lile zu werfen, der vorsichtig versuchte, sich aufzusetzen.

„Du hast versucht, ihn zu erwürgen", sagte Delaurier und nickte Garrant zu, der daraufhin Renaire losließ und zu Lile hinüberging. Delaurier ging jedoch kein Risiko ein, sondern hielt Renaire immer noch fest. „Er wird wohl etwas heiser sein, aber sonst geht es ihm gut. Ich habe gefragt, wie es *dir* geht."

Renaire schluckte, seine Kehle fühlte sich trocken und rau an. Es half nicht. „Ich bin mir nicht sicher, ob ich dir darauf ehrlich antworten sollte."

Offensichtlich war das aber die *richtige* Antwort, denn Delaurier atmete erleichtert aus und ließ Renaire los.

„Das wäre zum Beispiel etwas, das als Krankheit gilt, Renaire", sagte Lile, doch in seiner Stimme schwang kein Ärger mit, nur Galgenhumor. Renaire hätte sich am liebsten übergeben.

Aber da war etwas, das keinen Sinn ergab. Renaire sah zu Delaurier hinüber. „Du hast es ihnen nicht gesagt?"

„Würdest du das denn wollen?", fragte Delaurier ungläubig.

Renaire sah ihn finster an. „Nein, aber es kommt nicht darauf an, was ich will. Meinst du nicht, es wäre wichtig, um …?"

„Und was soll ich ihnen noch erzählen?", unterbrach ihn Delaurier, der seinen Blick erwiderte.

„Welche anderen kleinen *Eigenheiten* soll ich öffentlich machen?"

„Wie die Eigenheit, bei der ich dir am liebsten in die Fresse schlagen –"

„Stopp!", rief Lile, der wieder auf eigenen Füßen stand. Er sah sehr enttäuscht aus. „*Stopp.* Ich habe nicht um eine umfassende Auskunft gebeten. Ich meine, du musst mir nicht sagen, warum du Panikattacken hast. Aber es wäre gut, wenn du mir sagst, dass du eine Panikstörung hast."

„Es ist keine Panikstörung", sagte Renaire.

„Doch, ist es", sagte Delaurier, weil er schon immer ein Arschloch war und auch immer sein wird.

Renaire war nahe daran, ihm eine zu langen, ihm einfach mit der Faust genau ins Gesicht zu schlagen, doch Delaurier sah aus, als meine er es völlig ernst. Er stritt sich nicht einfach nur. Er meinte es ernst. Delaurier glaubte so fest daran, es besser zu wissen, dass er sich bereits wieder als unfehlbares Idol gab.

„Drauf geschissen", sagte Renaire und ließ sie einfach stehen, ging in ihr Schlafzimmer und konnte sich gerade noch beherrschen, nicht mit der Tür zu knallen. Als er sich auf das Bett fallen ließ, war die Matratze so hart, als bestünde sie aus Beton. Es war ihm egal.

Es dauerte nicht lange, bis Delaurier ihm folgte.

„Ich habe darauf im Moment keine Lust", sagte Renaire.

„Und ich bin nicht hier, um mich zu streiten", erwiderte Delaurier. Er klang direkt und ehrlich. Der Eindruck konnte täuschen. „Ich bin hier, um dich zu fragen, ob es dir gut geht."

Von allen möglichen Zeiten, war es diese hier. Warum musste gerade das hier einer dieser seltenen zärtlichen Momente sein.

Renaire schmollte wie ein Teenager, lag mit dem Gesicht im Laken quer über das Bett hingestreckt.

Delaurier setzte sich neben ihn und sagte: „Ich sorge mich um dich."

Renaire hätte sich in diesen Worten begraben und glücklich sterben können. Es war einfach erbärmlich, aber es wurde noch schlimmer, denn Delaurier saß nicht nur einfach da. Er seufzte und streckte sich auf dem Bett aus. Er war nahe, aber nicht nahe genug für eine Berührung.

„Ich sorge mich wirklich", hatte Delaurier leise gesagt.

Es war sehr, sehr gefährlich. Renaire krallte sich im Bettlaken fest, versuchte, seine Atmung zu kontrollieren und sagte sich immer wieder, dass *er das nicht so meinte*. Er hatte so seine Vermutungen gehabt, aber die Bestätigung fühlte sich an, wie ein Tropfen kaltes Wasser an einem heißen Tag.

Und dann machte er alles zunichte.

Renaire bekam Panik und machte den Mund auf. „Das ist zwar toll, aber ich gehe."

Delaurier war sehr still, doch schließlich sagte er. „Welche Art von Gehen meinst du?"

„Die Art, wo ich dich am Bahnhof treffe, um den Zug zurück nach Rom zu nehmen", sagte Renaire. Er stand auf und griff mit zitternden Händen nach seinem Mantel.

„Wegen dem hier?", fragte Delaurier.

„Wegen meiner Panikattacke, bei der ich versucht habe, Lile zu erwürgen", hatte Renaire gesagt. „Ich werde bestimmt nicht abwarten, was der Morgen bringt."

„Alle werden –"

„Versuch' nicht, mich aufzumuntern, damit machst du es nur noch schlimmer", sagte Renaire und überprüfte seine Taschen, überprüfte, ob er okay war. Hauptsächlich. Er würde zumindest überleben. Diese *sanfte Fürsorge* von Delaurier hingegen würde er nicht überleben.

Einer der Gründe, warum diese Momente nie anhielten, war der, dass Renaire in Panik geriet. Renaire konnte mit *sanft* nicht umgehen, jedenfalls nicht in dem Moment, in dem *sanft* geschah. Sanft war verdammt Furcht einflößend. Sanft war unbekannt, sanft war … falsch. Sanft war etwas, woran man an harten Tage dachte, wenn Renaire etwas brauchte, an dem er sich nicht verletzen konnte.

Renaire war ein Idiot, auf hundert verschiedene Arten.

Er rannte.

Er verbrachte seinen Lieblingsfeiertag damit, alles zu tun, um das Gestern und das Morgen zu vergessen. Silvester wurde ein entrückter Tag, an dem Renaire sich einbildete, dass sein Leben nicht existierte, dass *er* nicht existierte. Er begann das neue Jahr damit, dass er eine Frau küsste, deren Namen er nicht kannte und auch nicht kennen wollte, und er trank bis zur Bewusstlosigkeit. Als er schließlich in den Bahnhof torkelte und vermutlich genauso beschissen aussah, wie er sich fühlte, verlor Delaurier kein Wort darüber, sondern hielt ihm nur seine Tasche hin und wartete auf den Zug.

Nicht gerade ein glückverheißender Start ins Jahr 2013.

Renaire redet sich ein, dass es dieses Mal anders sein wird. Dieses Jahr wird er Silvester mit einem Lächeln und *Emile* begegnen und die Nacht wird mit einer Leichtigkeit zu Ende gehen, die in Glück münden könnte.

Glücklich sein ist selten. Renaire kann sich nur an den Teilen festhalten, die an ihm vorbeifliegen, und hoffen, *hoffen*, dass es mehr geben wird.

DER WECKER geht um kurz vor fünf an und mit Emile in einem Bett zu schlafen ist komplizierter, als er dachte, denn er murrt unwirsch und verstärkt seinen Griff um Renaire.

„Lass mich den Wecker ausschalten", sagt Renaire und es dauert gute dreißig Sekunden, bis die Logik, dass Wecker ausschalten Ruhe bedeutet, in Emiles Hirn angekommen ist, sodass er Renaire loslassen kann. Es ist nicht so, dass Renaire gehen will, aber er muss. Delaurier kann kaum den Kopf heben, geschweige denn Renaire fragen, wo er hingeht, also schreibt er ihm einen Zettel, den er lesen kann, wenn er wieder einen klaren Gedanken fassen kann.

Treffen mit Interpol, keine Sorge, Mathieu weiß, ob es mir gut geht, ist vermutlich nicht das, was er lesen will, wenn er aufsteht, doch Renaire hat keine Zeit, um die Nachricht etwas netter zu verpacken.

Paris ist so totenstill, wie es nur um diese Uhrzeit sein kann, und das graue Morgenlicht, das über der Stadt hängt, lässt alles gleichzeitig kalt und sanft erscheinen. Die Metro fährt schon und Renaire zögert nicht und sucht sich den richtigen Zug. Sogar um halb sechs am Morgen ist es kochend heiß im Zug, aber auf den Straßen selbst ist das Licht trübe und die Luft frisch.

Die Arènes de Lutèce scheint zunächst nichts weiter als ein überwachsener Hügel zu sein, und Renaire kann beim Näherkommen bereits sehen, wie der Himmel sich langsam orange färbt. Während er den Weg nach oben einschlägt, gähnt er ununterbrochen, und obwohl er verzweifelt eine rauchen will, zündet er sich keine Zigarette an. Er hat seinen Flachmann dabei (heute Morgen aufgefüllt, bevor er die Wohnung verlassen hat), wird ihn jedoch keinesfalls anfassen. Als er die Spitze des kleines Hügels erreicht hat und in das antike, römische Amphitheater hinabblicken kann, geht langsam die Sonne auf und er wirft einen langen, dunklen Schatten.

Celine wartet bereits auf ihn. Renaire ist sich da hundertprozentig sicher, denn in der ersten Reihe sitzt eine blonde Frau in einem modischen, grauen Kostüm, zu dem sie allerdings einen wirklich lächerlichen Hut trägt. Renaire wäre lieber, wenn er das nicht so liebenswert finden würde. Sie lächelt und winkt ihm zu, so als wäre er ein alter Freund anstatt Mitglied einer terroristischen Gruppierung, die sie zu Fall bringen will.

Renaire kann sich nicht beherrschen und winkt zurück, bevor er die Treppen zu ihr hinuntersteigt. Als er sie erreicht, holt sie zwei Becher Kaffee aus dem Becherhalter vor ihr und legt kleine Päckchen mit Zucker, Milch und Kakao dazu.

„Wenigstens wissen Sie nicht, wie ich meinen Kaffee trinke", sagt Renaire und Celine schüttelt erfreut seine Hand. „Hat Ihnen schon mal jemand gesagt, dass Sie am Morgen beängstigend gut gelaunt sind?"

„Meine gesamte Abteilung", gibt Celine zu. „Es freut mich, Sie kennenzulernen. Sind sie bewaffnet?"

„Natürlich", sagt Renaire und setzt sich hin, um sich einen Kaffee zu nehmen – mit Milch und Kakao, wenn sie schon so großzügig auftischt. Sie nimmt sich ebenfalls einen Becher, allerdings trinkt sie ihren Kaffee offensichtlich schwarz. Sie zögert nicht, also kann Renaire davon ausgehen, dass sie ihm nichts in den Kaffee getan hat. Außer, es handelt sich hier um so etwas wie Jocan-Puder, was er allerdings für sehr unwahrscheinlich hält. „Also, welcher Art ist die Information, wegen der ich mich zu so einer unchristlichen Stunde hier einfinden sollte?"

Celine nimmt einen Schluck von ihrem Kaffee, was ziemlich seltsam aussieht, da sie einen Hut trägt, der sie um einen halben Meter überragt. „Wir sind zu der Überzeugung gelangt, dass Sie nicht völlig über die Gefahr im Bilde sind, die die STB darstellt", sagt sie und holt einen Aktenordner aus einer Plastiktüte, in der sich außerdem wahrscheinlich noch ein paar Waffen verstecken. Und ein paar Croissants holt sie auch noch hervor. Sie ist *gut*. Das muss Renaire ihr zugestehen. „Wobei das schwer festzustellen war – ich muss sagen, dass Sie wohl das am schwersten zu durchschauende Mitglied der STB sind."

„Mit Komplimenten kommt man immer weiter", sagt Renaire und beißt in eines der Croissants. Nicht das beste, das er je gegessen hat, aber auch nicht schlecht. Vermutlich von einer Bäckerei aus der Nähe. „Komplimente, Kaffee und Croissants. Entweder wollen Sie mich um einen riesigen Gefallen bitten oder sie haben *sehr* schlechte Neuigkeiten für mich."

„Beides", gibt Celine mit einem Lächeln zu. „Ich werde versuchen, bei den schlechten Nachrichten wenigstens nicht mit der Tür ins Haus zu fallen. Die Sache ist die: Wir vermuten, dass Sie nicht daran beteiligt sind, Pläne auszuhecken. Nach allem, was wir bisher gesehen haben, sind Sie mehr oder weniger Delauriers menschlicher Schatten. Bevor wir Ivanovas Akte bekommen haben, kannten wir nicht einmal Ihren Namen."

„Und jetzt denken Sie, dass Sie alles über mich wissen", sagt Renaire.

Celine schüttelt den Kopf. „Nicht alles. Aber wir haben Ihre Militärakte", sagt sie.

„Ich kann auch gehen", warnt Renaire sie.

Sie hebt beschwichtigend die Hände. „Und ich werde Sie nicht aufhalten. Aber das ist es, was uns davon überzeugt hat, dass Sie nicht wissen, welche Gefahr die STB darstellt."

Renaire fällt auf, dass diese *Gefahr*, von der sie spricht, nach einer sehr *einmaligen* Sache klingt. Er kann sich des Eindrucks nicht erwehren, dass ihn das schon jetzt runterzieht.

„Wir erhoffen uns nur von Ihnen, dass Sie die anderen zur Vernunft bringen können", sagt Celine vorsichtig. „Diese Gefahr ist weitab von dem, womit sich STB ansonsten beschäftigt."

Schon bevor sie in Russland waren, hat sich Delaurier sehr, sehr seltsam benommen.

„Vielleicht kommt es für Sie überraschend, aber –"

„Jeder weiß, dass ich der einzige bin, der Emile dazu bringen kann, seine Meinung zu ändern", sagt Renaire benommen. Seine Hände zittern. Es ist noch nicht mal sechs Uhr früh und schon macht ihm sein Körper einen Strich durch die Rechnung.

Wenn das – was auch immer es ist – schon die Form einer formalen Bedrohung angenommen hat, dann ist Glasson (die zweite Person, die Delaurier dazu bringen kann, seine Meinung zu ändern) einverstanden. Und wo auch immer Delaurier und Glasson gehen, wird Carope folgen, und wenn diese drei einer Meinung sind, besteht Einigkeit in der STB. Abgesehen von Renaire. Denn von seinem Ecktisch aus spielt er den Advocatus Diaboli, denn ihn interessiert nur, die Argumente anderer auseinanderzunehmen anstatt seine eigenen vorzutragen. Renaire ist derjenige, der den Mann tötet, der Delaurier töten will, doch er schießt aus keinem anderen Grund, Renaire ist derjenige, der malt und trinkt anstatt sich in die Politik einzumischen. Renaire ist der besoffene Idiot in der dunklen Ecke des Zimmers.

Delaurier plant. Renaire folgt.

„Es ist nicht Ihre Schuld, dass Sie verliebt sind", sagt Celine, leise und so verständnisvoll, dass es ihn schmerzt. „Nur, was Sie daraus machen."

Renaire seufzt und trinkt seinen Kaffee, der völlig ohne Alkohol ist – bis jetzt zumindest. „Sie sollten den besten, unumstößlichsten Beweis haben für was auch immer er getan hat, damit ich Ihnen glaube", sagt Renaire ehrlich. Wenn es auch nur den leisesten Zweifel gibt, wird er sich daran klammern.

Celine, immer noch freundlich, nickt und legt sich den Aktenordner auf den Schoß. Allerdings zeigt sie ihm nicht den Inhalt. Stattdessen hält sie inne und sagt dann: „Sie haben mich nicht nur geschickt, weil ich nett bin, sondern wegen meiner Eltern. Sie können mir glauben, wenn ich Ihnen sage, dass ich besser als die meisten verstehe, womit Sie es zu tun haben."

„Nun ja, das ist sehr beruhigend, Celine. Vielen Dank, dass Sie mir mitgeteilt haben, dass Ihr Vater in einen Terroristen verliebt war", sagt Renaire, rollt mit den Augen und zündet sich eine Zigarette an. Das hilft jedoch nicht. „Na gut, was hat er getan."

„Im Moment handelt es sich nur um eine Bedrohung", sagt Celine. „Und wir wissen, dass Sie nicht beteiligt sind. Wenn Sie jetzt gehen würden, würde Interpol Sie höchstens mit Mord zur Selbstverteidigung belangen. Und ich weiß, dass Interpol nicht an einer Strafverfolgung interessiert wäre, wenn Sie die STB verlassen."

„Verdammt, was tut er? Kinderkrankenhäuser vergiften?", will Renaire wissen.

Celine zögert, doch dann händigt sie ihm die Akte aus. „Er droht damit, sieben wichtige Regierungsgebäude zu bombardieren, beginnend hier in Paris."

„Nein, tut er nicht", spottet Renaire.

„Tut mir leid", sagt Celine so ernst und von Herzen kommend, dass selbst der Hut ihre Worte nicht aufheitern kann.

Er möchte nicht in die Akte schauen, möchte er nicht, *wirklich* nicht, aber Renaire schaut in die Akte und verdammt, entweder ist Celine eine begabte Fälscherin oder Renaire muss zugeben, dass sie nicht lügt. Die Bomben sind von derselben Art, wie sie die STB schon in der Vergangenheit bei den wenigen Gelegenheiten eingesetzt hat, in denen sie etwas in die Luft gesprengt haben. Nur viel, viel größer. *Viel* größer. Auf keinen Fall würde sich der Schaden nur auf den Ort begrenzen, an dem die Bombe eingesetzt wird – sie würde das ganze Gebäude und vermutlich das umliegende Areal zerstören. Der Kollateralschaden wäre immens und die Abschrift der Drohung passt genau auf Delaurier.

„Ich muss es hören", sagt Renaire. Als Celine die Stirn runzelt, weil sie offenbar nicht sicher ist, was Renaire versucht, ihr zu sagen, reißt er die Abschrift aus der Akte und kann sich gerade noch beherrschen, sie ihr nicht ins Gesicht zu schmettern. „Ich muss es *hören*. Ich muss hören, ob er es wirklich ist. Ob er eine solche Drohung aussprechen würde."

Celine schüttelt den Kopf. „Das habe ich nicht, aber –"

„Dann ist es vielleicht nicht Emile", sagt Renaire. „Es könnte jemand sein, der sich als Delaurier ausgibt. Davon hatten wir schon ein paar. Wir wissen alle, dass er ein paar Fans hat, die verrückt genug sind, so etwas durchzuziehen."

„Sie wissen, dass es wahr ist, Renaire", sagt Celine sanft.

„Es gibt nur eines, was auf dieser verfluchten Welt für mich wichtig ist, und das können Sie mir nicht wegnehmen", ruft Renaire. Er fordert, er *bettelt*. Er muss aufstehen und den Ordner auf den Boden werfen, damit er sich an das Geländer lehnen kann, das die Arena von den Zuschauern trennt. Er kann nicht atmen; er sieht die Spuren von blutigen Reifen und Füßen, sieht junge Gesichter, die nicht einmal Zeit hatten, überrascht zu sein, er kann Emile fühlen, wie er sich

102

an ihn schmiegt und ihm in den Nacken bläst, und verdammt, *verdammt*, ihm wird schlecht, er wird sich übergeben und ihn Ohnmacht fallen.

Celine reibt ihm mit einer Hand über den Rücken, rauf und runter, ganz vorsichtig, und Renaire reißt sich von ihr los und stolpert ein paar Schritte von ihr weg, bevor er sich auf eine Steinbank fallen lässt und das Gesicht in den Händen vergräbt.

Die einzige Sache, bei der Renaire noch nie unbeteiligt bleiben konnte, war, ein Kind in Gefahr zu bringen. Er findet es sogar problematisch, dass Chason in die STB verwickelt ist, und er war nie ein Kind, nicht wirklich jedenfalls. Erst als Chason begann, Widerworte zu geben und ihm wie ein des Lebens überdrüssiger Optimist mit ihm zu diskutieren, musste er einsehen, dass er ein Erwachsener war, der zufällig in einem noch wachsenden Körper gefangen war.

Delaurier würde sich nicht für eine ruhige Nacht entscheiden. Er würde es mitten am Tag machen, vermutlich irgendwann gegen elf an einem Dienstag, wenn so viele Menschen wie möglich unterwegs waren. Er würde es laut und schmerzhaft und absolut machen, sodass niemand daran zweifeln konnte, was passiert war, warum es passiert war und wer dahintersteckte.

Renaire hätte an diesem Morgen gar nicht erst aufstehen sollen. Er hätte im Zug nicht ans Telefon gehen sollen. Oder in Tripolis aufwachen, oder in einer Pariser Wohnung einen Mann töten, oder einen Spaziergang im Park machen sollen. Er hätte gar nicht erst geboren werden sollen.

Er setzt sich auf und holt seinen Flachmann hervor. Seine Uhr informiert ihn darüber, dass es 6:22 ist, doch er zögert nicht einmal. Er trinkt, trinkt bis die Flasche alle ist, und verdammt, es ist der kleinere Flachmann, er hätte den größeren aus ihrer Reisetasche mitnehmen sollen.

Renaires Telefon vibriert. Es ist eine SMS von Mathieu. *Alles okay?*

Alles klar, lügt er. Die Alkoholgeschäfte werden erst in ein paar Stunden öffnen.

„Sie können immer noch seine Meinung ändern", sagt Celine beflissen. Sie ist nicht näher gekommen, weil sie klug ist. „Sie können das aufhalten."

Renaire seufzt. „Ich kann es versuchen", sagt er. „Und ich werde es versuchen. Aber ich bezweifle ernsthaft, dass sie sich dafür interessieren, was ich zu sagen habe." Wenn ihr Plan schon so detailliert ist und die Drohung bereits ausgesprochen wurde, dann ist es praktisch in Stein gemeißelt. Er reibt sich mit einer Hand über das Gesicht und versucht, einen klaren Gedanken zu fassen. Er ist viel zu nüchtern, denn der Alkohol hatte längst nicht genug Zeit, die scharfen Kanten der Welt etwas abzuschleifen. Er atmet tief ein und wiederholt: „Ich werde es versuchen."

Celine räumt ihre Sachen zusammen. Sie lässt Renaires Kaffee auf dem Stein stehen, packt aber ihre restlichen Mitbringsel ein. Sie bietet ihm nicht einmal an, ihm den Aktenordner zu überlassen, stattdessen legt sie eine Visitenkarte auf seinen Kaffeebecher. „Ich weiß, dass ich streng genommen der Feind bin, aber ich möchte Ihnen wirklich helfen. Wenn Sie irgendetwas brauchen, und wenn es ein Platz zum Schlafen ist, rufen Sie mich an. Ich werde keine Fragen stellen."

„Ich habe keine Ahnung, wie jemand wie Sie bei Interpol landen konnte", sagt Renaire, denn er *mag sie*, mag sie wirklich, und es ist eine Möglichkeit, sich auf etwas anderes zu konzentrieren als den Schwindel und Ekel und den tief sitzenden Schmerz, und verdammt, was soll er bloß tun?

Sie lächelt ihn an. Sie hat nie wirklich aufgehört, ihn anzulächeln. „Einer meiner Väter hat sich der Gerechtigkeit verschrieben. Ich schätze, das liegt in den Genen", sagt sie. Celine zögert, doch dann verabschiedet sie sich mit einem schmerzhaft ehrlichen: „Ich bedauere Ihren Verlust, Renaire. Sie sind ein guter Mann."

Er zögert, doch dann nickt er und sagt. „Danke, dass Sie es mir gesagt haben."

Renaire kann sich vorstellen, was für ein absolutes Chaos es geworden wäre, wenn das passiert wäre und er hätte nichts davon gewusst. Er wäre Delaurier ohne nachzudenken gefolgt und hätte Bomben versteckt und Menschen getötet. Den kleinsten Zweifel hätte er mit Alkohol ertränkt und Emiles bloßer Existenz und der Gewissheit, dass er *so was nie tun würde*. Niemand glaubt Lügen so leicht wie ein verliebter Idiot. So ist es besser. Auf diese Weise wird er vielleicht nicht zusammenbrechen und sich schlussendlich in den Kopf schießen.

Celine antwortet nicht. Sie geht nur die Steintreppe hinauf und verlässt die Arena. Noch im Gehen nimmt sie ihren Hut ab und verstaut ihn in ihrer Tasche. Renaire beobachtet sie und wünscht sich, dass er sie hassen könnte. Das wäre so viel einfacher.

Renaire streckt sich auf dem Stein aus und starrt die monströsen Schatten an, die zu dieser Tageszeit selbst das kleinste Objekt wirft. Das helle Orange verblasst zu einem Blau und er wartet darauf, dass der Alkohol sein Blut durchtränkt.

6

Paris: Arènes de Lutèce – Chéron – {Côte d'Ivoire} – Hôpital

SO GUT es ihm möglich ist, verliert er sich in den Straßen von Paris. Hier ist das leichter, denn die Straßen sind enger, die Gebäude rücken nahe zusammen und die Abhänge sind steiler. Renaire kennt Paris, kennt Paris, wie nur ein Verlierer es kennen kann. Er kennt die meisten der guten Bars und alle schlechten und er weiß, wo er wofür hingehen musst, aber das heißt auch, dass er um – *verdammt*, acht Uhr morgens mit sich und seinem leeren Flachmann allein ist. Er hat hier zwar Bekannte (er hat überall Bekannte), doch keiner von ihnen würde ihm dabei zusehen, wie er sich möglichst im Wortsinne in Alkohol ertränkt.

Das ist noch so eine Sache, für die er Delaurier und sein verfluchtes *Du könntest so viel mehr aus dir machen* verantwortlich machen kann. Verdammt, er ist so sehr in diesen herzlosen, kalten Bastard verliebt, dass er losschreien möchte, doch er bekommt einfach keine Luft in seine Lungen.

Renaire hat keine Ahnung, wo er ist, abgesehen davon, dass er in einem Park auf einer Bank ausgestreckt liegt und sich wünscht, um ein vielfaches betrunkener zu sein, als er es tatsächlich ist. Sein Telefon klingelt ununterbrochen. Als es anfing *I can't see me* zu schmettern, hatte Renaire es ausgeschaltet und konnte sich gerade noch beherrschen, es nicht in den nächsten Teich zu schleudern. Seitdem hat er keinen Blick auf das Display geworfen.

Er hat nur ein paar Ausflüchte in seinem Leben, doch die nutzt er so häufig wie irgend möglich. Alkohol kommt nicht in Frage. Nur der Gedanke an Sex führt dazu, dass er sich übergeben möchte, und er will nicht näher darüber nachdenken, woran das liegen könnte. Er könnte vermutlich an Drogen kommen, doch er war die letzten zwei Jahre (größtenteils) clean und es ist zwar so, so verführerisch, aber er weiß, dass es keinen Rückweg gibt, wenn er diesen Pfad einschlägt und er hat immerhin Dinge zu erledigen. Er kann nichts tun, was permanent ist. Er will nur für eine Weile entfliehen. Er will einfach nur atmen und nicht *denken*.

Dann also Kunst.

Er hat nichts dabei – schließlich hat er heute früh nicht das Haus verlassen mit dem Gedanken *Hey, vielleicht male ich während meines Treffens mit der Interpol-Agentin was*. Er hat Messer und eine Bank aus Metall, was wohl interessant wäre, aber dann wären die Messer nicht mehr scharf. Es gibt Bäume und das scheint ihm die bessere Idee zu sein. Skulpturen sind nicht wirklich seins, und auch Reliefs nicht, aber die Zeiten sind hart. Es sind nur wenige Menschen im Park und Renaire ist so ziemlich im Nirgendwo, und die Welt ist nur ein bisschen verschlossen, und

Renaire zieht das Messer, das er am wenigsten mag (zwölf Zentimeter Stahl mit einer nadelscharfen Spitze, eigentlich nur gut, um genau zuzustechen, was er, um ehrlich zu sein, *eigentlich nie tut*) und beginnt zu schnitzen.

Es soll eigentlich nur ein Muster sein. Zumindest beginnt es so, doch dann vervielfältigt es sich dort, wo ein anderer Ast war. Linien und Kreise führen davon weg, doch irgendwie nehmen die Linien die Form von Emiles Hals an, wenn dieser sich gegen eine Wand lehnt, oder – wie manchmal – gegen Renaires Schulter, und die Kreise werden seine Locken, die ihm gerade bis auf die Schultern fallen.

Die Linien sind Reifenspuren. Die Kreise sind Füße.

Renaire fühlt sich absolut beschissen, weil er diesen Baum verunstaltet. Dort, wo früher der Ast war, ritzt er so sarkastisch wie möglich ein R ein, und wendet sich dann ab. Eine alte Frau beobachtet ihn schweigend.

„Für den Fall, dass die Polizei auftaucht", sagt sie und zeigt auf Delauriers Bildnis im Baum, als Renaire sie mit erhobener Augenbraue ansieht. „Wer ist das Mädchen?"

Renaire lacht, doch es ist kein fröhliches Lachen. „Ganz hypothetisch: Wenn Ihr Freund planen würde, die Hauptstädte von sieben Ländern zu bombardieren, was würden Sie tun?"

Die Frau denkt über die Frage nach. „Welche Länder?"

Er hatte nicht wirklich eine bessere Antwort erwartet und weiß auch nicht so recht, warum er überhaupt gefragt hat. „Danke, dass Sie Schmiere gestanden haben", sagt Renaire und verlässt in einem Schritt den Park, der sicherer ist, als er erwartet hätte.

Es ist jetzt zehn Uhr morgens. Vermutlich könnte er jetzt einen Laden finden, der Alkohol verkauft, oder er könnte jemanden dazu verleiten, ihm Alkohol zu servieren.

Stattdessen trifft er am Eingang des Parks auf Chason. Das ist nicht so überraschend, wie es sein sollte – wenn irgendjemand in der Lage ist, ihn zu finden, dann ist das Chason, und wenn Renaire wütend ist und seine Freunde den Kollateralschaden gering halten wollen, dann würden sie Chason schicken. Einmal hat Renaire Delaurier einen Faustschlag verpasst und er ist sich immer noch nicht sicher, wer von ihnen überraschter war. Aber dass er Chason wehtut, kann er sich nicht einmal vorstellen.

„Dein Handy ist abgeschaltet. Delaurier ist am Ausrasten", sagt er und findet die Tatsache offensichtlich sehr erheiternd.

„Chason", sagt Renaire und zündet sich eine Zigarette an – er muss sich unbedingt eine neue Packung kaufen. „Mein Tag ist bisher wirklich mies und es ist mir scheißegal, was Delaurier im Moment macht."

In Chasons Augen tritt ein Strahlen, als hätte er gerade im Lotto gewonnen. „Willst du blaue Farbe in sein Shampoo füllen?"

Er ist ein Erwachsener im Körper eines Kindes mit dem Sinn für Humor eines Fünfjährigen.

Das gefällt Renaire.

„Juckpulver ist vielleicht besser", sagt Renaire und verlässt mit Chason an seiner Seite den Park. „Dann reißt er sich selbst seine blonden Locken aus." Was Delaurier in der Dusche tun würde. Er schüttelt den Kopf, so als könne er damit seine Erinnerungen vertreiben. Er hasst, wie unmöglich es für ihn ist, Dinge zu vergessen. „Haben sie dich losgeschickt, um mich zu holen?"

„Ich soll dafür sorgen, dass du dich nicht zu Tode trinkst", sagt Chason, was bedeutet, dass Delaurier ihn geschickt hat, denn Delaurier weiß, dass das etwas ist, was wirklich passieren könnte. „Ich glaube, er möchte, dass ich dich nach Hause bringe, aber das werde ich nicht tun, außer du möchtest nach Hause gehen. Delaurier gibt mir keine Befehle."

„Du bist doch mein Liebling", sagt Renaire und Chason grinst ihn an. „Ich brauche keinen Babysitter. Du kannst gehen, wenn du magst."

„Klar, schalte einfach dein Handy wieder ein", sagt Chason.

Renaire verengt die Augen zu Schlitzen. „Du bist nicht mehr mein Liebling."

Chason zuckt mit den Schultern und wie gewöhnlich fällt Renaire nicht einmal auf, dass Chason ihn bestohlen hat, bis er sein Handy – jetzt wieder eingeschaltet – in Chasons Hand sieht. Sofort fängt es an, zu piepen und zu klingeln, um ihn über entgangene Anrufe und Nachrichten zu informieren. Verdammt, er kann nicht mal *Delauriers* Namen ansehen, ohne dass es ihn schmerzt.

„Ich weiß nicht genau, was los ist, aber was auch immer er getan hat, es tut ihm leid", sagt Chason.

Er ist zwischen skrupellosen, militanten Extremisten aufgewachsen, die ständig über Politik diskutieren, und das hat ihn zu einem unglaublich scharfsinnigen Kriminellen gemacht. Vermutlich fällt ihm nicht einmal auf, dass er gerade versucht, Renaire dazu zu überreden, nach Hause zu gehen.

„Gib mir ein bisschen Zeit und noch drei Flaschen Wein und dann komme ich nach Hause", sagt Renaire. Chason sieht nicht beeindruckt aus. Oder so, als würde er auch nur ein Wort von dem glauben, was Renaire sagt. Der Junge ist wahrscheinlich der Schlaueste von ihnen allen. „Na gut. Was ist nötig, dass du mich allein lässt?"

„Ich lasse dich alleine, wenn du zurück zum Chéron gehst", sagt Chason.

„Was ist aus der Behauptung geworden, dass Delaurier dir keine Befehle gibt?", will Renaire wissen.

Chason zuckt unbeeindruckt mit den Schultern. „Ich nehme Vorschläge entgegen. Komm schon, lass uns nach Hause gehen, bevor er sich ohne unser Zutun die Haare ausreißt."

„Es gefällt mir nicht, wenn du reifer bist als ich", sagt Renaire, folgt Chason jedoch nach Hause.

Tatsächlich verfolgt er Chason schon seit einer Weile und der Junge ist wirklich gut darin, jemanden in die richtige Richtung zu schubsen, vor allem, wenn dieser sich bereits verlaufen hat. Trotzdem ist er sich nicht ganz sicher, wie er hier gelandet ist. Renaire kennt fast ganz Paris. Chason kennt wirklich jede Ecke der Stadt.

Manchmal fragt sich Renaire, ob Chasons verschwundene Eltern vielleicht Paris selbst sind. Er wuchs als Waise auf und blieb nie lange bei einer Familie, egal wer oder was sie waren. Paris hat Chason aufgezogen, selbst wenn es ihn nicht geboren hat, und jetzt kennt er jede Straße und jeden Menschen der Stadt.

Sie müssen zweimal umsteigen, um zurück zum Chéron zu gelangen, und in dem Moment, als das Gebäude vor ihm auftaucht, kommt alles wieder zurück. Renaire kommt so plötzlich mitten auf dem Gehweg zum Stehen, dass Chason in ihn hineinläuft.

„Wer ist da?", fragt Renaire leise.

Chason zuckt mit den Schultern. „Bin nicht sicher. Delaurier ist auf jeden Fall da, genauso wie Glasson. Ich bin mir ziemlich sicher, dass ich auch Lile und Jules gesehen habe, also sind vermutlich auch Carope und Bossard da. Sarazin ist auf Arbeit und wer weiß schon, wo Garrant vor zwölf Uhr mittags ist?"

„Stimmt wohl", sagt Renaire und seufzt. Er sieht auf Chason hinunter und hofft, dass er ernst genug dreinblickt, dass Chason ihm zuhört. „Das ist keine kleine Streiterei zwischen mir und Delaurier. Das wird ziemlich schnell ziemlich hässlich werden." Es wird hässlich und kalt und grausam und vielleicht sogar irreparabel sein.

Chason nickt und weil er der Schlaueste von ihnen ist, sagt er: „Gib mir zwei Minuten zum Evakuieren."

Das tut Renaire und nur Augenblicke später verlassen die Gäste das Café. Auch Jules und Garrant sind darunter. Die beiden bleiben vor Renaire stehen, der wartet und den Sekundenzeiger seiner Uhr beobachtet.

„Falls es wirklich schlimm wird, werden wir die Vermittlerrolle übernehmen", sagt Jules amüsiert, schaut jedoch bald beunruhigt drein. „Oh, *Renaire*. Was hat er –"

„Ich gehe jetzt rein", sagt Renaire, denn die zwei Minuten sind um. Auf dem Weg begegnet er Bossard, der aussieht, als wolle er Renaire aufhalten und vielleicht beruhigen, doch als er Renaires Gesicht sieht, unternimmt er gar nichts. Chason ist auf der Treppe, aber da er der Schlaueste von ihnen ist und immer bleiben wird, ergreift er die Flucht, solange er noch die Chance dazu hat. Oder er hält sich zumindest aus dem inoffiziellen Hauptquartier fern.

Delaurier wartet wieder am Treppenabsatz auf ihn und *wieder* sieht er angespannt und nervös aus. Verdammt, er hasst das, hasst das so sehr, hasst die Tatsache, dass nur Delauriers Anblick ein Loch in seinem Herzen zu stopfen scheint. Mal abgesehen davon, dass der Flicken giftig ist und ihm davon körperlich schlecht wird. Beim letzten Mal hatte er das Gefühl, er wäre in einem Horrorfilm und ginge etwas Schrecklichem entgegen. Dieses Mal hat er den Eindruck, er wäre auf dem Weg zu einer Hinrichtung und sie würden eine Münze werfen, um zu entscheiden, wer wen tötet.

„Geht es dir gut?", fragt Delaurier in dem Moment, als Renaire die Treppe hinter sich gelassen hat. Er steht nah bei Renaire, aufmerksam und besorgt, und gerade so weit entfernt, dass ihre Schultern sich nicht berühren. „Du hättest mir von dem Treffen erzählen sollen. Ich wäre mitgekommen und –"

„Sei still", befiehlt Renaire in einem kalten, autoritären Tonfall, von dem er nicht einmal wusste, dass er ihn hat. Delaurier ist genauso überrascht wie Renaire. Er hält mitten im Satz inne und tritt einen Schritt zurück, um Renaire etwas Raum zu geben. Renaire nutzt diesen Moment, um eine seiner letzten Zigaretten aus der Packung zu schütteln (danach sind noch zwei übrig), sie anzuzünden und sich im Zimmer umzusehen. Es befinden sich nur noch Delaurier, Glasson und Carope im Raum – die heilige Dreieinigkeit der STB.

„Was habe ich angestellt?", fragt Delaurier unverblümt und er scheint jetzt eher frustriert als besorgt zu sein. Er denkt immer noch, das hier wäre eines seiner *Kommunikationsprobleme*, und Renaire wünscht sich, dass er recht hätte. Ihm mit der Hand über den Mund zu fahren, klingt im Moment nach einer ziemlich guten Idee.

Renaire seufzt, lehnt sich gegen die Wand und sieht stattdessen Carope und Glasson an. Carope runzelt die Stirn, in ihrem Gesicht spiegeln sich Verwirrung, Sorge und auch eine dunkle Vorahnung. Wenn er aufmerksam ist, ist Glasson voller Vorsicht und Berechnung, jemand der erst beobachtet, bevor er einen Schlag ausführt, und das äußert sich in der Art, wie er Renaire beim Rauchen beobachtet.

„Ich wollte es nicht glauben", sagt Renaire schlicht. „Aber es ist so klassisch STB, oder? Nur eine weitere Stufe der Eskalation. Als Proteste nichts brachten, hast du dich der Sabotage zugewandt. Als das nicht funktionierte, hast du angefangen, Leute zu ermorden. Bombenanschläge sind einfach nur der nächste Schritt und du machst ja nie halbe Sachen, oder?"

Der Hurensohn versucht nicht einmal, es abzustreiten. Renaire sieht Delaurier nicht an, weil er Delaurier nicht ansehen *kann*. Verdammt. Renaire hätte vor diesem Gespräch seinen Flachmann auffüllen sollen.

Carope ergreift das Wort, was überraschend ist. „Wenn wir Die Sache wirklich voranbringen wollen –"

„Fang gar nicht erst so an. Wir reden hier nicht über *Ideale*, sondern darüber, *unschuldige Menschen in die Luft zu sprengen*", fährt Renaire sie an und er läuft wie ein Tiger im Käfig hin und her. „Verflucht, ist euch eigentlich bewusst, was ihr da vorhabt? Das hier, im Moment, was ihr mit euren gut gemeinten Mordanschlägen bewirkt, macht immerhin *Sinn* – zumindest für Leute wie euch. Es ist unglaublich krank, aber ich kann es verstehen. Aber *das*? Nein."

„Manchmal muss man Opfer –", beginnt Glasson und Renaire bemerkt nicht einmal, dass er sich bewegt hat, bis in der Wand neben Glassons Kopf ein Messer steckt. Es ist weit genug weg, dass sie wissen, dass er ihn absichtlich verfehlt hat. Es ist auch nah genug dran, dass sie wissen, dass er ihn *absichtlich* verfehlt hat.

Dieses eine Mal ist Renaire völlig einverstanden mit dem, was sein Körper ohne sein Zutun getan hat.

„Wage es nicht, mir mit diesem Argument zu kommen", sagt Renaire kalt. „Das ist kein *Opfer*, das ist ein *Abschlachten*. Nur um der Sache willen missachtet ihr menschliches Leben."

Und oh, jetzt nehmen sie ihn tatsächlich ernst, vielleicht zum allerersten Mal. Ist das nicht erfrischend? Sie *hören ihm zu*, so als wäre Renaire ausreichend gefährlich.

„Wofür kämpft ihr eigentlich?", schreit Renaire und jetzt sieht er Delaurier an. Er kann sich nicht einmal ansatzweise vorstellen, was in dessen wunderbar kaltblütigem Gehirn jetzt vorgehen mag. „Ihr behauptet alle, für *Die Sache* zu kämpfen und damit *Menschen* all diese hübschen Ideale haben können, und dann wollt ihr die Menschen in die Luft sprengen, für die ihr ja eigentlich kämpft? Und wie kommt ihr darauf, dass sie das überhaupt wollen?"

„Wie viel hast du getrunken?", fragt Delaurier.

Renaire schüttelt so heftig den Kopf, dass sich die Welt um ihn dreht. „Du kannst mich davon nicht abbringen, nicht dieses Mal, wir werden dieses Gespräch jetzt führen und wenn du dich nicht danach fühlst, ist das dein *verdammtes Problem*."

Renaire kann sehen, dass Delaurier sich schon in diesen kalten, ruhigen Ort in seinen eigenen Gedanken zurückgezogen hat. Carope starrt Renaire an, als wäre er plötzlich wahnsinnig geworden und Glassons beobachtender Blick ist noch scharfsinniger geworden. Renaire nimmt einen langen Zug von seiner Zigarette, doch das macht es auch nicht besser.

„Tu das *nicht*", sagt Renaire. Er klingt gleichzeitig befehlend und bittend, was nur dazu führt, dass er müde und verzweifelt erscheint, was natürlich der Wahrheit entspricht. Er möchte sich einfach nur an der Wand zusammenrollen und dieses ganze Drama nur geträumt haben. Stattdessen steht er so ruhig wie möglich da und raucht, und atmet und raucht.

„Es ist schon alles vorbereitet", sagt Glasson schlicht, der sehr vorsichtig auf der Kante eines Tisches sitzt und Renaire beobachtet, als bestünde die Gefahr, dass er jeden Moment wild um sich schießt. Was natürlich irgendwie im Bereich des Möglichen liegt, schließlich hat Renaire gerade ein Messer in Glassons Richtung geworfen.

„Dann pfeift alle zurück", sagt Renaire und verdammt, seine Zigarette ist schon gänzlich aufgeraucht.

„Nein", sagt Delaurier.

Er spricht in diesem kühlen, gefassten Tonfall, der den Eindruck erweckt, als wäre er völlig desinteressiert, doch stattdessen ist er kurz davor, zu explodieren und versucht angestrengt, sich zu beherrschen.

Als Renaire sich umdreht, um ihn anzustarren, starrt Delaurier zurück. „Wenn wir wirklich einen Wandel bewirken wollen, müssen wir etwas Großes tun, und das ist groß. Das ist unsere Chance, um endlich einen wirklichen, nachhaltigen Unterschied zu machen."

„So dumm bist du nicht", sagt Renaire, denn er kann kaum behaupten, dass Delaurier nicht so grausam oder so destruktiv oder so unbarmherzig ist. Dumm ist also das Beste, was ihm einfällt. Dumm und *herzlos*, aber selbst jetzt kann Renaire sich nicht überwinden, Emile das an den Kopf zu werfen.

Delaurier kommt näher und starrt ihn an. „Sie haben dir gesagt, dass du das hier tun sollst", sagt er, als hätte er gerade eine schreckliche Erleuchtung gehabt.

„Es geht hier nicht um Interpol –", fährt Renaire ihn an, doch Delaurier hört ihm gar nicht zu. Er kommt näher, runzelt die Stirn und beobachtet genau Renaires Gesicht.

„Was auch immer sie dir gesagt haben, bist du sicher, dass es wahr ist?", fragt Delaurier.

Renaire schüttelt den Kopf und sagt: „Tu das nicht."

„Du *weißt*, dass sie nicht über alles Bescheid wissen. Es ist mir egal, wie viele Informationen sie dir ausgehändigt hat, du bist zu klug, um das einfach so zu glauben", sagt Emile.

„Darum geht es doch überhaupt nicht", schreit Renaire ihn an, doch Delaurier gibt nicht klein bei. Er sieht aus, als wäre er auf einer Mission, bei der es um Leben und Tod geht. Renaires Herz reagiert ganz automatisch, möchte ihm sofort bei dem *helfen*, was ihm offensichtlich so viel Willenskraft abverlangt.

Nur handelt es sich bei dieser Sache eben um Renaire.

„Mit dieser einen Tat können wir die Welt verändern", sagt Delaurier und legt ihm die Hände auf die Schultern, so als könne er ihm seine Überzeugung durch körperlichen Kontakt einimpfen. „Das ist unsere *Chance*. Siehst du das nicht, Renaire?"

„Du bist der Meinung, dass es die richtige Entscheidung ist, sieben Regierungsgebäude in die Luft zu sprengen, in denen sich lauter Zivilisten befinden?", fragt Renaire verblüfft.

Delaurier schüttelt den Kopf. „Ich wünschte, es gebe eine Möglichkeit, ohne Unbeteiligte zu verletzen, das *weißt* du, aber es gibt keine –"

Renaire kann kein weiteres Wort mehr ertragen, kann sich nicht einmal vorstellen, was Delaurier als nächstes sagen wird, *will* es sich auch nicht vorstellen. Er legt Delaurier eine Hand auf den Mund, weil er keine andere Möglichkeit sieht, ihn zum Schweigen zu bringen, und er kann Emiles weiche Lippen an seiner Handfläche spüren. Er muss einen Schritt zurücktreten. Jetzt steht er mit dem Rücken zur Wand. Delaurier folgt ihm nicht.

Er schluckt hart und lässt die Hand sinken. Jetzt ist Delaurier nur verwirrt. Nichts anderes als *verwirrt*.

Es ist grauenvoll.

„Glasson", sagt Renaire, selbst wenn er den Blick nicht von Delaurier abwenden kann. Die Welt könnte untergehen und er könnte den Blick nicht von Delaurier abwenden. „Du sagtest, du hättest meine Akte gelesen."

„Das habe ich", sagt Glasson.

Er atmet tief ein und sieht Delaurier in die Augen, als dieser versteht, dass es hier nicht nur um irgendeine Art hypothetischer, moralischer Bedenken auf Renaires Seite geht. „Was steht über die Côte d'Ivoire drin?"

Glasson ist ein guter Mann. Er zögert, denn Renaire gibt normalerweise nicht einmal zu, dass er ein Leben vor Delaurier hatte, selbst mit seinen Freunden spricht er kaum über Vergangenes und das beinhaltet Dinge, die vor drei Monaten stattgefunden haben. Renaire kann seiner Vergangenheit nicht entfliehen, aber er versucht immer, sie zu ignorieren. Doch Glasson ist ein guter Mann, also sagt er schließlich: „Du wurdest unehrenhaft entlassen wegen der Ermordung –"

„Hinrichtung", berichtigt Renaire.

„Wegen der Hinrichtung von zwei Rebellensoldaten und weil du danach fünf Tage verschollen warst", sagt Glasson vorsichtig. „Du wurdest unehrenhaft entlassen anstatt inhaftiert, was vermutlich bedeutet, dass sie annahmen, dass deine Tat in Kriegszeiten zwar nicht ehrenhaft, aber doch gerechtfertigt war." Er räuspert sich. „Ich schätze, es gab einen Kollateralschaden bei einem Angriff, in den die beiden Soldaten verwickelt waren."

„Sehr scharfsinnig", sagt Renaire mit zusammengebissenen Zähnen. Nur die Erinnerung bringt die Wut zurück, doch er schiebt sie beiseite, geht von Delaurier weg und zündet sich eine weitere Zigarette an, sodass er jetzt nur noch eine übrig hat. Seine Hände zittern wieder. Oder vielleicht zittern sie auch immer noch. In jedem Fall braucht er drei Versuche, bis er die Zigarette angezündet hat. „Ich bin nicht." Er nimmt einen tiefen Atemzug und schließt fest die Augen. „Ich kann diese Geschichte *nicht* erzählen. Aber es war ein *absoluter Zufall*, der diese vier Kinder getötet hat und sie waren nur –"

Verdammt, er kann es nicht einmal aussprechen. Niemand sonst ergreift das Wort und Renaire ist so dankbar dafür, dass es schmerzt. Als seine Lungen voller Rauch statt Feuer sind, versucht er es erneut.

„Ich sage hingerichtet, weil sie einfach nur darauf *gewartet* haben", sagt Renaire. „Sie waren da innerlich schon tot und mir ging es auch nicht viel anders. Und wenn ihr glaubt, dass dieser Plan für eine Art Utopia sorgen oder *irgendeinen* Sieg hervorbringen wird, dann seid ihr noch größere Dummköpfe als ich, der nicht gedacht hätte, dass ihr mal so weit gehen würdet."

Carope versteht es, das kann er sehen, denn Carope macht den Eindruck, als müsse sie sich gleich übergeben. Zehn Sekunden später verlässt sie den Raum, als sie schließlich versteht, dass die Zerstörung, die sie planen, so viel größer ist. Glasson ist aufgebracht und aufgerüttelt, trotzdem bleibt er hauptsächlich in der Beobachterrolle.

Doch Delaurier ist wieder in seinem eiskalten, mauerhohen Palast, denn *er* hat das bereits verstanden. Delaurier ist bereit, sein Leben und seine Seele für seine verdammte Sache zu geben, und Renaire ist sich ziemlich sicher, dass er der Meinung ist, dass er ohnehin rettungslos verloren ist, weil er zwei Jahre durch die Welt gezogen ist, um die Menschen zu töten, die er als gefährlich und korrupt ansieht.

Und oh, während er in Delauriers Gesicht sieht und sein viel zu nüchternes Gehirn Gelegenheit zum Denken hat, zählt er eins und eins zusammen. Ivanova hat die STB untersucht, weil sie von der Drohung gehört hatte, und als Delaurier sich davon nicht abbringen ließ, plante sie, sie aufzuhalten. In dem Moment, als er die Reporterin in ihrem Bett tötete, hatte er sich entschieden.

Und *verdammt*, an diesem Punkt gerät alles außer Kontrolle, oder? Delaurier legt Renaire flach, weil er seine Akte gelesen hat und weiß, dass er nicht wirklich *Renaire* sein wird, sobald er davon erfährt, also heißt es jetzt oder nie, und Herr im Himmel, er will wirklich nicht wissen, welch wirre Gedanken sonst noch in Delauriers Kopf herumgeschwirrt sind. Verflucht sei seine Kontrollsucht, sein *du könntest so viel mehr sein*, die Achterbahnfahrt von keiner Berührung zulassen zu an einer *Langzeitbeziehung* arbeiten …

„Renaire", sagt Delaurier und verdammt, seit wann steht er hier, wann ist er bitte so nah an ihn herangekommen?

Renaire sitzt auf einem der Stühle und Delaurier kniet vor ihm und beobachtet, wie er angestrengt aus- und einatmet. Dabei sieht er aus, als stünde er selbst kurz vor einer Panikattacke. Renaire hat noch eine Zigarette übrig. Emile hält seine Hand fest und warm in seiner. „Renaire, hör mir zu –"

„Du hättest es mir nicht einmal gesagt", sagt Renaire wie betäubt. „Du hättest mich einfach mitgezogen, bis es zu spät gewesen wäre, und dann hättest du einfach gehofft, mir noch die Waffe entreißen zu können –"

„Nein, das hätte ich nicht getan", sagt Delaurier mit Nachdruck. „Niemals. Ich hätte niemals zugelassen, dass du ein Teil davon wirst, Renaire. Ich hätte dich nicht gezwungen, deine ‚keine Kinder' Regel zu brechen. Ich weiß, dass es dafür einen Grund gab – etwas, das du getan oder gesehen hast. Ich wusste nicht, *was* es war, aber ich wusste, dass da etwas war. Ich hätte dich da nie mit reingezogen. Wir wären nicht einmal hier gewesen."

Renaire lacht und das ist ein grauenvolles Geräusch, das er am liebsten unterdrücken würde. „Oh, und wo wären wir gewesen?"

„Auf dem Weg nach Australien", sagt Delaurier.

Das hätte vermutlich funktioniert; es ist ein langer Flug, den Renaire wahrscheinlich damit verbracht hätte, sich um Delaurier Sorgen zu machen. „Ein 24-Stunden Flug hätte mich nicht davon abgehalten –"

„Mit dem Schiff. Es ist eine mobile Kommandozentrale", sagt Delaurier. Und verdammt, er hätte Renaire für ein oder zwei Monate im Dunkeln tappen lassen, je nach Schiff und den Häfen, die sie angelaufen hätten, und warum zum Henker ist

Delaurier so schlau? Er hat das perfekt durchgeplant. Und das Schlimmste daran ist, dass Renaire es für Flitterwochen gehalten hätte und für Delauriers ganz normales Planen und Werkeln, und er wäre so glücklich gewesen, dass er *alles* geglaubt hätte und Himmel, er ist sich sicher, dass das funktioniert hätte. Delaurier erkennt den genauen Moment, in dem Renaire versteht, denn seine Augen werden feucht und er zieht Renaire zu sich, indem er eine Hand um seinen Hinterkopf legt. „Es legt in zwei Tagen ab. Wir könnten immer noch –"

„Du fasst mich nicht an", sagt Renaire.

Die Worte treffen Delaurier härter als es jeder Faustschlag könnte. Er lockert sofort seinen Griff um Renaires Kopf und Hand, tut jedoch nichts weiter, so als ob Renaire jeden Moment seine Meinung ändern könnte und er folglich nur geduldig sein müsse.

„Delaurier", sagt Glasson schlicht, nichts weiter, und Delaurier entfernt sich schließlich ein Stück.

Renaire ergreift seine Chance, steht ohne ein weiteres Wort auf und geht in Richtung Treppe.

„Danke", sagt Glasson und als Renaire sich umdreht, sieht er den Hauch eines Lächelns auf Glassons Gesicht. Er zumindest ist zur Vernunft gekommen. Zwei von drei bedeutet, dass es nicht stattfinden wird. Irgendwie jedoch fühlt sich Renaire mit diesem Wissen überhaupt nicht besser. „Wenn du irgendetwas brauchst –"

„Besorg ein Handtuch für Carope", sagt Renaire, zwingt sich zu einem Nicken und steigt dann die Treppe hinab, ohne sich noch einmal umzusehen.

Delaurier ruft seinen Namen, doch er sieht sich nicht um, beschleunigt nur seinen Schritt und stopft die Hände in die Hosentaschen und strafft seine Schultern, und er wird sich nicht umsehen. Delaurier ist hinter ihm auf der Treppe und ruft Renaires Namen, und Renaire hält nicht an. Er wird durch diese Tür gehen und dann wird er ... *verdammt*, wem will er hier eigentlich etwas vormachen? Er hat keine Ahnung, was er dann tun wird, aber das einzige, was zählt, ist, dass er nicht hier sein wird, dass er keine körperlichen Schmerzen empfindet, jedes Mal, wenn er Delaurier auch nur ansieht.

Er möchte auf die Knie fallen und Emile anbetteln, dass er ihn anlügt und sagt, dass er es nicht wirklich für eine gute Idee hält, doch verrückterweise hat er genügend Selbstwertgefühl entwickelt, dass er sich nicht wie der Drogensüchtige benehmen wird, der den dreckigen Stiefel seines Dealers leckt.

Renaire ist bereits an der Tür, als Delaurier ihm eine Hand auf die Schulter legt und mit verzweifelter Stimme noch einmal *Renaire, bitte* sagt, und Renaire zögert nicht. Er dreht sich um und fasst Delaurier an der Kehle und drückt ihn gegen die offene Eichentür des Café Chéron und er zieht ein Messer und denkt darüber nach, es Delaurier an die Kehle zu halten – denkt wirklich *ernsthaft* darüber nach – doch stattdessen hebt er das Messer und rammt es neben Delauriers Kopf in das Holz der Tür, so tief, dass nur noch der Griff zu sehen ist und die messerscharfe

Spitze auf der anderen Seite herausschaut. Er hat ein paar von Delauriers Haaren erwischt und Renaire möchte sich die goldenen Locken am liebsten um die Finger wickeln, doch stattdessen *drückt er zu* und Delaurier sieht ihn an, als wäre er ihm völlig fremd.

„Ich bin so wahnsinnig verliebt in dich, dass es mich ständig auseinanderzureißen droht, doch jetzt kann ich dich nicht einmal ansehen, ohne dass mir schlecht wird", sagt Renaire und lässt Delaurier los. „Du hast es versaut. Wenn du mich noch einmal anfasst, wird das blutig enden."

Es ist sein Lieblingsmesser. Er lässt es in der Tür zurück und verlässt das Café, ohne Delaurier ein letztes Mal anzusehen.

Der Rest der Gruppe hat sich ein paar Schritte entfernt versammelt. Alle sind Zeugen der Drohung geworden und jeder einzelne sieht ihn fassungslos an.

Renaire hat noch eine Zigarette übrig. Er zündet sie an und sieht sich nicht noch einmal um, als er an seinen Freunden vorbei in das sonnige, desinteressierte Paris läuft, ohne dass er noch irgendetwas hätte, an das er glauben könnte.

„AGENT NORMANDEAU am Apparat, wie kann ich Ihnen helfen?", ertönt Celines Stimme, nachdem sie den Hörer abgenommen hat.

Renaire war sich nicht ganz sicher gewesen, ob es noch Münztelefone gab, doch irgendwie hat er eins gefunden und ist jetzt in der Telefonzelle zusammengesunken, von der er auch nicht gewusst hatte, dass sie noch existieren. Überhaupt kann er sich nicht erinnern, schon mal eine gesehen zu haben, und auch jetzt ist er nicht sicher, tatsächlich eine zu sehen, doch er hat ohnehin Probleme, sich an irgendetwas zu erinnern, also … tja.

„Hallo?", fragt Celine.

„Oh", sagt Renaire, was eine Weile dauert, und die Leute, die an ihm vorbeigehen, beeindrucken sollte. „Hallo."

Als er nichts weiter sagt, versucht es Celine mit einem „Renaire?".

Renaire runzelt die Stirn, warum, weiß er selbst nicht so genau. „Was wollen Sie?"

„Sie haben mich angerufen", sagt Celine vorsichtig und ja, stimmt, hat er wohl. „Geht es Ihnen gut? Wo sind Sie?"

„Ich habe eine Telefonzelle gefunden", sagt Renaire, weil er ziemlich stolz auf sich ist. „Ich bin am Telefon, in der Telefonzelle. Mit Ihnen. *Am Telefon* mit Ihnen, nicht in der Telefonzelle mit Ihnen. Sie sind nicht hier in der Zelle mit mir."

„Renaire, was haben Sie genommen?", fragt sie und klingt dabei irgendwie besorgt. Was seltsam ist, schließlich … naja.

Renaire runzelt die Stirn, aber er wird schon dahinter kommen. Vielleicht. Wohl eher nicht, weil er der wohl Unfähigste unter der Sonne ist, die immer noch scheint, schon seltsam, aber dann schüttelt er den Kopf. „Ich kann mich nicht erinnern." Er seufzt. „Warum habe ich Sie angerufen?"

„Haben Sie noch meine Visitenkarte?", fragt Celine.

Renaire schüttelt den Kopf, doch dann fällt ihm ein, dass sie ihn nicht sehen kann, also sagt er: „Nein. Ich habe meinen Kopf geschüttelt, das konnten Sie nicht sehen."

„Wie konnten Sie mich dann anrufen?", fragt Celine.

Renaire zuckt mit den Schultern, doch sie kann nicht sehen, wie er mit den Schultern zuckt, also sagt er: „Ich habe gerade mit den Schultern gezuckt. Und manchmal kann ich Sachen nicht vergessen. Aber an vieles kann ich mich nicht erinnern –" Er hält inne, weil sein Gehirn ihm etwas mitteilen will, also hört er seinem Gehirn zu und … „Ohh, stimmt. Es ging um Emile." Er seufzt und lehnt sich gegen die Glasscheibe. „Er ist wirklich toll."

„Okay, Renaire. Ich möchte, dass Sie sich umschauen und mir sagen, ob Sie irgendwelche Straßenschilder erkennen können", sagt sie.

„Nö", sagt Renaire.

„Nein, Sie schauen sich nicht um oder nein, Sie sehen nichts?", fragt Celine.

„Einmal sind wir an den Strand gefahren", sagt Renaire. „Nicht, um schwimmen zu gehen, sondern wegen eines Jobs. Bin mir ziemlich sicher, wir haben jemanden ertränkt, aber Emile war – er ist wirklich gut aussehend. Und klug. Er ist wirklich toll." Er runzelt die Stirn. „Ich glaube, ich habe ihn erstochen?"

„Keine Angst, ich bin mir sicher, dass Sie ihn nicht erstochen haben", sagt Celine in einem sehr beruhigenden Tonfall, was nett ist. Er mag sie. „Reden Sie weiter. Erzählen Sie mir von dem Strand."

Renaire sitzt auf dem Boden der Telefonzelle. Der ist ziemlich dreckig, aber was soll's. „Der Strand", wiederholt er und versucht nachzudenken. „Oh, der Strand. Stimmt. Mmh, der Strand."

Das Summen. „Wissen Sie, wenn er glücklich ist, dann macht er dieses Geräusch. Ich liebe dieses Geräusch", sagt Renaire. „Es ist wie … Es ist wie das Atmen von glücklichen Bienen."

„Glückliche Bienen", sagt Celine und er kann hören, dass sie versucht, nicht loszulachen, weil, ja stimmt, das ist irgendwie komisch.

„Wissen Sie, ich mag Sie wirklich gern", sagt Renaire. „Aber möglichst nicht *mögen* mögen, sondern mögliches mögen, wissen Sie?"

„Ich sage einfach mal ja", sagt Celine. „Und ich mag Sie auch. Würden Sie mir einen Gefallen tun und in Ihren Taschen nachsehen?"

Renaire versucht es zwar, es klappt aber nicht. „Wow, ich kann meine Hände nicht fühlen, wie halte ich denn dann den Telefonhörer fest?", sagt er, doch dann sieht er sich um und nickt, weil er es versteht. Er hat sich den Hörer in der Schulter eingeklemmt, weil es eines dieser uralten Telefone ist. Weil es ja ein Münztelefon ist. In einer Telefonzelle. „Oh, ich nicke übrigens wieder."

„Okay, ich schicke jemanden, um Sie abzuholen. Wenn ein Polizist auftaucht –"

116

„Ich will nicht verhaftet werden", beschwert sich Renaire. „Dann passieren schlimme Sachen."

„Die werden Sie nicht verhaften, das verspreche ich", sagt Celine beruhigend. „Es ist … Okay, es ist ein Taxiservice. Der kommt vorbei, um Sie abzuholen und herzubringen, damit ich mich um Sie kümmern kann."

„Ich will Emile", sagt Renaire, doch dann fühlt er sich deswegen irgendwie schlecht, also sagt er: „Ich meine, Sie sind nett, ich mag Sie, aber Sie sind nicht er. Niemand ist er außer er. Er ist toll." Er denkt einen Moment nach. „Warum habe ich Sie angerufen?"

„Sie werden bald da sein, Renaire", sagt Celine. „Und wir sehen uns dann entweder im Krankenhaus oder bei mir zu Hause. Ich mache mich gleich auf den Weg."

„Warum habe ich Sie angerufen?", sagt Renaire und klopft sich mit gefühllosen Händen ab – das ist eine Menge Arbeit. Er hat Sachen in den Taschen, ein paar Flaschen und Pillen und Zeug, aber … „Ich habe mein Handy nicht dabei. Ich rufe von einem Münztelefon an, weil ich mein Handy nicht dabei habe. Warum habe ich mein Handy nicht dabei?"

„Beruhigen Sie sich, Renaire", sagt Celine und sie spricht plötzlich viel schneller als gewöhnlich.

„Es ist etwas passiert", sagt Renaire und als er es sagt, weiß er plötzlich, dass es stimmt, obwohl er nicht weiß, *was es war*, aber es war etwas und es war schrecklich. Es war so schrecklich und schmerzhaft und er sagt: „Nein nein nein nein nein, ich will das nicht, *nein*", und dann kommt die Erinnerung zurück und *Herr im Himmel, er will sich nicht erinnern.*

Er kann seine Hände nicht fühlen und beschwert sich bei Celine darüber, als er versucht, an die Pillen zu kommen, sagt er: „Kindersichere Verschlüsse sind für mehr als nur Kinder sicher."

„Legen Sie die Pillen weg, Renaire", fährt ihn Celine an und *verdammt, er erinnert sich an jedes verfluchte Wort und das Geschrei und die Reifenspuren und Delauriers schockierten Blick und* das ist unsere Chance und *verdammt, ihm wird schlecht,* und jemand zieht ihn auf die Füße, starke Arme ziehen ihn aus der Telefonzelle, und es ist Delaurier, der ihn schüttelt und festhält und *tu das nie wieder du Hurensohn, ich will nie wieder nach Hause kommen und dich so vorfinden müssen.*

Um ihn herum ist Licht und Funkgeräte und noch mehr Licht und er schläft ein, während Emile sich an ihn schmiegt und zufrieden vor sich hin summt.

Er erinnert sich.

Er erinnert sich an die Côte d'Ivoire.

Oh Gott, er erinnert sich.

Es war das Smaragdgrün der Landschaft und die festgetretenen Trampelpfade und es war zwar nicht friedlich, aber es war auch nicht schlecht. Es war *wütend*, gespalten, es war ein ausreichend langer Blick in Renaires Augen, mit dem ein *Leck mich* transportiert werden sollte.

Es sind eher Gefühle statt Taten, die sich einen Weg durch die Nacht in sein Gehirn bahnen. Und es sind Augen. Einige blitzten ihn nicht hasserfüllt an. Einige weiteten sich mit einem hellen, jungen Lächeln und *oh verdammt*, sie leuchteten hell, weil jemand eine Katze auf ihre Handflächen gemalt hatte, sie leuchteten hell, wenn Renaire in der Nähe war und er würde zurückgrinsen.

Sie würden auf ihn zu laufen.

Sie liefen auf ihn zu. Sie rannten auf ihren Freund zu, weil sie Angst hatten und so jung waren, so verdammt *jung*, oh Gott, jung und verängstigt und sie hörten nicht zu oder vielleicht konnten sie ihn über den Lärm auch nicht verstehen oder vielleicht waren sie auch einfach nur *dumm* oder Himmel, verflucht sei alles, was je existiert hat, möge die Erde mit der Menschheit zusammen verrotten.

„Hör auf, dich mit ihnen anzufreunden, Renaire", sagte man zu ihm mit einem traurigen Lächeln.

Renaire lachte sie aus und winkte ab.

Sie rannten und kamen kaum fünf Schritte, kamen kaum durch die Tür, *versuchten, ihn zu erreichen* und auch er hielt ihnen eine Hand entgegen, er hielt ihnen eine Hand *entgegen* und

und

Renaire zerbrach. Er fiel auf die Knie und zerbrach.

Reifenspuren zerfurchten den Morast, ein staubiger Sprühregen ging auf sie nieder, als er zum Stehen kam.

Es waren drei Männer, blutige Stiefel zertraten den Straßenstaub, eine M16, die sie irgendwo aufgetrieben hatten, lag hier lasch in einer Hand und da in einem festen Griff – und das waren die Hände, die zu den Stiefeln gehörten, die neben Mimi anhielten und die blutigen, dreckstarrenden Stiefel gegen ihre Rippen stießen und sie hochhoben und nein, nein, er kickte sie von sich und Renaire *schrie*, keine Ahnung was, nichts als einen wortlosen Schrei des Schreckens.

Alle drei erschraken.

Sie hatten ihn vorher nicht bemerkt.

Blutige Sohle ließ sie in Ruhe und wandte sich Renaire zu, sagte Wörter, denen er nicht folgen konnte. Die Waffe, die auf ihn gerichtet wurde, war jedoch eindeutig, und er würde sterben. Er würde *sterben* und es war ihm verdammt noch mal egal. Die Welt geriet aus den Fugen, er würde sich übergeben müssen, er hatte einen verdammten Herzinfarkt und griff sich ins Haar, an die Brust, in den Schmutz.

Das Gewehr zielte auf seinen Kopf.

Renaire wollte sterben, er würde sterben, er würde bald tot sein, wenn dieser verfluchte … aber … Das war der Mann, der sie getötet hatte. Das war er. Es war seine Schuld. *Er hatte das getan.*

Dieser Mann musste sterben, und oh Gott, Renaire würde ihn nicht töten können, denn er wäre *tot*, dabei musste doch, er *musste doch*. Er musste aufhören, herumzuheulen und ihn *töten* – Renaire war bereits zerbrochen, und es gab ziemlich viel, das er nicht wiederhaben wollte. Er musste es loswerden, diese Stimme, die sagte *aber das kannst du nicht tun, Menschen umzubringen, ist böse*!

Nachdem er eine Entscheidung getroffen hat und einmal lang und tief ausgeatmet hat, ist ihm wirklich alles egal. Blutige Sohle dort drüben war immer noch damit beschäftigt, sich über Renaire lustig zu machen, immer noch viel zu nah an den Leichen der Kinder. Da er damit beschäftigt war, sich über Renaire lustig zu machen, war er nicht besonders aufmerksam. Jedenfalls nicht aufmerksam genug. Immerhin wurde er aufmerksamer, als Renaire seine Handfeuerwaffe zog.

Doch das war nicht genug.

Menschen zu töten, ist leicht.

Er schoss nur einmal, nur eine Kugel, ganz ruhig und geschmeidig und geradewegs in ein hübsches, braunes Auge. In das linke. Darum konnte er im rechten Auge noch dessen Reaktion ablesen. Bei diesem Mann war es Unglauben. Wie konnte Renaire einfach daherkommen und ihm ins Gesicht schießen? Wie konnte ein heulendes Häufchen Elend vom Boden aufstehen und tatsächlich jemanden töten?

Das war *alles so* einfach, so verdammt einfach.

Renaire sah zu, wie der Mann zu Boden ging, und empfand nichts als Leere. Sicherlich fühlte er keinen Erfolg oder Erleichterung oder ein Gefühl der Rache. Es fühlte sich einfach an wie ein Auftrag, den er ausgeführt hatte.

Die anderen beiden rannten davon, der Pick-up erwachte zum Leben, aber das war schon in Ordnung. Renaire steckte die Pistole ins Halfter. Er würde sie später erwischen.

Menschen schrien, und Renaire fiel nach vorn und stand dann endlich wieder auf. Das Geschrei kam näher und immer näher, klang schließlich wie sein Name und ein paar Männer in Tarnkleidung bogen um eine Ecke.

Renaire wühlte durch seine Taschen, bis er schließlich ein Feuerzeug und eine zerknautschte Zigarettenpackung fand. Die beiden Männer schrien ihn an, dann schrien sie einander an und dann schrien sie die Leichen und dann wieder Renaire an.

Er ging davon, und sie schrien immer weiter, doch Renaire lief einfach. Es kümmerte ihn einfach nicht. Außerdem musste er noch ein paar Typen ausfindig machen und wo waren *sie*, wenn es wirklich drauf ankam? Wo waren sie, wenn es nicht schon zu spät war? Wo waren sie, als sie da standen, verängstigt und mit ausgestreckten Armen … Er mochte die kleine Flamme, die gegen den Wind ankämpfte, als er sein altes Feuerzeug klicken ließ.

Er mochte es, wenn er sich auf etwas anderes konzentrieren konnte.

Er mochte es, sich selbst zu verlieren. Das war die Sucht, die ihn für den Rest seines Lebens, von dem er gedacht hatte, dass es sehr kurz sein würde, im

Klammergriff hielt. Stattdessen blieb er am Leben. Er lebte und *lebte*, immer nah am Tod, und doch erreichte er ihn nie. Die Scherben seines Selbst formten schließlich etwas, das an Renaire erinnerte – nur eben weniger lebendig.

Nein, er brauchte jemand anderen, um sein Leben mit Leben zu füllen. Jemanden, der so hell brannte, dass selbst Renaire die Wärme spüren konnte.

Und bei Emile kann er die Wärme sogar durch fünf Stockwerke hindurch spüren.

RENAIRE MÖCHTE nicht aufwachen. Die Bettwäsche ist rau und das Licht ist viel zu hell, und er hört Piepen und eine Gegensprechanlage, und er will nicht aufwachen.

„Mach einfach die Augen auf, Renaire, du machst doch ohnehin niemandem etwas vor", sagt Delaurier.

Renaire öffnet schlagartig die Augen, obwohl das helle Licht sich ihm ins Hirn brennt, und tatsächlich, da ist er. Er ist wirklich da. Delaurier sitzt in einem Krankenhausstuhl, der ein gutes Stück vom Bett entfernt steht. Er sitzt auf der Kante des Stuhls und umklammert das Buch in seinen Händen so fest, dass seine Fingerknöchel ganz weiß sind. Er hat sein marmornes Gesicht aufgesetzt und wenn Renaire etwas anderes als Delaurier sieht, dann liegt das vermutlich daran, dass Celine auf seiner anderen Seite sitzt und Delaurier anstarrt. Der wiederum Celine anstarrt.

„Warum bist du hier?", fragt Renaire.

„Wir waren rechtlich verpflichtet, ihn zu informieren", sagt Celine.

„Ich weiß nicht, worum ich hier bitten darf, aber ich hätte gern, dass *sie* das Zimmer verlässt", sagt Delaurier mit verschränkten Armen und starrt Celine noch intensiver an als vorher.

Renaire seufzt, akzeptiert, dass er sich wohl damit abfinden muss, dass Delaurier sich wie ein Idiot aufführt, und sieht Celine an. „Was ist passiert?"

Celine macht ein sehr resigniertes und säuerliches Gesicht, als sie antwortet. „Ich bin nicht im Besitz dieser Informationen."

„Was passiert ist, ist, dass du furchtbar dumm warst und dich mit so vielen verschiedenen Drogen fast umgebracht hast, dass die Ärzte sich nicht sicher waren, was sie zuerst behandeln sollen", sagt Delaurier. „Du –"

„Raus", sagt Renaire.

Delaurier sieht aus, als wäre er kurz davor, Renaire zu erwürgen, doch er steht ohne weiteren Einwand auf. „Ich lasse die Tür einen Spalt offen", sagt er und meint es offensichtlich als Warnung an Celine. Dann geht er.

Celine nimmt den Faden wieder auf, jedoch ungleich vernünftiger. „Sie kamen wegen … naja, wegen verschiedener Sachen ins Krankenhaus. Und während des vergangenen Tages waren sie immer nur kurz bei Bewusstsein." Sie zögert, bevor sie weiterspricht. „Sie müssen wirklich mit ihm reden."

„Sollten Sie nicht versuchen, ihn festzunehmen?", fragt Renaire.

Celine hebt ungläubig die Augenbrauen. „Sie glauben, ich würde Delaurier *in Paris* festnehmen wollen? Man sollte sich die Schlachten aussuchen, die man auch gewinnen kann."

Wo sie recht hat, hat sie wohl recht.

„Ein paar Freunde sind vorbeigekommen", sagt Celine und zeigt auf einen Tisch, auf dem zwei Dinge stehen – eine Genesungskarte in Jules' Schrift und ein riesiger Stoffhase in einer altmodischen Krankenschwesterntracht, der so scheußlich ist, dass er nur von Carope sein kann. „Ich bin froh, dass Sie jemanden angerufen haben."

Renaire nickt nur, denn er ist nicht sicher, ob er ihr zustimmt.

„Ich auch", erschallt Delauriers Stimme durch die angelehnte Tür.

„Leck mich", sagt Renaire.

Delaurier seufzt. „Wirklich, ich auch."

„*Warum* haben Sie ihn angerufen?", will Renaire von Celine wissen.

„Nach Tripolis sind wir genau aus diesem Grund einen PACS eingegangen", sagt Delaurier und wirft Celine immer noch Blicke zu.

„Wie zum Henker konntest du mich heiraten?", verlangt Renaire zu wissen.

„Du hast ein Dokument unterschrieben, ich habe dasselbe Dokument unterschrieben, jemand hat es abgestempelt. Es ist eine Ziviler Solidaritätspakt, darum muss man mich informieren, wenn du im Krankenhaus landest", sagt Delaurier ohne jegliche Reue. „Das letzte Mal haben sie mich rausgeworfen. Dieses Mal können sie das nicht."

„Sie haben dich rausgeworfen, weil du versucht hast, mich zu erwürgen", presst Renaire hervor.

„Ich sollte gehen, damit Sie beide reden können", sagt Celine unangenehm berührt, während sie ruhig in der Ecke steht.

Delaurier starrt sie weiterhin von seiner Position an der Tür aus an. Renaire versucht, sich davon zu überzeugen, dass er nicht doch ein wenig beeindruckt ist, dass Delaurier sich soweit beherrscht, dass er sie *nur* anstarrt.

„Wir reden zehn Minuten", sagt Renaire schließlich.

Delaurier presst die Lippen aufeinander und sagt dann vorsichtig: „Ich würde eher dreißig vorschlagen. Wir müssen über einiges reden."

„Nein, müssen wir nicht", stellt Renaire fest. „Zehn Minuten."

Celine nutzt die Chance und geht. Renaire kann ihr das kaum vorwerfen. Immerhin würde er am liebsten selbst das Zimmer verlassen.

Als sich die Tür schließt, sagt Delaurier: „Du hattest recht. Ein Sieg wie dieser hätte niemandem geholfen. Kaum zehn Minuten, nachdem du weg warst, haben wir die Sache abgeblasen."

Renaire ist nicht überrascht, doch das Gift in seinen Adern brennt weniger. „Und wie groß war dein Anteil an der Entscheidung im Vergleich zu der Tatsache, dass Carope sich übergeben hat und Glasson auch kurz davor war?"

„Die Entscheidung war einstimmig, wenn es das ist, was du wissen willst", sagt Delaurier und schüttelt den Kopf. „Es treibt mich einfach nur in den *Wahnsinn*, dass die Welt sich nicht ändert, egal, was wir tun. Für jeden korrupten Kopf, den wir abschneiden, wachsen zwei neue nach."

„Oder du bist immer noch unfähig, zu akzeptieren, dass das alles Menschen sind und Menschen funktionieren eben nicht so, wie du das gern hättest", sagt Renaire trocken. Er seufzt und zeigt auf den Stuhl. „Setz dich. Wir haben Kommunikationsprobleme."

Es ist beeindruckend, wie gut das funktioniert. Delaurier setzt sich hin, schließt den Mund und wartet.

„Du antwortest mit Ja oder Nein und vertiefst deine Antwort nur, wenn ich dich darum bitte", erklärt Renaire die Regeln und wartet nicht auf Delauriers Zustimmung. „Verstehst du, warum ich von deiner Bereitschaft, ja sogar *Begierde*, unschuldige Menschen zu ermorden, abgestoßen war und *immer noch bin*?"

Delaurier sieht nicht glücklich aus, als er antwortet: „Ja."

Renaire nickt. „*Ohne an Die Sache zu denken*, stimmst du mit mir überein, dass dein Plan eine schreckliche Gräueltat war?"

„Darf ich um eine Präzisierung bitten?", fragt Delaurier.

„Nein. Beantworte die Frage", sagt Renaire.

Delaurier schweigt für eine Weile und Renaire ist dankbar. Er *denkt* tatsächlich darüber nach, anstatt nur mit Rechtschaffenheit um sich zu werfen. Schließlich sagt er: „Ja."

„Oh, Gott sei Dank", flüstert Renaire und er bedeckt sein Gesicht mit den Händen.

„Denkst du, ich *mag* es, Menschen zu töten?", will Delaurier wissen.

„Ich denke, dass du so sehr daran glaubst, dass der Zweck die Mittel heiligt, dass du mir manchmal Angst machst", sagt Renaire schlicht. „Also, sei still. Ich bin noch nicht fertig. Wirst du jemals wieder darüber nachdenken, etwas ähnliches zu tun?"

Delaurier macht ein Geräusch, das seinen Frust darüber ausdrücken soll, Ja-oder-Nein-Antworten geben zu müssen, doch dann sagt er schließlich: „Darüber *nachdenken*, ja. Ausführen, nein."

Er weiß nicht so recht, was er mit dieser Antwort anfangen soll. Sie ist schonungslos ehrlich, ganz Emile, und mehr kann er vermutlich von ihm nicht verlangen, doch der offensichtliche Mangel an Moral beschert Renaire Magengrummeln. „Ich kann das nicht", sagt er leise.

Delaurier ist wieder ganz der unbeugsame Marmor. „Es ist deine Entscheidung und ich akzeptiere das", sagt er, doch dann ist er plötzlich wie ausgewechselt. Er läuft hin und her, wirft Renaire einen Blick zu, und schnappt: „Aber *das hier*, das kann ich nicht akzeptieren. Ich habe nie jemanden von Tripolis erzählt, weil ich deine *Privatsphäre respektiert habe*. Ich dachte, das wäre vorbei, doch mir scheint, das war ein großer Fehler, und auf keinen Fall lasse ich zu, dass du das noch einmal versuchst. Wenn diese … diese *Besessenheit* von mir –"

„Das ist keine Besessenheit", sagt Renaire, und verdammt, er sehnt sich so sehr nach einer Zigarette, dass es in seinen Fingern kribbelt. Oder er sehnt sich nach Farben oder vielleicht verdeckt beides nur schlecht seinen Durst nach Alkohol. Delaurier lacht, stützt die Arme auf das Fußende des Krankenhausbetts, und sieht ihn mit einem kalten Blick an. „Es fing als Besessenheit an. Das war es vielleicht in Tripolis, doch jetzt ist es –" Er atmet ein. „Jetzt ist es das nicht mehr."

Plötzlich sieht er jeden von Emiles vielen, vielen Fehlern. Er sieht, dass Delaurier manchmal kleinlich, oft gewalttätig und immer arrogant und geringschätzig ist, weiß, dass er den Tod zwar nicht mag, für Die Sache aber ohne Gewissensbisse töten wird, sieht zu, wie er alles beiseitewischt, das er für unwichtig erachtet. Delaurier ist grausam und leidenschaftlich und Furcht einflößend, und Renaire wirft ihm das so oft wie möglich an den Kopf, weil es ihn ein kleines bisschen mehr in einen Menschen verwandelt. Doch in jedem Fall ist er in ihn verliebt. Renaire weiß, wie Emile tatsächlich ist und liebt ihn trotzdem.

Delaurier glaubt ihm, und das ist überraschend. Er macht ein unbehagliches Gesicht, sein Blick ist irgendwo zwischen Erkenntnis und Verzweiflung gefangen. „Es tut mir leid", sagt Emile leise.

Oh, ist das nicht wunderbar. Er schläft mit Renaire, wenn er denkt, es handelt sich um eine Obsession und entschuldigt sich, wenn ihm aufgeht, dass es eigentlich Liebe ist. Es ist die erste Entschuldigung, die er je von Delaurier gehört hat, und Himmel, Delaurier hat eine wirklich seltsame Vorstellung von Moral (falls er *überhaupt* eine Vorstellung von Moral hat), und Renaire ist es so, so leid. „Geh einfach", sagt Renaire und klingt dabei erschöpft.

„Nein", sagt Emile und bewegt sich keinen Millimeter. „Du kannst das nicht noch einmal tun, Renaire."

Renaire kann sich nicht überwinden, zuzugeben, dass es sich anfühlt, als hätte er keine *Wahl*, dass er, wenn er auch nur für einen Moment aufgibt, verschluckt wird, dass er nicht die Kraft hat, zu kämpfen, wenn es keinen Grund gibt. Und Emile war schon immer der einzige Grund gewesen. Er kann sich nicht einmal erinnern, welcher Motor ihn antrieb, bevor er Emile traf – vermutlich Schuld, seine Weigerung, sich einen Weg aus dem Schmerz, der Schuld und der Selbstverachtung zu suchen. Doch jetzt gibt es nichts mehr. Er hatte nicht einmal wirklich vor, es zu tun. Er wollte einfach nur, dass alles *aufhört*.

Emile schluckt und sagt: „Es ist in Ordnung, wenn du mich nie wiedersehen willst. Das ist deine Entscheidung und ich verstehe das. Ich werde bestimmt nicht versuchen, dich umzustimmen, denn bei Gott, es ist mehr als dein Recht. Aber wenn du jemals –" Er hält inne. „Wenn du jemals jemanden brauchst, bin ich – sind *wir* für dich da."

Er weiß nicht, was er darauf antworten soll, also hält er die Klappe und erwidert Delauriers Blick so fest wie er kann. Während er ihn ansieht, zerbricht der Marmor.

„Ich bin nur – verdammt," sagt Emile, seltsam verzweifelt, und hebt den Blick an die Decke, um Renaire nicht ansehen zu müssen. „Ich versuche nicht, dich umzustimmen oder zu kontrollieren oder gering zu schätzen, weil du derjenige bist, der hier eine kluge Entscheidung trifft, aber das ist auch für mich verdammt hart, Renaire. Wir sind seit *zwei Jahren* zusammen und jetzt erst bin ich wirklich bereit, und ich schwöre bei Gott, dass ich so viel besser sein kann, aber *verflucht*. Okay, ich werde nicht versuchen, deine begründete und rationale Entscheidung in Frage zu stellen."

Emile sieht Renaire nicht einmal an. Er dreht sich einfach um, verlässt das Zimmer durch die Tür und kommt nicht wieder.

Als Celine das Zimmer betritt, nachdem sie vorsichtig hereingelinst hat, ist Renaire sehr stolz darauf, dass er nicht heult wie ein Schlosshund. Dass er wie Espenlaub zittert, kann man auch auf den Alkoholentzug schieben.

„Ich liebe ihn so sehr", sagt Renaire, und er fühlt sich längst nicht benommen genug.

Celine umarmt ihn. Sie riecht wie Honig.

7

RENAIRE WAR schon immer loyal gewesen. Immer. Er ist loyal bis zur Selbstaufgabe. Das liegt ihm einfach im Blut. Es ist zwanghaft. Es ist unausweichlich. Renaire ist standhaft.

Doch jedes Mal, jedes *verdammte* Mal, sucht er sich die falsche Person aus. Familie? In seinem Fall eine schlechte Idee, aber das war ja zu erwarten. Soldaten aus seiner Einheit? Begrenzt, aber das war ihm immerhin bis zu einem gewissen Grad antrainiert und wurde irgendwann durch die Kinder ersetzt. Und dann gab es lange Zeit nichts. Das war die Zeit, in der er niemandem vertraute und versuchte, nichts zu fühlen. Er *existierte* und wünschte sich, auch das möge zu Ende sein.

Und dann war da Delaurier.

Renaires Leben teilt sich in *Delaurier* und *vor Delaurier*. Das Schlimmste daran ist, dass ihm das *gefällt*. Er lebt, als wäre er Teil eines Hurrikans, als wäre er im Auge des Sturms gefangen und ließe sich hintreiben, wo auch immer der Wind ihn hinweht.

Er ist auf eine Art gegenüber Delaurier loyal, die andere Menschen nicht verstehen können. Wie ein goldenes Gift hat es sich um sein Skelett gelegt, als wäre es das einzige, was ihn zusammenhält.

Delaurier ist nicht gerade die klügste Wahl, wenn es um eine derartige Hingabe geht.

Köln war dumm. Köln war einer dieser Aufträge, einer dieser Einsätze, eines dieser Abenteuer, bei denen er versuchte, zu verhindern, dass man Delaurier den Kopf von den Schultern schießt.

Delaurier behauptet mit Stolz von sich, jede Eventualität mit eingeplant zu haben. In der Regel ist er damit erfolgreich. Renaire gibt bereitwillig zu, dass Delauriers überproportionale Gewissenhaftigkeit einer der Gründe dafür ist, warum sie so gut sind in dem, was sie tun. Unglaublich, aber wahr: Er kannte sogar den Namen des Wachhundes und auf welche Kommandos er hörte.

Er hatte nur nicht gewusst, dass dieser Bastard einen Panikraum hatte.

Sie arbeiteten sich durch das Haus des Zielobjekts (Steinhauer? Steinbaum? Stein-*irgendwas*, er bleibt einfach bei ‚Stein‘) auf der Suche nach dem Büro, von dem sie annahmen, dass Stein sich darin verbarrikadiert hatte. Delaurier hatte sich eng an die Holzvertäfelung im Flur gepresst und machte ein noch ernsteres Gesicht als sonst. Normalerweise war sein Gesicht eine leere Maske, wenn sie einen Auftrag ausführten, und er vergrub seine Gefühle irgendwo tief in seinem Inneren. Doch nicht dieses Mal. Dieses Mal starrte Delaurier die Flügeltür aus Zedernholz an.

Renaire lehnte sich an die gegenüberliegende Wand und wartete mit erhobenen Augenbrauen.

Es ging alles sehr schnell. Delaurier machte eine Handbewegung in Richtung Schloss und Renaire kam der Aufforderung nach und öffnete die Tür, indem er auf das Schloss schoss. Es war sinnlos, sich leise und unauffällig zu verhalten, da Stein offensichtlich bereits wusste, dass sie sich im Haus befanden.

Sie waren gerade durch die Tür, als sie sahen, wie Stein eine Geheimtür hinter sich zuzog. Delaurier schrie: „Halte ihn auf!"

Renaire gab sein Bestes. Das Beste bestand darin, dass er nach vorn sprintete und sich in den Raum warf, bevor das automatische Schloss einrastete.

Plötzlich sah er in die überraschten Augen von Stein-irgendwas und atmete hörbar aus, um sich von dieser kleinen Anstrengung zu erholen.

Der Panikraum bestand nur aus Beton mit einer eingelassenen Metalltür. In einer Ecke stand eine Liege, darauf lag zusammengefaltet das Bettzeug. Daneben stand ein winziger Klapptisch mit einem ebenso winzigen Klappstuhl. Darauf stand ein Funkgerät.

Stein erreichte das Funkgerät nicht. Renaire zog seine Waffe und zielte direkt auf Steins Kopf. Der Raum war zu klein, um sichergehen zu können, dass Stein nicht nach der Waffe griff, doch der Typ sah aus, als würde er sich gleich in die Hose machen, darum hatte Renaire keine großen Bedenken. Ein Mann, der sich einen Panikraum baut, wird sich bei der Wahl zwischen Flucht oder Kampf nicht für den Kampf entscheiden.

„Ohne den Code kommen Sie hier nie raus", sagte Stein schnell. Er schwitzte so stark, dass Renaire sehen konnte, wie ihm die Schweißperlen durch die kurz geschnittenen Haare rannen.

Renaire konnte ein Stirnrunzeln nicht unterdrücken und neigte den Kopf. „Warum würden Sie so etwas in einem Panikraum installieren?"

Auch Stein runzelte nun die Stirn. „Wie meinen Sie das?"

„Die Idee ist doch, Leute draußen zu halten, und nicht drinnen", erklärte Renaire mit einem Nicken in Richtung des schwarzen Eingabefelds. „Und wenn Sie einen schnellen Abgang hinlegen müssen, sind Sie ziemlich am Arsch."

Die plötzliche Erkenntnis war auf Steins Gesicht deutlich zu erkennen, und damit verflüchtigte sich auch der letzte Rest seiner Standhaftigkeit. „Oh", sagte er.

„Jep", stimmte Renaire zu. Das Funkgerät zu treffen, war keine große Kunst, also zielte er darauf. Das bereute er sofort, denn der Lärm war ohrenbetäubend, und das war so dumm von ihm, so verdammt dumm. Pistolen sind immer laut. Eine Pistole in einem so winzigen Raum abzufeuern, war so idiotisch, dass Renaire die Ohrenschmerzen verdient hatte.

Von der anderen Seite wurde gegen die Metalltür geklopft und Renaire steckte seine Waffe weg, um ebenfalls ein paar Mal gegen die Tür zu klopfen.

Darauf folgten ein paar weitere Klopfgeräusche, die vermutlich Morsecode oder etwas in der Art sein sollten, denn so etwas sähe Delaurier ähnlich. Renaire konnte natürlich nicht morsen.

„Hey, wie stehen die Chancen, dass Sie die Tür öffnen?", fragte Renaire stattdessen.

Stein hatte sich so gut es ging zu einem kleinen Ball zusammengerollt und saß auf der Kante des Bettgestells. „Wenn ich das tue, töten Sie mich", sagte er kaum hörbar, da er praktisch in seine Handflächen sprach. Und außerdem hatte das Klingeln in Renaires Ohren noch nicht nachgelassen.

„Ich werde Sie nicht töten", erklärte Renaire ihm, was absolut der Wahrheit entsprach. Seine Aufrichtigkeit war offensichtlich in seiner Stimme hörbar, denn Stein-irgendwas hob langsam den Kopf und sah Renaire an. „Wirklich, werde ich nicht. Und auch Emile bringt nicht immer Leute um. Also, ich bin nur die Verstärkung, daher weiß ich nicht immer genau, was er plant."

Stein blinzelte ihn an, als wolle er Renaires ganzen Charakter basierend darauf einschätzen, wie er dastand oder die Arme hielt oder so was. „Könnten Sie ihn überreden, mich nicht zu töten?"

Renaire zuckte die Schultern. „Vielleicht. Das habe ich noch nie probiert." Und er hatte auch nicht vor, jetzt damit anzufangen.

Oh, wie Steins Gesicht zu strahlen begonnen hatte … ein Funken Hoffnung, nur aufgrund einer der unverbindlichsten Antworten, die Renaire je gegeben hatte. „Sie sind ein vernünftiger Mann", sagte Stein. Er stand auf und beobachtete Renaire genau, als er auf das Tastenfeld und damit auf die Tür zuging. Er schwitzte noch mehr, als Renaire vermutet hatte. „Ich gehe nach Ihnen raus, dann haben Sie etwas mehr Zeit, ihn zu überzeugen."

„Klingt nach einem Plan", sagte Renaire. „Aber Sie werden ein Stück zur Seite gehen müssen. Und Sie werden die Überzeugungsarbeit leisten müssen, ich kann Ihnen nur die Chance auf ein Gespräch geben –"

„Das reicht mir", hatte Stein gesagt. Nach einem tiefen Atemzug hatte er eine unglaublich lange Nummernfolge eingegeben – ungefähr zwölf Ziffern, um seinen eigenen Panikraum verlassen zu können. Mit einem sanften *Swisch* öffnete sich die Tür und wie er versprochen hatte, stand Renaire vorn.

Renaire war eigentlich überhaupt nicht überrascht, als Delauriers Hand nach seinem Hemd griff und ihn nach vorn zog, so schnell und plötzlich, dass Renaire fast in Delauriers Arme stolperte. „Dir auch einen guten Tag", murmelte Renaire.

„Geht es dir gut?", fragte Delaurier laut. In seiner Stimme schwangen Frustration und Irritation mit, was Stein-irgendwas sicher überhaupt nicht beruhigte.

Renaire erlaubte sich nicht, irgendetwas in die Situation hineinzuinterpretieren. Er machte einen Schritt rückwärts, sodass sie sich nicht länger berührten, und nickte. „Mir geht's gut. Der Typ hier möchte mit dir reden", sagte er.

Delaurier hatte der Tür einen Blick zugeworfen, bevor er wieder Renaire ansah. „Ist das so."

„Ich habe ihm gesagt, dass ich ihn nicht umbringen würde", sagte Renaire sehr leise für den Fall, dass Stein-irgendwas so gut hörte wie ein Luchs.

„Natürlich würdest du ihn nicht umbringen", sagte Delaurier und sein Stirnrunzeln verschwand und machte einer liebenswerten Verwirrung Platz. „Das tust du nie. So funktioniert das nicht."

Renaire zuckte mit den Schultern. „Stimmt schon, aber das weiß *er* ja nicht."

„Wohl wahr", sagte Delaurier amüsiert und sah zu der offenen Tür des Panikraums hinüber. „Na gut, wir können reden. Hol ihn raus."

Es war leicht genug, einen Blick zurück in den Panikraum zu werfen. Stein war immer noch drinnen. Verschwitzter denn je, presste er sich gegen die Wand. „Okay, er ist bereit zu reden. Der Rest hängt von Ihnen ab", sagte Renaire.

Stein schluckte und nickte. Renaire trat beiseite, um dem Mann Platz zu machen, als er durch die Tür trat. Renaires Arbeit war erledigt, darum setzte er sich an Steins Schreibtisch und kramte eine Zigarette hervor. Er wurde immer besser darin, in Handschuhen zu rauchen, denn er bekam ja reichlich Gelegenheit dazu. Übung machte schließlich den Meister.

Er hatte keine Eile, also kramte er sein Feuerzeug aus der Tasche. Gerade leckte die Flamme an der Zigarette, als Delaurier seine Pistole hob und Stein mitten in die Stirn schoss.

Der Schuss war laut, aber nicht ohrenbetäubend. Er war längst nicht so laut wie Renaires Schuss im Panikraum. Er kam auch nicht unerwartet – sie waren hierher gekommen, um Stein zu töten, also würde Stein sterben. Da gab es gar keine Frage. Es gab auch keine Überraschung.

Und trotzdem zuckte Renaire zusammen.

Er war schon seit *Jahren* nicht mehr bei Waffenlärm zusammengezuckt. Schließlich war er ein Profi, er war *erfahren*, er war kein rehäugiger Anfänger, dem nicht klar war, dass überall Blutspritzer sein würden. Und Renaire konnte besser sehen als Delaurier. Die Austrittswunde war immer größer. Dunkelrote Tropfen leckten am Panikraum.

Mehr als ein einfaches, verzweifeltes „*Bitte*" war Stein nicht über die Lippen gekommen.

Vielleicht lag es daran, dass Renaire erwartet hatte, dass sich eine Art Gespräch zwischen ihnen entspinnen würde, dass Delaurier für eine Weile mitspielte, bevor er endgültig den Stecker zog. Vielleicht war es auch Delauriers langmütiges Gesicht, als er die Waffe wieder ins Halfter steckte, während Steins lebloser Körper zu Boden fiel.

Stattdessen passierte das hier.

Delaurier hatte sich erwartungsvoll zu Renaire umgedreht. Renaire hatte keine Ahnung, warum. Rechnete er mit einem „Gut gemacht" oder Applaus? Irgendeiner Bestätigung? Einem sarkastischen Kommentar? Renaire würde aufgrund der unerwarteten Kürze acht von zehn Punkten vergeben.

Renaire saß auf dem Schreibtisch, stieß kleine Rauchwölkchen aus, und beobachtete Delaurier. Manchmal war es unterhaltsam, dabei zuzusehen, wie sein Augenlid zuckte. Diesmal breitete sich nur Stille zwischen ihnen aus, weil Renaire keine Worte einfielen, mit denen er sie hätte füllen können.

Schließlich erreichte Delaurier das Maß an Schweigen, das er ertragen konnte. Wenn er nicht schläft, kann er höchstens für eine Stunde den Mund halten. Er wird sogar gesprächig, wenn sie in geheimer Mission unterwegs sind. Dann dreht er sich auch mal zu Renaire um und sagt *Wir müssen leise sein.*

„Du siehst wütend aus", hatte Delaurier schließlich in neutralem Tonfall gesagt. Das war ein Zeichen, dass etwas nicht in Ordnung war. Delaurier ist nie neutral.

„Bin ich nicht", erwiderte Renaire ehrlich und warf einen Blick auf Steins Leiche.

Es war nicht Steins Leiche, die ihn beunruhigte. Es war nicht sein Tod oder die Tatsache, dass er zusammengezuckt war, als der Schuss losging. Es war die Tatsache, dass Delaurier es einfach so *getan* hatte.

Der Tod machte ihm nichts aus. Das Töten schon.

„Du hast es einfach so getan", sagte Renaire mit der Zigarette zwischen den Zähnen.

Delaurier hatte so *verwirrt* ausgesehen, als hätte Renaire ihm eröffnet, dass er demnächst nach Panama ziehen würde. Er sah zwischen Steins Leiche und Renaire hin und her und Renaire fragte sich, was wohl in Delauriers verquerem Hirn vor sich ging.

„Ich habe nur getan, was du … ich habe den Auftrag ausgeführt", hatte Delaurier, immer noch verwirrt, geantwortet. Die Worte kamen vorsichtig, so als müsse er riesige kulturelle Unterschiede überbrücken. Für jemanden, der so gut darin war, verbale Minenfelder zu durchqueren, stellte er sich wirklich dumm an.

„Ja, hast du", sagte Renaire, obwohl diese Diskussion sinnlos war. Selbst, *wenn* es eine Diskussion war. Also stand er auf, ohne zu Steins Leiche hinüberzusehen. „Lass uns gehen."

Irgendwie schien Delauriers Körper plötzlich lockerer, doch gleichzeitig bildete sich in Renaire ein harter Kern.

Es bestand keine Frage darin, was aus Delaurier wurde. Es bestand keine Frage darin, was sie taten. Es bestand noch nicht einmal der Hauch einer Frage, ob Stein es verdient hatte, mit einer Kugel im Kopf zu enden. Stein war ihm egal. Was ihm nicht egal war, waren Delauriers ruhige Hände. Es war ihm nicht egal, dass Delaurier so reglos, so selbstsicher, so unnahbar und reuelos aussah.

„Bevor wir zum Zug müssen, haben wir noch etwas Zeit", hatte Delaurier gesagt und Renaire damit *etwas* angeboten. Irgendetwas. Das wären drei Stunden, die Renaire mit allem füllen konnte, wonach ihm der Sinn stand.

Darum hatte er nie darüber nachgedacht, zu gehen. Denn es gab diese dreistündigen Zeitkapseln, in denen ihm Delaurier wie zufällig die Hand auf die

Schulter legte oder sich ihre Finger streiften, wenn sie nach derselben Wasserflasche griffen.

Er ist loyal. Er folgt. Er hat zugesehen, wie Delaurier ganz apropos einen Mann erschossen hat, ohne auch nur eine Sekunde zu zögern, und denkt dabei nur daran, dass er danach drei gemeinsame Stunden mit ihm genießen kann.

Mittlerweile sind seine Moralvorstellungen hauchdünn und bis zum Zerreißen gespannt. Schließlich zerschneiden sie ihn und seine Überzeugungen fließen aus ihm heraus wie Blut. Und irgendwann ist er leer.

Mit Celine zu gehen, wird nicht schwer sein. Schwer wird es erst, wenn sie Renaire verlässt. Sie wird ihn verlassen, und Renaire wird allein sein, und Renaire wird verloren und zerbrochen sein, verzweifelt auf der Suche nach etwas, *irgendetwas*, an das er sich klammern kann.

Renaire ist loyal.

Leere Männer legen schlechte Angewohnheiten nicht ab.

Es REGNET, als er entlassen wird. Die Angestellten des Krankenhauses werfen ihm strenge Blicke zu und Glasson, der auf wundersame Weise aufgetaucht ist, als sich Renaire durch die Entlassungspapiere arbeitete, schaut ihn unangenehm berührt an.

„Du weißt, dass wir deiner Meinung sind", hatte Glasson gesagt, die Worte eher eine Frage als eine Feststellung.

„Du weißt, dass er es nicht wieder tun wird", hatte Glasson gesagt, frustriert, bis er endlich begann, Renaire wirklich zuzuhören.

„Du weiß, dass du zu uns gehörst, oder?", hatte Glasson gefragt. Er hatte eine Hand ausgestreckt, als wolle er Renaire an der Schulter berühren, doch dann hatte er es sich im letzten Moment anders überlegt. Renaire konnte es ihm nicht vorwerfen, schließlich hatte er Delaurier mit einem Messer angegriffen, als dieser etwas ähnliches versucht hatte. „Ich weiß, du hast dich immer gefühlt, als wärst du nur ein halbes STB-Mitglied, aber du bist einer von uns."

Renaire hatte ihm mit einem müden Lächeln auf den Rücken geklopft und geantwortet: „Das ist das Problem."

Glasson ist ein sehr kluger Mann. Er gab Renaire eine Tasche mit seinen Sachen (das meiste davon aus seiner Reisetasche) und ein neues Handy, bei dem bereits alle Nummern eingespeichert waren (*„Wir haben aber nicht die Nummer dieses Telefons"*, hatte Glasson gesagt und Renaire hatte sich gefragt, wie je jemand auf den Gedanken kommen konnte, dass Glasson kaltherzig sei – ruhig, ja, gerissen und ernst, oft, aber immer auf eine so sanfte Weise fürsorglich, dass sie es einfach immer als gegeben hinnahmen) und nach einem kurzen Zögern umarmte er ihn sehr vorsichtig.

„Lass uns bitte helfen, falls du *irgendetwas* brauchst", hatte Glasson gesagt.

Und jetzt, während er am späten Nachmittag in Celines stillem Haus sitzt, während sie im Home Office arbeitet und recht höflich und unauffällig achtgibt, dass er sich nicht umbringt, fragt er sich, wie es jetzt weitergehen soll.

Die offensichtliche Antwort scheint zu sein, dass er ein waschechter Künstler wird, denn immerhin ist er das ja eigentlich schon, doch bei dem Gedanken daran, für Geld Bilder zu malen, kommt er sich wie ein Schwindler vor. Das Leben ist nicht so einfach und angenehm. Da er zwei Talente hat und da er nicht beruflich Menschen töten will (er tötet Menschen, die versuchen, jemanden zu töten, der beruflich Menschen tötet – da besteht ein *Unterschied*), ist Kunst wohl das einzige, was ihm noch bleibt. Kunst und die unglaubliche Fähigkeit, schlechte Entscheidungen zu treffen.

Renaire muss unbedingt Zigaretten kaufen.

„Darf ich Sie was fragen?", ruft Celine vorsichtig vom Büro herüber. Sie steht in der Tür und spielt verlegen mit ihrem blonden Zopf. „Glauben Sie an das Schicksal?"

„Ich weigere mich, daran zu glauben, einfach aus Gehässigkeit", sagt Renaire, denn die eigentliche Antwort ist kitschig und peinlich und *schmerzhaft*.

Celine lächelt trotzdem. „Wie sieht es mit Liebe auf den ersten Blick aus?"

„Ich weiß nicht, ob man wirklich von *Liebe* sprechen sollte, aber sicher: Auf den ersten Blick kann durchaus etwas angestoßen werden", sagt Renaire. Über *dieses* Thema kann er sprechen. „Anziehung auf jeden Fall, Faszination bestimmt, aber echte Liebe? Vermutlich nicht."

„Oh", sagt Celine und ihr Lächeln verliert etwas von seiner Begeisterung.

Renaire runzelt die Stirn. „Tut mir leid, dass ich Ihre Träume zerstören muss. Ich könnte auch falsch liegen. Das ist nur meine persönliche Erfahrung. Die Liebe brauchte eine Weile, aber die Abhängigkeit war sofort da. Ganz ehrlich, ich bin *nicht* die richtige Person, die man danach fragen sollte. Ich meine, wenn es um Ihre Väter geht –"

„Nein, es geht um nichts dergleichen", sagt Celine beruhigend. „Aber warum sind Sie mit Delaurier mitgegangen? Er hat vor Ihren Augen zwei Menschen getötet und Sie haben … sich ihm einfach angeschlossen. Das habe ich nie verstanden."

Renaire beschließt, dass er nichts weiter zu verlieren hat, also lässt er sich tiefer in Celines gemütlichen, grünen Sessel sinken, hätte jetzt unheimlich gern ein paar Zigaretten, und sagt: „Tatsächlich hat er nur diesen einen Typen umgebracht. Ich habe den Sicherheitstypen getötet, weil der Emile bedroht hat." Er lächelt. „Das war der Anfang einer sehr schlechten Angewohnheit."

Celine runzelt die Stirn. Sie macht ein nachdenkliches Gesicht, so als fände sie sich selbst in seinen Worten wieder. „Schon damals waren Sie bereit, für ihn zu töten. Selbst, wenn es keine Liebe auf den ersten Blick war", sagt sie.

„Oh, ich hätte noch viel mehr getan, als für ihn zu töten", sagt Renaire. Er steht auf, weil das Kribbeln in seinen Fingern ihn schier wahnsinnig macht. „Müssen Sie auf mich aufpassen, während ich Zigaretten kaufen gehe?"

Sie lächelt ihn an und verschwindet für einen Moment. Als sie kurze Zeit später wieder auftaucht, hat sie einen Regenschirm in der Hand. „Sie sollten auch ein bisschen Künstlerbedarf einkaufen."

„Wussten Sie, dass ich zwei Millionen Dollar wert bin?", fragt Renaire und betrachtet ihren Regenschirm. Es ist ein stabiler, hochwertiger Stockschirm, etwas, das ein viktorianischer Gentleman benutzen würde, um aufdringlichen Straßenkinder eine überzuziehen. „Ich schätze, der gehört Ihrem Vater."

„Eigentlich ist es Papas", sagt Celine. „Der Laden ist nur zwei Straßen weiter. Glauben Sie, es wird emotional anstrengend sein, von hier nach dort zu gehen?"

„Haha, geben Sie mir einfach den blöden Schirm", sagt Renaire. Zwei Minuten später hat er mit einer kurzen Einkaufsliste das Haus verlassen.

Es regnet in dieser aufreibenden Art, wo es in periodischen Abständen nur tröpfelt und ein paar Minuten später wie aus Kübeln gießt. Renaire macht große Schritte und konzentriert sich darauf, wo er läuft, um nicht in einer Pfütze zu enden, deshalb sieht er erst auf, als sein Name gerufen wird. Die Silhouette, die mit einem lächerlich kleinen, türkisen Knirps in der Hand vor ihm auftaucht, kommt ihm erschreckend bekannt vor.

„Ich werde nicht versuchen, dich umzustimmen", sagt Delaurier in dem Moment, als sie Augenkontakt herstellen. Er sieht aus, als hätte er unter einem Wasserfall gestanden.

Renaire starrt ihn an. „Warum zum Henker bist du so nass?"

„Ich hatte keinen Schirm", sagt Delaurier. „Eine Frau hat mir ihren angeboten."

Und Delaurier hat ihn wahrscheinlich nur genommen und sich bedankt, ohne den erwartungsvollen Blick zu bemerken, den die Frau ihm zugeworfen hat. Delaurier weiß, dass er gut aussieht, aber dass andere Menschen ihn anziehend finden, ist ein völlig fremdes Konzept für ihn.

Delaurier sagt nichts weiter. Er steht nur da und starrt Renaire an.

Renaire erbarmt sich seiner, selbst wenn er ein schrecklich missgeleitetes, menschliches Wesen ohne einen Funken Moral ist. Er seufzt und sagt: „Ich gehe einkaufen."

„Kann ich mitkommen?", fragt Delaurier. Für eine Sache, die ihre Beziehung betrifft, klingt er sehr bestimmt. Wahrscheinlich rudert er deshalb sofort zurück. „Falls das für dich in Ordnung ist. Ich sollte auch ein paar Sachen besorgen, aber das kann auch warten. Oder wir können beide zur gleichen Zeit am gleichen Ort Sachen einkaufen."

Es ist ein sehr seltsames Gefühl, gleichzeitig völlig hoffnungslos in einen absoluten Verlierer verknallt zu sein und von einem mitleidlosen Terroristen abgestoßen zu sein. Es ist seltsam, dass diese beiden die *gleiche Person* sein können. Renaire pendelt sich auf einem Gefühl milder Verwirrung ein und sagt: „Und was willst du kaufen?"

„Ein Handtuch", sagt Delaurier.

Bei dieser Antwort kann sich Renaire ein Lächeln nicht verkneifen. „Eine gute Wahl", sagt er und läuft los und Delaurier beeilt sich, mit ihm Schritt zu halten. „So ganz nebenbei: Was machst du hier eigentlich?"

„Ich versuche nicht, dich umzustimmen", sagt Delaurier noch einmal.

Renaire rollt mit den Augen. „Doch, tust du."

„Mist, das tue ich wirklich. Ich versuche, es nicht zu tun, aber eigentlich versuche ich doch, dich umzustimmen", sagt Emile. Wegen der Regenschirme kann Renaire Delauriers Gesichtsausdruck nicht sehen. So bemerkt er nur Delauriers angespannteren Schritt. „Ich gehe, wenn du das möchtest. Das schwöre ich."

„Ich weiß, dass du das würdest", sagt Renaire. „Ehrlich, ich bin beeindruckt, wie gut du damit klarkommst." Wie gut Emile damit klarkommt, ist letztlich der einzige Grund, warum Renaire nicht sofort zu ihm zurückkriecht. Wenn er wirklich versuchen würde, Renaire umzustimmen, würde er sofort einknicken. Das muss er unbedingt vermeiden.

Als sie den Laden erreichen, öffnet Renaire die Tür. Dass Delaurier als erster eintritt, fällt Renaire erst auf, als er die Tür hinter sich schließt. Für einen Gemischtwarenladen ist das Geschäft recht groß, mit einer umfassenden Auswahl an Produkten. Renaires eigentliches Ziel steht hinter der Ladentheke und ist die sehr gelangweilt aussehende Kassiererin.

„Wie geht es dir?", fragt Emile. Er gibt nicht einmal vor, nach einem Handtuch zu suchen.

Renaire allerdings möchte Celine wenigstens ein bisschen eine Hilfe sein. Als ihm auffällt, dass Emile ihn wie ein Schatten verfolgt, gibt er ihm die Einkaufsliste. „So gut, wie man erwarten würde", sagt er schlicht.

Eine unangenehme Stille breitet sich zwischen ihnen aus. Emile gibt offensichtlich sein Bestes, doch Renaire muss zugeben, dass es unter diesen Umständen nicht unbedingt einfach ist, ein Gespräch zu führen – selbst für jemanden, der etwas mehr Sozialkompetenz mitbringt.

„Erlaubst du mir, dass ich versuche, dich umzustimmen?", fragt Emile vorsichtig, als sie bei dem fünften Punkt auf der Einkaufsliste mit neun Punkten sind.

„Verstehst du, warum ich mich im Moment weder mit dir noch der STB beschäftigen will?", fragt Renaire.

Emile nickt. „Das verstehe ich."

„Und bereust du das?"

„Ja", sagt Delaurier mit fester Stimme. „Es gibt Taten, die so verwerflich sind, dass sie alles Gute, was aus ihnen erwachsen könnte, sofort negieren und auf ewig beflecken würden, einfach aufgrund der Tatsache, wie dieses Gute erreicht wurde."

„Das ist eine ziemliche 180 Grad-Wende", sagt Renaire und er ist sich nicht sicher, ob er Delaurier glauben kann. Er klingt aufrichtig, doch Delaurier kann ziemlich überzeugend sein, wenn er es darauf anlegt, und Renaire ist nicht immer gut darin, dieser Überzeugungskraft zu widerstehen.

„Wenn dein Partner zum allerersten Mal nicht nur anderer Meinung ist, sondern so deutlich widerspricht, dass es mit *Messern in Wänden und Türen* endet, dann hört man zu", sagt Emile trocken und ja, irgendwie macht das wohl Sinn.

„Also verstehst du, dass du Moralvorstellungen brauchst, dass du diese aber noch nicht entwickelt hast", sagt Renaire trocken. Immerhin, es ist ein Schritt in die richtige Richtung. Die Tatsache, dass er eingesehen hat, dass es für seine kostbare Sache unerlässlich ist, ist eine Erkenntnis, die er nie wieder vergessen wird.

„Ich versuche es", sagt Emile leise und nimmt das siebte Produkt auf der Liste aus dem Regal. Er schenkt Renaire etwas, das man fast als hoffnungsvolles Lächeln bezeichnen kann. Es ist klein und süß und wunderschön. „Ich könnte ein wenig Hilfe gebrauchen."

„Hör auf damit", befiehlt Renaire, denn plötzlich möchte er nichts lieber tun, als Emile zu Boden zu ringen und ihn hier und jetzt zu vernaschen, und das ist absolut *nicht in Ordnung*. Er ist für seine eigenen Taten verantwortlich und das hier darf er jetzt nicht tun, aber *verdammt*, Emile ist unwiderstehlich und *will ihn* und verzehrt sich geradezu nach ihm. Es ist schrecklich – wie zum Teufel soll er sich dagegen wehren?

Emile geht sofort ein paar Schritte beiseite, setzt wieder sein Marmorgesicht auf und räuspert sich. Einen Moment später sagt er: „Ich weiß nicht, was ich falsch gemacht habe."

Renaire atmet tief durch und schüttelt so heftig den Kopf, dass das Verlangen, Emile zu Boden zu küssen, eigentlich herauspurzeln müsste – aus seinem Kopf und durch den ganzen Laden, wobei es dann noch das Fenster zerbricht –, doch das hilft auch nicht. „Du hast nichts falsch gemacht", sagt Renaire, und verdammt, er braucht wirklich eine Zigarette (oder einen Schnaps, was der Grund dafür ist, warum er eine Zigarette braucht; er weiß, dass er nur eine Sucht gegen die andere tauscht und auch die ist nicht besonders gesund, aber das ist alles, was er hat und überhaupt scheint es in seinem Leben immer nur um das geringere Übel zu gehen).

Seit zwei Jahren sind sie ein Team und trotzdem überrascht es ihn, als Emile wortlos eine Packung hervorholt und ihm eine Zigarette anbietet. Emile ist eine seltsame Art Gelegenheitsraucher. Er muss sich wohlfühlen und auch gesprächig drauf sein, um überhaupt daran zu denken, eine Zigarette anzuzünden. Das passiert nicht sehr oft.

Renaire hat nie darüber nachgedacht, aber plötzlich wird ihm schmerzlich klar, dass Emile nur für ihn eine Packung Zigaretten mit sich herumträgt.

Er nimmt sie und Emile achtet darauf, dass sich ihre Finger nicht berühren.

„Okay", sagt Renaire, und als er sie anzündet, zittern seine Hände wieder. Er versucht, sich zu beruhigen, denn *verdammt*, er ist so verliebt und das sollte er nicht sein. Tief einatmen, tiefer Zug, tief ausatmen und ernsthaft darüber nachdenken, der gelangweilten Kassiererin die Meinung zu geigen, weil sie ihn anstarrt, weil er hier drinnen raucht, und Himmel, sieht Emile in diesem Licht gut aus, so durchweicht, wie er ist. „Okay, du bekommst fünf Wörter von mir."

Emile runzelt die Stirn. „Fünf Wörter wovon?"

Renaire wirft noch ein Skizzenbuch und drei Packungen Zigaretten zu ihren Einkäufen und sein ganzer Körper zuckt nervös, während die Kassiererin alles abrechnet. Als sie endlich bezahlt haben, beschenkt er sie noch mit einer Wolke aus Zigarettenrauch. Er verlässt das Geschäft mit einer Plastiktüte in der einen und dem Schirm in der anderen Hand. Emile folgt ihm. Er ist ungewöhnlich geduldig, und der Regen hämmert laut genug gegen den Regenschirm, dass er Emile nicht einmal hören kann.

Vermutlich sollte er dafür dankbar sein.

Den Weg zurück zu Celine findet er ohne Probleme und jedes Mal, wenn er sich umsieht, ist Emile immer noch hinter ihm. Der Weg ist nicht weit, aber er gibt ihm genug Zeit, um zu der Erkenntnis zu gelangen, dass Celine und Emile sich bald wieder in einem Raum aufhalten werden. Schon beim letzten Mal hat das nicht besonders gut funktioniert, also kämpft er den Instinkt nieder, den er sich in den letzten zwei Jahren antrainiert hat, und geht als erster durch die Tür, als er Celines Haus erreicht. Das bringt Emile so durcheinander, dass er drei Schritte zurückhängt, was wiederum Renaire genügend Zeit gibt, um hineinzugehen und den Regenschirm zu schließen.

Celine kommt aus ihrem Büro, lächelt ihn und seine Einkaufstüte an und sagt dann: „Sie haben überlebt!" Das Lächeln erstirbt, als Delaurier hinter Renaire das Haus betritt. Sie beobachtet ihn mit Adleraugen – Renaire vergisst immer wieder, dass sie eine Interpol-Agentin ist.

„Renaire", sagt Celine und sucht offensichtlich nach einer höflichen Formulierung für *Schaffen Sie diesen Hurensohn aus meinem Haus*, aber Renaire hebt eine Hand, um sie zum Schweigen zu bringen.

Auf Emile hat die erhobene Hand keinen Effekt, denn mit zusammengebissenen Zähnen sagt er: „Wenn er wollte, dass ich gehe, wäre ich schon längst gegangen."

„Herrgott, kannst du dich bitte beruhigen", fährt Renaire ihn an. Emile hat sich bisher solche Mühe gegeben, sich anständig zu benehmen, dass Renaire glatt vergessen hat, dass er Menschen in *STB* und *Nicht-STB* unterteilt, wobei Celine in die Kategorie „Interessiert mich keinen Deut, abgesehen von ihrer theoretischen Unterdrückung" fällt. Er seufzt und dreht sich zu Celine um. „Wir haben uns draußen getroffen. Der Regen ist zu laut, um sich vernünftig zu unterhalten. In fünf Minuten ist er weg."

„Ich bleibe im Zimmer", sagt Celine und das ist gleichermaßen beruhigend und bedrohlich.

„Was denken Sie denn, was ich ihm antun könnte?", will Emile wissen.

„Ich meine es ernst, beruhige dich oder du stehst gleich wieder im Regen", sagt Renaire. Er hat keine Ahnung, warum Emile so aggressiv auf Celine reagiert. Es könnte etwas damit zu tun haben, dass das Zusammentreffen mit ihr diese kleinen Fetzen Glück zerstört hat, die sie sich in Russland zusammengeklaubt hatten, aber irgendwie scheint es persönlicher als das zu sein. Renaire vermutet, dass sie sich im Krankenhaus gestritten haben. Wie dem auch sei, die Spannung im Zimmer kann man mit Händen greifen.

Delaurier atmet einmal tief durch, vermutlich in dem Versuch, sich auf ein vernünftiges Gespräch einzustellen, und sagt dann: „Ich respektiere seine Grenzen und Wünsche und werde ihn zu *nichts* drängen. Fragen Sie ihn einfach.“

„Das stimmt, er ist unerfreulich passiv bei dieser ganzen Sache.“

„Ich bin geduldig, nicht passiv“, sagt Emile.

„Und ich werde trotzdem hier bleiben“, sagt Celine mit einem Stirnrunzeln. „Vielleicht haben Sie das ja vergessen, aber es ist immer noch meine Aufgabe, darauf achtzugeben, dass er sich nicht umbringt. Und was auch immer Sie tun, es wird mehr als emotional für ihn sein.“

„Oh“, sagt Emile, vermutlich weil er tatsächlich vergessen hatte, dass man jemanden unter Beobachtung stellt, der versucht hat, sich umzubringen – ob das nun beabsichtigt war oder nicht.

Renaire seufzt und denkt darüber nach, einen Schreikrampf zu bekommen, weil er keine zarte Butterblume ist, die Emile unter seinen Schuhen zermalmen wird. Doch keiner der beiden würde ihm glauben, darum zeigt er nur mit dem Finger auf Celine und sagt: „Nicht einmischen. Das hier ist meine Entscheidung.“

Celine nickt zustimmend. Sie setzt sich auf einen Stuhl, der in der Ecke steht, und dreht ihn so, dass sie die gegenüberliegende Wand anschaut. Damit sitzt sie mit dem Rücken zu Renaire und Emile.

„Das gefällt mir nicht“, murmelt Emile.

„Werde damit fertig“, sagt Renaire und schließt die Augen. „Du möchtest versuchen, mich umzustimmen.“

„Das werde ich nicht“, sagt Emile sofort. „Du bist völlig im Recht und ich habe kein –“

„Du bekommst fünf Wörter“, sagt Renaire.

Emile taxiert ihn mit einem fast berechnenden Blick. „Bist du sicher? Ich habe kein Recht, überhaupt darum zu bitten und du weißt genau, was ich bin.“

Er ist überzeugend, schrecklich, leidenschaftlich, charmant und in der Lage, mit einer kurzen, glühenden Rede Krawalle heraufzubeschwören und Politiker zu Fall zu bringen. Jemandem wie Emile Delaurier in solch einer Situation fünf Worte zuzugestehen, ist, als würde man einem Kriegstreiber einen nuklearen Sprengkopf in die Hand drücken. Was er damit anstellen wird, bleibt abzuwarten. Renaire wagt nicht einmal eine Prognose.

„Fünf Wörter“, wiederholt Renaire und verlagert sein Gewicht. „Und dann gehst du. Ich habe deine Nummer, falls ich dich kontaktieren möchte.“

Emile nickt, schürzt die Lippen und schaut zu Celine hinüber, die die Wand anstarrt. Dann sieht er lange Renaire an. Sein Blick fällt auf Renaires Lippen und dann auf seinen Hals, bis er ihm schließlich mit festem und ergebenem Blick in die

Augen schaut. Obwohl Emiles Hände tief in den Taschen seines braunen Mantels vergraben sind, hat Renaire das Gefühl, als berühre er ihn.

„Wegen dir bleibe ich Mensch", sagt Emile schließlich, leise und ehrlich. Dann geht er.

Celine gibt keinen Mucks von sich, als Renaire die Tür anstarrt und dann zum Fenster hinübergeht. Er sieht zu, wie der türkisfarbene Schirm in einer Regenwand verschwindet.

„Eine gute Wahl", sagt Renaire und öffnet eine neue Zigarettenschachtel.

ER HAT eigentlich nicht vor, es zu tun. Renaire muss unbedingt den Kopf freibekommen und skizziert mit einem Kugelschreiber, den er von Celines Schreibtisch stibitzt hat, eine Fantasie-Megacity in sein regennasses Skizzenbuch. Er wirft einen Blick auf die Dokumente, die sie auf dem Wohnzimmertisch ausgebreitet hat und sagt: „Das ist ein wirklich schlechter Plan."

Celine sieht verwirrt von ihrem Laptop auf. „Wie bitte?"

Renaire hat schon vor langer Zeit die Kunst perfektioniert, gleichzeitig zu rauchen und zu zeichnen. Wenn er einem Anfall von Ehrgeiz erliegt, bekommt er sogar noch eine Flasche unter. Das hat schon Tausenden imponiert, allerdings gehört Celine wohl nicht dazu. Er zeigt auf die Zeiten auf einem Zettel und die Ziele in einem Umriss, der wie China aussieht – es ist schon eine Weile her, dass sie in China waren. „Die einzige Möglichkeit, diese Zeiten einzuhalten, wäre, wenn Sie sich eine Scheibe bei *Mission: Impossible* abschneiden", sagt er.

Celines Mundwinkel zuckt amüsiert. „Sie haben das geschafft", stellt sie fest.

„Ja, inspiriert von *Mission: Impossible*, allerdings für etwas Wichtigeres als nur, um … sind das Wirtschaftsdaten? Oh, bitte", sagt Renaire und rollt mit den Augen. „Verschwenden Sie nicht Ihre Zeit mit diesen Idioten, Celine. Sie werden grandios untergehen, weil sie die chinesischen Sicherheitskräfte unterschätzen. Mit dieser Firma ist *nicht* zu spaßen."

Sie lacht. Dabei neigt sie den Kopf und wirft ihm einen liebevollen Blick zu, der … wirklich, manchmal weiß Renaire nicht, was er von Celine halten soll. Er kennt sie zwar erst seit zwei Tagen, aber irgendwie hat er das Gefühl, als wären sie schon seit Jahren beste Freunde, und das, obwohl er keine Ahnung hat, ob er ihr außerhalb dieses Zimmers vertrauen kann. „Was wurde daraus, nie an der Planung beteiligt zu sein?", fragt sie gut gelaunt.

„Es gibt einen Unterschied zwischen Dinge planen und Dinge tatsächlich ausführen", sagt Renaire und konzentriert sich wieder auf sein Skizzenbuch, da er das Thema nicht vertiefen will. „Ein chinesischer Sicherheitsmann hat es geschafft, Delaurier anzuschießen. Es war nur ein Streifschuss, aber wir alle haben dabei eine sehr wertvolle Lektion zum Thema China gelernt."

„Ich verstehe Sie einfach nicht", sagt Celine einen Augenblick später. „Sie sind so klug –"

„Fangen Sie *nicht* damit an", warnt Renaire sie.

„Tut mir leid", sagt Celine und lässt das Thema sofort fallen.

„Schon gut", sagt Renaire und er schaut wieder auf all die Informationen, die Celine auf dem Wohnzimmertisch ausgebreitet hat. „Also, wer ist das?"

Celine seufzt. „Eine militante Splittergruppe von PETA." Als Renaire lacht, schüttelt sie den Kopf. „Ich weiß. Nicht jeder hat so hehre Ziele wie die STB. Oder so viel Präzision."

Renaire nickt, fragt sich, ob Celine vielleicht Glasson kennengelernt hat, und verdreht den Oberkörper, um die Pläne für den Angriff besser sehen zu können, die Interpol zusammengetragen hat. Er fängt für Celine Terroristen und legt dabei nicht einmal das Skizzenbuch aus der Hand.

DANACH HÄLT Renaire noch fünf Stunden durch. Das ist länger, als er je für möglich gehalten hätte.

Celine sieht nicht einmal überrascht aus, als er schließlich aufgibt, nicht länger mit dem Stift über die Seiten des Notizbuchs kratzt und sagt: „Ich muss los."

„Vermutlich sollte ich Ihnen jetzt sagen, dass Sie stärker sind", sagt sie.

„Aber das bin ich wirklich, wirklich nicht", findet Renaire.

„Ich meinte, dass Sie mir vermutlich nicht zuhören. Ich meinte nicht, dass ich Sie nicht für fähig halte", sagt Celine gerade so ermahnend, dass Renaire weiß, dass sie es ernst meint. Sie sortiert ihre Papiere zu einem ordentlichen Stapel und steht auf. „Ich hole nur meinen Mantel."

Renaire runzelt die Stirn. „Es ist nach Mitternacht."

„Und Sie legen fest, wann ich ins Bett muss?", fragt Celine, die bereits für das immer noch regnerische Wetter draußen angezogen ist. Sie hat ihre Tasche in der Hand und einen Regenschirm, der abgesehen von dem Muster mit den weißen Punkten fast genauso aussieht wie der, den sie Renaire geliehen hat.

Renaire findet immer noch Gefallen an ihrem Modegeschmack, was sehr seltsam ist. Er kann sich nicht erinnern, jemals auf so etwas geachtet zu haben. Offensichtlich ist sie ganz einfach faszinierend.

„Sie werden nicht begeistert sein, Sie zu sehen", warnt sie Renaire, während er sein neues Handy hervorholt – Glasson hat sich nicht lumpen lassen. Es ist ein ziemlich nettes Handy und Renaire weiß *fast*, wie er es bedienen muss. Er schreibt eine SMS an Carope, weil er nicht vorhat, unangekündigt mit einer Interpol-Agentin im Chéron aufzutauchen.

Komme KURZ nach hause & bringe Celine BENEHMT euch ich weiß wo ihr schlaft – R

„Vielleicht werden Sie überrascht sein", sagt Celine mit einem Lächeln.

CELINE!!!!!!!!!! <3 <3 <3, schreibt Carope in diesem Augenblick zurück.

Verdammt, er vermisst seine Freunde wirklich sehr.

„Wir sagen nur kurz Hallo", beschließt Renaire mit fester Stimme, so als könne er es wahr machen, wenn er nur den richtigen Ton anschlägt.

Celine, die offensichtlich genauso wie Renaire weiß, dass das eine Lüge ist, nickt. „Ich komme als stille Unterstützung mit."

Sie lebt am Stadtrand von Paris und so müssen sie zweimal umsteigen, bis sie die Métro-Station beim Chéron erreichen, doch sie füllen die Fahrt mit Smalltalk und so kann Renaire seine Nerven unter Kontrolle halten. Die Fahrt ist gleichermaßen zu lang und zu kurz, und als Celine ihm vorsichtig eine Hand auf die Schulter legt, muss Renaire einmal tief durchatmen, um sich zu beruhigen, denn die Hand ist nicht die, nach der er sich sehnt, und er wird das hier überleben müssen. Und das wird er auch.

Das Café Chéron begrüßt ihn mit herzlicher Zuneigung. Wo man ihn normalerweise mit Rufen und einem herzhaften Klaps auf den Rücken begrüßt hätte, empfangen ihn jetzt freundliche Kommentare und eine sanfte Hand auf der Schulter. Sie begrüßen ihn, als hätte er eine schreckliche, lebensverändernde Erfahrung überlebt und als müssten sie ihn deshalb irgendwie *bedeutungsvoller* begrüßen. Celine begegnet man mit höflicher Vorsicht, was immerhin besser ist als alles, was er erwartet hatte. Nicht angestarrt zu werden, ist ein Sieg, den nur wenige neue Gesichter erringen.

Selbst nachts um eins ist im Chéron noch einiges los. Jemand anderes steht hinter der Bar, was irgendwie seltsam ist, aber die neue Frau zwinkert Renaire zu. Renaire lächelt zurück, doch Celine führt ihn ganz subtil von der Bar weg – nicht unbedingt in Richtung Treppe, aber definitiv weg von der Bar. Und weg von der Bar heißt im Umkehrschluss in Richtung Treppe.

„Sie wissen, dass Sie nicht gehen müssen", sagt Celine einfach und tatsächlich ist das allein ein ziemlicher Anreiz.

Zum Glück wartet Delaurier nicht oben am Treppenabsatz auf ihn. Mit Celine dicht auf den Fersen geht Renaire nach oben und sie sind alle da, bis auf den letzten Mann. Sie begrüßen Renaire, kommen ihm alle mit einem Lächeln entgegen (außer Delaurier, der nicht im Zimmer ist, und er hat zwar keine Ahnung, wo Delaurier ist, aber das ist in Ordnung – bestimmt gibt es einen Grund, warum er nicht hier ist; kein Anlass zur Panik), doch das erstirbt in dem Moment, als Celine den Raum betritt.

„Wer ist das?", fragt Celine sofort und greift nach Renaires Ärmel, als sie etwas im Zimmer anstarrt, als drohe es, sie zu fressen.

„Wer?", fragt Renaire, der, so gut es geht, ihrem Blick folgt, wobei er sich nicht sicher ist, ob er die Richtung trifft. Aber er hat eine gute Ahnung. „Meinen Sie Mathieu?" Es beruhigt ihn, zu sehen, dass es Mathieu gut geht, schließlich hat er ihn nicht mehr gesehen, seit er ihn als Notfallkontakt benutzt hat. Andererseits war Renaire auch ziemlich beschäftigt gewesen. Sich nach dem netten, kleinen Mathieu zu erkundigen, hatte nicht sehr weit oben auf seiner Agenda gestanden.

„Mathieu", wiederholt Celine atemlos, bezaubert und völlig hingerissen.

Renaire nickt. „Er war bei mir, als –"

„Ich *weiß*, ich habe ihn gesehen", sagt sie mit großen und glänzenden Augen. Ihre Lippen formen ein grundloses Lächeln und verdammt, Renaire kennt das. Irgendwie.

„Wollen Sie mir etwa sagen, dass Sie ihn im Park gesehen haben und ihn jetzt nicht mehr aus dem Kopf bekommen? Dass Sie total in ihn verschossen sind, ohne ein Wort mit ihm gewechselt zu haben?", fragt Renaire ungläubig, denn *nein*, auf keinen Fall passiert das der armen Celine.

„Ja", sagt Celine. Sie greift fester nach seinem Ärmel.

„Schöne Scheiße", sagt Renaire und fragt sich, ob es vielleicht angebracht wäre, ihr sein herzlichstes Beileid auszusprechen. Vermutlich nicht. Trotzdem, er sieht auf Celine hinab, um sicherzugehen, ob sie für dieses Gespräch *ihn* und nicht Mathieu anschaut. Sie hat eine Warnung verdient, selbst wenn ihr nicht bewusst ist, dass sie eine benötigt. „Sie können immer noch gehen. Wir können umdrehen und –"

„Sie ist es!" schreit Mathieu förmlich, als er bei Celines Anblick aus seinem Stuhl aufspringt. Celine wiederum steht völlig versteinert da, die Hände vor die Brust gelegt, als wäre sie ein mittelalterliches Fräulein, dem ein Minnesänger Verse ins Ohr haucht. Mathieu ist mit dem Springen noch längst nicht fertig, denn er sprintet an den Tischen und Menschen vorbei, die dabei waren, sich zu erheben. Er hält kurz vor Celine an. Er starrt sie an und lächelt nervös. Der arme Hurensohn ist ganz hinreißend. „*Du* bist es. Ich habe gesucht –"

„Ich hätte nie gedacht, dich wiederzufinden!", sagt Celine und nimmt strahlend Mathieus Hände. „Du warst da und dann warst du verschwunden!"

„Weil ich *dich* gesucht habe", sagt Mathieu.

Celine lächelt immer noch. „Ich bin so froh, dich wiederzusehen. Ich möchte dich zum Essen einladen. Darf ich dich zum Essen einladen?"

„Natürlich, ich würde dir überallhin folgen", schwärmt Mathieu, der vermutlich tatsächlich Sterne sieht.

„Was habe ich getan", sagt Renaire verwundert. Als er den Blick abwendet, sieht er, dass Carope auf ihrem Stuhl erstarrt zu sein scheint. Ihr Gesichtsausdruck ist leer und spiegelt weniger Schock wider als ihren Versuch, sich zu beherrschen. Renaire eilt zu ihr hinüber, da der Rest der STB nichts zu bemerken scheint. Sie starren immer noch das neue Pärchen an, mal abgesehen von Delaurier.

Renaire erstarrt.

Irgendwann während der letzten Minuten muss Delaurier durch die Hintertür den Raum betreten haben und er hat nur Augen für Renaire. Als ihre Blicke sich treffen, stockt Renaire der Atem.

Einen Augenblick später schaut sich Delaurier mit einem vielsagenden Blick in der Runde um, deutet mit einem Kopfnicken in die Richtung, aus der er gekommen ist, und sieht Renaire fragend an. Selbst auf diese Entfernung braucht es nicht mehr – schließlich haben sie schon wortlos ganze Angriffsstrategien durchgespielt. Aus demselben Grund antwortet Renaire nur mit einem winzigen Kopfnicken, woraufhin Delaurier wieder durch die Tür verschwindet. Renaire arbeitet sich vorsichtig durch Celines und Mathieus Publikum, um ihm zu folgen.

Er steht kerzengerade auf dem Treppenabsatz, weshalb sich Renaire als Kontrastprogramm so gut wie möglich auf die Stufen fläzt. Er geht ein kleines bisschen hin und her, bevor er sich stramm neben Renaire hinstellt.

„Du bist gekommen", sagt Emile und Renaire kann sehen, dass er versucht, nicht zu lächeln, obwohl er keine Ahnung hat, warum er das verstecken will. „Es ist schön, dich zu sehen."

Vorsorglich holt Renaire schon mal eine Zigarette hervor. Er weiß, dass er sie brauchen wird. „Wie lange hast du vorhin im Regen gestanden?"

„Eine Weile", sagt Emile.

„Lange genug, dass dir eine Frau aus Mitleid ihren Schirm überlassen hat", sagt Renaire. „Und du warst immer noch nass, als ich entdeckt habe, dass du mich stalkst."

Vor Schreck steht Emile der Mund offen und es ist interessant zu sehen, wie er in der einen Sekunde noch empört und in der anderen entsetzt dreinschaut. „Ich *habe* dich gestalkt. Mir ist nicht einmal aufgefallen, dass ich das tue."

Renaire nickt nur und zündet sich seine Zigarette an. Die Sache mit dem Stalking interessiert ihn nicht sonderlich. Emiles Schock reicht für sie beide. „Was ich damit sagen will: Ich würde gern wissen, was du dachtest, dass du tust, während du mindestens eine halbe Stunde – und wenigstens eine ganze Stunde, wenn man die Fahrt mitrechnet – da draußen standest."

„Das weiß ich nicht so recht", gibt Emile zu. „Ich hatte zwar eine Taktik, aber keinen richtigen Plan."

„An die Tür zu klopfen, wäre ein kluger Erstschlag gewesen", sagt Renaire. „Das ist ein guter erster Zug. Ziemlich traditionell, aber das muss ja nicht unbedingt etwas Schlechtes sein." Er zeigt auf die Stufe neben sich und richtet sich ein wenig auf. „Setz dich."

Emile setzt sich vorsichtig hin, immerhin auf dieselbe Stufe, doch mit reichlich Abstand zu Renaire. Er atmet tief durch und kommt dann sofort zum Punkt. „Ich kann dir nicht versprechen, dass ich niemals denke, dass es vielleicht eine gute Idee wäre, oder dass ich mich niemals frage, was passiert wäre, wenn wir es durchgezogen hätten, oder dass du nie wieder von mir entsetzt sein wirst. Aber ich verspreche, dass ich es niemals tatsächlich tun werde und dass ich dir immer zuhören werde", sagt er. „Du bist das Gewissen, das wir nicht haben."

„Was verdammt traurig ist", sagt Renaire und nickt. Das besiegelt seine Entscheidung. „Streck deine Hand aus."

Emile runzelt die Stirn. „Was?"

Renaire vergräbt eine Hand in seiner Jackentasche, denn er ist durchaus in der Lage, geheimnisvoll zu sein. Dann sagt er wieder: „Streck deine Hand aus."

Emile gehorcht schließlich, streckt vorsichtig seine Hand aus und Renaire zieht sein (kleines) Skizzenbuch und seinen Stift hervor. Er legt beides auf die Stufe über ihnen und legt seine Hand in Emiles. Mit Bedacht verschränkt er seine Finger mit Delauriers und verdammt, sein Herz rast, als würde er um sein Leben laufen.

Emiles Augen sind groß und überrascht und er hält Renaires Hand abwechselnd in einem schraubstockartigen Griff und dann wieder ganz federleicht, so als wisse er nicht genau, was man hier von ihm erwartet oder wie lange das noch so weitergeht. Als Renaire ihm seine Hand nicht entzieht, sondern sie sich wie selbstverständlich bei den Händen halten, während er versucht, zu zeichnen – *irgendetwas, wie wär's mit Hasen* – sagt Emile: „Ich bin kein so guter Mensch, wie ich sein sollte."

„Ich weiß", sagt Renaire.

„Das wird wieder passieren", sagt Emile. Mit dem Daumen fährt er vorsichtig über Renaires Hand, mit einer leichten, sanften und wunderbaren Berührung. „Mir fehlen die Grenzen, die Menschen sich normalerweise setzen. Eines Tages werde ich zu weit gehen und du wirst nicht schnell genug sein, um mich zurückzuhalten, bevor es zu spät ist."

„Und eines Tages werde ich mich zu Tode trinken oder aus Versehen jemanden während einer Panikattacke umbringen oder einfach nur zusammenbrechen", sagt Renaire und sieht Emile geradewegs in die Augen, einfach und ehrlich. „Eines Tages werde ich nicht schnell genug sein. Aber ich werde mir die größte Mühe geben, dass dieser Tag ganz weit in der Zukunft liegt."

Emile drückt seine Hand so fest, dass Renaire befürchtet, er könne fühlen, wie der Knochen bricht, drückt so lange, bis er sich fragt, ob ihre Hände zu einem Gebilde zusammenwachsen. Renaire würde das nichts ausmachen.

„Weißt du, anstatt zu versuchen, das Böse aus der Welt zu verbannen, könntest du versuchen, Gutes hinzuzufügen", schlägt Renaire vor.

Emile sieht ihn an, als wäre er wahnsinnig.

Renaire zuckt mit den Schultern. „Nur so ein Gedanke", sagt er und widmet sich dann wieder seiner Zeichnung. Seine Hasen sehen eher aus, als wären sie kleine, pelzige Monster mit riesigen Zähnen. Auf eine seltsame Art ist das völlig in Ordnung für ihn.

Zwischen ihnen stellt sich diese seltsame Routine ein, die sie auf tagelangen Zug- und Autoreisen entwickelt haben, bei der sie Stunden miteinander zubrachten, ohne durch die Außenwelt abgelenkt zu sein. Über allem liegt jedoch eine warme Spannung. Emile versucht, ihm von Der Sache und von einigen seiner Pläne zu erzählen. Renaire findet ganz nebenbei Gegenargumente zu diesen Plänen und schließlich streiten sie sich über absolut nichts.

Letztendlich beginnt Emile, mit den Händen zu reden. Irgendwann zieht er dann Renaire an seine Seite und macht ein entsetztes Gesicht, als ihm auffällt, was er gerade getan hat. Renaire kann gar nicht mehr aufhören zu lachen. Er lacht und lehnt sich an Emile und streicht sanft mit dem Daumen über Emiles Handrücken.

Er ist stocknüchtern und doch fühlt sich sein ganzer Körper warm und aufgeladen an, wie in diesem wunderbaren Moment, wenn man so betrunken ist, dass sich die ganze Welt lebendig und atemberaubend anfühlt und er so euphorisch ist, dass er nicht geradeaus gucken kann.

„Renaire", sagt Emile und mehr muss er gar nicht sagen. Er ist stocksteif und heiß und seine Augen sind geschlossen, als kämpfe sein ganzer Körper gegen den Drang an, sich zu bewegen. „Entweder –"

„Zum Teufel mit der Moral", sagt Renaire und küsst ihn. Der Kuss ist leidenschaftlicher, als er beabsichtigt hatte, denn Emile kommt ihm entgegen, seine Hand schon in Renaires Haaren, als ihre Lippen aufeinandertreffen, und Himmel, es ist nur zwei Tage her (drei?), doch Renaire hat das bereits so verzweifelt vermisst, dass er kaum atmen kann. Was eben noch ein warmes, euphorisches Kribbeln war, *explodiert* plötzlich und verflucht, er wünscht sich nichts sehnlicher, als auf Emiles Schoß zu klettern und in seine Haut zu fahren.

Emile weiß Bescheid, denn er weiß immer Bescheid. Er ist immer drei Schritte voraus, darum drückt er einen Kuss auf Renaires Wange und lässt eine Hand sanft über dessen Hals wandern. „Du musst nicht", sagt er ernst und küsst Renaires Mundwinkel. Die Liebkosung ist weniger neckend als ein wortloses Versprechen.

„Ich schwöre bei Gott, dass ich dich auch gleich hier auf der Treppe ranlassen würde", sagt Renaire und meint es auch genau so.

Für einen Augenblick wird Emiles Griff um seine Hand fester und das reicht aus, dass Renaire begreift, dass auch er sich die Szene bildlich vorstellen kann – noch halb angezogen, schwer atmend und in dem verzweifelten (und zum Scheitern verurteilten) Versuch, leise zu sein, während Emile immer wieder in ihn hineinstößt, der Versuch, das Gleichgewicht zu halten und dabei zu denken, dass *das so eine bescheuerte Idee ist* und es trotzdem zu tun – aber Emile Delaurier ist eben ein Kontrollfreak.

„Ich weiß, dass du das würdest", sagt Emile und gibt ihm einen sanften, keuschen Kuss. „Aber ich will dich in meinem Bett, auf meinen Kissen. Bitte."

Für einen Moment überkommt Renaire ein überaus seltsames Gefühl, doch dann ist es ganz plötzlich wieder verschwunden. Er drückt Emiles Hand und sagt: „Das klingt gefährlich nach Romantik."

„Nichts daran ist gefährlich", sagt Emile und zieht ihn mit einem schiefen Lächeln auf die Füße. „Und es ist *lange* nicht so gefährlich wie eine Treppe."

Das bringt Renaire zum Lachen und er folgt Emile die Treppe hinauf, wobei er sich immer noch fragt, wie er sich so warm und *euphorisch* fühlen kann, ohne nachgeholfen zu haben. Die Treppe ist lang genug, dass sie unterwegs anhalten müssen, wenn das Verlangen nach einer Berührung zu groß wird, und irgendwann fällt Renaire auf, dass er sich an Emile drückt und ihn küsst, als hätten sie alle Zeit der Welt, ihn küsst, einfach weil sie zusammen sind, weil sie nicht länger als ein paar Sekunden voneinander getrennt sein können.

Es ist ungewöhnlich ruhig, doch auf eine angenehme Art und Weise. Er kann sich nicht daran erinnern, sich schon jemals so gefühlt zu haben, sie beide völlig ohne Hast und warm und irgendetwas, das er nicht einmal benennen kann, etwas Bejahendes und Liebenswertes und Zuckersüßes, das sich bei jedem Kuss zwischen ihnen abspielt. Er fühlt sich ein bisschen an Honig erinnert, so zäh und golden und gefährlich zu beschaffen.

Als sie Emiles Wohnungstür erreichen, ist diese unverschlossen, und als sie die Wohnung betreten haben, dreht sich Emile um und schließt nicht nur einmal, sondern *dreimal* ab – das Standardschloss, für das alle bei der STB einen Schlüssel haben, das zweite Schloss, für das die Heilige Dreifaltigkeit der STB einen Schlüssel hat, und die Sicherheitskette. Renaire weiß nicht so recht, was er davon halten soll. „Erwartest du Besuch?", fragt er und versucht, dabei möglichst gleichgültig zu klingen.

„Ich befürchte ihn", sagt Emile und betrachtet dabei das Holz der Tür kritisch, bis er bemerkt, dass es Renaire natürlich keineswegs gleichgültig ist, denn ganz ehrlich, das ist wirklich *ziemlich schräg* und auch irgendwie gruselig. Zwar vertraut er Emile, aber trotzdem. „Ich möchte einfach in den nächsten Stunden nicht gestört werden. Und abgesehen von dem Fall, dass die Apokalypse über uns hereinbricht, möchte ich auch nicht, dass jemand einfach hier hereinspaziert. Aber wir können natürlich –"

„Schon in Ordnung", sagt Renaire. Schräg, aber in Ordnung. Doch das passt zu Emile, falls er sich auch nur im Geringsten unsicher ist. Renaire hat ihn nur ungefähr zweimal wirklich außer Kontrolle erlebt, und beide Male war es für alle anderen ein absoluter Albtraum – Kontrolle bedeutet Sicherheit, und irgendetwas fühlt sich im Moment *frei* an, lebendig und ungeplant. Wenn er will, dass seine Tür derart verschlossen ist, dann wird Renaire ihm nicht im Weg stehen.

Emile wirft einen Blick auf die Schlösser und sieht dann wieder Renaire an. „Wenn du wieder aufschließen möchtest, kann ich –"

Renaire unterbricht ihn mit einem Kuss, heiß und ausgedehnt, und drückt ihn sanft gegen die Tür. „Schon in Ordnung", sagt er wieder, dieses Mal mit festerer Stimme, und es fühlt sich seltsam an, plötzlich die Rolle dessen zu übernehmen, der beruhigt und bestätigt. Offensichtlich ist er überzeugend, denn Emile lässt von den Schlössern ab und konzentriert sich darauf, sie ins Schlafzimmer zu manövrieren.

Für Paris ist das Schlafzimmer recht groß und es hat die gleichen hohen Fenster und unverschnörkelten Möbel wie der Rest der Wohnung. Das einzige Wort, mit dem man das Zimmer beschreiben kann, ist *zweckdienlich*, denn alles ist funktional und fügt sich zu einem großen Ganzen zusammen, doch das ist auch schon alles. Renaire weiß aus erster Hand, dass das unscheinbare Doppelbett, auf dem meistens weiße oder beige Bettwäsche liegt, bequem ist – und was will man noch mehr?

Es ist weit nach Mitternacht und abgesehen von der großstädtischen Lichtverschmutzung und den beleuchteten Fenstern auf der anderen Straßenseite ist es dunkel im Zimmer. Das hereinfallende Licht reicht aus, um zu sehen, aber nicht, um wirklich etwas zu erkennen. Dazu kommt noch der Regen, der dafür sorgt, dass das matte Licht im Zimmer zu flattern scheint.

Als sie das Schlafzimmer betreten, erstarrt Emile und Renaire kann sich des Eindrucks nicht erwehren, dass er eine Statue umarmt. Er runzelt die Stirn, denn das hier ist definitiv kein normales Verhalten. Und zwar nicht einmal im Vergleich zu dem Ansatz von normalem Verhalten, das sie in Bezug auf Sex bisher entwickeln konnten – es wäre unnormal, selbst wenn sie sich mitten in einem Schusswechsel befänden oder unten mit dem Rest der STB oder gelangweilt im Zug säßen. Er ist bewegungslos, er ist verschlossen, und er ist kontrolliert, doch das hier ist ein ganz neues Niveau.

„Ich sollte es dir sagen", sagt Emile und es klingt entschuldigend.

„Nein, solltest du nicht", sagt Renaire, denn verdammt, nein, *nein*, nicht jetzt, er dachte doch, sie wären … verdammt, er weiß nicht, was er dachte, dass sie sind, aber es war *etwas*. Es war warm und sicher und so nah an einem Gefühl von Zufriedenheit, wie er es noch nie in seinem Leben erreicht hat, und jetzt stockt Renaire wieder der Atem. Er hält sich an Emiles Schulter fest, beugt sich vornüber, sodass er seine Stirn an Emiles Schlüsselbein legen kann, und schließt die Augen. „Sag es mir nicht, tu es nicht, *bitte*."

Emile seufzt, doch er steht weniger steif da – was vermutlich an dem fehlenden Augenkontakt liegt – und zieht Renaire an sich heran. „Ich versuche nicht, mit dir Schluss zu machen, Renaire. Das ist das genaue Gegenteil von dem, was ich will. Wo zum Teufel nimmst du diese Ideen her?", sagt er irritiert. „Wie lange wird es wohl dauern, bis du mir das glaubst?"

„Vielleicht ein Jahr", gibt Renaire zu. „Mindestens ein paar Monate."

„So geduldig bin ich nicht", sagt Emile, als könne Renaire sein verkorkstes Gehirn einfach ändern, nur weil Emile nicht warten mag. Er schiebt sie vorsichtig in Richtung Bett, wobei er geradezu höflich an Renaires Hemdsaum zieht. Renaire zieht es sofort aus und als er Emile anschaut, sieht dieser ihn versöhnlich an. „Und *du* bist nicht so lächerlich."

„Oh, ich bin ziemlich lächerlich", sagt Renaire und er fühlt sich immer noch aufgewühlt und unbehaglich, das angenehme Etwas, das sie vorhin hatten, wurde durch eine nervöse Anspannung ersetzt. Emile fällt das natürlich auf (ihm fällt immer alles auf), doch er sagt nichts. Stattdessen zieht er sein eigenes Hemd aus und küsst ihn erneut.

Der Kuss ist bedächtig und fühlt sich, so wie Emile seine Lippen und seine Zunge einsetzt, seltsam schmutzig an, und Renaire weiß nicht mehr, wie ihm geschieht. Was einst süß und warm war, ist jetzt das Verlangen zu beweisen, dass das hier immer noch real ist.

Das ist nicht der An-Aus-Emile. Das ist eine Mischung aus beiden, die eine Art rationale Leidenschaft mit sich bringt, und das bisschen Selbstvertrauen, das Renaire im Angesicht dieser *Sache* entwickeln konnte, löst sich in Luft auf.

Emile zieht sich zurück, und nachdem er einen Augenblick damit zugebracht hat, zu beobachten, wie Renaire auf ihn wartet, sagt er: „Du hast mich verlassen."

Renaire ist sich ziemlich sicher, dass ihm das Herz stehen bleibt. Und als es endlich wieder zu schlagen beginnt, ist er irgendwo zwischen Adrenalinschub und Flucht und dem Flehen nach Vergebung gefangen. Und eigentlich möchte er ihn auch anschreien, weil er manchmal einfach monströs ist.

Emile nimmt ihm die Entscheidung ab, indem er einen Schritt zurückmacht und sich mit einer Hand über das Gesicht reibt. „Verdammt, das war gruselig, das hat sich so schlimm angehört", sagt Emile und beginnt, hin und her zu tigern. „Na gut, gehen wir es empirisch an."

„Was?", sagt Renaire, der mehr als nur ein bisschen verwirrt ist, denn das hier ist … nun ja. Irgendwie schräg. Grad eben noch haben sie rumgemacht und waren schon dabei, sich gegenseitig auszuziehen und plötzlich tigert Emile umher und faselt irgendetwas davon, es *empirisch anzugehen*. Renaire kann sich kaum entsinnen, was das überhaupt bedeutet, es hat etwas mit Hypothesen oder Experimenten zu tun – zumindest ist das kein Thema, das man unbedingt im Schlafzimmer diskutieren müsste.

„Ich kann es dir zeigen, ich schaffe das", sagt Emile, wobei er offensichtlich mit sich selbst spricht, doch als Renaire sich anschickt, das Licht einzuschalten, streckt Emile eine Hand aus und sagt: „Nein! Nein, das ist besser."

„Vorhin warst du nur ein bisschen gruselig, aber jetzt bist du Serienmörder-gruselig", sagt Renaire und fragt sich gleichzeitig, was es wohl über ihn aussagt, dass er das irgendwie niedlich findet. Immerhin gehorcht er und setzt sich auf Emiles Bett, während er ihm dabei zuschaut, wie er im fahlen Licht hin- und herläuft.

„Ich habe dir doch gesagt, dass ich wirklich schlecht darin bin", sagt Emile und atmet tief ein. „Zuerst: Was wissen wir? Punkt eins, ich fühle mich zu dir hingezogen. Punkt zwei, ich halte dich für einen Freund. Punkt drei, ich glaube an diese Beziehung und möchte, dass sie sich zu einer langjährigen, romantischen Partnerschaft entwickelt."

„Oh Gott, noch mehr Kommunikation", stöhnt Renaire und lässt sich mit weit ausgebreiteten Armen auf die Matratze fallen.

„Das hier ist wichtig, Renaire!", sagt Emile.

„Na gut", sagt Renaire. „Ich höre zu. Ich verspreche es. Und ja, diese drei Punkte kannte ich bereits." Versprechen nimmt er nicht auf die leichte Schulter, und Emile weiß das auch, darum kommt kein weiterer Einwand. Emile beendet seine Wanderung und bleibt schließlich vor Renaire stehen, um ihn aufmerksam anzuschauen. „Du weißt, dass ich bereit bin, für dich zu töten und mein eigenes Leben zu riskieren. Du weißt, dass ich das schon getan habe. Und ich werde es auch in Zukunft tun."

Renaire runzelt die Stirn und setzt sich auf, um Emile besser ins Gesicht sehen zu können (in solchen Situationen kommt es auf die Augen an), doch Emile legt ihm eine Hand auf die Brust, um ihn auf dem Bett festzuhalten. Er beugt sich voller Hingabe über Renaire und sieht ihn ernst an, während er auf Bestätigung wartet. Renaire gibt sie ihm, indem er sagt: „Das gilt in beide Richtungen."

„Tut es", stimmt Emile zu und Renaire hat das Gefühl, als wäre Emile auf einer steilen Abwärtsspirale. Die Hand auf Renaires Brust ist heiß und bewegt sich vorsichtig aufwärts, in Richtung von Renaires Gesicht. „Und ich hoffe, du weißt: Egal, wie sehr ich mich beschwere oder wie oft wir streiten oder wie nah wir daran sind, uns gegenseitig umzubringen – ich bin einfach nicht zu gebrauchen, wenn du nicht bei mir bist."

„Nein, bist du nicht", sagt Renaire, ganz verwirrt. Er würde weitersprechen, doch Emiles Hand ist an seiner Kehle angekommen und plötzlich verschafft sich ein Daumen Zutritt zu seinem Mund. Einfach aus Instinkt beißt er zu, doch Emile macht keinen Rückzieher. Emile ist sogar noch näher gekommen und drückt ihm kleine Küsse aufs Kinn.

„Ich bin nicht wirklich ich selbst, wenn du nicht in meiner Nähe bist", flüstert Emile mit den Lippen auf Renaires Haut und Renaire fallen zwei Dinge auf – Emile steht zwischen seinen Beinen und beugt sich über ihn, drückt ihm Küsse auf den Hals und das Kinn, während Renaire fast unbewusst mit der Zunge den Daumen in seinem Mund liebkost. Und er ist … nun ja. Er ist *sehr zärtlich*, und Renaires Herz rast, und oh, da ist wieder dieses Hochgefühl. „Und ich möchte dich beschützen und dir alles geben, was du dir wünschst. Ich habe dir ein unglaublich teures Gemälde gekauft, weil ich dachte, dass es dir vielleicht gefallen könnte. Ich wollte dich glücklich machen."

Renaire beißt sehr vorsichtig auf den Daumen, der ihn vom Sprechen abhält, und Emile zieht ihn zurück, ersetzt ihn aber sofort durch Mund und Zunge. *Oh*, sein Kuss ist so süß, dass er Renaire zu verbrennen droht. Er kann ein Licht in Emiles Augen erkennen und selbst in den tiefen Schatten, die eine verregnete Pariser Nacht wirft, ist es kraftvoll und hell und beängstigend beredt.

„Folge mir, Renaire", sagt Emile und zieht sich zurück. Renaire löst seinen krampfhaften Griff um das Bettlaken und legt stattdessen die Arme um Emiles nackten Oberkörper. „Die ganze Zeit dachte ich, du gehorchst mir, doch das tust du gar nicht. Das hast du nie. Du gehorchst mir nicht, du *folgst* mir. Und du *weißt*, wohin ich dich führe, selbst wenn du es nicht glauben kannst."

Er schüttelt den Kopf, allerdings nicht lange. Emile sorgt mit nur zwei Fingern dafür, dass er den Kopf still hält, indem er sie links und rechts an seinen Kiefer legt. Renaire hätte wissen müssen, dass es kein Entkommen gibt. „Ich weiß nicht, was –"

„Doch, das weißt du", sagt Emile und Renaire ist froh, dass er die Arme um Emile gelegt hat, denn der Mann streckt und dreht sich, und verflucht, manchmal vergisst er, wie unglaublich stark Emile ist. Er folgt, wie immer, Schritt für Schritt, bis Emile schließlich mit ihrer Position auf dem Bett zufrieden ist – Renaire klammert sich an Emile, weil er kaum sagen kann, wo oben und unten ist, während Emile sie dreht und bewegt. Renaires Körper wird in die Laken gedrückt und Emile positioniert sich über ihm, zwischen seinen Beinen, und endlich hat er Gelegenheit, darüber nachzudenken, was er eigentlich sagt und *ah*!

„Nein", entfährt es Renaire. Er starrt ihn an und hält ihn so verzweifelt fest, dass seine Finger vermutlich blaue Flecken auf Emiles Rücken hinterlassen werden.

„*Doch*", sagt Emile und ein wildes Glitzern tritt in seine Augen, während er mit einer Hand über Renaires Wange streichelt.

„Auf gar keinen Fall", sagt Renaire, denn *auf gar keinen Fall* ist er gerade zu dieser Erkenntnis gekommen. Emile ist ihm so nah, dass er vermutlich seine Wimpern zählen könnte, doch Renaire kann nicht aufhören, ihn anzustarren, kann sich nicht einmal vorstellen, ihn zu küssen, denn … *was*?

„Ich wusste, dass du mir dorthin folgen würdest", sagt Emile und er klingt dabei so verdammt selbstzufrieden, halb stolz und halb arrogant. Er beginnt zu summen, als er mit den Zähnen an Renaires Ohrläppchen knabbert. Es ist das so-verdammt-zufrieden Summen, und Himmelherrgott, es ist wahr, oder nicht? Diese Sache zwischen ihnen beiden ist nicht einseitig.

Renaire hat keine Ahnung, was er jetzt tun soll, doch Emile weiß das längst, wusste vermutlich schon, als sie vorhin auf der Treppe standen, wohin das führen würde und ist mehr als bereit, Renaire genau dahin zu führen, wo er ihn haben will.

„Du kannst jederzeit zurückkommen", sagt Emile in einem amüsierten und widerwärtig selbstzufriedenen Tonfall.

Vermutlich ist es dieser kleine Riss der Verärgerung, der schließlich jede Form der Zurückhaltung vernichtet. Er muss sich keine Gedanken darüber machen, ob er willkommen ist. Er muss nicht vorsichtig vorgehen für den Fall, dass Emile ihn zurückweist – sollte sie jemals jemand auseinanderbringen, so wird das Renaire sein. Er setzt sich auf, bis er seinen Körper an Emiles schmiegen kann, und dann übt er ein wenig Druck aus, dann ein wenig mehr und schließlich so viel, dass Emile hintenüberfällt und auf der Matratze landet.

„Ich weiß, was ich will", sagt Renaire, weil er weiß, dass die Frage kommen wird. Und dieses eine Mal weiß er es wirklich, denn er hat ein *Ziel*: Eher friert die Hölle zu, als dass er die Chance auf ein echtes, stabiles Bett einfach so vorbeiziehen lassen würde. Schnell legt er Emile eine Hand auf den Mund, denn dieser Mann ist einfach unfähig, wenigstens *einmal* nichts zu sagen; er würde auch noch vor leeren Hörsälen Vorträge halten. „Ich will, dass du mich fickst."

Emile sieht aus, als würde er auf etwas warten, darum zieht Renaire vorsichtig seine Hand zurück. „Ist das alles?", fragt Emile. Als Renaire ihn nur anstarrt, fährt er mit den Fingern durch Renaires Haare und fährt fort: „Ich hätte gedacht, es gäbe Adjektive. Hart oder langsam oder –"

Renaire legt Emile zwei Finger auf die Lippen. „Fick mich einfach, so wie nur *du* es kannst. Das ist alles, was ich will. Da braucht es keine Adjektive. Sei einfach das leidenschaftliche, besitzergreifende, arrogante Arschloch, das du immer bist."

„Das war ja geradezu süß", sagt Emile, als Renaire seine Finger zurückzieht, und eine Hand über Renaires Haut und unter seinen Hosenbund wandern lässt. „Zieh deine Hose aus."

„Es gibt einfach keine Romantik mehr", sagt Renaire. Trotzdem hockt er sich auf die Knie und öffnet seinen Hosenstall. Er hatte angenommen, um Emiles Hand herumarbeiten zu müssen, wenn er sich auszieht, doch Emile berührt ihn nicht einmal. Er ist gerade dabei, sich ziemlich unerotisch von seiner Hose zu befreien, als ihm die Idee kommt, dass dies ein perfekter Moment für eine kleine Show gewesen wäre.

Emile liegt immer noch auf dem Bett und sieht mit einem Stirnrunzeln der Hose hinterher, die schwungvoll gegen die Wand geschleudert wird. „Sehr verführerisch."

Renaire ist sehr froh darüber, dass das Zimmer im Halbdunkeln liegt. Das bedeutet nämlich, dass ihn Emile (vermutlich) nicht damit aufziehen wird, dass ihm eine plötzliche Schamesröte ins Gesicht steigt. Er hat eh schon verloren. Er weiß, dass das nichts ändern wird, außer vielleicht, wie viel Munition Emile gegen ihn einsetzen kann, und trotzdem muss er gegen den Drang ankämpfen, in sich zusammen zu fallen und sich zu entschuldigen. Er schließt die Augen, atmet tief ein und erinnert sich daran, dass er jederzeit gehen kann. Emile allerdings wird nicht wollen, dass er *wirklich* geht – jedenfalls nicht für immer.

Als er die Augen öffnet, befindet sich Emile genau vor ihm und legt ihm eine Hand auf die Wange. „Ich werde detaillierter sein", sagt Emile trocken.

„Ach, fick dich", erwidert Renaire.

„Eigentlich war das mein Plan für heute Nacht", sagt Emile ganz apropos, und Renaire ist von dieser Information so schockiert (das Kopfkino, Herr im Himmel), dass er Emile einfach dorthin folgt, wohin er ihn führt. Er kniet mittig auf dem Bett, nur einen Fingerbreit davon entfernt, in Emiles immer noch bekleidetem Schoß zu sitzen, während dieser ihm Küsse auf den Hals drückt und ihre Hände wieder verschränkt. Renaire verstärkt seinen Griff und Emile erwidert diese wortlose Geste mit demselben Druck. „Überrascht dich das wirklich so sehr?"

Eigentlich möchte er sagen, *natürlich tut es das*, doch das sollte es nicht. „Das erklärt die Schlösser", sagt Renaire und seine Stimme ist nicht nur rau, weil Emile immer wieder Küsse auf seine Brust haucht.

„Zum Teil, ja", sagt Emile und hebt den Blick, um Renaire anzuschauen. Im schwachen Licht leuchten seine Augen mit fast unnatürlicher Intensität. „Ich habe die Tür aus drei Gründen abgeschlossen, aber wenn du das möchtest, gehe ich sofort und schließe wieder auf."

Renaire wirft ihm einen Blick zu und reibt sich an Emiles Schoß. „Nein, wirst du nicht."

Es überrascht Renaire, als Emile seine Hände loslässt, um instinktiv nach seinen nackten Hüften zu greifen. Renaire keucht auf. „Ich schwöre, ich gehe nirgendwohin, außer, du möchtest das", sagt Emile und atmet langsam aus, als er die Stirn gegen Renaires Schlüsselbein presst. „Oh Gott, ich hatte Pläne, aber … Na gut. Dreh dich zur Wand um und halte dich am Kopfende des Bettes fest. Kniend, so, dass es bequem ist."

Renaire gehorcht fast sofort und bringt sich voller Erwartung in die verlangte Position. „Das war gut und sehr detailliert", sagt er, und auch wenn er zugeben muss, dass das nicht unbedingt das ist, was er sich vorgestellt hat, wird er sich *nicht* beschweren. Schon beim *Gedanken* daran, dass Emile ihn nehmen wird, geht sein Atem schneller. Doch Emile erwidert nichts. Verdammt, er kann ihn nicht einmal hören, dabei weiß er nicht, ob er den Kopf drehen darf – Emile war zwar detailliert, aber offensichtlich nicht detailliert *genug*. Die Sekunden vergehen, doch er weiß, dass Emile ihn nicht verlassen, ihn nicht rausschmeißen wird, und …

Eine Hand wird sanft auf seine Hüfte gelegt und Lippen drücken Küsse auf seine untere Wirbelsäule, die andere Hand legt sich um seine Taille und zieht ihn näher, hält ihn fest. „Ich hab' dich", sagt Emile leise, und sein Atem weht warm und beruhigend über Renaires Haut, sodass er endlich erleichtert ausatmet. Die Hand lässt seine Hüfte los, doch mit dem Griff um seine Taille zieht Emile ihn näher und auf seinen Schoß. „Ich bin immer noch hier. Ich musste nur was holen."

„Ich weiß, dass du noch hier bist", sagt Renaire lauter als beabsichtigt; er weiß nicht einmal, warum. „Ich bin nicht dumm –"

„Dreh dich um", sagt Emile, als wäre er der Meinung, dass Renaire eine Art menschlicher Drehstuhl ist, doch natürlich gehorcht er und umschließt Emiles Hüften schließlich mit seinen Beinen.

Renaire atmet tief ein und setzt dann an: „Du musst mich nicht behandeln, als wäre ich –"

„Du bist großartig", sagt Emile im Brustton der Überzeugung, und … *wie bitte*, das nimmt Renaire sofort den Wind aus den Segeln, lässt ihn beim Anblick von Emiles Gesichtsausdruck für einen Augenblick die Stirn runzeln, und dann *oh verdammt*, fuck, spürt er Emiles mit Gleitgel eingeriebenen Finger an seinem Hintern. Der Finger bewegt sich nicht … er ist kalt und unbeweglich und *abwartend*. „Du bist brillant und wunderbar und wild und talentiert. Hör auf, meinen Partner zu beleidigen."

„Hab ich doch gar nicht", sagt Renaire mit weit aufgerissenen Augen, hin- und hergerissen zwischen dem Gedanken an Emiles um Einlass bittenden Finger und dem Strahlen in seinen Augen.

„Aber du hast es gedacht", sagt Emile und sein Finger bewegt sich ein ganz kleines bisschen in kleinen Kreisen. Er spielt mit ihm. Renaire vergräbt eine Hand in den Laken und es durchläuft ihn *kein* Schauer, als Emile ein wenig mehr Druck ausübt, während seine andere Hand Renaires Körper hinaufwandert, um sich um seinen Hinterkopf zu schmiegen. „Vertraust du mir?"

Er sollte es nicht. „Das tue ich", sagt Renaire nickend. Er beugt sich Emile entgegen und Himmel, er bewegt den Finger ein kleines bisschen schneller. „Verdammt, lass mich hier nicht so verhungern."

„Das gefällt dir doch", sagt Emile, ohne jeden Zweifel in der Stimme, und er zieht Renaire für einen Kuss zu sich. Er küsst ihn fast sanft, während seine Fingernägel über seine Kopfhaut kratzen, und dieser eine verdammte Finger krümmt sich ganz plötzlich in ihm, scharf und fest, und er keucht auf. Emile zieht seinen Finger zurück, nur um gleich wieder zuzustoßen, und Renaire schließt fest die Augen und wimmert, als er versucht, ein Stöhnen zu unterdrücken. „Hab's dir doch gesagt."

„Ich hasse dich so sehr", sagt Renaire.

Emile summt zufrieden vor sich hin und sagt. „Wir sind zu Hause. Du kannst gern laut sein."

Renaire entfährt ein atemloses Lachen. „Und dir die Genugtuung – *Himmel!*" Es ist *ein Finger*, er sollte nicht nur wegen eines Fingers so ein Nervenbündel sein, selbst wenn es Emiles Finger ist. „Diese Genugtuung gönne ich dir *nicht*."

„Das klingt nach einer Herausforderung", sagt Emile und verflucht, das wird böse enden, oder? Warum konnte Renaire nicht ein einziges Mal seine Klappe halten? „Ich werde dich mit dem Gesicht voran auf das Bett werfen, und dann wirst du ein Kissen unter deine Hüften schieben, und du wirst mir sagen, wenn du etwas nicht magst, und du wirst als stotternde, schreiende, schnurrende *Katastrophe* enden, noch bevor ich überhaupt in dir bin. Verstanden?"

„Oh scheiße", sagt Renaire.

„Gut", sagt Emile und bei Gott, er ist stark. Nur einen Moment nach seiner Versprechens-Drohung liegt Renaire auf dem Bauch und greift verzweifelt nach einem Kissen. Er kann spüren, wie Emiles Hand mit einer festen Berührung seiner Wirbelsäule folgt, bis sie auf seinem Hintern zu liegen kommt. Sein Finger zieht sich aus Renaire zurück und sofort fühlt sich das seltsam an, als wäre er nicht mehr vollständig, obwohl er immer noch entzweigerissen wird.

Jedenfalls dauert das nicht lange, denn wo eben noch Emiles neugieriger Finger war, leckt nun eine gnadenlose Zunge an seiner Öffnung, und Renaire kann ein Stöhnen nicht unterdrücken, als seine Nervenbahnen Feuer zu fangen scheinen. Das Gefühl wandert seine Wirbelsäule hinauf und wenn Emile so weitermacht, wird er wohl die Bettlaken zerreißen, weil er sich so krampfhaft am Stoff festhält. Emile erreicht sein Ziel – ihm die Fähigkeit zu nehmen, einen klaren Gedanken zu fassen – in ungefähr anderthalb Sekunden. Renaire kann nicht verhindern, dass er mit kleinen Bewegungen in das Kissen unter seinen Hüften stößt, und könnte nicht einmal sagen, welche Worte außer *bitte hör' nicht auf, oh verdammt, bitte Emile* seinem Mund entkommen.

Innerhalb von Sekunden hat er den Kopf zur Seite gedreht und Emile küsst ihn fast vorsichtig, während seine Finger mit Renaires Haaren spielen. „Bist du immer so leicht zu erregen oder –"

„Ich habe keine Ahnung. Was muss ich tun, damit deine Zunge sich wieder in meinen Hintern bohrt?", sagt Renaire und greift nach Emiles Arm wie nach einem Strohhalm, denn er muss sich einfach an *irgendetwas* festhalten.

Wieder küsst ihn Emile, so innig und langsam und so verdammt *selbstzufrieden*, dass Renaire ihn am liebsten erwürgen würde. Allerdings will er ja auch, dass er ihn ewig so weiterküsst. Schließlich zieht er sich zurück und mit einem letzten Rest Selbstbeherrschung verfolgt er Emiles Mund nicht mit den Lippen. „Ich wette, du könntest nur davon kommen", sagt er und dreht sich von Renaire weg, wobei er eine Hand auf seinem Rücken liegen lässt. „Aber ich verfolge hier ein Ziel."

„Tust du?", fragt Renaire mit Fistelstimme, und denkt dabei *oh, nein*.

„Oh, ja", sagt Emile leise und aalglatt, und stößt denselben Finger in Renaire hinein. Er ist keineswegs sanft, als er den von kalter Gleitcreme glitschigen Finger mit Nachdruck so tief in Renaire hineinschiebt, wie er kann. Renaire kann einen kurzen Aufschrei nicht unterdrücken, und das ist wohl das unerotischste Geräusch, das er je von sich gegeben hat. Emile zieht seinen Finger komplett zurück und Renaire atmet schwer, das Gesicht in den Laken vergraben.

„Verdammt, wie kannst du so leicht zu erregen sein?", sagt Delaurier.

Renaire räuspert sich und versucht, Worte aneinanderzureihen. „Normalerweise kommt das hier erst beim dritten Date", sagt er.

„Aber du – oh", sagt Emile. Seine Hände umfassen Renaires Hüften fester, bis sie blaue Flecken hinterlassen werden. Das sollte Renaire nicht zum Erschauern bringen, doch das tut es – das tut es absolut – und Emile fängt wieder mit dieser verfluchten Summerei an und das macht alles nur noch schlimmer. „Renaire, willst du mir etwa erzählen, dass du in den letzten zwei Jahren nicht flachgelegt worden bist?"

Seine Stimme klingt dunkel und tief, und er murmelt die Worte auf eine Weise, dass Renaire nicht ganz sicher ist, ob Emile vorhat, ihn so erbarmungslos zu nehmen, dass das Bettgestell bricht, oder die ganze Sache abzusagen und mit ihm bis zur Bewusstlosigkeit zu schmusen. Er ist sich ziemlich sicher, dass er nie etwas Erotischeres gehört hat.

„Nicht ganz", bringt Renaire schließlich hervor. „Verdammt, wann war Antwerpen? Ich kann mich nicht erinnern."

„Vor fünfzehn Monaten." Emile haucht die Worte auf Renaires Haut und nagt vorsichtig mit den Zähnen daran. „Ich hätte wissen sollen, dass du dich nicht gern für Fremde hergibst."

Renaire dreht sich um, um Emile anzusehen. „Ich gebe mich überhaupt nicht her, was soll das überhaupt heißen?"

Emile lässt sich von dem empörten Blick nicht beeindrucken. Er erwidert Renaires Blick und verflucht, dann stößt sein Finger wieder zu, kalt und glitschig. Er findet sein Ziel so leicht, als hätte er schon immer dorthin gehört. Renaires Körper öffnet sich für ihn und Himmel, aber Renaire hat es Leuten besorgt, ohne auch nur ein Zehntel so viel Gleitgel zu brauchen.

„So ist es besser", sagt Emile und fängt an, Renaires Körper zu erforschen. Er bewegt und dreht und stößt mit dem Finger und beobachtet Renaire so genau, dass dieser errötet und sich auf die Unterlippe beißt, weil er Emile die Genugtuung nicht gönnen will. Er bewegt sich schneller und intensiver und Renaire drückt sich dem Finger entgegen, presst sich ins Kissen und kann nicht verhindern, dass sein Stöhnen als ein lang gezogenes Wimmern entkommt.

Auf Emiles Gesicht breitet sich ein befriedigtes, verruchtes Lächeln aus. Er zieht seinen Finger wieder komplett zurück, sieht einen Moment zur Seite und sagt dann: „Irgendwelche letzten Worte?"

„Ich hasse dich so sehr, du arrogantes, wunderbares, verdorbenes Arschloch. Du bist bösartig und grausam und *bringst mich um*, fick dich, du gnadenloser Plagegeist, was *willst* du eigentlich von mir?", will Renaire wissen.

„Das sollte reichen", sagt Emile und stößt zwei Finger in ihn hinein (glitschig und kalt und *verdammt*, wie viel von dieser Gleitcreme *hat* er eigentlich?). Wie eine Dampfwalze treffen sie auf seine Prostata und Renaire sieht Sterne und fühlt Blitze und es ist einfach *unglaublich*. Er klammert sich an die Laken und stöhnt laut und rau auf und spreizt die Beine, so weit er kann.

Emile tut es wieder, und wieder, und das Laken erstickt Renaires Schreie, als Emile vor sich hin monologisiert. „Verdammt, ich sollte vor dir einen Spiegel aufstellen und dich davor vernaschen, und Herrgott, wie wirst du erst aussehen, wenn es mein Schwanz ist und nicht mehr meine Finger. Ob du mich wohl reiten willst? Oder sollte ich dich *erobern*, so wie du es gern hättest? Du willst es so verzweifelt, dass du nicht einmal die richtigen Worte über die Lippen bekommst."

„*Ja*, oh bitte ja", sagt Renaire und plötzlich sind Emiles Finger *weg*. Renaire wimmert und dreht sich um und nimmt Emiles Hand in seine eigene und hält sie fest, während er Emile dazu zwingt, ihn anzusehen. „Du *musst* mich nehmen, bitte Emile –"

„Das werde ich, das schwöre ich", sagt Emile und dann kommt sogar *noch mehr Gleitgel* ins Spiel, dieses Mal ohne Finger, sondern einfach auf seiner Öffnung verteilt, und es tropft, und Renaire *wird* ihn erwürgen. Er wird Emile zu Boden werfen und die Hände um seine Kehle legen und ihn reiten, als würde sein Leben davon abhängen, dass Emile ihn jetzt gleich flachlegt. Doch keine Finger und noch mehr Gleitgel könnte heißen, dass es endlich *Emile* ist, und darum wird sein Atem schwer und in seiner Magengegend bildet sich ein Knoten. „Ich hab dich. Gleich."

„*Jetzt*", erwidert Renaire.

„*Gleich*", wiederholt Emile und stößt mit drei Fingern in ihn hinein, glitschig und warm und ohne jeden Widerstand. Es ist so gut, dass er fast den Verstand verliert. Emile ist gut in allem, was er tut, er ist großartig, er ist die Krönung der Schöpfung mindestens auf der Erde, vermutlich aber in der ganzen Galaxie, und mit jedem Stoß trifft er diesen einen Punkt in Renaire.

Das Kissen unter seinen Hüften wird von all der Gleitcreme und seinem schmerzhaft steifen Schwanz so verschmutzt sein, dass Renaire ihm wohl ein neues kaufen muss, was jedoch hieße, dass ihm ein Kissen auf Emiles Bett gehört. Renaire ist *auf* Emiles Bett, Emile will ihn hier haben, er will ihn so verzweifelt, dass er im strömenden Regen wartet, nur um ihn zu *sehen*, und er macht einen Menschen aus Emile – Emile will ihn, und noch besser ist: Emile *braucht* ihn.

Emile zieht ihn nach oben, bis er mit gespreizten Beinen und an Emiles Brust gelehnt daliegt, während sein Schwanz gegen seinen eigenen Bauch stößt, weil Emiles Finger immer wieder seine Prostata kitzelt. Den anderen Arm hat Emile ihm um die Brust geschlungen, und er flüstert ihm ins Ohr und ins Haar und küsst seine Halsbeuge, während er sagt: „Ich hab dich, Renaire, verdammt, wenn du dich nur selbst sehen könntest."

„Bitte", bettelt Renaire und dreht sich schließlich so, dass sein Atem über Emiles Lippen streicheln kann. Mit aller Kraft kämpft er gegen den Drang an, sich selbst einen runterzuholen oder sich überhaupt selbst zu berühren. Er würde gern, doch er ist sich ziemlich sicher, dass das Emile nicht gefallen würde. Er ist bereit zu betteln. „*Emile*, bitte –"

„Ich glaube, ich muss sterben, wenn ich dich nicht jetzt sofort nehme", sagt Emile und Renaire stöhnt, als stünde er unter Folter. Er ist kaum in der Lage, den Kuss zu erwidern, als Emile sich über ihn beugt und ihm nur für einen Augenblick die Lippen auf den Mund presst. „Aber." Er nimmt einen tiefen, zitternden Atemzug und legt seine Stirn an Renaires Schulter. „Verdammt, das kommt nächstes Mal."

„Was?", fragt Renaire, der sich die Hände um die Knie geschlungen hat, weil er sich selbst berühren will, so, so sehr, doch er tut es nicht.

„Ich wollte deine Finger", sagt Emile und Renaire kann spüren, wie die Spitze von Emiles Schwanz gegen seine Öffnung drückt, und es fühlt sich einfach fantastisch an. Er möchte die Hüften bewegen und spüren, wie er in ihn hineinschlüpft, doch stattdessen bleibt er regungslos … er bleibt ruhig und brav und *wartet*. „Selbst nach *fünfzehn Monaten* bist du sofort bereit."

„Komm schon", sagt Renaire und seine Hände streichen an seinen Oberschenkeln auf und ab, weil er irgendetwas mit ihnen anstellen muss, und er muss den Impuls unterdrücken, zu berühren und zu ergreifen und zu streicheln und Emile zu packen und ihn in sich zu ziehen. „Komm schon, Emile –"

„Davor, hast du darauf gewartet, dass ich dich flachlege?", fragt Emile und mit der Spitze seines Schwanzes stößt er in Renaire hinein. Es gibt überhaupt keinen Widerstand, denn Renaires Körper ist gut vorbereitet und wartet nur darauf, genommen zu werden. Emile hätte mit einem kraftvollen, gnadenlosen Stoß in ihn eindringen können, aber *nein*, er gesteht sich kaum diesen kleinen Stoß mit den Hüften zu, dieser verfluchte Kontrollfreak. „Oder liegt es nur am Vertrauen?"

„Beides", sagt Renaire und überrascht sich selbst damit. Doch jetzt, da die Antwort raus ist, warum nicht ehrlich sein? Er versucht, zu atmen. „Ich möchte niemanden außer dir. Ich vertraue niemandem so, wie ich dir vertraue. Ich brauchte nur *jemanden*, der mich berührt."

Emile zieht sich zurück. Komplett, nicht nur in der minimalen Bewegung von zuvor, und Renaire ist kurz davor, ihn anzubetteln oder anzublaffen, doch Emile ergreift eine seiner Hände, verschränkt ihre Finger, und küsst dabei Renaires Hals.

„Bitte mich darum und ich gebe dir alles", sagt Emile und legt ihre verschränkten Hände über Renaires Herz. Aus vielen, vielen Gründen schlägt es schneller, als es das je getan hat.

„Ich will einfach nur dich", sagt Renaire.

„Du hast mich doch schon", sagt Emile mit ruhiger Stimme, in der absolute Gewissheit mitschwingt, Herrgott. „Du hast mich, und ich habe dich, so lange, wie du möchtest." Renaire stöhnt auf, als müsse er sterben, er kann nicht denken oder atmen, kann nicht aufhören, zu keuchen, und das, obwohl Emile ihn nur an der Hand und an der Brust berührt.

Er beugt sich zurück, bis er Emile ansehen kann, der sich eng an ihn schmiegt und den Kopf gegen sein Schlüsselbein gelegt hat, und Renaire weiß nicht, was er tun soll. Emile macht einen unglaublich ernsten Eindruck, schaut völlig *verzaubert*, und Renaire hat sich noch nie so begehrt gefühlt. Letztendlich entscheidet er sich für ein Lächeln, langsam und so euphorisch bei dem Gedanken, dass Emile ihn auf diese Art *will*, dass er wirklich und wahrhaftig meint, was er da sagt: „Nimm mich, als würdest du mich besitzen."

Emile stöhnt. Etwas zerbricht in seinen Augen und Renaire hat kaum Zeit, einmal tief durchzuatmen, bevor Emile in ihn hineinstößt, hart und erbarmungslos, sein Stöhnen lässt Renaires Haut erzittern, er attackiert Renaires Prostata, und verdammt noch mal, das wird so schnell vorbei sein, dass es peinlich ist. Emile kennt keine Gnade, in einem schnellen Rhythmus nimmt er Renaire, sodass dieser von den kraftvollen Stößen nach vorn geschoben wird. Emile legt einen Arm um seine Hüfte und stößt fester und immer noch fester zu.

Renaire hat keine Möglichkeit, zu Atem zu kommen, kann nichts weiter tun, als seine Augen fest zuzudrücken und Emiles Hand festzuhalten, und zu schwitzen und kurz davor zu sein, zu hyperventilieren.

„Ich hab dich", murmelt Emile und seine Lippen kitzeln Renaires Hals. „Berühr dich."

Renaire keucht und schüttelt den Kopf. „Aber du –"

„Du wirst dir selbst einen runterholen und ich werde es in dir spüren, wenn du kommst, und dann werde ich deine Finger ablecken, nachdem ich dich in den Wahnsinn getrieben habe", sagt Emile und … *oh*. „Also, *tu es*, ich hab dich, Renaire, komm schon, ich möchte, dass du es tust."

Er gehorcht und verdammt, fühlt sich das gut an. Renaire nimmt sich selbst in die Hand, schnell und fest, fester, als er normalerweise zupacken würde, doch, *oh Gott*, die Art, wie sich Emile in ihm bewegt, wenn er sich nicht wenigstens ein bisschen zurückhält, ist alles nach drei Sekunden vorbei. Mittlerweile ist er völlig außer Atem und könnte nicht aufhören, selbst wenn er das wollte.

Emile flüstert weiter Lobeshymnen auf seine Haut, sagt ihm immer wieder, *das ist gut, du bist so gut, ich hab dich, komm schon Renaire, komm für mich*, und er möchte nie wieder etwas anderes hören. Es geht unglaublich schnell und es ist wahnsinnig gut, und er kommt mit einem abgehackten Schrei, er zieht sich um

Emile zusammen und ihm wird schwindelig, sodass er fallen würde, wenn Emile ihn nicht hielte.

„Oh, Emile, wow", sagt er, und fängt dabei an, zufrieden zu brummen, ohne dass ihm das Geräusch selbst auffiele. Einen Moment später atmet er tief durch und erkennt, dass er sich so *befriedigt* fühlt, dass er es selbst kaum glauben kann. Er kommt ein wenig vom Bett hoch, um sich Emiles Stößen entgegenzustemmen und macht ein Geräusch, das irgendetwas zwischen einem Kichern und einem Schnurren ist. „Du hast immer die besten Pläne."

„Herrgott, du bist so verdammt schön", flüstert Emile keuchend, den Kopf immer noch an Renaires Schulter gelehnt. Er klingt voller Begehren und Aufregung und Verzweiflung. „Komm schon, erzähl mir –"

„Du bist eine schreckliche Person, und ich bin ganz hoffnungslos in dich verliebt", platzt es aus Renaire heraus. Emile antwortet mit einem leisen Wimmern und seine Stöße werden verzweifelter. „Ich werde gar nicht mehr aufhören, mit dir zu kuscheln."

Renaire war nicht einmal bewusst gewesen, dass Emile zu solch einem Geräusch fähig ist – zu diesem euphorischen, hohen Lachen, in dem Sonnenschein und wilder Sex auf einer Picknickdecke mitschwingen. Emile kommt mit einem Stöhnen, während er Renaire fest umarmt. Er braucht einen Moment, um zu Atem zu kommen, und zieht sich dann aus Renaire zurück. Er weiß nicht so recht, was er erwartet hat, jedenfalls ist es nicht ein Emile, der sich auf zittrigen Beinen vom Bett rollt und Renaire mit sich zieht. Vorsichtig umfasst er Renaires Handgelenk, betrachtet ausgiebig die klebrige, trocknende Hand, und wie zum Teufel ist es möglich, dass das jetzt sein Leben ist? Wer würde ihm überhaupt *glauben*, wenn er versuchen würde, Emile zu erklären?

„Ich kann nicht für ein Bad wach bleiben", sagt Emile, als sie im Badezimmer stehen, und zumindest dieser Satz ergibt Sinn. Sie stellen sich unter die Dusche und er macht wieder sein summendes Geräusch. Als er das Wasser andreht, klingt er, als würde er gleich anfangen zu singen. Renaire hat keine Ahnung, wonach er eigentlich sucht, doch nachdem Renaire ein paar Sekunden bewegungslos unter dem heißen Wasserstrahl gestanden hat, beginnt Emile wie nebenbei, ihm das Sperma von der Hand zu lecken.

„Du bist sehr verwirrend", stellt Renaire fest, während er ihm zusieht.

Emile erwidert seinen Blick und dreht dann Renaires Hand um, um ihm eine noch bessere Show bieten zu können. „Das ist nicht verwirrend", sagt er schlicht und lächelt dann, wie es sich für ein unausstehliches Arschloch wie ihn gehört. „Das hier ist wegen mir passiert. Weil ich dafür gesorgt habe, dass du kommst."

Und er liebt diese Tatsache, denkt Renaire.

Es dauert nicht lange bis Emile fertig ist – und er widmet sich seiner Aufgabe wirklich ausgiebig – und dann seift er sie beide ein und wäscht Renaire die Haare, wobei er jeden Versuch Renaires abwehrt, *irgendetwas* selbst zu tun. Er darf zwar berühren und küssen, doch alles, was wirklich etwas mit Duschen zu tun hat, wird mit einem Klaps von Emile quittiert. Da er ohnehin müde ist, erlaubt er Emile, ihn zu verwöhnen, die Seife und das Shampoo fühlen sich fast wie eine Massage auf seiner Haut an, so beruhigend ist es.

Im Gegensatz zum letzten Mal, als Emile sie beide geduscht hat, gibt es keine Klamotten, als sie aus der Dusche steigen und Emile sie abtrocknet. Sauber und frisch duftend lassen sie sich einfach wieder in Emiles herrlich zerwühltes Bett fallen, das natürlich weder sauber ist noch frisch duftet, und schmiegen sich eng aneinander.

Sein Handy blinkt, um ihn wissen zu lassen, dass eine neue Nachricht eingegangen ist. Das kümmert Renaire kein bisschen und er schläft in Emiles Armen ein.

8

Paris: Chéron – Palais du Luxembourg

EIN TELEFON klingelt.

Es ist keiner von Renaires Klingeltönen und es ist auch nicht das nervtötende Piepen, das Emile auf seinem Handy eingestellt hat, also versucht Renaire, das Geräusch zu ignorieren. Doch das Klingeln hält an und ist *so* störend, dass sogar Emile davon aufwacht – dabei ist es erst sieben Uhr morgens. Es braucht eine Weile, bis Renaire sich damit abgefunden hat, dass er sich wohl tatsächlich bewegen muss, denn ja, offensichtlich handelt es sich um sein neues Handy. Wenn es so weiter macht, wird er es in die Seine werfen.

Allerdings ist das seltsam, denn soweit er sich erinnern kann, hat niemand diese Nummer. Carope hat sie, weil Renaire ihr eine SMS geschickt hat, und Celine hat sie für Notfälle, doch damit kommt er auch schon an das Ende seiner sehr, sehr kurzen Liste.

Emile vergräbt sein Gesicht in Renaires Halsbeuge, murmelt irgendetwas Unverständliches und legt die Arme um Renaires Taille. Es ist eine ziemliche Qual, sich zu bewegen, denn er möchte eigentlich *keinen Muskel* rühren. Emile scheint ihm da recht zu geben, doch schließlich gelingt es ihm, sich aus Emiles Umarmung zu befreien und sich leise fluchend auf die Suche nach seinem Telefon zu begeben.

Seine Stimme ist rau und kratzig, als er schließlich rangeht. „Was?"

„Wir müssen reden", sagt Celine mit leiser und ernster Stimme, und Renaire kann nichts anderes denken als *oh Gott, nicht schon wieder*. Doch es kann nicht wieder so sein wie beim letzten Mal. Die STB hat diesen völlig hirnrissigen Plan offiziell abgesagt. Celine sollte keinen Grund haben, in diesem Tonfall mit ihm zu sprechen, außer seine winzige Wohnung geht gerade in Flammen auf. Was allerdings auch kein großes Drama wäre, obwohl er seinen Toaster vermissen würde. Und Chason hätte ein Versteck weniger.

Renaire atmet tief ein. „Was ist los?", fragt er.

Celine zögert und das ist kein gutes Zeichen. Das gefällt ihm überhaupt nicht, denn alles, was er tun möchte, ist, sich mit Emile im Bett zusammenrollen und bis zwei Uhr nachmittags liegen zu bleiben, Morgensex zu haben, dann nackt in der Küche Mittag zu essen, und dann Nachmittagssex zu haben. Ist das wirklich zu viel verlangt? Nein, ist es *nicht*. Doch Celine zögert und Renaire hat sich damit abgefunden, dass er wohl wissen muss, was sie ihm erzählen will.

„Was ist los?", wiederholt Renaire so ruhig, wie es ihm möglich ist. Und das ist viel ruhiger, als er angenommen hatte.

„Ich sollte voranstellen, dass wir sicher sind, dass es nicht Delaurier ist", sagt Celine.

Renaire möchte am liebsten antworten, dass er das bereits wusste, doch wenn es darum geht, Emile einzuschätzen, vertraut er seinem gesunden Menschenverstand nicht. Nicht mehr. Er sieht all seine Fehler und liebt ihn trotzdem, und mal ehrlich, keine logisch denkende Person würde das je tun. Schließlich sagt er: „Das weiß ich bereits."

„Natürlich", sagt Celine und sie klingt erleichtert. Jetzt wacht Emile tatsächlich auf und kämpft sich durch seine angeborene Einbildung, dass der Sonnenaufgang nur ein Mythos ist. „Ich gehe davon aus, dass er in der Nähe ist?"

„Wie kommen Sie denn darauf?", fragt Renaire mit ironischem Unterton.

„Wir konnten ihn nicht erreichen, und niemand schien willens, ihn für uns zu kontaktieren – überhaupt einen von Ihnen zu kontaktieren, schätze ich", sagt Celine und Renaire ist sich nicht sicher, ob sie ihm tatsächlich antwortet und ihm einfach die Lage erklärt, weil das in ihrer Natur liegt. „Aber ich schätze, er hat ein Alibi."

Emile grummelt irgendetwas ins Kissen, von dem Renaire vermutet, dass es sein Name gewesen sein könnte. Oder eine allgemeine Beschwerde. Manchmal fragt Renaire sich wirklich, ob Emile in der Zeit zwischen fünf und acht Uhr morgens in eine Art frühkindliche Phase zurückfällt. „Ja, das hat er", sagt Renaire und ist ziemlich stolz, dass er nur ein kleines bisschen selbstgefällig klingt. Okay, vielleicht doch nicht nur ein kleines bisschen. Das Wichtige ist, dass er es ihr nicht entgegenschreit, und dafür hätte er einen Preis verdient.

„Gut", sagt Celine. Sie ist nervös, darum klingt ihre Stimme ein wenig zittrig. „Also, sitzen Sie? Ist Delaurier wach?"

„Einfach raus damit, Celine", sagt Renaire kurz angebunden.

Mittlerweile hat Emile es geschafft, sich aufzusetzen, auch wenn er sofort gegen Renaires Schulter fällt und ihm etwas in die Halsbeuge murmelt.

„Wir haben eine weitere Bombendrohung der STB erhalten", sagt Celine. „Es handelt sich um eine Tonaufnahme von Delaurier, vermutlich mindestens eine Woche alt."

Renaire ist unendlich dankbar für die Tatsache, dass Emile immer noch nicht wirklich wach ist, denn so kann er einfach aufstehen und die Wohnung verlassen, oder er kann so tun, als wäre das hier nie passiert, oder er kann Emile wachrütteln und ehrliche Antworten von ihm verlangen.

„Vielleicht ist sie schon vor Wochen abgeschickt worden, aber erst jetzt eingetroffen?", schlägt Renaire vor, obwohl er selbst weiß, dass die Chance sehr gering ist.

„Ist sie nicht", sagt Celine einfach und Renaire kann ein Rascheln, vermutlich von Papieren, die hin und her geschoben werden, hören. Sie ist der Typ für echtes Papier statt Email. „Wir wissen jedoch, dass es niemand von der STB war – zumindest nicht vom Kern."

Renaire runzelt die Stirn. „Der Kern? Wer ist das?"

„Das sind *Sie*, Renaire. Die originale STB. Es klingt einfach nicht so Furcht einflößend wie die Bezeichnung engerer Kreis", sagt Celine. „Ich schätze, Sie sind nicht im Bilde darüber, wie viele Ableger es eigentlich gibt, darum sage ich einfach nur, dass es viele sind, wenigstens einer pro Land. Die meisten Ableger der STB sind politische Gruppen, die sich auf Proteste konzentrieren oder darauf, Gerechtigkeit walten zu lassen, ohne dabei Menschen zu ermorden. Das überlassen sie Ihnen."

„Das ist wirklich sehr nett von ihnen", sagt Renaire. Er wusste, dass es Splittergruppen gibt und er weiß auch, dass Emile manchmal verschwindet, um dort zu predigen, während Renaire tut, wonach auch immer ihm der Sinn steht ... aber *wow*. Vielleicht lag Wikipedia ja doch nicht so falsch. „Und Sie denken, eine dieser Gruppen hat sich den Plan für die Bombendrohung angeeignet?"

„Wasiss?", sagt Emile und kämpft darum, wirklich wach zu werden. „Was zum Henker hat sie dir erzählt?"

„Ich habe mit Glasson gesprochen und aufgrund seiner Informationen gehe ich davon aus, dass eine der Gruppen nicht darüber im Bilde ist, dass die Sache abgeblasen ist. Entweder das, oder es ist ihnen egal", sagt Celine. „Da es sich um einen geplanten Angriff auf sieben Städte innerhalb von dreiunddreißig Tagen handelt, ist wohl davon auszugehen, dass *irgendjemand* das Memo nicht bekommen hat. Wir wissen nicht, um welches Land oder um welche Stadt es sich handelt, und die STB will uns die Ziele nicht mitteilen. Das ist *unglaublich* frustrierend. Wir könnten Ihre Hilfe gebrauchen."

„Und Glasson hat dem kein Ende gesetzt?", fragt Renaire, der ehrlich verwirrt ist, weil er weiß, dass Glasson nicht will, dass diese Sache durchgezogen wird, und weil Glasson vermutlich ganz Frankreich kontrollieren könnte, wenn ihm danach wäre. Wenn es nicht in Glassons Macht steht, diese Sache zu beenden, dann handelt es sich um eine wirklich ernste Bedrohung.

„Man hat mir gesagt, dass er alles versucht, aber er weiß nicht, wo die undichte Stelle ist. Er war sehr erfolgreich darin, für den Fall einer Befragung Informationen verschwinden zu lassen – so erfolgreich, dass sie ihm jetzt selbst nicht mehr zur Verfügung stehen. Die Grundidee war, dass dieser Plan unaufhaltbar ist, und seine eigene Arbeit ungeschehen zu machen, wird nicht einfach werden", sagt Celine.

„Wenn das jemand kann, dann Glasson", sagt Renaire.

„Oh, das ist mir durchaus bewusst", sagt sie und klingt dabei so frustriert, wie wohl nur eine Interpol-Agentin klingen kann. Es entsteht eine bedeutungsschwangere Pause. „Aber wenn das passiert –"

„Entweder ich halte das auf oder ich gehe bei dem Versuch drauf", sagt Renaire.

Das sorgt zielsicher dafür, dass Emile aufwacht. Er stürzt nach vorn, entreißt Renaire das Telefon und starrt entnervt die Wand an, während Renaire kaum atmen kann, weil Emile ihn so fest umarmt. „Worüber zum Teufel reden Sie da?", will Emile wissen.

Renaire beobachtet, wie sich Emiles Gesichtsausdruck von empörtem Stirnrunzeln zu aufmerksam zu gefährlich angespannt wandelt. Schließlich schaut er, als würde jeden Moment etwas Lebensbedrohliches passieren.

„Ich kümmere mich darum", sagt Emile und beendet das Gespräch. Er hält Renaire immer noch fest, als bestünde jeden Moment die Gefahr, dass er sich in die Lüfte erhebt, doch zumindest drückt er ihm nicht mehr die Luft ab. Er ist still, angespannt und irgendwie niedergeschlagen, und Renaire legt seine Hände auf Emiles.

Irgendjemand hat vor, diesen fürchterlichen Plan durchzuziehen, und diesmal hat Renaire keine Ahnung, wer es ist. Er weiß nicht, warum sie sich der STB zugehörig fühlen, weiß nicht, warum (oder ob) sie gegen direkte Befehle verstoßen. Emiles warmer Körper schmiegt sich an ihn, sein Kinn liegt auf Renaires Schulter. Renaire möchte einfach nur zurück unter die Bettdecke kriechen. Sie hatten höchstens vier Stunden Schlaf, und Renaire kann schon jetzt spüren, dass er übernächtigt ist. Sie sind beide nicht gut gewappnet für eine Krise dieser Größenordnung. Sie sind müde, gefangen irgendwo zwischen scharfkantigem Stress und einer so tiefen Erleichterung, dass sie kaum die Glieder heben können, und darüber hinaus müssen sie noch die Dynamik erforschen, die jetzt zwischen ihnen herrscht.

„*Wir* werden uns darum kümmern", sagt Renaire schließlich, weil das die einzig mögliche Antwort ist.

Renaire drückt seine Lippen sanft und ruhig auf Delauriers Hals, und lässt dann von ihm ab.

Sie ziehen sich an. Emile geht nach unten. Renaire zündet sich eine Zigarette an und starrt für eine halbe Ewigkeit aus den riesigen Fenstern. Dann geht er nach oben, um ihre Waffen zusammenzusuchen. Stück für Stück für tödliches Stück.

ALS RENAIRE hört, was das Ziel ist, muss er sich fast übergeben. Ihm ist einfach nur speiübel, und wenn es sich bei Emile um *irgendjemand* anderen handeln würde, würde er ernsthaft darüber nachdenken, ihn umzubringen. Oder er hätte es bereits getan. Stattdessen sitzt er in einem der Stühle, vornübergebeugt und mit dem Kopf zwischen den Knien, und versucht, sich einzureden, dass das hier nicht passiert, dass sie es verhindern werden. Emile würde nicht einmal darüber nachdenken, so etwas auszuführen.

Darüber nachdenken, ja, durchführen, nein, hatte Emile gesagt, weil er nicht das Gefühl hat, dass es falsch ist, selbst wenn er es mittlerweile weiß, auf eine intellektuelle Art und Weise. Sie werden das hinkriegen. Sie werden das aufhalten, und er wird weiterhin daran arbeiten, Emile zu überzeugen, dass er ein Gewissen entwickeln muss, damit die einzigen Menschen, die sterben, jene sind, die sie ohnehin bei ihren detailliert geplanten Attentaten töten.

Emile schleicht um ihn herum und kann sich offensichtlich nicht entscheiden, ob er ihn lieber berühren und beruhigen oder ihn in Ruhe lassen sollte.

Herauszufinden, was man tun und wie man sich verhalten sollte, ist ein ewiges Dilemma, wenn man in ein Monster verliebt ist.

„Und alle waren mit diesem Plan einverstanden", sagt Renaire, als er endlich wieder Worte über die Lippen bringt. Seine Stimme klingt kalt und leblos, und er hebt den Kopf, um sich in dem Versuch, alle Gefühle loszuwerden, mit den Händen übers Gesicht zu rubbeln. Darin war er einmal gut gewesen. Heutzutage ist das jedoch anders.

Oh Mann, er würde so gern einen trinken, doch sie haben einen Auftrag, einen *unglaublich* wichtigen Auftrag. Dafür sollte er wenigstens ansatzweise nüchtern sein, also entscheidet er sich für eine Zigarette. Das Ritual – Zigarettenpackung hervorholen, eine Zigarette herausschütteln, Packung zurückstecken, Feuerzeug hervorholen, die Flamme beobachten, einatmen, ausatmen, einatmen, ausatmen – ist beruhigend. Nicht beruhigend genug, doch er bekommt sich zumindest halbwegs unter Kontrolle.

Trotzdem kann er Emile immer noch nicht anschauen, doch weil er ihn nicht vor den Kopf stoßen will, schließt er die Augen. „Nun ja, es würde definitiv ein Verlangen nach Veränderung nach sich ziehen", sagt er, doch seinen Worten fehlt jeglicher Humor.

„Wir werden das nicht zulassen", sagt Carope, die an dem Tisch sitzt, auf dem sie ihre Pläne ausgebreitet haben. Ihre sehr durchdachten, detaillierten, kaum zu verhindernden Pläne. Auch ihr fehlt ihre gewöhnliche gute Laune. „Wir können wenigstens das Gebäude und die Umgebung evakuieren."

„Und dann tritt Plan F in Kraft", sagt Glasson. Renaire kann sich nicht einmal vorstellen, wie es wäre, überhaupt nur das Gebäude zu verlieren. Und die umliegenden Gebiete. Bei dem Gedanken daran möchte er sich nur zu einem kleinen Ball zusammenrollen und losheulen. „Nein, unsere erste Idee ist immer noch die beste."

„Und die war?", fragt Renaire und öffnet die Augen, denn das hier ist wenigstens *produktiv*, das ist die STB in Bestform.

Die Blicke jeder einzelnen Person im Raum sind plötzlich auf ihn gerichtet. Nun ja, die Blicke aller außer Emile, der immer noch zwischen Zuneigung und Verlegenheit gefangen scheint. Hinzu kommt jetzt jedoch noch eine Prise Sturheit, weil er annimmt, dass Renaire ihrer Diskussion gleich eine Breitseite verpassen wird. Als Renaire fertig ist, sich darüber zu amüsieren, räuspert sich Emile und sagt: „Wir können draußen darüber sprechen –"

„Nein, können wir nicht", sagt Renaire. Und die STB ist wieder in ihrem Element. Alle tun so, als wären sie wahnsinnig beschäftigt, anstatt ihnen beiden zuzuhören. Renaire zeigt auf den nächstbesten Stuhl und sagt: „Setz dich. Erkläre."

Emile gehorcht, schürzt die Lippen und atmet dann aus, bevor er zu einer Erklärung ansetzt. „Wir haben eine Möglichkeit, hineinzugelangen. Wenn wir sie nutzen und dabei ein paar Namensschilder mitgehen lassen, können du und ich vielleicht völlig unbehelligt hineingehen. Unsere Recherche legt nahe, dass wir vielleicht sogar Hilfe von den Sicherheitskräften vor Ort erwarten können, wenn wir einfach nur schnell genug reden."

Renaire ist beeindruckt. „Warum machen wir das dann nicht?"

„Weil es sich bei dieser Möglichkeit um deinen Schwager handelt", sagt Emile.

„Um meinen was?", fragt Renaire.

Emile seufzt, geht zum Tisch hinüber und greift nach einer Akte, ach ja, stimmt, seine Schwester ist verheiratet und seine Eltern sind tot. Renaire hat Ivanovas Akte nie zur Gänze durchgelesen – er ist bis zu den Krankenakten gekommen und hat nach vier Seiten im Stile von *keinerlei Probleme außer schlechte Entscheidungen im Leben* aufgegeben. Als Emile zurückkommt, hat er ein Bild von Renaires Schwester in der Hand, die sehr erwachsen aussieht und gerade einen Mann mit einem unglaublich breiten Grinsen im Gesicht heiratet. Es handelt sich um einen Zeitungsausschnitt, die Überschrift lautet „Senator Mannon heiratet seinen Schwarm aus Kindertagen, Michelle Renaire".

Die Kindertage müssen wirklich sehr kindlich gewesen sein, denn Renaire hat noch nie von einem Dax Mannon gehört. Er würde sich an einen *Dax Mannon* erinnern.

Vermutlich.

Er versteht jetzt, wie dieser Plan funktionieren soll, und spürt bereits, wie sich sein Gesicht verzieht. Er starrt auf das Bild und den dazugehörigen Artikel, und Delaurier starrt derweil ihn an, und er möchte das wirklich nicht tun.

„Wir könnten einen anderen Zugang finden, doch das ist die einfachste Möglichkeit", sagt Glasson schließlich, als abzusehen ist, dass das Anstarren in nächster Zeit nicht aufhören wird. „Ein als vermisst geltender Bruder, der das Bild zum ersten Mal sieht und erkennt, dass seine Schwester noch am Leben ist, stürmt auf die erstbeste Person zu, die ihm sagen kann, wo sie ist –"

„Ich verstehe schon, danke", sagt Renaire und rubbelt sich mit den Händen über das Gesicht. Schon wieder. Verflucht, er hat noch nicht einmal seine erste Zigarette aufgeraucht. „Ich kann uns also Zutritt zum Palais du Luxembourg verschaffen, aber dafür muss ich die Rolle des lange verschollenen, kleinen Bruders spielen."

„Du *bist* der lange verschollene, kleine Bruder", sagt Emile.

Blöde Logik. „Na gut, aber wie kommst *du* rein?"

„Er ist das Anhängsel vom lange verschollenen, kleinen Bruder", sagt Carope mit einem breiten Lächeln.

„Das heißt, so ziemlich jeder außer mir wusste, dass ich verheiratet bin", sagt Renaire.

„Ja", sagt Carope.

Er bringt nicht einmal genügend Energie auf, um überrascht zu sein. Im Moment könnte er herausfinden, dass er die Mutter von fünf Kindern ist, ohne überrascht zu sein. „Damit wären wir im Gebäude", sagt Renaire. „Das setzt aber voraus, dass sie ignorieren, dass Delaurier Delaurier ist."

„Wir glauben, dass das ganze Drama um dich sie genügend ablenken wird, um das zu ignorieren, also solltest du für wirklich *viel* Drama sorgen. Vermutlich ist es auch hilfreich, dass unser unbekannter Bombenleger Delauriers Anwesenheit eher als Unterstützung denn als Bedrohung sehen wird. Eine ziemlich wackelige Theorie, aber das ist alles, was wir haben", sagt Glasson.

Das macht Sinn – wenn dieser Plan so gut durchdacht ist, wie Renaire vermutet (weiß – Glasson, Emile und der Rest der STB waren beteiligt, also wurden alle Eventualitäten bedacht), dann liegt ihre einzige Chance darin, möglichst unauffällig zu sein. Die unvorhergesehene Tatsache, dass ein lange verschollener Bruder einen unbewaffneten Aufstand veranstaltet, ist wahrscheinlich tatsächlich ihre beste Chance. Renaire hat einfach nur das Pech, dass er der arme Kerl sein muss, der mit seiner Familie wiedervereint wird, damit das Leben hunderter Menschen gerettet werden kann.

Renaire nickt und denkt darüber nach, wie viel schlimmer es sein könnte – und wie viel besser, wenn die STB etwas Einfaches wäre. Eine Schaffarm zum Beispiel. Dann könnten sie alle tagein tagaus süße, fluffige Schafe hüten.

„Dann lass uns gehen", sagt Renaire. Er steht auf, klopft sich von oben bis unten ab und reicht Emile seine bevorzugten Waffen. Für diese Sache nichts Ausgefallenes. Renaire hat nur seine Messer; die meisten seiner Taschen werden von Kunst oder Kippen oder Schnaps okkupiert. Er ist für Paris angezogen und da erwartet einen in der Regel eben keine bewaffnete Auseinandersetzung. Paris ist das Synonym für Schlaf und Freunde und exzessives *Alles*, nicht etwa für Bomben und Wiedervereinigungen.

„Vermutlich werden wir es nicht schaffen, mit den Waffen reinzukommen", warnt Emile. Im Gegensatz zu Renaire verstaut er auch eine Pistole zusammen mit all den anderen nützlichen Dingen in einer der vielen Taschen des roten Mantels.

„Sieh es einfach als meinen einzigen optimistischen Moment für den heutigen Tag an", erwidert Renaire und raucht seine Zigarette auf.

Sie gehen mit einem knappen Auf Wiedersehen und ein paar organisatorischen Befehlen von Emile, und schlagen dann die Richtung zur Metro ein.

Draußen ist es bitterkalt. Selbst mit seinem Mantel ist Renaire für dieses Wetter völlig falsch angezogen, und es ist kaum acht Uhr morgens, als sie in die Nähe des Haupttors kommen. Es ist zu früh, ihm ist zu kalt und er ist müde und will das hier eigentlich gar nicht tun.

„Wie lange ist es her, dass du deine Schwester das letzte Mal gesehen hast?", fragt Emile, während sie von der gegenüberliegenden Straßenseite das Tor anstarren.

„Ungefähr zwölf Jahre", sagt Renaire. Und verdammt, ihm ist egal, wie sehr er im Moment Delauriers unmoralische Grausamkeit hasst, er ist unbeschreiblich ich ihn verliebt, *braucht das*, braucht *ihn*. Angst und Panik zerreißen ihm schier das Hirn, also ergreift er Emiles Hand. Emile ist hier bei ihm, und erwidert seinen Griff, sobald ihre Finger sich berühren, und Renaire weiß, dass Emile nur loslassen wird, wenn Renaire das von ihm verlangt. Entweder das oder jemand sägt ihm die Hand ab, wobei sogar das vielleicht nicht funktioniert.

Sie sind zusammen. Sie werden zusammen bleiben. Emile wird sich um ihn kümmern und Renaire wird sich um Emile kümmern, und wenn sie zusammen sind, kann er auch der Tatsache ins Auge sehen, dass er Blutsverwandte hat.

Emile spricht zwar nicht darüber, doch Renaire weiß, dass sie völlig unterschiedlich sind, was die Verwandtschaft angeht. Es war Renaires eigene Entscheidung, zu gehen und er hat seither alles getan, um seine Familie zu vergessen. Emile wurde hinausgeworfen und enterbt, und trotzdem beobachtet er seine Eltern manchmal heimlich wie der liebenswerte Stalker, der er eben ist.

„Wir können danach verschwinden", sagt Emile schlicht, und als Renaire ihn ansieht, macht Emile ein vollkommen ernstes Gesicht. „Ich meine, wir können dafür sorgen, dass du verschwindest. Wenn du nicht gefunden werden willst, dann wirst du nicht gefunden."

„Oder wir können mit den restlichen hundert Menschen in die Luft fliegen", sagt Renaire.

„Oder das", stimmt Emile zu.

Ganz nebenbei fällt Renaire auf, dass er genau hier Emile zum ersten Mal begegnet ist.

Darauf konzentriert er sich. Er erinnert sich an die warme Sommerluft und daran, wie er einfach nur *raus* und weg von Wie-war-noch-mal-sein-Name wollte, wie er im Jardin du Luxembourg zeichnete und sich einfach nur tot fühlte. Der Wind war stärker geworden und hatte seine Bilder in die Luft gewirbelt und er hatte sie schnell wieder eingefangen, bevor sie zu weit wegflogen. Doch dann sah er *ihn*, sah Emile Delaurier in seine Richtung lächeln, wobei das Lächeln vermutlich für jemanden hinter Renaire gedacht war. Er lächelte unter diesem sonnengeküssten Baum und in Renaires Gedanken schien er zu glühen.

Er war, und ist immer noch, das Wunderschönste, das Renaire je gesehen hat.

Und jetzt halten sie Händchen und Emile will das. Emile will *Renaire*, will, dass sie zusammen sind und zwar für eine lange, lange Zeit. Darauf konzentriert er sich, als sie die Straße überqueren.

Renaire hat den völlig zerknitterten Artikel in der Tasche und seine Hände haben schon vorher wegen seiner wirklich deprimierenden Nüchternheit gezittert, doch durch seine Nervosität zittern sie nur noch mehr. Er erlaubt sich, genauso angstvoll auszusehen, wie er sich fühlt – sie werden sterben, sie werden das Oberhaus des französischen Rechtssystems zerstören und dazu noch einen öffentlichen Park und die ganze Umgebung. Und dann muss er sich auch noch der Tatsache stellen, dass er eine Vergangenheit hat. Und er will nichts davon.

Mittlerweile wissen sie, wie sie in Gebäude, in denen sie nichts zu suchen haben, eindringen und sie wieder verlassen können. Zum Beispiel ist es gerade früh am Morgen und die Menschen strömen zur Arbeit. Sie schließen sich einfach dieser großen Gruppe an und sind bald nur zwei weitere Gesichter in einer müden Masse Menschen an diesem Dienstagmorgen. Mit ihren gestohlenen Zugangskarten gehen sie an müden und überarbeiteten Sicherheitsmännern vorbei zum Eingang. Sie sind gut darin, auszusehen, als würden sie dazugehören, selbst wenn sie sich bei den Händen halten und Emile seinen kreischroten Mantel trägt, während Renaire ein Hemd trägt, das so leger aussieht, dass es schon fast ein Pyjama sein könnte.

Emile hat ihm erzählt, was er ohnehin bereits wusste – dass die Bombe nämlich schon an Ort und Stelle ist. Scheinbar ist sie schon seit Tagen, wenn nicht gar Wochen, da. Angebracht und von all den richtigen Untergebenen ignoriert. Manchmal ist die Fähigkeit der STB (Emiles), Menschen dazu zu bringen, bei ihren Plänen mitzumachen, beängstigend.

Sie folgen der Gruppe Menschen durch das Eingangstor, bis sie sich ausdünnt, woraufhin sie unschlüssig sind, in welche Richtung sie sich wenden oder wen sie fragen sollten. Sie tauschen einen kurzen Blick, bei dem Emile ihn wissen lässt, *du übernimmst ab hier die Führung* und Renaire erwidert, dass er sowohl ihn als auch die ganze Situation hasst. Dann atmet Renaire tief ein, zerknittert den Artikel in seiner Tasche noch ein bisschen mehr, zieht ihn hervor und hält ihn wie ein Ermittler der erstbesten Person unter die Nase, die ihm über den Weg läuft. „Ich suche nach diesem Mann", sagt er und versucht dabei, so wichtig und selbstbewusst wie möglich zu klingen, was einfach nur bedeutet, dass er Emile imitiert. „Senator Dax Mannon, wo ist er?"

Die Frau starrt ihn an, doch als Renaire seine Frage wiederholt, zeigt sie nach links. „Senator Mannon müsste im Konferenzsaal sein."

Emile zieht ihn bereits weiter, als Renaire der Frau dankt. Sie eilen durch wunderschöne Flure. Emile kennt den Grundriss, darum bleibt Renaire Zeit, sich darüber zu wundern, wie gut das bisher gelaufen ist. Sie sind drin, sie sind bewaffnet, und bis jetzt sind sie auch noch nicht verhaftet worden oder gar tot, wenn sie theoretisch auch kopflos durch die Gegend rennen und damit die Sicherheitsleute auf sich aufmerksam machen könnten.

„Um zehn ist eine wichtige Wahl. Wenn die Sache genau nach Plan läuft, geht die Bombe um 10:28 hoch", sagt Emile, denn *natürlich* wird es so sein. „Ich weiß nicht, wo sie ist, aber –"

„Warum weißt du nicht, wo sie ist?"

„Für den Fall einer Gefangennahme", sagt Emile, als wäre es lächerlich, dass er das überhaupt erklären muss. „Es gab sieben Ziele. Das hier war nichts, vor dem wir uns hätten verstecken können. In dem Moment, wo das hier losgeht, wäre jede Person, die auch nur entfernt etwas mit der STB zu tun hat, zur Befragung gefangen genommen worden, um die anderen Attacken zu stoppen. Jemand, der keine Informationen hat, kann auch keine preisgeben."

Sie betreten den Konferenzsaal und Renaire macht große Augen. Er ist atemberaubend schön, überall Gold und Marmor und Skulpturen und Gemälde, alles unglaublich elegant und symbolisch und perfekt. Er hat sich kaum umgesehen, da dreht er sich schon zu Emile um, um ihn anzuschreien. „Warum zum Teufel musstest du dich hierfür entscheiden?"

Um sie herum sind Leute, die sich unterhalten oder auf ziemlich wichtige Art Zeitung lesen. All diese Leute blicken plötzlich auf und starren diese beiden viel zu leger angezogenen Männer an, die dort stehen, Händchen halten und unglaublich übermüdet aussehen. Renaire ist so damit beschäftigt, sich in dem riesigen Saal umzusehen, dass er völlig vergisst, den lange verloren geglaubten Bruder zu spielen, doch Emile drückt seine Hand fest genug, um ihn daran zu erinnern, dass er nicht hier ist, um die Architektur zu bewundern. Er hat einen Auftrag zu erledigen.

Renaire macht einen unbeholfenen Schritt vorwärts und trägt mit lang ausgestrecktem Arm den Zeitungsartikel vor sich her, als wäre er ein Kruzifix inmitten von Vampiren. „Bitte, ich muss unbedingt Dax Mannon finden. Ich denke, er ist mit meiner Schwester verheiratet, und ich habe sie seit zwölf Jahren nicht mehr gesehen. Bis ich diesen Artikel gesehen habe, wusste ich nicht einmal, dass sie noch am Leben ist, und ich habe in den letzten – ich weiß nicht mal mehr wie vielen – Tagen kaum geschlafen. Wir waren fast ununterbrochen unterwegs, um hierher zu kommen."

Und das meiste davon ist sogar wahr.

Seltsamerweise ruft niemand die Sicherheitsbeamten.

„Das bin ich", ruft eine Stimme vom anderen Ende des Saals und ein Mann geht auf sie zu. Er sieht Renaire an, als hätte dieser ihm gerade mit einer Schaufel eine übergezogen. „Ich bin Dax Mannon und ich glaube kein Wort von dem, was Sie sagen."

„Ich habe dieses Bild gesehen", sagt Renaire und händigt Dax den Artikel aus. Nachdem er so viel Zeit damit verbracht hat, ihn in seiner Tasche zu zerknittern, sieht der Artikel aus, als hätte er ihn mindestens vier Tage ständig in den Händen gehalten. „Ich – wir – waren in – verdammt, ich kann mich nicht einmal erinnern, wo wir waren, aber ich habe es gesehen und das ist Michelle und Sie müssen ja wissen, wo sie ist, wenn Sie mit ihr verheiratet sind."

„Wie kommen Sie darauf, dass ich Ihnen das abnehme?", fragt Dax, aber er ist sich seiner Sache schon nicht mehr so sicher. Sein Blick wandert von dem Artikel (der ihre Familie abgesehen von der Tatsache, dass ihre Eltern tot sind, mit keinem Wort erwähnt) zu Renaires panischen Augen zu seiner Hand, mit der er Emiles Hand fest umschlossen hält. Bisher hat er Emile noch nicht *wirklich* angesehen. Da keiner nach den Sicherheitsleuten ruft und sie auch immer noch am Leben sind, hat das bisher noch niemand getan. Renaire hatte nicht einmal gewusst, dass es überhaupt möglich ist, Emile zu ignorieren. „Beweisen Sie, dass Sie verwandt sind."

„Es gibt natürlich die Möglichkeit eines Bluttests, aber ehrlich gesagt, verwirrt mich der Artikel etwas, da von einem Freund aus Kindertagen die Rede ist. Da ich Sie aber noch nie im Leben gesehen habe, ist das eine Lüge, außer Sie kennen sich aus der Zeit vorm Kindergarten", sagt Renaire.

Dax räuspert sich und wirft Renaire einen prüfenden Blick zu. Michelle und er sehen sich nur entfernt ähnlich, doch Dax scheint das auszureichen, denn er nickt. „Folgen Sie mir."

Das tun sie. Er führt sie in einen ebenso atemberaubenden Raum, der von dem beeindruckenden Saal abgeht. In dem Raum befinden sich relativ einfach gehaltene Tische und Stühle und Dax führt sie zu einem Tisch, der auf ziemlich anmaßende Weise gleich neben Napoleons Thron steht.

„Das ist ein sehr seltsamer Tag", sagt Renaire und Emile drückt seine Hand, während sie sich mit dem Rücken zur Wand an den Tisch setzen. Dax sitzt ihnen gegenüber, sehr verletzlich und berechnend. Bis zur Abstimmung ist es noch eine Stunde und die meisten Senatoren sind noch gar nicht eingetroffen. Renaire vermutet, dass Dax nur so früh schon anwesend ist, weil es sein erstes Jahr im Amt ist. Noch ist er keiner dieser abgestumpften Staatsmänner, die die STB sehr genau im Auge behält.

„Es ist richtig, dass die Sache mit dem Schatz aus Kindertagen gelogen war. Das war Michelles Idee", sagt Dax, und es kommt nicht einmal als Überraschung. Sie hat schon immer gern so getan, als wäre sie reich. „Und ich kann Sie in Ihrem Gesicht wiedererkennen, gerade genug, um Ihnen zu glauben. Aber glauben Sie wirklich, dass ich Ihnen abnehme, dass Sie nur hier sind, um mich über Ihre Schwester auszufragen?"

„Das, und um Menschenleben zu retten", sagt Renaire und erkennt im gleichen Augenblick, dass er es wirklich ernst meint. Michelle war acht Jahre älter als er und in der schlimmsten Zeit kaum da, weil sie damit beschäftigt war, ihre Karriere als Sopran zu verfolgen. Er hat gute Erinnerungen an sie. Es wäre tatsächlich schön, sie wiederzusehen.

Dax runzelt die Stirn. „Menschenleben zu retten?"

„Für heute ist eine Attacke auf den Senat geplant", sagt Emile und vor Überraschung steht Dax' Mund offen. „Wir sind hier, um das aufzuhalten, aber es darf keine Vorwarnung für die Bombenleger geben –"

„*Bombenleger*?", zischt Dax. Ihn ergreift Panik, so wie es wohl jedem normalen Menschen ergehen würde, doch wenn er noch lauter wird, könnte das für sie alle böse enden.

Renaire beugt sich über den Tisch, um Dax' Hand zu ergreifen. Er wirft ihm einen flehenden Blick zu und sagt dann leise: „Wir können diese Bedrohung stoppen, aber wir brauchen deine Hilfe. Du wirst zu *niemandem* ein Wort sagen, weil die Bombe ansonsten verfrüht losgehen könnte. Du führst uns herum, während wir ‚auf Michelle warten‘ und währenddessen sehen wir uns im Gebäude um."

Dax nickt und Renaire blickt ihn mit einem Ausdruck an, von dem er hofft, dass er Erleichterung widerspiegelt. Als Vorbild nimmt er sich die Gesichter von Leuten, denen sie letztendlich *keine* Kugel in den Kopf geschossen haben. „Und du bist wirklich ihr Bruder?", sagt Dax. Renaire nickt. „Weißt du, sie hat die letzten fünfzehn Jahre ununterbrochen nach dir gesucht."

„Zwölf Jahre", berichtigt Renaire und nein, das hatte er nicht gewusst. Überhaupt nicht. „Aber bis vor ein paar Tagen hatte ich wirklich keine Ahnung, dass sie am Leben ist, oder verheiratet. Und ich möchte wirklich, dass sie Emile kennenlernt."

„Wirklich?", fragt Emile völlig überrascht.

Dax erblasst, als er Emile ansieht und ihn endlich erkennt. *Endlich.* Er ist nicht so sicher, dass Dax das genauso sieht. „Du bist hier, um eine Attacke zu stoppen?", sagt er.

„Vor allem steht die STB für Gerechtigkeit", sagt Emile. „Und das ist *keine* Gerechtigkeit. Es ist eine Tat, die von Frustration und Ungeduld zeugt, und dabei viel zu viele Menschen das Leben kosten wird. Wir werden das aufhalten oder bei dem Versuch sterben."

Dax nickt und holt sein Handy aus der Tasche seiner Anzugjacke. „Und ihr seid?"

„Partner in jeder Hinsicht", antwortet Emile schlicht und nach kurzem Zögern lässt er Renaires Hand los und streckt Dax die Hand entgegen. „Es ist schön, endlich die Familie kennenzulernen."

„Wunderbar, mein Schwager ist ein Terrorist", sagt Dax resigniert, doch er schüttelt Emile die Hand. Kurz. Dann spielt er mit seinem Handy herum, vermutlich um eine Nachricht zu schicken. „Ebenfalls schön, euch kennenzulernen. Ist der Bruder meiner Frau auch ein Terrorist?"

„Er ist ein unglaublich talentierter, weltberühmter Künstler", sagt Emile mit seltsamer Schärfe. Für Dax scheint das Sinn zu machen, denn er sieht kurz auf, wirft ihnen einen Blick zu und nickt einmal entschuldigend, bevor er sich das Handy ans Ohr hält. „Wir haben es ein bisschen eilig, also –"

„Es klingelt", sagt Dax und hält Renaire das Handy hin.

Sie können alle hören, als am anderen Ende abgenommen wird. Sie können auch alle hören, wie eine Frauenstimme sagt: „Hallo? Dax? Was ist los?"

Emile hält wieder seine Hand, diesmal sichtbar auf dem Tisch. Panik strömt Renaire aus jeder Pore. Er ist völlig verängstigt, verfällt in Panik, und Emile hält seine Hand, sieht ihn geduldig an und vertraut ihm. „Du musst das nicht tun", sagt Emile.

Renaire entreißt Dax das Handy und drückt Emiles Hand so fest, dass er fühlen kann, wie Knochen gegeneinander knirschen. „Michelle?"

„Oh Gott. Was ist passiert? Geht es ihm gut?", sagt Michelle und Renaire erstarrt. Er bekommt kein Wort über die Lippen, kann nicht einmal atmen. Er ist wieder acht und Michelle schreit ihre Eltern an. Er ist wieder dreizehn und versucht sich an ihrer Stelle im Schreien. Er ist wieder sechzehn und sieht ihr Bild an – wild und selbstbewusst auf der Bühne –, bevor er sich aus dem Raum schleicht. „Wer ist da?"

„Hallo, Schwesterherz", sagt Renaire schließlich und räuspert sich. „Ich bin gerade beim Senat eingebrochen, um die Welt zu retten und deinen Ehemann kennenzulernen. Scheint ein netter Kerl zu sein. Ich habe im Moment wirklich keine Zeit, aber wir sollten uns mal zusammensetzen und schwatzen. Wenn ich mal Zeit habe."

„Oh, mein Gott, *Valentine*? Val, bist du das?", sagt Michelle und Renaire muss auflegen, er kann nicht atmen, er legt auf und wirft aus purer Gewohnheit das Handy zur Seite, und Emile fängt es auf, so wie er es immer tut. Für gewöhnlich ist es ja auch Emiles Handy. Renaires Handy ist eigentlich nur in Benutzung, damit Emile ihn finden kann. Wenn er also mit jemandem spricht und Emile ist dabei, dann gibt er Emile das Telefon.

In dem Moment, als Emile das Telefon auffängt, beginnt es wieder zu klingeln, und da wenigstens Emile klar denken kann, gibt er es an Dax zurück. Dax geht ran und Renaire kann dem Geschehen kaum folgen, doch er hört Dax sagen: „Ja, es geht ihm gut, er muss nur kurz durchatmen, glaube ich … Ich weiß, dass es fünf Sekunden waren, Schatz … du … natürlich ist er das. Sie werden eine Weile hier sein … nein, ich weiß nicht, wie sie die Welt retten werden, kannst du … hör zu, Michelle, bitte … Michelle … Michelle … Schatz … *Michelle*!"

Emile nimmt Dax das Telefon aus den Händen und sagt: „Hier ist dein Schwager, schön dich kennenzulernen. Mit dir zu sprechen, hat Renaire emotional sehr mitgenommen. Er wird in schätzungsweise zwei Stunden wieder in der Lage sein, erneut mit dir zu telefonieren." Dann gibt er Dax das Handy zurück, packt Renaire beim Hemdkragen und Renaire weiß immerhin, was das bedeutet. Sie stehen auf. „Wir sollten gehen."

Dax gehorcht, weil jeder Emile gehorcht. Er hat zwar immer noch Michelle am Telefon, doch er führt sie aus dem Zimmer und zurück in den großen Saal, wo zahlreiche Senatoren sie schamlos beäugen.

„Wir gehen nach unten", sagt Emile und wieder gehorcht Dax. Ein paar Sicherheitsleute verfolgen sie, doch da Dax ihre Geschichte am Telefon mit Michelle bestätigt, halten sie sich zurück. Renaire muss einfach nur den emotional durchgeschüttelten, lange verloren geglaubten, kleinen Bruder spielen. Er meistert die Rolle bravourös.

„Ich brauche hier deine Unterstützung", sagt Emile.

Er schüttelt den Kopf und versucht, sich wieder im Hier und Jetzt zu verankern, doch das funktioniert erst, als Emile seine Hand in Renaires Kreuz legt, genau dorthin, wo er sein größtes Messer trägt. Und … stimmt. Stimmt.

Verdammt, es passieren gerade so viel wichtigere Dinge und auf *diese* muss er sich konzentrieren. „Du sagtest, es ist ungefähr halb elf?"

Emile atmet erleichtert aus. „Wir haben vielleicht zwei Stunden", sagt er, völlig professionell. Er lässt Renaires Hand los, als sie beide in ihren Auftragskillermodus fallen. „Ich schätze, es ist entweder die eigentliche Kammer des Senats oder irgendwo in der Nähe. Wenn es sich um die Art Leute handelt, die uns für gewöhnlich unterstützen, dann könnte es jeder sein und er könnte überall hin gelangt sein."

Dax runzelt die Stirn. „Wie?"

„Die Reinigungskräfte, Sicherheitsleute, all die kleinen, hart arbeitenden Leute, die ihr so gern ignoriert und wie das unsichtbare Dienstpersonal behandelt, von dem ihr denkt, dass es euch zusteht", antwortet Emile leichthin.

Dax starrt ihn an. „Ich tue nichts dergleichen!"

„An wie vielen Leuten sind wir auf dieser Treppe vorbeigegangen?", fragt Emile. Als Dax ihm nicht antworten kann, sagt Emile: „Sie sind dir nicht aufgefallen, weil sie dir egal sind. Sie sind wütend, werden schlecht behandelt, und unterbezahlt sind sie außerdem. Und *du* bist die einzige Stimme, die sie in der Regierung haben."

„Ist das wirklich der richtige Zeitpunkt für eine Brandrede?", fragt Renaire.

„Ich spaziere mit einem Senator durch das Palais du Luxembourg", sagt Emile.

Renaire seufzt und fingert nach einer Zigarette. „Wo du recht hast ..."

„Rauchen ist im Gebäude verboten", sagt Dax. Er hat sein Telefongespräch mit Michelle beendet, vermutlich, weil sie auf dem Weg hierher ist. Renaire beginnt sofort, diesen Gedanken zu verdrängen. Oder er versucht es zumindest.

„Das macht durchaus Sinn, wenn man an die unbezahlbare Architektur, Kunst, Geschichte und die Bibliothek und nicht zuletzt an die Gesundheit der hier arbeitenden Regierungsbeamten denkt", sagt Renaire und zündet mit effizienten Handgriffen seine Zigarette an. „Andererseits könnten wir alle in zwei Stunden tot sein. Selbst, wenn das *nicht* so ist, muss ich mich dann immer noch mit einer Schwester arrangieren, die ich seit über zehn Jahren nicht gesehen habe. Mir ist das also scheißegal." Entweder eine Person, die raucht, um sich ein bisschen zu beruhigen oder ein ganzes Gebäude, das in die Luft fliegt. Nicht wirklich eine schwierige Entscheidung.

Sie arbeiten das Erdgeschoss so zügig und unauffällig wie möglich ab, während Emile ständig mit verschiedenen STB-Mitgliedern telefonisch Kontakt hält und Renaire den Fragen seines Schwagers ausweicht, der wissen will, was er in den letzten zwölf Jahren gemacht hat und wie ihre Kindheit war und all diese Fragen, die normale Menschen beantworten können, auf die Renaire aber wirklich keine Antwort weiß. Als ihm klar wird, dass er nichts über ihre vergangene Familiensituation erfahren wird, geht er zu anderen Themen über. Themen wie *wie habt ihr zwei euch kennengelernt* und *wie lange seid ihr schon verheiratet* und *was macht ihr beruflich* und sogar *was macht ihr in eurer Freizeit.*

Dax beantwortet seine eigenen Fragen mit Leichtigkeit. Renaire ist sich nicht sicher, was er davon halten soll.

„Wir suchen nach einer Konstruktion, die über zwei Meter hoch oder breit ist", sagt Emile ziemlich frustriert. Renaire geht es genauso. So etwas ist nicht wirklich leicht zu verstecken und es ist gleichzeitig ziemlich Furcht einflößend, sich vorzustellen, was für eine gewaltige Explosion das hervorrufen würde. „Carope versucht, ein paar Details aus unserem anonymen Unterstützer herauszubekommen, aber es scheint so, als wäre da nicht viel zu machen. Chason dreht die ganze Stadt zuoberst, um an Informationen zu gelangen."

Wenn die beiden nicht in der Lage sind, Informationen zu beschaffen, dann ist es niemand.

Als sie am Ende des Stockwerks angekommen sind, ohne irgendetwas zu finden, gehen sie zum nächsten Stockwerk über. Sie haben dafür keine *Zeit*. Renaire zieht schließlich sein Handy hervor und wählt die einzige Nummer, die Emile nicht eingespeichert hat.

„Was sieht es bei Ihnen aus?", fragt Celine sofort.

„Oh, ich lerne gerade meinen Schwager kennen und suche nach einer Bombe, die eigentlich zu groß ist, um sie zu verstecken", sagt Renaire. „Und selbst?"

„Es gab noch andere Entwicklungen, aber ich denke, Sie sollten sich im Moment auf Ihre Sache konzentrieren", sagt Celine. Sie klingt gestresst und ihre müde Stimme ist besorgniserregend humorlos. „Bitte, wenn wir in irgendeiner Art helfen können, lassen Sie es mich wissen."

Renaire sieht zu Emile hinüber, der aus einem ihm unbekannten Grund ein Gesicht zieht. „Fällt dir etwas ein, was Interpol für uns tun könnte?"

„Sie sollen sich zwei Monate in den Wartungsunterlagen des Gebäudes zurückarbeiten."

Renaire runzelt die Stirn. „Das würde heißen, dass wir ihnen sagen müssen, wo wir sind."

„Wir haben noch sechzig Minuten. Unsere Prioritäten haben sich geändert", sagt Emile.

„Sollten wir nicht wenigstens *versuchen*, das Gebäude zu evakuieren?", fragt Dax.

Emile schüttelt den Kopf. „Dann würde Plan F in Kraft treten und das wollen wir wirklich nicht. Menschen kommen und gehen so selbstverständlich wie möglich."

„Bitte überprüfen Sie die Wartungsunterlagen des Palais du Luxembourg für die letzten zwei Monate, mit besonderer Beachtung von Ladungen, die so groß wie ein Sarg sind oder größer", sagt Renaire.

„Oh Gott", sagt Celine.

„Und tun Sie es unauffällig. Kommen Sie nicht in die Nähe des Gebäudes, Sie sollten nicht einmal so aussehen, als würden Sie über etwas Derartiges nachdenken. Rufen Sie mich sofort an, wenn Sie etwas finden", sagt Renaire und legt auf. Er seufzt und sieht Emile an. „Warum zum Teufel musst du so kompetent sein?"

„Wir sollten ein paar Leute vom Personal dazuholen, damit sie uns helfen", sagt Dax.

„Hast du den Teil überhört, in dem es darum ging, dass diese Leute vermutlich dafür verantwortlich sind?", fragt Renaire.

Dax schüttelt den Kopf. „Das nächste Problem besteht darin, dass die Abstimmung um zehn beginnt. Wenn ihr wollt, dass möglichst wenig Verdacht entsteht –"

„Dann musst du zurück in den Saal", sagt Emile. Sie sind wieder in den wunderschön verzierten Räumen angelangt und haben sich nicht einmal mit der Bibliothek aufgehalten. Würde sich etwas Riesiges und Neues in der Bibliothek befinden, wäre es den Bibliothekaren sofort aufgefallen. Und wenn sie sich in einer Sache sicher sein können, dann, dass die Bibliothekare nicht planen, das Palais du Luxembourg in die Luft zu sprengen. „Wie spät könntest du auftauchen, ohne dass es auffallen würde?"

Dax sieht nachdenklich auf seine Uhr. „In ungefähr zwanzig Minuten."

„Wo ist der Kurator?", fragt Renaire plötzlich. So wie den Bibliothekaren würde auch einem Kurator eine Veränderung sofort auffallen.

„Normalerweise ist der Kurator nicht anwesend, wenn der Senat tagt", sagt Dax.

Emiles Handy klingelt, doch Renaire konzentriert sich darauf, denn er hat eine *Idee*. „Und wo ist er dann?"

Dax zuckt mit den Schultern, doch das reicht Renaire. Emile spricht am Telefon mit Carope, darum ruft Renaire Glasson an. „Ruf den Kurator an und frag ihn, ob es irgendeine Veränderung bei den Sammlungen gegeben hat."

„Du denkst, es könnte eine gefälschte Skulptur sein?", fragt Glasson, doch Renaire kann hören, wie er bereits Befehle erteilt und auf eine Tastatur einhämmert. „Die Sammlung ist keinen großen Veränderungen unterworfen, aber ich schaue es mir mal an. Das ist eine gute Idee."

„Wir haben hier keine uns bekannten Unterstützer, aber eine Umzugsfirma, die uns nahesteht, war vor drei Wochen hier", sagt Emile. „Sie versuchen immer noch, herauszufinden, was eigentlich bewegt worden ist, da sie eigentlich angeheuert wurden, um etwas mitzunehmen, nicht um etwas zu bringen."

„Und etwas so Großes konnte verschwinden, ohne dass es jemandem auffällt?", fragt Renaire. Vielleicht ist eine Säule entfernt worden und jetzt befindet sich eine Bombe an ihrer Stelle.

„Ich bin jetzt schon spät dran", sagt Dax und seine Stimme klingt vor Nervosität um eine Oktave höher. Langsam verfällt er in Panik. Warum er gerade in dem Moment panisch wird, als sie der Sache näherzukommen scheinen, weiß Renaire nicht, doch er legt ihm eine Hand auf die Schulter. Dax atmet tief durch. „Entweder setzt ihr die Suche zu Fuß fort und riskiert dabei, festgenommen zu werden, oder ihr kommt mit zur Besuchertribüne des Plenarsaals."

Emile kann es sich nicht leisten, verhaftet oder auch nur aufgehalten zu werden. Theoretisch hat Renaire für die letzten zwei Jahre – und ein wenig darüber hinaus – eine weiße Weste, doch Emile kann es sich nicht leisten. „Du wartest auf der Zuschauertribüne. Wenn du etwas Neues hörst, schickst du mir eine SMS", sagt Renaire.

Doch Emile schüttelt den Kopf und widerspricht. „Wir bleiben zusammen."

„Das ist unsere beste Chance, das hier aufzuhalten, und das weißt du auch", sagt Renaire.

„Und was, wenn du aufgehalten oder verhaftet wirst, während ich auf der Tribüne festsitze?", fragt Emile. Er sieht verwirrt drein, nachdem er den Satz ausgesprochen hat, doch dann schüttelt er wieder den Kopf. „Nein. Wir können uns aus dem Staub machen, sollte das nötig werden."

Renaire würde wirklich gern widersprechen oder Emile zumindest sagen, dass er ihn sich sonstwohin stecken kann, aber er weiß, dass er nicht unrecht hat. Seit über einer Stunde suchen sie das Gebäude ab und bisher hat ihnen das nichts gebracht. Jetzt, da sie zumindest eine Idee haben, wäre es das Klügste, abzuwarten, bis sie wissen, wie sie weiter vorgehen sollen.

„Kommt schon", sagt Dax und sie folgen ihm in den riesigen, atemberaubenden Plenarsaal, wobei Dax sie auf die Zuschauertribüne geleitet. Bis auf ein paar vereinzelte leere Plätze sind alle Sitze besetzt. Emile findet zwei Sitzplätze nebeneinander für sie und sie verbringen die nächsten Minuten damit, wie die Wahnsinnigen Emails und SMS zu schreiben, um ihre Informationen zu untermauern.

Doch als Renaire aufsieht und sein Blick auf den Saal fällt, weiß er plötzlich Bescheid.

„Scheiße", sagt Renaire und die Menschen um in herum fordern ihn zur Ruhe auf. Renaire jedoch hält den Handlauf vor sich mit einem festen Griff umklammert. Emile starrt ihn besorgt an. „Scheiße, Emile. Na gut. Gut, welche hasst du am meisten?"

Emile runzelt die Stirn. „Was?"

Noch mehr geflüsterte Aufforderungen, endlich still zu sein.

Und als Renaire mit dem Finger auf die sieben sehr großen Skulpturen berühmter Franzosen zeigt, die den Saal schmücken, sagt auch Emile: „Scheiße."

Nachdem ungezählte weitere SMS hin- und hergegangen sind, können sie mit Sicherheit sagen, dass eine der Skulpturen zu Restaurationszwecken entfernt worden ist. Niemand ist in der Lage zu sagen, welche. Oder warum jemand beschlossen hatte, sie zu entfernen. Eine der Skulpturen ist eine sehr riesige, sehr angsteinflößende Bombe.

„Also", sagt Renaire. „Mit welcher würdest du hunderte Menschen töten und die Welt verändern?"

Emile sagt: „Das werde ich herausfinden."

„Und während du das herausfindest, gehe ich nach unten, um sicherzustellen, dass dem Ding niemand zu nahe kommt", sagt Renaire. „Wie viel Zeit haben wir noch?"

„Sie fangen gleich an, also ungefähr eine halbe Stunde", sagt Emile.

Renaire atmet einmal tief durch und nickt dann. Emile lässt ihn jedoch nicht einfach so gehen. Geschickt greift er nach einer von Renaires Händen und dieser erwartet, dass jetzt Händchenhalten folgt. Stattdessen beobachtet er, wie Emile auf seine Handfläche bläst und sie dann vorsichtig küsst. Dabei sagt er kein Wort. Er sieht Renaire nicht einmal an. Noch einmal küsst er Renaires Hand, dann lässt er sie los und dreht sich weg, um diese längst toten Männer zu betrachten, so als wäre das nie geschehen.

Die Zuschauertribüne zu verlassen, ist einfach, denn Renaire strengt sich an, auszusehen, als wisse er genau, wo er hin will. Mittlerweile wird er sogar von einigen Leuten gegrüßt und er muss sich einige aufdringlichere Gestalten vom Hals halten. Außerdem hat er noch ungefähr zwanzig Minuten, bis die Bombe hochgeht.

Indem er einen der neugierigen Senatoren nutzt, um an den Sicherheitsleuten vorbeizukommen, gelangt er tatsächlich in den kunstvoll gestalteten Plenarsaal. Es ist viel zu einfach, sich hier zu bewegen, und es gelingt Renaire mit Small Talk, bis zu einem der Eingänge zum Senatssaal zu gelangen. Sie sind mitten in der Debatte, mitten in einer lebendigen Diskussion, und trotzdem wollen die Senatoren ihn aufhalten und mit ihm über die Seifenoper sprechen, in die sich sein Leben verwandelt hat. Und sie möchten es *außerhalb* des Saals tun.

Renaire weiß, dass sich die Sicherheitsleute in dem Moment auf ihn stürzen werden, in dem er den Saal betritt. Da ist es auch egal, wie gern gesehen er zu sein scheint. Ihr Glück wird sie verlassen, wenn man bei einer schiefgelaufenen Bombendrohung überhaupt von Glück sprechen kann. Doch an der Wand hängt eine Uhr und die sagt ihm, dass er keine Zeit mehr hat. Er muss da raus und beten, dass Emile eine Lösung parat hat. Es wird eine Zeitschaltuhr und einen Auslöser geben. Er wird sich auf die Zeitschaltuhr konzentrieren, denn immerhin weiß er, dass er den roten Draht durchschneiden muss. Sarazin hat die Zeitschaltuhr konstruiert und darum ist es immer der rote Draht. Bei dem Auslöser kennt er sich nicht aus, da könnte es zwar auch der rote Draht sein, aber er konzentriert sich auf die Zeitschaltuhr. Und den roten Draht. Er wird den roten Draht durchschneiden.

Er atmet einmal tief durch, lächelt den netten Senator an, der ihm unbedingt mitteilen muss, welch angenehme Gesellschaft Michelle ist, und stürmt in den Saal. Rufe ertönen, *viele* Rufe, doch Renaire konzentriert sich darauf, auf die Präsidentenebene zu gelangen. Die Sicherheitsleute versuchen, ihn aufzuhalten, und Renaire möchte sie *wirklich* nicht töten, und es entsteht genügend Chaos, dass er die Treppen hinaufstürmen kann, und über das ganze Geschrei kann er Emiles Stimme hören, weil er Emile immer hören kann. Emile schreit *Malesherbes*.

Renaire zögert keine Sekunde. Er zieht eines seiner Messer, allerdings ist es keineswegs einfach, zu der Statue zu gelangen. Sie befindet sich gute zehn Meter über dem Boden, doch er ist so vollgepumpt mit Adrenalin und schierer Willenskraft, dass er an der Holzverkleidung der Wand hinaufklettert. Mit einem letzten Satz landet er auf etwas, das weder Marmor noch Gips ist und Renaire bedauert für einen Moment ganz Frankreich, dass es von solchen Dummköpfen regiert wird.

Auf Malesherbes' Rücken sind zwei Apparate angebracht. Zum Glück befindet sich nur auf einem eine Uhr, also konzentriert er sich sofort darauf. Er löst die Apparatur von der Statue und sieht sich die Bombe, die Drähte und die überhaupt nicht tickende Digitaluhr an.

Unruhe entsteht auf der anderen Seite der Statue und er kann Emiles Stimme hören. Niemand versucht, Renaire zu erschießen, also geht er davon aus, dass Emile sich darum gekümmert hat. Und verdammt noch mal, *natürlich* hat Renaire keine Zange dabei. Emile hat die Zange, denn er hat immer die Zange, und verflucht, warum hat Renaire nicht vorher daran gedacht? Es wird damit enden, dass ihm ein gewaltiger Stromschlag den Garaus macht. Die Uhr gibt ihm allerdings nur noch 00:01:39, darum hat er keine Zeit mehr, darüber nachzudenken. Er hat keine Handschuhe und auch sonst nichts, das er als Isolator benutzen kann. Er hat Messer und Zigaretten und Alkohol und Kunst, und das ist so ziemlich alles.

Als er einen Blick um die Statue herumwirft, kann er sehen, dass Emile die Zuschauertribüne verlassen hat und in Renaires Richtung läuft, während er mit einem Mann auf der höher gelegenen Ebene spricht. Dem *einzigen* Mann, der sich dort befindet. Dem einzigen anderen Mann außer Emile und den Sicherheitsleuten, die sich in den Ecken herumdrücken. Der Mann trägt einen Anzug und Renaire erkennt, dass er kein Senator ist. Oder ein unterdrückter Arbeiter. Er ist der Stenotypist des Senats, und er hält etwas in der Hand, das nur der Auslöser sein kann. Emile ist feurig und überzeugend und charmant und eine Naturgewalt an Überzeugungskraft, und Renaire ist so unglaublich verliebt in ihn, obwohl er überhaupt keine Zeit hat, diesen Anblick zu genießen.

Renaire fängt einen Blick von Emile auf. Er befindet sich hinter dem Stenotypisten, also zeigt er fragend mit dem Messer auf den Mann, doch Emile schüttelt verneinend den Kopf. Die Bewegung wird sofort Teil seiner Rede und Renaire erlaubt sich nicht, der Predigt irgendwelche Aufmerksamkeit zu schenken. Ein kurzer Blick auf den Countdown (00:00:32) sagt ihm, dass er dafür wirklich keine Zeit hat. Mit einem kurzen Lächeln zwinkert er Emile zu, duckt sich wieder hinter die Statue und betet, dass er nicht stirbt, nur weil seine Messer metallene Griffe haben. Er atmet tief ein, denkt daran, wie er gleich hunderte Menschenleben retten wird, vor allem Emile, und Renaire hat ihn das erste Mal an einem Ort gesehen, der in die Luft fliegen wird, wenn er das hier nicht tut.

Er schneidet den roten Draht durch.

Eine scharfkantige Dunkelheit zerschneidet seinen Verstand.

9

IN BRASILIEN gibt es einen schier unglaublichen Strand. Der Sand ist weißgold und der Ozean changiert zwischen einem tiefen Blau, einem Aquamarin und einem hellen Smaragdgrün, das Renaire nie wirklich nachempfinden konnte. Der Strand war von hohen Klippen gesäumt gewesen, die mit dichten, grünen Hecken und Büschen und vereinzelten Bäumen bewachsen waren. Es wehte ein leichter Wind, der einem zwar die Haare zerzauste, aber nicht etwa Dinge fortwehte. Der Himmel war klar und die Luft rein, und obwohl es eigentlich unmöglich war, hatte Delaurier sie irgendwie hierher geführt.

Sie hatten das Hotel lange vor Sonnenaufgang verlassen, was das erste Indiz dafür war, dass etwas Ungewöhnliches geschah. Südamerika war das Land, in dem man Auto statt Zug fuhr, doch das war ein anstrengendes Unterfangen. Delauriers Kontrollsucht hatte dazu geführt, dass sie beide schlecht gelaunt waren und dass sich ein System herausgebildet hatte – sie fuhren für drei Stunden und machten dann Pause. Meistens bestand die Pause darin, dass sie ihre müden Knochen ausstreckten und Fahrer tauschten. Manchmal aber auch nicht. Als Delaurier nach zwei Stunden mitten im Nirgendwo anhielt, war Renaire bereit, das Lenkrad zu übernehmen. Da Delaurier kein Morgenmensch ist, machte es Sinn, dass er so früh tauschen wollte. Doch als sie ausstiegen, öffnete Delaurier stattdessen den Kofferraum und holte ihre Reisetasche und Renaires Kunstutensilien hervor. Und dann noch eine Tasche, und eine Staffelei und *Leinwand*, was ziemlich unmöglich war – Renaire ist nicht dumm genug, als dass er so etwas auf einer Autofahrt selbstverständlich finden würde.

„Was soll das?", hatte er gefragt.

Delaurier hatte einfach geantwortet: „Wirst du schon sehen."

Sie stapften durch dichtes Grünzeug, das unter ihren Schritten leicht nachgab, doch sofort zurück in seine ursprüngliche Form sprang, sobald sie vorüber waren. Renaire hatte die Leinwand und seine Utensilien getragen, während Delaurier den ganzen Weg die Staffelei und die geheimnisvolle Tasche trug. Der Weg war ziemlich anstrengend und führte abwärts, doch Renaire folgte Delaurier blind, weil er das immer tat. Er vertraute Delaurier, und am Ende des Tunnels würde ein Licht erscheinen, es würde am Ende der Prüfung einen Preis geben. Renaire glaubte nur an eine Sache und das war Delaurier.

Seine Treue wurde belohnt. Als sie aus dem Unterholz hervortraten, war plötzlich Sand unter ihren Füßen und um sie herum der Himmel.

Delaurier hatte offensichtlich keine Ahnung, was er mit der Staffelei anfangen sollte, schon gar nicht auf dem sandigen Boden, und als Renaire ihn endlich von der Staffelei abgebracht hatte, weil *Herr im Himmel, Emile, du bist so hoffnungslos*, ging die Sonne auf, und das erste Mal, seit sie sich kannten, vergaß Renaire, dass Delaurier überhaupt da war.

Er malte, während Delaurier mit einem Buch aus der geheimnisvollen Tasche im Sand saß. In der geheimnisvollen Tasche befand sich auch ein sehr rudimentäres und gar nicht so leckeres Frühstück, doch Renaire hätte es auch noch gut gefunden, Haferschleim zu essen. Sie blieben, bis die Flut einsetzte, und Delaurier beschloss, dass sie jetzt aufbrechen müssten.

Sie ließen die Staffelei zurück, die verlassen am Strand stand, als die Flut kam, und fuhren über die lichtdurchflutete Fernstraße in Richtung Brasilien.

Renaire kann sie vor seinem inneren Auge sehen: das alte, skelettartige Gerüst der Staffelei, die immer noch stolz auf diesem Strand steht. Er könnte eine Hand ausstrecken und sie berühren. Fast kann er das Sonnenlicht fühlen, den Sand zwischen seinen Zehen spüren. Seine alten, zuverlässigen Farben warten auf ihn und es ist warm und friedlich und alles, was er tun muss, ist, die Hand danach auszustrecken.

Er tut es nicht.

Renaires Messer sind genauso zuverlässig und ihre flachen Schneiden drücken ihm in den Rücken.

Renaires Leben ist ein völliges Desaster gewesen und er ist voller Schmerz und Leere und dem Versuch, das geringere Übel zu wählen und immer nur zertrampelt zu werden, wieder und wieder und so oft, dass er einfach nur ein Ende herbeisehnt; niemand will ihn, und er ist wertlos, und er ist immer nur im Weg, ein erbärmlicher Schatten, der sich in eine Ecke drückt – und dann erkennt Renaire, dass das *nicht wahr ist*. Nichts davon ist wahr. Seine Hände schmerzen, sein Brustkorb schmerzt, und alles, was er tun muss, ist eine Hand danach auszustrecken und es zu berühren, er muss es gar nicht berühren, er muss nur seine Hand *ausstrecken*.

Er tut es nicht.

Er *wird* es nicht tun.

Renaire beißt die Zähne zusammen und versucht, seine steifen Finger zu einer Faust zu formen, doch das gelingt ihm nicht, weil Emile seine Hand hält und auch keine Anstalten macht, sie loszulassen. Er drückt Renaires Hand und es ist sogar noch wärmer als an diesem unglaublichen Strand.

Renaire nimmt einen Atemzug.

Er nimmt einen Atemzug und erwidert den Händedruck.

„OH, GOTT sei Dank. Komm schon, Renaire, komm schon, mach endlich die Augen auf", sagt Emile. Da sind noch andere Stimmen, Stimmen und Geräusche, die um ihn herum widerhallen, doch die sind ihm egal, denn Emile verfällt offensichtlich gerade in Panik.

„Autsch", krächzt Renaire und schon das allein tut weh. Alles tut weh. Er fühlt sich an, als hätte er … nun ja, als hätte er gerade einen Stromschlag bekommen. Was natürlich genau das ist, was passiert ist. Es gelingt ihm, seine Augen zu Schlitzen zu öffnen und auch das tut weh, doch Emile sieht zu ihm hinab und verflucht, er ist so hübsch, wie kann er so hübsch sein? Wie kann er überhaupt real sein? „Gut?"

„Ja, du hast Frankreich gerettet, bitte hör auf, solche Sachen mit mir zu machen", sagt Emile und mit seiner freien Hand streicht er über Renaires Wange. „Wir bringen dich ins Krankenhaus und machen jeden erdenklichen Test mit dir, und du wirst mir jetzt sofort sagen, ob dir irgendetwas besonders wehtut."

„Mir geht's gut", sagt Renaire, obwohl er sich fühlt, als wären seine Adern mit Wattebäuschen ausgestopft. Seine Rippen tun sogar noch mehr weh als der ganze Rest von ihm. Er sieht sich stöhnend um – sie sind immer noch im Plenarsaal, fast genau unter der Statue. „Wie lange war ich bewusstlos?"

„Du meinst, wie lange warst du tot?", fragt Emile und seine Stimme nimmt einen schrillen Tonfall an. „Das willst du von mir wissen?"

Ein Mann kniet sich neben Renaire, der ziemlich nach einem Notfallsanitäter aussieht. Er räuspert sich und sagt: „Sie hatten für ungefähr neunzig Sekunden einen Herzstillstand und waren für weitere drei Minuten bewusstlos. Sobald Sie bereit sind, bringen wir Sie ins Krankenhaus."

Er möchte Emile an den Kopf werfen, dass er sich wegen *neunzig Sekunden* nicht so aufregen soll, doch als er sich vorstellt, wie es ihm an seiner Stelle ergangen wäre, konzentriert er sich darauf, ihn zu beruhigen. „Mir geht es gut", versucht er, Emile zu beschwichtigen.

„Das tut es verdammt noch mal nicht. Oh Gott, Renaire", sagt Emile und seine Stimme wird immer lauter. „Das ist schon das dritte Mal, dass ich dich so sehen muss, und jedes Mal reißt es mir das Herz heraus, und es wird immer nur schlimmer und schlimmer und du bist *tatsächlich gestorben*, du warst *tot*, du –"

„Sir", sagt der andere Mann etwas betreten, jedoch mit fester Stimme.

„*Was*?", schreit Emile ihn an.

„Sie werden gefilmt", sagt der Mann.

Emile erstarrt. Kaum zu glauben, aber er *errötet*. Es ist nicht diese leichte Röte, die manchmal seine Wangen überzieht, wenn er übermüdet ist (was er ist) und sich nicht völlig unter Kontrolle hat (was wohl definitiv der Fall ist). Es ist eine Röte, die seinen ganzen Körper zu überziehen scheint und das ist gleichzeitig schmerzhaft und niedlich. Das bringt Renaire zum Lachen, allerdings tut das wirklich verdammt weh, und das wiederum führt dazu, dass Emile vergisst, dass er peinlich berührt ist. Er sieht den Sanitäter an. „Er sollte schnellstens in ein Krankenhaus."

„Aber da kommen wir gerade her", beschwert sich Renaire.

„Renaire, ich schwöre –", sagt Emile.

„Ihre Rippen haben etwas abbekommen, vielleicht sind sie sogar gebrochen. Es wird wehtun, wenn wir Sie bewegen", warnt ihn der Mann.

Renaire rollt mit den Augen und setzt sich auf. Stimmt, es tut höllisch weh und so, und Emile sieht aus, als wolle er ihm jeden Moment an die Gurgel gehen, doch es scheint Emile auch zu beruhigen. Wenn Renaire in der Lage ist, ihn zu nerven, dann ist Renaire am Leben. Er ist halbwegs in der Lage, dieser Emile-Logik zu folgen, darum scheucht er den Sanitäter fort und sagt zu Emile: „Hilf mir hoch."

Emile gehorcht sofort, selbst wenn er kaum hörbar Beschimpfungen murmelt. Renaire kann nicht verstehen, was er sagt, was wohl daran liegt, dass plötzlich *Applaus* aufbrandet, was zum Henker. Emile scheint nicht überrascht zu sein, doch Renaire fasst Emile am Ärmel und zieht sich hoch, um sich in dem Plenarsaal umzusehen, der voll ist mit Staatsmännern und Polizei und Sanitätern. Und sie alle klatschen. Das ist der absurdeste Moment in Renaires ohnehin ziemlich schrägem Leben.

„Was zum Teufel", bringt Renaire zustande, obwohl seine Rippen bei diesen Worten ziemlich schmerzen.

„Ich habe dir doch gesagt, dass du Frankreich gerettet hast", sagt Emile, den der Senat offensichtlich überhaupt nicht beeindruckt. Das macht insofern Sinn, als Emile ohnehin vorhatte, sie alle umzubringen. Das Absurdometer schießt noch ein Stück in die Höhe. „Du legst dich auf die Krankentrage, sobald wir am Fuß dieser Treppe angelangt sind."

„Ich möchte auf keiner blöden Trage liegen", sagt Renaire, obwohl er weiß, dass das wohl das Klügste wäre. Schon die Treppe ist eine ziemliche Herausforderung, und Emile muss ständig Leuten Blicke zuwerfen und ihre Hände wegschlagen, wenn sie versuchen, ihm zu helfen. „Bist *du* in Ordnung?"

„Mir geht's gut", sagt Emile mit leiserer, sanfter Stimme. „Mir geht's gut und dir wird's gut gehen und jetzt wird alles gut, das verspreche ich. Wir bringen dich ins Krankenhaus und checken dich durch, und wenn du dann auf dem Damm bist, bringe ich dich nach Hause und sorge dafür, dass du sicher und glücklich bist."

Endlich erreichen sie den Fuß der wirklich kleinen Treppe und die Krankentrage wartet schon auf ihn, was einfach … Er zieht ein Gesicht. „Muss ich wirklich?"

„Ich würde Ihnen unbedingt dazu raten", sagt der Sanitäter. Er versucht, ihm nicht zu sehr auf die Pelle zu rücken, aber er ist definitiv aufmerksam.

„Leg dich einfach auf die Trage, Renaire", sagt Emile und Renaire gehorcht mit einem Seufzen. Der Weg nach unten ist ziemlich weit, denn die Trage ist fast auf Fußbodenhöhe eingestellt, doch Emile hilft ihm, und als sie das Ding auf eine moderate Höhe einstellen, ist Emile immer noch da. Nicht ein Mal hat er Renaires Hand losgelassen. Als die Krankentrage losrollt, ertönt erneuter Applaus und Renaire tut alles, um das Geräusch zu ignorieren. Emile hingegen macht ein selbstbewusstes und genervtes Gesicht, während er neben der Trage herläuft und seine Hand hält, so als täten sie das jeden Tag und er müsse die Zuschauer eben ertragen.

Als sie den Plenarsaal verlassen, schwirren überall auf den Gängen Polizisten, verwirrte Angestellte und Feuerwehrmänner und allerlei andere Einsatzkräfte herum. Renaire kann nur vermuten, dass er nicht verhaftet wird, weil er sich auf dem Weg zum Krankenhaus befindet, weshalb Emile wahrscheinlich jeden erschießen würde, der sich ihnen in den Weg stellt. Es ist fast unmöglich, sich nicht völlig sicher zu fühlen, wenn Emile in solch einer Stimmung ist, was vermutlich etwas sehr Uncharmantes über Renaire aussagt.

In dem Moment, als sie das Gebäude verlassen und den Innenhof betreten, stürzt sich die Presse auf sie und ihre Polizeieskorte ist plötzlich nicht mehr so Furcht erregend, da sie nur dazu da ist, die Journalisten auf Abstand zu halten. Emile wirft ihnen hin und wieder verächtliche Blicke zu, doch letztendlich ist er vollauf damit beschäftigt, nach einer potenziellen Bedrohung Ausschau zu halten. Das wird die Journalisten zwar nicht davon abhalten, Fotos von seinem Gesicht auf jeder Titelseite zu drucken. Und von dort werden die Bilder dann an die Wände von Teenagern wandern. Schon vorher hat er einige Jugendzimmer geschmückt, doch jetzt wird das ganz neue Dimensionen annehmen.

„Tut mir leid, aber Sie werden seine Hand loslassen müssen, wenn wir ihn in den Krankenwagen schieben", sagt der Sanitäter.

„Nein, muss ich nicht", sagt Emile und hüpft mit einem eleganten Satz auf die Trage, um sich neben Renaire zu setzen. Überall werden Auslöser gedrückt. Er braucht kaum Platz und Renaire ist durchaus bereit, ein bisschen Schmerz zu ertragen oder für ihn zur Seite zu rutschen, sollte er das wollen. Die Sanitäter sind es sicherlich gewöhnt, mit dem Doppelten ihres Gewichts zu hantieren, weshalb der zusätzliche Passagier sie kaum langsamer werden lässt.

„Zum Glück arbeite ich nicht im Krankenhaus", flüstert der Sanitäter.

„Ich mag Sie", beschließt Renaire.

„Moment. Sie vier, weg da", sagt Emile, und Renaire runzelt die Stirn bis er bemerkt, dass sie direkt vor den geöffneten Türen des Krankenwagens stehen. Die Leute am Kopfende der Krankentrage sehen verwirrt aus, doch wenn Emile einen Befehl erteilt, dann gehorcht man. Sie gehen zur Seite. Renaire hat keine Ahnung, worauf sie warten, doch Emile ist noch nicht fertig. Er sagt: „Renaire, setz dich auf."

„Ich würde *wirklich* –", setzt der Sanitäter an.

„Sehen Sie sich vor, dass ich meine Meinung über Sie nicht ändere", unterbricht ihn Renaire und mit Emiles Hilfe gelingt es ihm, sich aufzusetzen. Das ist anstrengend, und er muss zugeben, dass die Sache mit der Krankentrage wohl doch eine gute Idee war. Er ringt sich ein Lächeln für Emile ab. „Und jetzt?"

„Tut mir leid, dass ich so ein besitzergreifendes Arschloch bin", sagt Emile – Emile entschuldigt sich, wer hätte das gedacht – und Renaire ist immer noch damit beschäftigt, ihn mit großen Augen anzustarren, als Emile sich zu ihm herunterbeugt und ihm einen sanften und liebevollen Kuss auf die Lippen drückt. In diesem Moment würde Renaire nicht einmal bemerken, wenn man ihm ein Bein amputieren würde. Emile küsst ihn wirklich lang anhaltend und seine freie Hand legt er Renaire auf die Wange. Renaire hat das Gefühl, vor lauter Glück zu *schweben.*

Oder vielleicht hebt man ihn auch nur gerade in den Krankenwagen.

Hinter ihnen werden die Türen zugeschlagen und Emile beendet den Kuss mit einem süßen, kleinen Schmatzer auf Renaires Wange. „Ich wollte nur sichergehen, dass alle Bescheid wissen", sagt Emile.

Es dauert nicht lange, bis Renaire versteht, was er meint. Emile *will,* dass die Journalisten Bilder von dem Kuss haben. Er will, dass wirklich *alle* Bescheid wissen. Renaire errötet und ist gleichzeitig unglaublich glücklich und völlig verschüchtert, welche Konsequenzen der heutige Tag wohl nach sich ziehen wird. Emile macht sich darüber ganz offensichtlich gar keine Gedanken. Entweder das, oder er erweckt zumindest sehr glaubhaft den Eindruck. Manchmal ist es nicht leicht, den Unterschied zu erkennen.

Renaire lässt sich wieder auf die Krankentrage sinken und Emile beginnt, allen möglichen Leuten Textnachrichten zu schicken, während sich sein Griff um Renaires Hand lockert, damit er stattdessen mit den Fingern durch Renaires Haare fahren kann. Das ist vermutlich auch der Grund, warum Renaire schließlich einschläft.

RENAIRE WACHT in einem Krankenhausbett auf. Celine sitzt auf seiner linken Seite und Delaurier sieht sie von seinem Platz an Renaires Rechter an. Renaire ergreift ein Gefühl von Déjà-vu oder vielleicht ist er auch nie aufgewacht. Verflucht, er könnte sich das alles eingebildet haben. Das würde Sinn ergeben, oder nicht? Dass er so kaputt gewesen wäre, dass …

„Beruhige dich, alles ist in Ordnung. Zumindest abgesehen von ihrer Anwesenheit", sagt Emile.

„Oh Gott, Emile, hör auf damit", sagt Renaire und wirft ihm einen ärgerlichen Blick zu. „Was hat Celine dir denn je getan?"

„Ich gehe mal kurz vor die Tür", sagt Celine etwas betreten und steht auf.

„Nein, das tun Sie nicht", sagt Emile, der aufspringt und in ihre Richtung eilt, doch Celine öffnet schon die Tür und davor steht eine Frau, die dort wartet wie eine Kugel in der Kammer einer Pistole, die jeden Moment abgefeuert wird. Renaire kann nicht atmen, obwohl er hört, wie Emile sagt: „Schließen Sie die Tür, Celine, er ist nicht –"

„Bitte lassen Sie mich zu ihm", sagt Renaires Schwester schnell, doch Celine ist so schnell durch die Tür geschlüpft, dass das alles ist, was Renaire hören konnte.

„Verdammt, geht es dir gut?", fragt Emile, der eine Hand um Renaires Hinterkopf legt und ihn genau beobachtet. „Ich habe ihr gesagt, dass sie draußen warten kann, aber sie ist –"

„Nein, schon in Ordnung", sagt Renaire, obwohl es das nicht ist, natürlich ist es das nicht, ganz *offensichtlich* ist es das nicht, aber er kann damit umgehen. Vorsichtig entfernt er Emiles Hände und lächelt ihn versuchsweise an. „Ich sollte ihr besser Hallo sagen, oder?"

„Du solltest nichts tun, was du nicht tun willst", sagt Emile offen. „Niemand sollte das, nie. Du schuldest ihr nichts und das war noch nicht einmal deine Idee. Wir haben sie benutzt. Wir haben *dich* benutzt. Du bist nicht zu einer Familienzusammenführung verpflichtet, wenn du das nicht möchtest."

Renaire denkt darüber nach. „Ist Dax auch da draußen?"

„Senator Mannon hat einiges zu tun", sagt Emile trocken und ja, damit hätte Renaire durchaus rechnen müssen.

Er seufzt. „Kann ich mit ihr sprechen, wenn ich nicht so einen ereignisreichen Tag hatte?"

„Das klingt vernünftig", sagt er und Emile steht tatsächlich auf, geht hinüber zur Tür und schlüpft hinaus, und Himmel, Renaire hatte nicht gedacht, dass er tatsächlich rausgehen und mit Michelle reden würde, er hatte gedacht, sie würden einfach warten und hoffen, dass sie den Wink versteht. Verflucht, was ist, wenn sie sauer auf Emile wird und ihn anschreit oder so etwas?

Doch es dauert nicht lange und Renaire hatte noch nicht einmal Zeit gehabt, vor Stress anzufangen zu schwitzen, da kommt Emile schon wieder.

„Sie wird an einem anderen Tag mit dir sprechen", sagt Emile schlicht.

Renaire blickt weiterhin mit einem Auge zur Tür und fragt sich, was er tun soll, wenn dieser andere Tag dann da ist. Die Antwort ist, dass er keine Ahnung hat und er ist sich nicht einmal sicher, ob sie ihn erkennen würde, wenn sie auf der Straße aneinander vorbeigingen. Zum Teufel, er würde sie vermutlich auch nicht erkennen, selbst wenn sie nebeneinander im Bus sitzen würden. Er lenkt sich ab. Er beginnt, über die Gegenwart nachzudenken, und dringt dann in die nähere Vergangenheit vor. Und einen Augenblick später hält er inne. „Du hast mich unter Drogen gesetzt", stellt Renaire fest.

„Das habe ich", stimmt Emile zu und er klingt nicht mal ein kleines bisschen schuldbewusst.

„Das ist irgendwie krank", sagt Renaire. „*Wirklich* krank."

„Nein, ist es nicht. Du bist von selbst eingeschlafen; ich habe nur aus Sicherheitsgründen dafür gesorgt, dass du eine Weile länger schläfst. Es sind ungefähr vier Stunden vergangen und die Untersuchungen sind alle abgeschlossen. Deine Rippen sind gebrochen und vom Sturz hast du überall Prellungen, doch davon abgesehen ist alles in Ordnung."

Renaire nickt bedächtig. „Warum bin ich dann immer noch im Krankenhaus?"

Jetzt macht er doch ein schuldbewusstes Gesicht. Das ist kein gutes Zeichen. „Es gab vor Kurzem ein paar Änderungen", sagt er und holt seinen Laptop (jemand muss zu Besuch da gewesen sein) von dem Tisch, auf dem er bisher gestanden hat.

„Oh Gott, wir wurden verhaftet, oder?", sagt Renaire.

Emile zögert und sieht vom Laptop auf. „Wir werden unter dem Vorbehalt festgehalten, dass du unter medizinischer Überwachung stehst. Sie versuchen, zu entscheiden, was sie mit uns anfangen sollen."

„Zumindest machen sie sich überhaupt Gedanken", meint Renaire trocken.

„Du hast ja keine Ahnung", sagt Emile und dreht den Laptop so, dass Renaire den Bildschirm sehen kann.

Kopf der STB rettet den französischen Senat lautet die Überschrift. Die erste Überschrift zumindest. In dem Artikel gibt es Bilder von Renaires beeindruckendem Sprint zur Bombe, der sich in Wahrheit gar nicht so beeindruckend angefühlt hat, und von den Senatoren, die evakuiert werden und fast übereinander fallen, um hinauszukommen, während Emile in den Plenarsaal springt und auf den Stenotypisten einredet, und dann ein Bild, wie Renaire fällt und dann Emiles panisches Gesicht und wie er an dem verdutzten Stenotypisten vorbeiläuft und den Stenotypisten von seiner Position neben Renaires (totem) Körper anschreit und dann lässt der Stenotypist einfach so den Auslöser fallen, um sich an Renaires andere Seite zu setzen, einfach weil Emile ihm *gesagt hat*, er solle es tun. Und dann kommen Polizisten und Sanitäter hereingerannt und alles konzentriert sich darauf, dass Renaire tot ist und Emile ausrastet und Renaire muss wegklicken, er kann sich das nicht ansehen.

Er sieht sich die Überschriften in der Google-Suche an – in allen werden Emile (und Renaire) zu Helden und Rettern deklariert, und schon jetzt gibt es online *tausende* Bilder zu sehen. Es gibt unzählige Interviews mit Dax, der erschüttert aussieht, aber seinen Mann steht und der Presse erzählt, wie *heroisch* sie waren und dass sie *alles für die Menschen gegeben haben*. Überall und immer wieder werden sie gefeiert und als Helden bezeichnet und irgendwelche Menschen behaupten, dass man ihnen eine Medaille verleihen sollte.

Manchmal wird sogar erwähnt, was die STB eigentlich tut, doch es wird alles in einem gefährlich rosaroten Licht dargestellt, indem man ihre „vermeintlichen" Straftaten aufführt sowie die ach so ehrbaren Gründe dafür. Sie sind Helden, bereit, alles zu geben und bereit, die dunklen Taten zu vollbringen, die die Menschen sich selbst nicht zutrauen. Emiles Fast-Propaganda-Bilder sind überall, genauso wie der ganz bewusst inszenierte Kuss im Krankenwagen. *So süß und verliebt!!!* steht in den Kommentaren und etliche Leute äußern sich nur in Großbuchstaben zu ihrer Beziehung.

Absolut nirgends ist die Rede davon, dass die Bombe eigentlich die Idee der STB war.

„Ganz Frankreich liebt uns und der Rest der Welt ist derselben Meinung. Für die Regierung ist das eine sehr unangenehme Situation", sagt Emile überflüssigerweise. Renaire ist sich ziemlich sicher, dass er das nur sagt, weil er so unglaublich glücklich ist, dass er losschreien könnte; vermutlich hält ihn nur die Tatsache, dass Renaire bei der Sache praktisch draufgegangen ist, davon ab, einen Siegestanz aufzuführen. Der Rest der STB *ist* vermutlich gerade beim Siegestanz. Carope veranstaltet wahrscheinlich einen Ausdruckstanz des Sieges in fünf Akten.

Renaire landet auf noch mehr Seiten, wo es um ihn und Emile geht, und er muss den Laptop an Emile zurückgeben, um sich *davon* losreißen zu können. Er weiß zwar nicht, was dieses *davon* ist, doch er will sich keinesfalls im Moment damit auseinandersetzen.

Emile ist vermutlich der Ansicht, dass es das Großartigste überhaupt ist, die Menschen endlich auf ihrer Seite zu haben, doch Renaire ist sich da nicht so sicher. „Es war vorher schon schwierig genug, unerkannt durch die Stadt zu kommen", sagt Renaire vorsichtig. „Aber so –"

„Nein, du verstehst das nicht", sagt Emile und seine Augen leuchten, er brennt – wie immer – für Die Sache. „Ich muss es vielleicht nicht länger machen."

Renaire runzelt die Stirn. „Was?"

„Wenn uns diese Unterstützung erhalten bleibt und sie uns *weiterhin zuhören* – Renaire, warum führen wir überhaupt Aufträge aus? Wir tun es, um etwas zu *bewegen*. Das ist alles nur Mittel zum Zweck, um eine Veränderung herbeizuführen, die wir immer für unerreichbar gehalten haben, weil uns nie jemand *zugehört* hat. Über Jahre hinweg, bevor wir uns kannten und bevor die STB das wurde, was sie heute ist, haben wir es nur immer wieder versucht, ohne je weiterzukommen, und als die Menschen nicht aufstehen wollten, um die Korrupten zu stürzen, habe ich beschlossen, mich selbst um diese Unterdrücker zu kümmern", sagt Emile und Renaire befürchtet, dass er langsam versteht, worauf das hinausläuft.

Das wird nur vorübergehend sein, Renaire *weiß*, dass es nur vorübergehend sein wird. Emile sieht so verdammt glücklich und *erleichtert* aus, und Renaire erkennt, dass das Leuchten in seinen Augen nicht nur Der Sache geschuldet ist.

Emile hasst es, Menschen zu töten. Er hasst es, selbst wenn er es nicht bereut. Er tut es, weil er daran glaubt, das Richtige zu tun, und weil er glaubt, *irgendjemand* müsse es ja tun. Die Morde, bei denen es nicht um Die Sache ging, waren immer dazu da, ihre Arbeit zu finanzieren. So gut es ging hat er sich davor verschlossen, hat seine Seele Der Sache verschrieben, einer vagen und doch unglaublich wichtigen Einheit, von der Renaire schon lange weiß, dass sie ein Sammelbegriff für die verschiedenen Interessen der STB ist, da die individuellen Eigenheiten einer Person sich nicht dadurch ändern, dass sie mit anderen etwas gemein hat – Gerechtigkeit, Freiheit, Gleichheit sind die Dinge, die jeder will. Darum sind sie die Grundfesten Der Sache. In der Verfolgung dieses Ziels ist Emile skrupellos gewesen und hat derweil aufgegeben, daran zu glauben, dass jemand anderem so viel daran liegt wie ihm. Und jetzt glaubt er, dass das endlich geschehen ist. Er glaubt, dass die Menschen ihn jetzt nicht mehr brauchen, um die Drecksarbeit zu verrichten, weil sie sich von jetzt an um ihre eigenen Interessen bemühen werden. Und Emile kann seine Waffen und Pistolen wegschließen und nur noch Reden halten und damit dieselben Ergebnisse erzielen, die gleichen *Taten.*

Emile denkt, dass es vorbei ist.

„Wir werden die Welt retten", sagt Emile.

Renaire ist der Ansicht, dass es da nichts zu retten gibt. Das Leben tut immer weh, es gibt kein Happyend, und die wahre Natur des Menschen ist nicht so golden, wie Emile es sich ausmalt. Alles, was Emile nicht tief in sich verschlossen hat, all sein Glaube an eine bessere Welt und an das Gute im Menschen sind Dinge, die Renaire schon längst nicht mehr für bare Münze nimmt. Emile hat die schlimmste Seite der Menschheit gesehen und trotzdem *glaubt* er immer noch. In den letzten zwei Jahren hat er immer über diesem Abschaum der Menschheit geschwebt, ein leuchtendes Beispiel. Unberührbar, während er wie ein Sensenmann durch die Reihen gegangen ist.

Und jetzt ist er so glücklich und erleichtert, dass er den Tränen nahe ist.

„Ich hätte nie gedacht, habe nie zu träumen gewagt, dass dieser Tag kommen könnte, Renaire", sagt Emile.

„Der Rest der STB, alle – jede verdammte Gruppe überall auf der Welt – bewegt gerade etwas da draußen. Und die Menschen hören ihnen zu, weil wir Helden sind."

„Wir sind keine Helden", sagt Renaire, denn irgendjemand muss es ja aussprechen.

„Das weiß ich", sagt Emile so leichthin, dass Renaire weiß, dem ist wirklich so. „Wir wissen das, doch *sie* wissen es nicht, und es ist so ruhig, seit sie ,die Situation einschätzen', dass es einfach fantastisch ist. Und all das haben wir nur dir zu verdanken, Renaire."

Renaire steht kurz vor einem Schreikrampf, Herr im Himmel, alles, weil sie *Emiles Plan* aufgehalten haben, und er … Renaire muss die Augen schließen und tiefe Atemzüge machen, und Emile umarmt ihn so fest, dass es wehtut, weshalb sich Renaire auf die Innenseite seiner Wange beißt, um nicht loszuschreien, doch er bewegt sich nicht, da Emile zittert. Renaire erwidert die Umarmung, selbst wenn sie nicht so fest ist, und tatsächlich *weint* Emile.

„Es ist vorbei, und – ich werde versuchen, mich normal zu benehmen, und du musst nicht mehr – wir können –", sagt Emile und seine Worte sind sehr verwirrend, eigentlich kaum mehr als unzusammenhängendes Geschwafel, doch für Emile ist das alles wahrscheinlich noch verwirrender. Renaire hilft ihm, sich auf das Krankenhausbett zu setzen und ignoriert seine eigenen Schmerzen, während er versucht zu entscheiden, was er jetzt tun sollte oder was das hier überhaupt ist, denn er hätte nie im Leben vermutet, dass Emile es so sehr hasst, Emile hatte immer so zufrieden ausgesehen, wenn Leute tot waren, dass es Renaire wie Eiswasser durch die Adern gelaufen ist.

Er entscheidet sich dafür, Emile festzuhalten und ihm beruhigenden Unsinn ins Ohr zu flüstern und mit großen Augen die gegenüberliegende Wand anzustarren, während er versucht, herauszufinden, was jetzt wohl als nächstes geschieht, denn das kann er sich wirklich nicht vorstellen. Verdammt, nach dieser Sache möchte er am liebsten alle Waffen, die sie besitzen, verstecken, um sicherzugehen, dass Emile nichts Gefährlicheres als ein Buttermesser in die Hände bekommt. Soweit Renaire sehen kann, gibt es im Zimmer keine Uhr. Er weiß nicht, wie lange es dauert und er *möchte* es auch nicht wissen. Er möchte nur, dass es Emile wieder besser geht. Schließlich ist es vorbei und Emile drückt sich an ihn, still und bewegungslos, doch er ist nicht eingeschlafen.

„Es macht mir nichts aus, Leute umzubringen", sagt Emile schließlich. „Es ist nur ... ermüdend. Egal, wie schnell oder wohin ich gehe, es ändert sich nie etwas, abgesehen von einer etwas weniger korrupten Person, die den Platz ihres Vorgängers einnimmt. Ich kann es nicht allein schaffen. Niemand kann das."

„Lass uns abwarten, wie das alles endet, in Ordnung?", sagt Renaire. „Wir könnten auch für den Rest unseres Lebens in den Knast wandern."

„Ich werde dafür sorgen, dass wir uns eine Zelle teilen", sagt Emile.

„Das wäre sicher für alle Beteiligten einfacher. Vermutlich würdest du einfach so lange Aufstände anzetteln, bis sie den Wink verstanden haben", stimmt Renaire zu. „Wäre aber wahrscheinlich schlecht für unser Sexleben."

„Wir würden das schon hinkriegen", sagt Emile. „Wenigstens bis wir es schaffen auszubrechen. Dann tauchen wir irgendwo für den Rest unseres Lebens unter. Vorschläge?"

Renaire küsst Emile auf die Wange und sagt: „Es gibt da diesen Strand."

IN EINEM Krankenhauszimmer Sex zu haben, das als temporäre Gefängniszelle genutzt wird, während die Regierung über das eigene Schicksal entscheidet, ist nichts, worauf sie größeren Wert legen, also reden sie stattdessen miteinander. Und sie diskutieren. Und sie schlafen. Und dann diskutieren sie noch ein bisschen. Emile versucht, Renaire ein paar der Internetkommentare darüber vorzulesen, wie mutig und edelmütig Renaire ist, doch dieser muss den Impuls unterdrücken, Emile dafür an die Gurgel zu gehen.

Renaire hat weder Zigaretten noch Alkohol und auch nichts zu zeichnen, darum sitzt er schließlich vor dem blöden Zeichenprogramm des Laptops, und es ist einfach *fürchterlich*, weil Emile so gute Laune hat, dass er Renaire für jeden zittrigen Strich Komplimente macht. Er würde ja behaupten, dass es sich anfühlt wie Fingermalerei, doch das würde das Konzept der Fingermalerei beleidigen. Fingermalerei kann eine sehr respektable Sache sein und laut Emile haben Menschen unglaubliche Summen für Renaires Fingermalereien ausgegeben, darum überzieht er den Laptop mit Flüchen und hört einem Gespräch nach dem anderen zu, das Emile mit Gott weiß wem führt.

Ihnen fällt nicht die Decke auf den Kopf, weil es ihnen mittlerweile unmöglich ist, sich zu langweilen, wenn sie in Gesellschaft des jeweils anderen sind. Ihr

Zimmer im Krankenhaus ist ungefähr dreimal so groß wie die Schlafwagenabteile, in denen sie sonst ihre Nächte verbringen. Wahrscheinlich liegt es daran, dass Renaire Emile noch nie so *glücklich* gesehen hat, während er selbst sich so viele Sorgen wie noch nie im Leben macht, dass sie ein wenig aneinandergeraten. Und bei „ein wenig" ist gemeint, dass er Emile nach einer Weile in das ziemlich große Badezimmer verbannt. Was sogar noch schlimmer ist – Emile hat freiwillig den Rückzug angetreten.

Zweimal hat man ihnen Krankenhausessen gebracht, darum vermutet Renaire, dass es Nacht ist, als Celine wieder auftaucht. Sie liegen ausgestreckt auf dem Bett, die Beine übereinander, und Emile hat einen Arm um Renaires Schulter gelegt, während sie sich überhaupt nicht dafür interessieren, was der jeweils andere tut – Renaire spielt mit einem minimal besseren Zeichenprogramm herum und schwört jeglicher digitaler Kunst ab und Emile macht irgendwas mit seinem Telefon (vermutlich spielt er einfach Angry Birds), während Renaire für ihn Inforadio streamt, wobei dort im Moment eine Werbung für Teppichreinigung läuft. Sie erwecken nicht gerade das Bild zweier mörderischer Terroristen, die planen, wichtige Regierungsgebäude in die Luft zu sprengen.

Ein weiterer Mann mit einem einschüchternden Gesichtsausdruck betritt zusammen mit Celine das Zimmer. Er sieht genauso aus wie Emile, wenn dieser drauf und dran ist, etwas Gefährliches zu tun. Er stellt sich nicht vor. Stattdessen sieht er erst sie und dann Celine an. Schließlich sagt er: „Wir haben Bedingungen."

„Bedingungen wofür?", fragt Emile im gleichen Atemzug und sieht dabei nicht einmal von seinem Handy auf.

„Ihre Freilassung", sagt der Mann und verzieht bei den Worten das Gesicht. Renaire stellt den Ton am Laptop ab und Emile wirft ihm dafür einen irritierten Blick zu. „Um den Dank des französischen Volkes für Ihre Taten am heutigen Tag auszudrücken, sind wir bereit, Sie beide zu begnadigen. *Unter Bedingungen.*"

„Was ist mit dem Rest der STB?", fragt Emile.

„Sie sind ein Teil dieser Bedingungen", sagt Celine fröhlich. „Der innere Kreis und überhaupt die STB muss mit sofortiger Wirkung jegliche illegale Aktivitäten in Frankreich einstellen."

„Jegliche Aktivitäten *in Frankreich*", wiederholt Emile, teils sarkastisch, teils angewidert. „Natürlich."

„Wir sollten uns wenigstens anhören, was sie zu sagen haben, bevor du dafür sorgst, dass wir im Knast landen", seufzt Renaire.

„Na gut", stimmt Emile zu, doch er sieht immer noch nicht auf.

Sie haben schon in der Vergangenheit Verhandlungen auf diese Weise geführt. Renaire ist viel besser in der Rolle des Gereizten, doch Emile macht das auch *ziemlich gut*. In jedem Fall funktioniert es – der Mann wendet sich von Emile ab und redet fortan mit Renaire, und da es in diesem Fall eher darum geht, gefährlich intelligent zu sein anstatt ziemlich begabt mit Messern, ist das ein perfektes Arrangement.

„Wenn die STB jegliche illegale Aktivitäten in Frankreich *gänzlich* einstellt und Sie beide nie wieder einen anderen Menschen in *irgendeinem* Land verletzen, ist die Regierung Frankreichs bereit, Sie aus Dankbarkeit zu begnadigen."

„Was passiert, wenn ich in eine Kneipenschlägerei gerate?", fragt Renaire.

„So etwas kommt schon mal vor", schaltet sich Emile ein.

„Dabei würde es sich um Notwehr handeln. Ihre Begnadigung würde dadurch nicht unbedingt in Gefahr geraten", sagt der Mann. „Sollten Sie eine andere Person verteidigen, würden wir das von Fall zu Fall entscheiden."

„Renaire leidet unter PTBS, was sich in Panikattacken äußert, die auch in Gewalt enden können", sagt Emile und dabei blickt er tatsächlich von seinem Handy auf. Jegliche Arroganz und Leichtfertigkeit sind aus seinem Ton verschwunden. Das ist jetzt der wahre Emile, völlig ernst. „Was, wenn er jemanden umbringt?"

Renaire widerspricht: „Ich werde niemanden –"

„Doch, wirst du. Es wird keine Absicht sein und es wird auch nicht deine Schuld sein, aber irgendwann wird es passieren", stellt Emile fest. Dabei blickt er dem Mann unverwandt in die Augen.

„Von Fall zu Fall", sagt der Mann unbeeindruckt.

„Bekommen wir das schriftlich?", fragt Emile. Als weder der Mann noch Celine mit einer Antwort herausrücken, seufzt Emile. „Natürlich nicht, das wäre ja ein Beweis, oder nicht?"

„Das ist ein gutes Angebot", sagt Celine.

Das ist ein *fantastisches* Angebot, doch Emile wäre der einzige, der dafür tatsächlich ein Opfer bringen müsste. Renaire kann sich keine Welt vorstellen, in der Chason nicht wenigstens ein bisschen Taschendiebstahl betreiben würde, aber er kann sich auch keine Welt vorstellen, in der man Chason tatsächlich dabei erwischen würde. Und so wäre das mit jedem Mitglied der STB. Verbrechen ist eine Pflicht, keine Berufung oder Leidenschaft.

„Da wäre noch eine Sache", fügt Celine hinzu. „Sollten die Polizei oder das Militär jemals Ihrer Hilfe bedürfen –"

„Nein", unterbricht Emile sofort.

„Dann eben nur die Polizei", sagt Celine. Als Emile ihr einen forschenden Blick zuwirft, lächelt sie ihn an und sagt: „Nur in beratender Funktion. Nicht in der Schusslinie."

„Der Teil gefällt mir wirklich nicht", sagt Renaire. Eigentlich ist der Gedanke an eine Gefängnisstrafe gar nicht so beängstigend, jetzt, wo sie beide ihren Fluchtplan schon parat haben. Und wie immer besteht der aus *Emile führt und Renaire folgt*. „Können wir uns aus ethischen Gründen weigern?"

„Nein", sagt der Mann.

„Aber wir können eingrenzen, bei welchen Verbrechen und von welchen Einsatzkräften Sie hinzugezogen werden können", sagt Celine. Als weder Emile noch Renaire in Begeisterungsstürme ausbrechen, rollt Celine mit den Augen.

„Ihnen ist aber schon klar, dass Sie mit Ihren *vierzig Morden* völlig straffrei davonkommen?"

„Es sind viel mehr als vierzig", sagt Renaire.

„Sei still", sagt Emile. „Und *Ihnen* ist nicht klar, dass wir keine Angst vor Ihnen haben. Der einzige Grund, aus dem uns dieses Angebot gemacht wird, ist, dass der Teil von Frankreich, der uns gern verhaftet sehen würde, der ist, der uns vermeintlich die Freiheit anbietet. Sie könnten uns gar nicht hinter Schloss und Riegel halten, selbst wenn wir selbst in die Zelle spazieren und die Tür hinter uns verschließen würden." Er lächelt. „Für Sie ist es notwendig, dass wir ja sagen. Und dazu sagen wir nein."

Der Mann ist kurz davor, vor Wut blau anzulaufen. Celine sieht aus, als würde sie Emile genauso sehr hassen wie er sie, wobei sie allerdings viel besser darin ist, das zu verstecken.

„Der Beendigung jeglicher krimineller Aktivitäten können wir zustimmen", sagt Emile. „Und dabei bleibt es."

Und das ist ein Beschluss, fällt Renaire auf, den Emile ja ohnehin schon getroffen hatte. Er ist der Meinung, dass er die Welt jetzt auch retten kann, ohne Menschen zu töten. Wenn es nur um die öffentliche Meinung geht, dann hätte er die STB gern so sauber und vorzeigbar wie möglich. Gewalt zur Verteidigung, also von Fall zu Fall, wäre der Kern ihrer kontroversen Aktivitäten.

Emile macht kein einziges Zugeständnis.

Es fällt Renaire ziemlich schwer, ein ernstes Gesicht zu machen.

„Das ist ja wohl das *Mindeste*, was Sie tun können", ereifert sich der Mann. Er wirft Celine einen Blick zu und seufzt dann. „Wir halten Sie nicht länger fest, Sie können jederzeit gehen. Viel Glück mit den Journalisten." Mit zusammengebissenen Zähnen und einer kurzen Berührung an Celines Schulter macht er auf dem Absatz kehrt und verlässt das Zimmer, als hätte es ihn persönlich beleidigt.

Man sieht Celine an, dass sie hin- und hergerissen ist zwischen ihrem Job und ihrer Freundschaft zu Renaire. „Ich hatte mich auf eine Zusammenarbeit gefreut."

„Das können Sie auch immer noch", sagt Renaire schlicht und lächelt sie an. „Sie müssen einfach nur *fragen*."

Er sieht den Moment, in dem sie versteht, was er meint. Es ist nicht so, dass sie nicht willens sind zu helfen – das Problem ist eher, dass sie es sich nicht befehlen lassen wollen. Wenn es für eine gute Sache ist und sich um ein wirkliches Verbrechen handelt (nicht nur um eine Situation, in der die Regierung sich selbst bestätigen will), hätte Renaire nichts dagegen zu helfen. Und auch Emile nicht. Aber es ist eben auch sehr wichtig, nein sagen zu können.

Celine lächelt ihn an und fast scheint sie Emile in das Lächeln mit einzubeziehen. Fast. „Dann sehen wir uns später", sagt sie.

„Moment", sagt Emile und sie hält inne und sieht ihn an. Emile erwidert den Blick und Renaire fragt sich, ob sich so das Netz während eines Tennisspiels fühlt. „Sie haben es ihnen nicht gesagt."

Daran hatte Renaire gar nicht gedacht. Celine hatte von dem Plan der STB gewusst, nachdem Renaire sie schließlich um Hilfe gebeten hatte. Sie wusste, wo, sie wusste, wann, und sie wusste, dass es sich eigentlich um einen Plan der STB handelte. Und aus irgendeinem Grund hatte sie niemandem erzählt, dass diese ganze Geschichte einzig und allein ihr Versuch war, ihren eigenen terroristischen Anschlag zu vereiteln. Interpol hatte gewusst, dass es eine Bombendrohung gab, doch Renaire hatte ihr gesagt, dass die Sache abgesagt war. Interpol nahm vermutlich an, dass irgendein entferntes Mitglied der STB wie ein Nachahmungstäter den Plan durchgezogen hatte.

„Habe ich nicht", stimmt Celine ihm lächelnd zu. Dann verlässt sie das Zimmer.

Renaire blickt ihr wortlos nach und hält Emile seine Hand hin. Dieser ergreift sie sofort und drückt sie fest.

„Was zum Teufel machen wir jetzt?", fragt Renaire.

„Wir gehen nach Hause", sagt Emile.

Renaire rollt mit den Augen. „Sehr hilfreich."

„Das ist besser als nichts", meint Emile und Renaire muss zugeben, dass da was dran ist. Kleine Schritte können auch dazu führen, dass sie ihren Weg finden. „Und jetzt hoch mit dir, du brauchst was zu trinken."

Renaire starrt ihn an.

Emile hält ihm wortlos eine seiner zitternden Hände vor das Gesicht.

„Oh", sagt er, ohne zu schmollen. Zumindest fast. „Und ich dachte, du liebst mich."

„Das tue ich", sagt Emile und drückt Renaire einen flinken, überhaupt nicht zu der Aussage passenden Kuss auf die Wange, bevor er aus dem Bett aufsteht und Renaire seinen Mantel zuwirft. Als der einfach in Renaires schockstarrem Gesicht landet, gibt er einen irritierten Laut von sich. „Ich schwöre bei Gott, Renaire, wenn dich das immer noch überrascht, dann –"

„Nein, ich bin nur …", sagt Renaire in dem Versuch, die richtigen Worte zu finden. Er hatte es gehofft, und er glaubt, dass er es eigentlich schon wusste, und trotzdem. Schließlich lacht er. „Es ist nur, dass ich das niemals geglaubt hätte, wenn mir das jemand vor zwei Wochen gesagt hätte. Himmel, nicht mal vor *einer* Woche."

„Ich beabsichtige, noch viel mehr Zeit darauf zu verwenden, dich von dieser Tatsache zu überzeugen. Ich hoffe, wir werden dafür Jahre zur Verfügung haben, doch jetzt ist nicht dieser Moment", sagt Emile schlicht und stibitzt den Laptop von Renaire, um ihn wegzupacken. Es macht den Eindruck, als wäre dieses Gespräch für Emile nebensächlich, als würde er es beiseite wischen, doch Renaire weiß es besser. Darum lächelt er bei dem Gedanken, dass es so typisch für Emile ist zu denken, dass er etwaige Konsequenzen vermeiden kann, wenn er solche Sätze in angespannten Situationen sagt. Sein Lächeln macht Emile misstrauisch. „Was?"

„Wir sollten noch mal heiraten", sagt Renaire.

192

Emile starrt ihn an, doch dann breitet sich ein breites und strahlendes Lächeln auf seinem Gesicht aus. Aus irgendeinem Grund ist er tatsächlich überrascht. „Wirklich?"

„Ich möchte Ringe", sagt Renaire.

„Die sind in dem Zimmer mit den Waffen", sagt Emile und dabei *grinst* er. Er errötet sogar, obwohl es dafür keinen Grund gibt. Er lächelt, als wäre er die Sonne zur größten Mittagshitze. „Ich war – lass uns nach Hause gehen. Okay, kannst du laufen? Wir bestellen uns ein Taxi, aber – ehrlich? Bist du …?"

Renaire weiß nicht mal, welche Fragen Emile da eigentlich stellt. Glücklicherweise lautet seine Antwort trotzdem in jedem Fall ja.

DAS TRIPOLIS-TRIPTYCHON hängt für ungefähr eine Woche in Sirines Galerie und dann verschwindet es im Museum, zwei Räume von dem ersten blutverschmierten Emile-Bild entfernt. Auf Verlangen des Künstlers soll die Reihenfolge der Bilder jede Woche verändert werden. Renaires Lieblingsabfolge ist, wenn Emile sich von müde zu verwirrt zu glücklich entwickelt, also sind sie während der Party so angeordnet.

Er hasst es immer noch, sie anzusehen. Es ist nicht mehr so schmerzhaft, und es erfüllt ihn nicht mehr mit so großer Scham, es ist auch nicht mehr so schmerzlich und widerwärtig und jedes andere negative Adjektiv, das einem einfallen kann. Diese seltsamen Kunstkritiker behaupten, die Bilder wären seine *bisher besten Arbeiten* und Renaire ist wirklich versucht, eines der Bilder zu nehmen und es ihnen über den Schädel zu ziehen.

Dass er plötzlich als Urheber seiner Bilder öffentlich auftritt, ist Teil des Plans, denn offensichtlich werden sie die Welt durch Ruhm und Reichtum und ganz viel Propaganda verändern.

Renaire hat lieber Menschen umgebracht, ganz ehrlich.

„Deine Schwester bittet um Einlass", sagt Emile leise.

Renaire ist Michelle in den letzten dreieinhalb Wochen aus dem Weg gegangen und hat seine Genesung von, nun ja, *allem* vorgeschoben. Glücklicherweise kamen die ernsteren Verletzungen von seinem Fall von der Statue und nicht von dem Stromstoß. Abgesehen davon, dass er tot war. In jedem Fall ist die Schwerkraft daran schuld, dass er seiner Schwester bisher aus dem Weg gegangen ist, und nicht etwa er selbst.

„Ich kann ihr sagen, dass sie gehen soll", sagt Emile und das klingt gut. Er hat sich schon wiederholt für diese Option entschieden und sie hat ihm immer gefallen.

Allerdings würde er jeden Vorwand begrüßen, um endlich von diesen Bildern wegzukommen, darum nimmt er einen Schluck von seinem Champagner und geht dann in Richtung Tür. Emile scheint nicht überrascht zu sein. Er folgt ihm einfach nur und nimmt Renaires rechte Hand in seine Linke.

Genau aus diesem Grund trägt Renaire seinen Ring an der rechten Hand; sie beide lieben es, diese kleine Manifestation ihrer Liebe zwischen den Fingern zu spüren. Emile hatte vor, es zu tun, denn es war ohnehin seine Idee, doch *auf keinen Fall* macht Renaire da mit. Er weiß, dass Emile kein Problem damit hat, anderen Leuten Absagen zu erteilen, er ist einfach überirdisch schön, und Renaire braucht wenigstens *irgendetwas*, um anderen den Mut zu nehmen. Emile hatte die Idee erstaunt und verwirrt, doch er hatte zugestimmt. Irgendwann. Kurzum: Sie tragen die Ringe gern. Sie sind zwar unpraktisch, wenn man jemandem einen Kinnhaken verpassen muss, und irgendwie kann Renaire auch nicht mehr ganz so gut zielen, aber – wie gesagt – das ist ja auch nicht mehr Teil des Plans.

Er kann immer noch sehen, dass Emiles Hand zuckt, als würde sie nach einer Pistole verlangen, wenn er von einer bestimmten Art Mensch in eine Diskussion verwickelt wird, die Art Mensch, die vor nicht allzu langer Zeit eine Kugel in den Kopf bekommen hätte anstatt in einer Live-Fernsehsendung in Grund und Boden geredet zu werden. Doch genau aus diesem Grund ist Renaire immer mit dabei, nicht etwa nur aus Gewohnheit. Man starrt ihn an, wenn er raucht und trinkt und zeichnet und Emile dabei zusieht, wie er Leute in der Luft zerreißt und ihnen Predigten hält, und es ist ihm egal, weil er Emile den Rücken freihält. Und Emile weiß das. Manchmal gibt es Leute, die dumm genug sind, Renaire einzuladen, an der Diskussion teilzunehmen, so als wollten sie auf ihm herumhacken. Im Gegensatz zu Emile ist er kein großer Fan von *deduktiver Argumentation* und *offensichtlichen Erkenntnissen* und es ist ihm auch nicht so wichtig, dass das Publikum seinen Ausführungen folgen kann. Darum haut er seinen Widersachern einfach mit ein paar weise gewählten Worten die Beine weg. Seitdem wird er nicht mehr so oft eingeladen.

Wie auch immer, es sind Kameras und Menschen anwesend, die gern seine Bekanntschaft machen würden, und Renaire ist sich nicht sicher, wie lange er das ertragen kann. Doch Emile sieht glücklich aus. Manchmal sieht er verloren aus, und manchmal beobachtet Renaire ihn und erkennt, dass er immer noch in der Lage ist, jeden im Raum zu töten, sollte er das für nötig erachten, und dann mit seinem Leben weiterzumachen. Es ist, wie einem Löwen dabei zuzusehen, wie er sich durch einen Raum voller unaufmerksamer Erdmännchen bewegt.

„Du schaffst das", sagt Emile in herzlicher Schlichtheit. „Und wenn nicht, dann gehen wir eben."

„Ich würde ja sagen, dass du nicht meine Hand halten musst, aber das wäre gelogen", sagt Renaire. Sie beide brauchen gerade diese Nähe. Vermutlich ist das ungesund, aber das interessiert Renaire kein bisschen.

Er erkennt sie in dem Moment, als er zum Haupteingang hinübersieht. Sie sieht hübsch aus und ihre Augen weiten sich überrascht, als sie ihn erblickt. Sie lächelt ihn an und Dax ist an ihrer Seite, der sich ganz offensichtlich für sie freut, als sie zu ihnen hinübergehen.

Der Abschied von seiner Schwester war weder schmerzhaft noch versöhnlich gewesen. Das lag sicher auch daran, dass es eigentlich gar keinen Abschied gegeben hatte. Michelle war von zu Hause weggelaufen, um eine berühmte Sopranistin zu werden. Renaire war von zu Hause weggelaufen, um ein saufender Teenager zu werden, der blöd genug war, dem Militär beizutreten, einfach, weil sich das gerade anbot. Sie sieht aus wie eine Dame und Renaire verschlägt es die Sprache. Michelle scheint nichts anderes zu erwarten – sie umarmt ihn in dem Moment, als sie nahe genug bei ihm ist, und ihre Tränen durchnässen sein Hemd.

Renaire hatte erwartet, dass er in Panik gerät und vor Schreck erstarrt oder *irgend so etwas*, doch stattdessen erwidert er die Umarmung seiner Schwester und alles ist in Ordnung. Nicht unbedingt leicht, aber in Ordnung. Sie haben stundenlange Gespräche vor sich, um sich wieder auf den neuesten Stand zu bringen. Sie sind Fremde, die den Satz des anderen nicht beenden, weil sie ohnehin wissen, welches Wort als nächstes kommt.

„Ich bin wegen dir zurückgekommen, aber da warst du schon weg", sagt Michelle.

Renaire fragt sich, wie es wohl gewesen wäre, wenn sie schneller oder er langsamer gewesen wäre, doch das Leben hat nun einmal diese Wendung genommen. Endlich beginnt er, das zu verstehen, darum sagt er zu ihr: „Aber am Ende ist alles gut ausgegangen, stimmt's?"

Michelle sieht verwirrt und beunruhigt aus und fragt: „Ist es das wirklich?" Sie stellt die Frage, als würde sie eine ehrliche Antwort erwarten, darum fängt Renaire an, darüber nachzudenken.

Die STB hat sich zu einer unglaublich einflussreichen politischen Größe entwickelt, die sich ihren Weg durch Frankreich bahnt und beginnt, auf andere europäische Länder überzugreifen, da die Welt so unglaublich interessiert an Emile und seinen Freunden ist. Celine ist glücklich und sogar schon mit Mathieu verlobt (worüber Renaire absolut nichts weiß und er *will* auch nichts darüber wissen, außer der Tatsache, dass Celine ständig Andeutungen macht, dass er ihr Trauzeuge sein soll), worüber sich Carope sehr freut, und wenn sie ihn fragt, dann hilft Renaire ihr mit Interpol. Was seltsam ist. Sie und Emile haben einen vorsichtigen und verächtlichen Waffenstillstand geschlossen, bei dem sie trotzdem noch zahme Sprüche austauschen. Und Emile ist so verdammt glücklich – er lächelt, er *summt*, und manchmal bringt er Renaire tatsächlich Frühstück ans Bett, was aus vielen verschiedenen Gründen absolut lächerlich ist. Renaire ist sich ziemlich sicher, dass das alles nur ein Traum ist – oder besser noch: Dass er tot ist und sich im Himmel befindet oder so.

Allerdings ist auch nicht alles Eitel Sonnenschein – Emile ist immer noch ein unmoralisches Pulverfass, das irgendwann hochgehen und hunderte Menschen mit sich reißen wird, die Treffen der STB klingen immer noch sehr nach *Scheiß auf die Regierung*, weil sich so etwas nicht einfach abstellen lässt, und Renaire ist immer noch ein einziger Scherbenhaufen. Da hilft es auch nicht, dass er nein sagen und für sich selbst einstehen oder in den Spiegel schauen kann, ohne das Glas zerbrechen zu wollen. Irgendwann wird Renaire eine Panikattacke haben, bei der er jemanden umbringt, und dieser jemand könnte Emile sein. Eines Tages, eines unausweichlichen Tages, wird Emile sterben und Renaire weiß, dass er nicht ohne ihn leben kann, er *weiß es einfach.*

Er ist ein trinkender, kettenrauchender Ehemann eines Mannes, der es sich in den Kopf gesetzt hat, die Weltherrschaft zu erlangen und sie nach seinem Gutdünken zu gestalten, und der bereit ist zu töten, wenn Leute ihm sagen, dass er das nicht tun kann. Doch das Beste an der ganzen Sache ist, dass er mit Emile verheiratet ist. Renaire und Emile sind miteinander verheiratet und es ist so gut, es ist so, so gut. Jedes Mal, wenn Renaire denkt, alles fällt auseinander, endet es nur darin, dass sie noch enger und noch fester zusammenhalten. Es wird immer nur noch *besser*, und da seine Schwester ihn ansieht, sollte er wohl besser etwas sagen.

Renaire räuspert sich und beginnt, seine Taschen nach Zigaretten abzuklopfen, was gar nicht nötig wäre, da Emile ihm bereits eine Zigarette reicht, sie für ihn anzündet und völlig *unbeeindruckt* dreinschaut, während er das tut. Renaire atmet ein, atmet aus, und beobachtet dann, wie sie ein langes Gesicht macht. Er lächelt sie an, zuckt mit den Schultern und sagt: „Naja, es ist in Ordnung."

LUCHIA DERTIEN ist eine geheilte Agoraphobikerin, die einen 4000m hohen Berg erklommen hat, um das zu beweisen. Dabei klettert sie gar nicht gern. Luchia besitzt einen Bachelor in Anglistik von der Universität von Denver und hat im Alter von drei Jahren mit dem Schreiben begonnen, indem sie einen modernen Klassiker mit dem Titel „Schloss Schloss" diktiert hat, der sich mit den sozialen Folgen der Überbevölkerung beschäftigt. Und mit kämpfenden Drachen. Außerdem setzt sie sich für die Behandlung psychischer Krankheiten und die Unterstützung junger Autoren ein. Sie lebt in Denver, Colorado.

Luchia Dertien ist in dem Sinne ein Pseudonym wie ein Rufzeichen ein Pseudonym ist. Luchia ist ihr Ice Man, ihr Maverick, ihr Goose. Wie Goose wird sie vermutlich nicht mit dir sprechen. Sie mag kein Volleyball. Und sie war noch nicht geboren, als *Top Gun* 1986 in die Kinos kam. Trotzdem ist der Film zeitlos und für jede neue Generation Kampfpiloten relevant. Luchia ist kein Kampfpilot.

Wenn Luchia nicht gerade Anspielungen auf Filme macht, die sie nicht zur Gänze gesehen hat, verbringt sie ihre Zeit damit, sich zu wünschen, dass sie einen Hund hätte. Dieser Wunsch, dieser endlose Tagtraum, verfolgt sie seit ihrer Geburt. Leider wird er nie erfüllt werden, da Luchia außerdem auf alle möglichen Tierhaare allergisch reagiert. Weil im Wissenschaftscamp in der vierten Klasse eine Katze in ihrem Schlafsack schlief, landete sie in der Notaufnahme. Die ganze Situation war sehr unangenehm. Besonders für die Katze.

Von LUCHIA DERTIEN

Gnomon

Veröffentlicht von DSP PUBLICATIONS
www.dsppublications.com

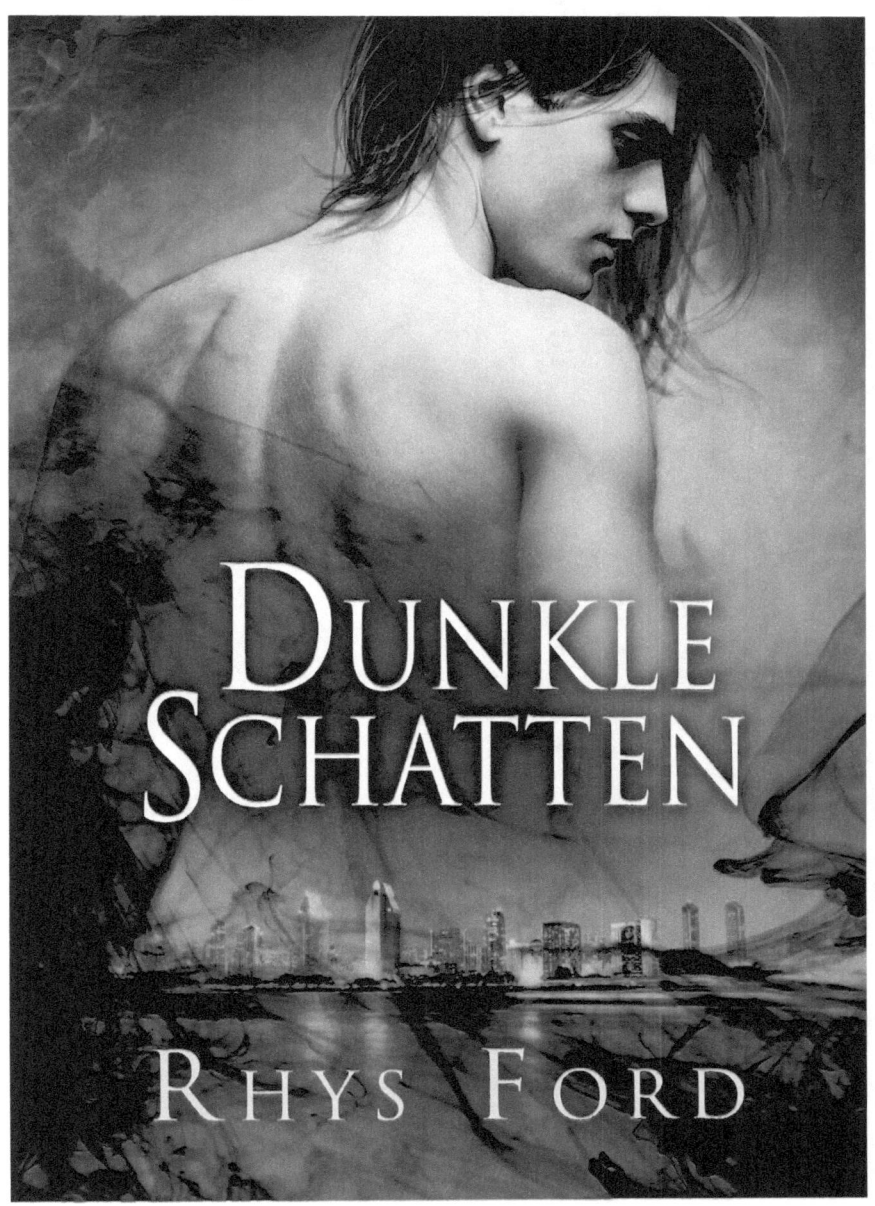

DUNKLE
SCHATTEN

RHYS FORD

For more
great fiction
from

DSP PUBLICATIONS

visit us online.
WWW.DSPPUBLICATIONS.COM

www.ingramcontent.com/pod-product-compliance
Lightning Source LLC
Chambersburg PA
CBHW022147240626
47153CB00007B/2554